suhrkamp taschenbuch 4089

Kopenhagen, Sonntag, 28. Oktober 1979: Der dänische Finanzminister Knud Heisen gibt seinen Posten auf und erklärt in den Nachrichten, daß Dänemark sich auf dem Weg in den Abgrund befindet. Einige Stunden später liegt der Großunternehmer Keld Borch tot in der Sauna des Kopenhagener Men's Club. Eine Spur führt die Ermittler in das Netzwerk eines geheimen Männerbundes und in höchste politische Kreise. Eine dramatische Verfolgungsjagd beginnt, von Kopenhagen nach Ostberlin und von Ostberlin nach Danzig, und endet mit der Begegnung mit einem Totgeglaubten in der dänischen Provinz.

Der »granatenmäßig coole Krimi« (*Information*) mit einem »grandiosen Plott fern jeder politischen Korrektheit« (*Politiken*) ist der Auftakt einer Serie, mit der die beiden dänischen Krimimeister schlaglichtartig das letzte Viertel des 20. Jahrhunderts erhellen: »Harte und raffinierte Spannungsliteratur« (*Extra Bladet*).

Christian Dorph, geboren 1968, schreibt Lyrik und Kriminalromane. Er lebt in der Nähe von Aarhus.

Simon Pasternak, geboren 1971, arbeitet als Lektor in Dänemarks größtem Verlag Gyldendal. Er lebt in Kopenhagen.

Christian Dorph
Simon Pasternak

# Der deutsche Freund

Kriminalroman

Aus dem Dänischen von
Ulrich Sonnenberg

Suhrkamp

Titel der dänischen Originalausgabe:
*Afgrundens rand*


„Dieses Projekt wurde mit Unterstützung des
Programms Kultur (2007-2013) der Europäischen Kommission finanziert.
Die Verantwortung für den Inhalt dieser Veröffentlichung
trägt allein der Verfasser; die Kommission haftet nicht für
die weitere Verwendung der darin enthaltenen Angaben."

GD Bildung und Kultur

Kultur

Programm „Kultur" (2007-2013)
Förderbereich 1.2.2. Literarische Übersetzungen

suhrkamp taschenbuch 4089
Erste Auflage 2009
Deutsche Erstausgabe

Druck und Bindung: CPI – Ebner & Spiegel, Ulm
Printed in Germany
Umschlag: HAUPTMANN & KOMPANIE Werbeagentur,
München – Zürich
ISBN 978-3-518-46089-4

1 2 3 4 5 6 – 14 13 12 11 10 09

# Der deutsche Freund

»Ahnst du, was vorgeht in jenem Raum, den wir vielleicht eines Tages durchstürzen werden, und der sich zwischen der Erkenntnis des Untergangs und dem Untergang erstreckt?«

Ernst Jünger, *Das Entsetzen*

»Wenn Ihr mir nicht auf den bestimmten Tag,
An dem bestimmten Ort, die und die Summe,
Wie der Vertrag nun lautet, wieder zahlt:
Lasst uns ein volles Pfund von Eurem Fleisch
Zur Buße setzen, das ich schneiden dürfe,
Aus welchem Teil von Eurem Leib ich will.«

William Shakespeare,
*Der Kaufmann von Venedig*

# Sonntag, 28. Oktober 1979

## 1

*Manch einer stellt es so dar, als würden wir auf dem Rand eines Abgrunds fahren. So ist es nicht, aber wir halten auf den Abgrund zu, und wir können ihn sehen. Wir können ihn deutlich sehen und ich vermute, dass wir ihn in zwei, drei Jahren erreicht haben werden, und daher gilt es, die Fahrtrichtung zu ändern ...*

Polizeiassistent Erik Rohde schaltete den Fernseher ab und der Bildschirm sog den zurückgetretenen Finanzminister Knud Heinesen auf. Rohde flimmerte es vor den Augen, dann kehrte das Sehvermögen zurück wie auf einem Polaroidfoto: Das Licht der Straßenlaternen auf der Nørre Voldgade, seine Wohnung, die Möbel, die Lampen. Und die Unordnung. Sørens und Pelles Unordnung. Auf dem Sofa lag ein Paar buntscheckiger, selbst gestrickter Socken, auf dem Sofatisch flogen die auf Matrize abgezogenen Referate der letzten Vorstandssitzung der Pädagogengewerkschaft herum, daneben standen Kaffeebecher, die Ringe auf dem Tisch hinterlassen hatten, außerdem zwei übervolle Aschenbecher. Rohde hatte einen langen Arbeitstag bei der Kopenhagener Passpolizei hinter sich, und jetzt musste er auch noch hinter ihnen herräumen und abwaschen. Er klopfte eine Pall Mall aus der Packung und zündete sie an. Gern hätte er sich einen Drink gegönnt, er hatte ihn nötig. Einen trockenen Martini. Kleinbürgerlich, aber egal. Rohde ging in die Küche, öffnete den Kühlschrank. Einen staubtrockenen Martini mit einem so winzigen Spritzer Vermouth, dass man ihn gerade noch wahrnehmen konnte. *Wie die unbefleckte Empfängnis, »wie ein Sonnenstrahl, der durch eine Glasscheibe fällt, ohne sie zu zerbrechen«*. Einer der spanischen Kommunistenfreunde seines Vaters hatte ihm das Rezept gegeben. Minus zwanzig Grad kalte, steinharte Eiswürfel, die nur kurz in Vermouth gebadet, auf keinen Fall aber ertränkt werden durften, dann ab in den Shaker. Danach der Gin. Und eiskalte Gläser. Das war wichtig.

*Muy importante!*

Das Thermometer lag in der Schublade, die Gläser und der Gin standen im Kühlschrank. Aber wo war der Vermouth? Normalerweise stand er im Getränkefach. Er öffnete noch einmal die Kühlschranktür. Nichts. Wo zum Henker war der Vermouth? Rohde wurde ungeduldig und schaute in die Küchenschränke, er wollte jetzt diesen Drink. Er riss sämtliche Türen auf und fand den Noilly Prat schließlich auf dem Schrankboden. Auf dem Etikett klebte ein weißer Zettel. *Ungefilterter Apfel, Svanholm*, hatte jemand mit blauem Kugelschreiber darauf geschrieben. Er schraubte den Verschluss ab, schnüffelte. Sie hatten seinen letzten Vermouth verbraucht, um sauren Apfelmost in die Flasche zu füllen! Ohne zu überlegen, goss er den Most ins Spülbecken, dann ging er zurück ins Wohnzimmer und schaltete die Lampe über der B&O-Anlage ein.

Bach, sofort!

Rohde entschied sich für eine Kantate, griff zum Plattencover und schüttelte die Hülle. Die Hülle war leer. Er sog die Luft ein, biss die Kiefer aufeinander, knurrte. Er würde mit ihnen diskutieren müssen, sobald sie von ihrem Treffen zurückkämen. Er hatte es Pelle schon x-mal gesagt. Wenn er schon den ganzen Tag zu Hause blieb, könnte er zumindest hinter sich aufräumen und die Platten dorthin stecken, wo sie hingehörten. Aber er tat es nicht, und das war bei weitem nicht alles.

Vor ein paar Jahren war Pelle mit der Tvind-Schule in Afrika gewesen. Diese Erfahrung hatte ihn krank gemacht, er kam vollkommen fertig zurück, und Søren hatte ihm damals erlaubt, bei ihnen zu wohnen, bis er sich erholt hatte. Aber Pelle wurde nicht wieder gesund, und die Ärzte kamen zu keiner befriedigenden Diagnose. Pelle blieb, und Rohde wurde fast wahnsinnig über seinen Dünnpfiff, den weißen Hautpilz am Mund und dieses jämmerliche, abgezehrte Gesicht. Aber das durfte er nicht sagen. Er durfte nicht sagen, wie sehr er Pelle und seine verdammte, nicht zu diagnostizierende Krankheit hasste. Wie sehr er es hasste, dass Pelle nie aufräumte, dass er Rohdes Platten hörte, in ihrem Bett lag und in Rohdes und Sørens Betttücher schwitzte und onanierte.

*Bridge Over Troubled Water*. Das würde ihn beruhigen. Er summte *When you're weary, feeling small*, holte die Platte aus der Hülle, *when tears are in your eyes, I will dry them all*, legte sie auf, setzte die Nadel auf die Scheibe, warf sich in den Oxchair und freute sich über das elektrische Knistern, bevor der Song einsetzte. Er zog eine neue Zigarette aus der Schachtel, zündete sie an.

*Ich habe Angst vor dem Krieg,*
*Wenn ich die Panzer fahren höre ...*

Es dauerte einen Moment, bis ihm klar wurde, was er da gerade hörte. Er stand auf, ging zum Plattenspieler und starrte auf die Platte, die sich drehte und drehte.

*Auch wir Erwachsenen haben Angst, immer wieder,*
*Und singen lange, bange, ängstliche Lieder.*
*Denn auf so vieles muss man heut aufpassen,*
*Und von dir kann ich nun mal nicht lassen.*

Er hob den Tonarm hoch, nahm die Platte vom Teller, wog sie in der Hand und las die Titel von Bjarne Jes Hanses Kinderliedern.

*Er* jedenfalls hatte keine Angst.

Mit aller Kraft hämmerte er die Platte gegen die Wand.

Dann herrschte Ruhe. Vollkommene Ruhe. Er wäre gern gegangen, aber wo sollte er hin? Er hatte schließlich Frau und Kind verlassen, um ein neues Leben zu beginnen.

Auf einmal hörte er auf der anderen Seite der Wand jemanden stöhnen, zwei Menschen hatten Sex, sie waren kurz vorm Höhepunkt. Eine Stimme schlug um ins Falsett, die andere stöhnte rhythmisch.

Scheiße, wem hatte Søren jetzt wieder das Bett überlassen?

Rohde kochte, als er über den Flur ging und die Tür zum Schlafzimmer aufriss.

Und dann hörte schlagartig alles auf.

Im Doppelbett lag Pelle, mit offenem Mund und blankem Arsch, und auf Pelle lag Søren. *Sein* Søren. Sie sahen aus wie zwei erschrockene Teenager in einem schlechten Gruselfilm. Rohde trat einen Schritt vor, dann wurde ihm schwindlig, alles drehte sich. Søren lächelte verkrampft und sagte irgendetwas, Rohde hörte es nicht. Gern hätte er dieses Lächeln zerquetscht, Sørens und Pelles miesem Schwulenleben ein Ende bereitet, um danach seine eigene ebenso verkorkste und falsch verstandene Existenz zu beenden. Er hatte das Gefühl, sich im Inneren einer Glocke zu befinden, und jetzt kam Søren auch noch auf ihn zu und wollte ihn umarmen und trösten – Rohde stieß ihn zurück und schlug zu. Er traf daneben und holte noch einmal aus, diesmal direkt auf Sørens verkrampften Mund. Blut schoss Søren aus Nase und Lippen, plötzlich sah er sehr ängstlich aus.

Rohde ging. Aus dem Zimmer und der Wohnung, hinaus in den trostlosen Oktoberregen.

Gerda lächelte und drückte seine Hand. Vizekriminalkommissar Ole Larsen lächelte zurück, aber es wurde ein angestrengtes Lächeln. In den Mundwinkeln begann es zu zittern. In letzter Zeit hatte er sich in eine ziemliche Heulsuse verwandelt. Gerda hatte aufgehört zu weinen. Die ehemals so dralle und extrovertierte Gerda war zu einem mageren, schweigsamen Gespenst geworden. Larsen hielt es nicht aus, sie in diesem Zustand zu sehen, aber es ließ sich nicht vermeiden. Doch sie lächelte und war tapfer. Sie war so verdammt tapfer, er nicht. Er fühlte sich wie ein Feigling, der wünschte, dass es bald überstanden war. Heulte er deshalb?

Hatte er Selbstmitleid?

Dann fragte er zum werweißwievielten Mal, ob er irgendetwas für sie tun könnte, das Kissen richten, am Kiosk eine Zeitschrift holen oder die Schwester rufen. Ihr gehe es gut, erwiderte sie, sie habe alles, was sie brauche, sie habe lediglich heut Nacht nicht so gut geschlafen. Jetzt wolle sie sich ein wenig ausruhen. Wenn das in Ordnung wäre.

Und ihm das Gehen erleichterte.

Es war nicht zu ertragen. Ihre Tapferkeit, ihr Verständnis und ihre ewige Rücksichtnahme.

Wann hörte es auf?

Im Moment bekam sie Chemo- und Strahlenbehandlungen, nachdem sie innerhalb der letzten vier Monate zwei große Operationen überstanden hatte. Beim ersten Mal entfernten sie einen Tumor in der Lunge, dann hatte man sie wegen der Metastasen im Gehirn operiert, und jetzt war plötzlich die Leber befallen. Die letzte

Operation lag weniger als einen Monat zurück. Nach dem Eingriff hingen ihr rechtes Augenlid und der rechte Mundwinkel herunter, und Larsen sah jetzt häufiger aus dem Fenster, auf das Rechtsmedizinische Institut gegenüber oder hinunter auf die kahlen Bäume des Fælledparks.

*Du darfst jetzt ruhig gehen.*

Sie hatte noch mehr gesagt: Irgendetwas sollte er Gitte mitteilen, außerdem ging es um ein Geburtstagsgeschenk für Marie, ihre Enkelin, und in Daells Varehus gab es eine Lammfelljacke im Ausverkauf, die er sich ihrer Meinung nach kaufen sollte. Wenn er aufbrechen wollte, kam sie immer mit einer ziemlich langen Liste von Dingen, die er sich merken sollte; normalerweise schrieb sie es auf, denn er war furchtbar vergesslich. Aber es reichte doch auch, dass er sich um den Abwasch und die Wäsche, das Putzen und die Mahlzeiten zu kümmern hatte – obwohl er in der Regel auf dem Heimweg beim Peking Palads am Tuborgsvej vorbeifuhr.

*Und denk dran, Gitte anzurufen.*

Dann stand er im Flur. Larsen zog ein Taschentuch heraus, putzte sich die Nase und wischte sich die Augen. Ein junger Krankenpfleger, der einen Patienten vorbeischob, der ebenso kahl und abgezehrt aussah wie Gerda, lächelte ihn mitfühlend an. Sogar der Muselmann im Bett lächelte.

Verdammt, wieso lächelten die hier alle.

Sieh zu, dass du wegkommst, dachte er, das ist ein verfluchter Todesgang. Das ist die letzte Haltestelle.

Auch das Wetter war erbärmlich.

Trüb, Nieselregen, Kälte.

*Ich fliege in der Dunkelheit und schreibe ein Buch auf meinem kleinen Tigerblock. In meinem Korb habe ich alles: Einen senfgrünen Filzhut, einen schwarzen Strohhut, einen rahmfarbenen Henri-Bendel-Hut, den ich auf einem Mülleimer in der Christopher Street gefunden habe, zwei blauweiße Katzenschalen von Sugar Loaf Shores, Florida, wie es heißt, von Hemingway, Ernest, entworfen, eine tropengrüne Plastikskulptur einer leicht fleischfarbenen Möse, meiner eigenen ...*

Kriminalassistentin Anita Jensen schlug das Buch zu und schaute sich den Umschlag an. Yoghurt ließ sich darauf erkennen, und mit einer angeschrägten lila Schrift stand *Crème Fraîche* auf dem Cover. Anita hatte auch mal den Abdruck ihrer Möse besessen, hergestellt aus einem Klumpen Zahntechnikergips, aber der Abdruck diente der Selbstverteidigung – zerkleinerte Rasierklingen hatten darin gesteckt! Aber sie besaß keinen rahmfarbenen Henri-Bendel-Hut. Oder einen Tigerblock mit einem gestreiften Umschlag. Sie nannte eine ramponierte Erika ihr Eigen, auf der sie ihre Berichte herunterhackte. Das *e* schlug schief an und das ½ fehlte. Sie legte das Buch weg, stieg aus dem Bett und schüttelte eine Prince aus der Packung auf dem Fensterbrett.

Sie schaute auf die Dannebrogsgade.

Es war Mitternacht, keine Menschenseele auf der Straße. Ein Taxi rollte langsam vorbei und hielt in der zweiten Reihe, aber offenbar gab es niemanden, der ein- oder aussteigen wollte. Anita zog das T-Shirt hoch und fuhr mit dem Finger die bräunlich-raue Narbe ab, die Haut wellte sich entlang des Schnitts. Noch immer spürte sie diese elektrische Spannung. Es war eine schwere Geburt gewesen. Jacob lag falsch, die Nabelschnur hatte sich um den Hals gewickelt, beinahe wäre auch sie gestorben. Der junge Assistenzarzt hatte den Kaiserschnitt nicht ordentlich schließen können, es wäre einfach zu schnell gegangen, hatten sie hinterher als Entschuldigung vorgebracht.

Sie spuckte ein paar Tabakkrümel aus. Preben konnte die Narbe nicht ausstehen, er wollte ihren Bauch nicht mehr berühren. Er konnte inzwischen so vieles nicht mehr ausstehen. Es gab eine Zeit, da waren sie wahnsinnig ineinander verknallt gewesen. Das großgewachsene, unsichere Vorstadtmädel mit Pferdeschwanz und Sommersprossen und der riesige, zwei Meter fünf große Polizist. Ihr Pflegevater hatte ihn nicht ausstehen können und sich zwischen sie gestellt, aber Preben beförderte ihn zwischen die Zierjohannisbeerbüsche im Garten und trug sie zu seinem Chevrolet. Eine Stunde später wurden sie auf dem Rathaus von Frederiksberg getraut, begleitet von all seinen Kollegen aus dem Personenschutzkommando des Nachrichtendienstes, des PET, die in Paradeuniform erschienen waren.

Sie schwebte. Preben trug sie wie eine Nippesfigur auf den Händen und setzte sie nur hin und wieder ab. Sie spielten Goldlöckchen und die drei Bären. Aber dann wurde sie schwanger, und Preben wurde wegen seiner Sauferei beim PET gefeuert und landete bei der Bereitschaftspolizei. Danach benahm er sich, als hätte sie Aussatz. Nur wenn er tagelang getrunken hatte und nach Schweiß und Starkbier stinkend in die Wohnung kam, ließ er sich herab und trat ihr die Beine auseinander; dann vögelte er sie, verprügelte sie und schlief jammernd vor Reue ein.

Weshalb war sie so lange bei ihm geblieben? Woran dachte sie, wenn sie als Polizistin Frauen überzeugen sollte, ihre versoffenen und gewalttätigen Ehemänner zu verlassen? Das konnte sie gut. Und nun war sie vor gut drei Monaten sogar versetzt worden. In die Abteilung A, die Mordkommission!

Aber jetzt war es vorbei. Endgültig vorbei. Am Freitag fand die Gerichtsverhandlung statt. Sie hatte eigene Ermittlungen angestellt und Jacobs blaue Flecken und Schrammen fotografiert, wenn er bei Preben gewesen war. Sie hatte Jacob ausgefragt und alles auf Band aufgenommen. Sie hatte genug. Preben würde ihn nie wiedersehen.

Das Telefon klingelte.

»Hat er dich geschlagen?«, fragte sie und inhalierte.

Am anderen Ende blieb es still, sie hörte, dass Jacob nach Atem rang.

»Jacob, bist du da?«

»Er sagte, er würde gleich wiederkommen.«

»Ist er ohne dich weggegangen?«

» ...«

»Warte unten. Ich komme.«

Er begann zu schluchzen.

»Ich kann hier nicht raus.«

»Was heißt das?«

»Mama, wann kommst du?«

»Sofort!«

Sie legte auf, griff zum Telefonbuch auf der Kommode und rief einen Schlüsseldienst an. Dann ging sie in die Küche und zog eine Schublade auf. Dort lag Klebeband. Das kleine Bowiemesser fand sie auf dem Boden der Kommode im Flur, sie zog es aus der Scheide und klebte es sich an den Knöchel. Einen Augenblick stand sie vor dem Spiegel und versuchte, hart auszusehen.

Er konnte sich auf etwas gefasst machen.

## 2

Larsen stand vor seinem Auto auf dem Parkplatz des Rigshospitals. Ein bordeauxfarbener Volvo 69. Auf einer Seite hing er etwas tiefer, der vordere Kotflügel war locker und die Schmutzfänger wellten sich am Boden. Larsen zog den Schlüssel aus der Tasche. Während er in der Hand damit spielte, blickte er in den Wagen. Unordentlich und verdreckt, eine Jacke, die er endlich aus der Reinigung geholt hatte, hatte bereits wieder Knitterfalten, überall lagen Zigarettenpäckchen, Handschuhe, Zeitungen, Fotos und Pappbecher herum. Wohnte er jetzt schon im Auto? Eine weiße Schachtel vom Peking Palads lag offen auf dem Rücksitz. Eine halbe Frühlingsrolle, deren Inhalt heraushing, war in einem Klecks Remoulade gelandet. Er geriet ins Grübeln. Die Frühlingsrolle wies Bissspuren auf und die Remoulade war an den Rändern bereits hart, fett, gelb und schorfig.

Wie die Scheiße eines Kranken.

Er steckte den Schlüssel in die Tasche, ließ sein verkommenes Fahrzeug stehen und lief bis zur Kreuzung der Fredensgade, dann ging er am Panumgebäude vorbei den Blegdamsvej entlang.

Kurz darauf hatte er das Tor des Gefängnisses am Blegdamsvej erreicht und trat, den Mantel bis zu den Ohren hochgezogen, in die Wachstube. Er hatte die Scheine in der Hand. Frederiksen erhob sich an seinem Schreibtisch, nahm das Geld entgegen und stopfte es mit einem etwas schmierigen Lächeln in die Hemdtasche. Wieso mussten ihn heute alle angrinsen? Was gab's denn zu grinsen?

Larsen bereute es, hierher gekommen zu sein, und wäre am liebsten sofort wieder gegangen, aber Frederiksen stand bereits mit seinem großen Schlüsselbund an der Tür zum Zellengang. Sie gingen in ein Zimmer im dritten Stock, mit einer Pritsche, einem Stuhl, einem Waschbecken und einer niedrigen Kommode.

Hier übernachtete das Wachpersonal.

Sie würde jeden Moment kommen.

Larsen zog Jacke und Pullover aus, jemand hatte die Heizung aufgedreht. Frederiksen blieb einen Augenblick in der Tür stehen. Wollte er zusehen? Dann ging er endlich.

Der Heizkörper strahlte eine gewaltige Hitze aus.

Larsen trat ans Fenster und zog die Gardine zur Seite. In dem kleinen, fünf mal sieben Meter großen Atrium, in dem man sich gerade umdrehen konnte, war kein Mensch zu sehen – über dem kleinen Hof hing ein Drahtnetz, in der rechten Ecke stand eine Bank, drum herum lagen Zigarettenstummel.

Er wünschte, er wäre nach Hause gegangen. Nicht einmal seine Stimmung verbesserte sich.

Und schon gar nicht hinterher.

Er schaute noch einmal hinunter, jetzt war sie da. Larsen fühlte diesen Stich in der Brust, den er jedes Mal spürte, wenn er sie sah – weil er immer wieder vergaß, wie hübsch sie war. Sie trug weiße Jeans und eine kurze braune Wildlederjacke mit Pelzbesatz, das Haar hatte sie über den Ohren aufgesteckt, im Nacken wurde es von einer Silberspange zusammengehalten. Er sah sie ganz deutlich.

So nah und gleichzeitig so fern.

»Bodil«, flüsterte er hinter der Gardine.

Sie hatte sich auf die Bank gesetzt und zog etwas aus ihrer Brusttasche. Es waren die Zigaretten. Rote Dunhill. Er holte die Prince-Packung heraus und simultan fischten sie eine Zigarette aus den Schachteln.

Ohne die Zigarette anzuzünden, saß sie gedankenverloren da. »Oh«, flüsterte er in die gelbe Gardine. So verging eine Minute, dann holte sie ein Feuerzeug heraus und zündete die Zigarette an.

Larsen tat es ihr nach, und beide rauchten – Bodil auf der Bank, Larsen hinter der Gardine.

1975 war er ihr während der Ermittlungen in einem Mordfall begegnet. Sie hatten miteinander geschlafen, dann musste er sie wegen Totschlags festnehmen. Sie hatte den Tod ihrer Zwillingsschwester rächen wollen, eine unglückselige und unverständliche Geschichte. Im Gerichtssaal setzte Larsen eine steinerne Miene auf, als das Urteil von sechs Jahren verkündet wurde. Hinterher hatte er die Maske nicht halten können und sich auf der Herrentoilette des Østre Landsret die Augen ausgeheult.

Der Pony fiel ihr in die Stirn, mit einer nachlässigen Handbewegung strich sie das Haar zur Seite und zog an ihrer Zigarette.

In einem Monat wurde sie auf Bewährung freigelassen, und was dann?

Eine seltsame Vorstellung, dass etwas so schön sein konnte und man sich dennoch wünschte, es wäre nie geschehen.

Die Hitze war unerträglich. Er versuchte, den Heizkörper herunterzudrehen, aber der Regler hatte sich verklemmt und ließ sich nicht bewegen. Er knöpfte das Hemd auf und trank am Waschbecken einen Schluck Wasser.

Bodil legte den Kopf in den Nacken und schloss die Augen. Die Zigarette qualmte in ihrer Hand, sie war beinahe aufgeraucht. Sie warf sie fort und trat sie aus. Jetzt schaute sie gewöhnlich das Gebäude hinauf, also zog er den Kopf zurück und versteckte sich hinter der Gardine.

Wusste sie, dass er da war?

Als er wieder hinunterblickte, hatte sie ihm den Rücken zugewandt und war auf dem Weg zur Tür. Er trat an die Scheibe. Ein Beamter streckte die Hand nach ihr aus. Doch dann drehte sie sich um und blieb einen Moment stehen, sie kniff die Augen zusammen und schaute in den Himmel. Sie sah ihn direkt an. Es gelang ihm nicht, rechtzeitig zurückzutreten, sie hatte ihn entdeckt. Aber war es nicht genau das, was er wollte? Er versuchte, ihren Blick zu erwidern. Sie hob den Arm und ballte die Faust, jetzt rief sie etwas, das er nicht verstand. Er sah nur ihren Mund und blickte in ihre Augen. Sie waren rasend vor Wut. Und dann zeigte sie ihm den Finger!

Rohde hatte sich im Why Not umgesehen. Niels Jørgen und Jørgen waren da, Per und Bo Reimer. Sie standen an der Bar, unterhielten sich, hingen herum. Die Drinks flossen, Campari, White Russian, G&T, Pernod. Jørgen hatte gute Laune und zog ein paar ältere Herren im Anzug auf, die im hinteren Teil des Lokals saßen, Bo Reimer drehte sich ebenfalls zu ihnen um und brüllte: »Seit Tunis habe ich keinen Arsch mehr gehabt!«

Rohde drehte sich der Magen um.

Er bestellte noch einen Pernod und schüttete ihn hinunter. Per wollte sich unterhalten. Warum sah er denn aus wie sieben Tage Regenwetter? Rohde wollte nicht belästigt werden. Er wollte einfach nur trinken.

Weiter ins Pan, zu noch mehr Schnäpsen und quatschenden Schwulen. Ein einziges Gequassel! Einer von Sørens Genossen aus der Gewerkschaft, er hieß Mogens Kjølbye oder so ähnlich, hängte sich an ihn und fing an, ihn auszufragen. Wieso Søren denn nicht mit in der

Stadt sei? Vögelte der etwa auch mit Søren? Gingen sie eigentlich alle mit seinem Freund ins Bett?

Er fühlte sich wie ein Schwamm und er trank wie ein Schwamm. In der Amigo Bar Bier vom Fass, noch mehr Bier und Pernod, Tequila, Dubonnet. *Macho Man* in voller Lautstärke. *Check it out my body, body*. Ihm wurde übel und die Musik erzeugte ein einziges Bild – wieder und wieder, wie ein Dampfhammer dröhnte es in seinen Gehörgängen, in seinem Kopf: Ein Kinderkopf, das schwarze Haar voller Embryonalfett, die kleinen Beine unter dem Körper gefaltet, der Geruch nach Blut, Wasser, Fett, aus der Dunkelheit des Körpers nach außen gekehrt. *He has a funky walk his western shirts and leather, always look so boss, funky with his body, he's a king call him mister Eagle …*

Ein kleiner Mann mit straffer Gesichtshaut und engstehenden Augen schnippte an der Bar im Rhythmus der Musik und schob die Kinnpartie vor und zurück. Sie bekamen Augenkontakt, und der Mann stülpte die Lippen vor und starrte Rohde schamlos lange an. Sie gingen zur Treppe, hinunter zu den Kabinen. Der Kleine folgte ihm. Rohde bewegte sich in seinem Blick, wiegend; er spürte seine eigenen Rundungen, seine Kleidung saß jetzt lockerer, er fühlte den Stoff auf der Haut, die Elektrizität, die sich bis in die Samenstränge zog.

Sie traten durch eine Tür in die Dunkelheit. Eine Hand legte sich in Rohdes Nacken, die Beine wurden mit einem Fuß auseinandergezwungen, der Reißverschluss hastig aufgezogen. Er hörte das Klicken der Gürtelschnalle des anderen und die Hose, die auf den Boden fiel. Jetzt spuckte sich der Fremde in die freie Hand. Es kribbelte und er gab sich hin, atmete aus und öffnete sich, schloss die Augen. Und dann stürzten die Bilder wieder auf ihn ein, die Vergangenheit, das Unbehagen, die Fehler, das Weinen, alles wurde in ihm zerquetscht und in den Arsch gestopft – eine Dunkelheit stempelte sich ihm ins Kreuz. Plötzlich war er allein. Aber der Geruch, die Dunkelheit und der Schmerz, alles drehte sich, und dieses Bild war wieder da, der Kinderkopf, der Kopf seiner kleinen Tochter Marie Louise, er hielt ihn in seinen Händen und schnupperte daran. Steckte seinen Finger in den kleinen Nabel, der sich um seinen Finger zusammenzog, so weich und zart.

»Ich will nicht.«

Rohde griff das Handgelenk des Mannes, der ihn an den Hüften hielt, befreite sich.

»Hau ab.«

»Hé, ik ben niet klaargekomen, man.«

»Sorry, I can't do it.«

»Hé, je moet me nog laten klaarkomen. Neem hem dan toch in je mond, man. Kom op!«

Aber Rohde war bereits auf der Treppe. Er stürzte auf die Studiestræde, rutschte aus einem Schuh, zog ihn wieder an und hinkte auf die Fahrbahn, stolperte und fiel aufs Gesicht. Es tat nicht weh, aber es blutete. Er wischte sich mit dem Jackenärmel über die Nasenwurzel, rappelte sich hoch und hielt ein Taxi an, das vom Rathausplatz kam. Er setzte sich auf den Rücksitz.

Vor der Hausnummer Tormsgårdsvej 115 schlug Anita die Tür des Taxis zu. Als sie den fünften Stock erreichte, war der Mann vom Schlüsseldienst bereits da. Ein junger, schlaksiger Bursche. Er hielt sich das Knie und hüpfte vor der Tür herum.

»Sind Sie Anita? Ich stehe einfach nur da und da knallt der ein Schlagholz durch den Briefschlitz. Mir direkt aufs Knie, Mann. Ich hau ab.«

»Sie gehen nirgendwohin«, sagte sie. »Er ist sechs und Sie haben ihm Angst gemacht, das ist alles.«

Sie ging in die Hocke und öffnete den Briefschlitz.

»Jacob, ich bin's.«

Im Flur war kein Licht, aber sie sah ein Stück vom Linoleumfußboden und die Schwelle zur Küchentür. Sie schaute den Schlosser an, der sein Werkzeug zusammenpackte, sie wollte ihn aufhalten, dann spürte sie Jacobs kleine Finger an ihrer Hand. Er saß auf der anderen Seite der Tür.

»Wer ist der Mann?«

»Einer von Mamas Freunden. Er will uns helfen. Fangen Sie schon an«, sagte sie zu dem Mann vom Schlüsseldienst. Er zögerte und murmelte irgendetwas, kam dann aber an die Tür.

»Was für eine Scheiße, unglaublich«, fluchte er und begann, an dem Schloss herumzufummeln. »Da hat irgendjemand was reingesteckt«, sagte er kurz darauf. »Ich krieg's nicht auf.«

»Sehen Sie einfach zu, dass es aufgeht.«

»Hej, gute Frau, das sitzt fest.«

»Ich will raus«, schrie Jacob. »Raus, raus, raus.«

Sie stand auf und schaute den Schlosser an. Er hatte helle Haare, wie ein Schwede. Sie legte einen Zeigefinger in seinen Nacken, spielte ein wenig mit dem Nackenhaar, zupfte daran, lächelte. Er hatte klare blaue Augen.

»Entschuldigung. Ich war ein bisschen heftig. Ich heiße Anita«, sagte sie und streckte die Hand aus.

»Ich mach nur meine Arbeit, aber ich habe keine Lust ... Lars.«

Er wischte sich die Finger an der Hose ab, bevor er ihr die Hand gab. Sie schenkte ihm einen Zuckerblick.

»Kannst du wirklich nichts machen, Lars?«

»Schon ... aber dann musst du dafür sorgen, dass er nicht an der Tür steht.«

»Jacob, du musst von der Tür weggehen«, sagte sie durch den Briefschlitz.

Jacob schluchzte und war kurz davor, wieder zu weinen, aber dann hörte sie, wie er aufstand. Durch den Briefschlitz sah sie ihn in die Küche gehen. Der Schlosser hatte sich eine Bohrmaschine gegriffen, zog die Schutzbrille auf und setzte den Eisenbohrer ans Schloss. Die Maschine kreischte in dem großen Treppenhaus, und Anita war überzeugt, dass sich spätestens jetzt die Nachbarn zeigen würden. Dann gab das Schloss nach und fiel auf der anderen Seite heraus.

»Sucht ihr etwa hiernach?«

Anita und der Mann vom Schlüsseldienst zuckten zusammen. Es war Preben. Er stand auf der Treppe, ein paar Meter hinter ihnen, und schwang einen Schlüsselbund. Dann schmiss er ihn auf den Treppenabsatz und richtete sich auf. René, sein Kumpel, hielt sich mit einem albernen Grinsen hinter ihm. Anita registrierte Prebens Bewegungen genau. Keine Angst haben, um alles in der Welt keine Angst haben. Preben hielt Abstand, aber sie roch es – Bier und blutunterlaufene Augen. Seine Dienstpistole hatte er vorn in die Hose gesteckt, die Handschellen hingen am Gürtel. Seine Brille wurde über der Nasenwurzel von Heftpflaster zusammengehalten. Er atmete tief ein.

»Schwirr ab, Bursche«, sagte er zu dem Mann vom Schlüsseldienst und trat auf den Treppenabsatz.

»Er schwirrt nirgendwohin ab«, widersprach Anita und trat ebenfalls einen Schritt vor. »Du bleibst hier«, sagte sie zu dem Schlosser.

»Ich sagte, schwirr ab«, wiederholte Preben.

Der Schlüsseldienstmann blickte von einem zum anderen.

»Der Junge da drinnen ... er will bestimmt gern heim zu seiner Mutter«, murmelte er.

»Sag mal, bist du taub?«

Preben schoss vor, packte den Schlosser im Nacken und riss seinen Kopf herum. Der Schlosser landete auf dem Treppenabsatz. Er richtete sich auf und wollte etwas sagen, aber René zeigte auf ihn und führte dann den Finger zum Mund. Der Schlosser fing an, sein Werkzeug zusammenzupacken. Anita stieß die Tür auf, lief in die Wohnung und nahm Jacob bei der Hand. Preben rannte ihr nach, René lehnte am Türrahmen.

»Hab ich's nicht immer gesagt. Dieses Weibsstück ist wahnsinnig. Wir waren weg ... wie lange waren wir weg?«

René rülpste.

»... fünf Minuten, oder? Und da kommt sie einfach her und bohrt das Schloss aus ...«

Anita hörte nicht mehr zu. Sie zog Jacobs Schlafanzug hoch. An den Lenden und auf dem Rücken entdeckte sie Blutergüsse. Der Junge wimmerte: »Mama, ich will nach Hause!« Sie schob ihn in Richtung Tür und drehte ihn Preben zu, damit er die blauen Flecke sehen konnte.

»Sieh es dir an, Arschloch! Denn das hier wird das Letzte sein, was du von deinem Sohn sehen wirst, du mieses ...«

Dann verlor sie die Orientierung. Prebens Hand flammte an ihrem Ohr auf, mit der anderen hatte er ihr Handgelenk gefasst und schleuderte sie herum. Sie stieß gegen den Türrahmen und rutschte in die Küche, er fegte sie geradezu hinein. Jacob hatte sie loslassen müssen, er schrie und lief in eine Ecke. Sie stieß gegen den Küchentisch, prallte mit dem Unterkörper gegen die Tischplatte und mit dem Knie gegen ein Tischbein. Preben schloss die Hand um ihren Nacken und presste ihren Kopf auf die Wachstischdecke.

## 3

Rohde saß im Taxi und wusste nicht, ob er gesagt hatte, wohin er wollte. Aber sie fuhren. Die Stadt flimmerte vorbei, er döste vor sich hin. Plötzlich hielten sie bei seiner Exfrau, vor Ann Charlottes altem Reihenhaus in der Jens Juels Gade. Er fummelte sein Portemonnaie aus der Tasche und versuchte, sich über den Betrag klar zu werden und das Geld zu sortieren; er verlor jedoch rasch die Geduld, warf dem Fahrer ein paar Scheine hin und stieg aus.

Das Haus war dunkel.

Rohde sah auf die Uhr. Die Zeiger schienen verschwunden zu sein. Er fuhr sich mit den Fingern durchs Haar, wischte sich das Gesicht mit einem Taschentuch ab, stopfte das Hemd in die Hose, ging den Plattenweg hinauf und klingelte. Es wurde nicht sofort geöffnet, daher klingelte er noch einmal und hielt den Knopf gedrückt. Dann begann er gegen die Tür zu hämmern, und endlich hörte er jemanden auf der Treppe.

»Wer ist da?«

Finn Moseholm, Ann Charlottes neuer Mann.

»Erik. Ich will mit meiner Frau reden.«

»Erik, bist du betrunken? Geh nach Hause. Es ist spät.«

»Mach endlich auf, du Arschloch!«

Es überraschte ihn, wie laut er brüllen konnte. Die Tür ging auf und Finn Moseholm stand in einem bordeauxroten Bademantel auf dem Absatz, den Gürtel locker geknotet. Darunter war er nackt.

»Ann schläft. Und sie ist *meine* Frau.«

»Und Marie Louise. Ist sie etwa auch deine Tochter?«

»Das habe ich nie gesagt, Erik. Ich respektiere eure

Beziehung, aber du solltest jetzt nach Hause gehen. Komm morgen wieder, wenn du irgendetwas mit uns besprechen möchtest.«

Finn legte eine Hand auf Rohdes Schulter, in seinem Gesicht zeigten sich besorgte Falten. Rohde musterte ihn von oben bis unten. Finn Moseholm. Psychologiedozent. *Narr*. Der Gürtel des Bademantels hatte sich gelöst, Finn stand mit seinem munteren hellhaarigen Bäuchlein und einem blassen Glied vor ihm. Rohde grinste, als er die Hand hob, um sich von Finn Moseholms Hand zu lösen; er stellte sich vor, wie er ihm das Brustbein zertrümmerte und seine Faust auf der anderen Seite des Körpers wieder herauskam. Und in seiner Hand schlug ein kleines jämmerliches Diplompsychologenherz.

»Was ist denn da draußen los?«

Ann Charlotte stand in einem hellen Nachthemd auf der Treppe. Ihr dunkles Haar war zerzaust.

»Erik? Weißt du, wie spät es ist? Sag mal, wie siehst du eigentlich aus?«

Auch Marie Louise tauchte jetzt oben auf der Treppe auf, sie rieb sich die kleinen Augen.

»Hej, Mariemaus. Vater ... ist ...«

Rohde stockte. Ein Kloß steckte ihm im Hals. Er streckte die Hände nach ihr aus.

»Marie, Liebes«, sagte Finn, drehte sich um, lief die Treppe hinauf, ging in die Hocke, zog Marie zu sich heran und küsste sie aufs Haar.

»Erik geht es nicht so gut, Marie, Liebes. Sag tschüs zu ihm, er muss jetzt nach Hause gehen.«

»Tschüs, Papa«, sagte Marie Louise und winkte, Finn hob sie hoch und trug sie nach oben. Rohde starrte auf die dunkle Treppe und konnte sich plötzlich selbst riechen. Sein Blick fiel auf sein Gesicht im Spiegel über der

Kommode. Die Augen waren blutunterlaufen, ein Streifen aus Blut und Rotz zog sich über die Wange. Er war nicht imstande zu sprechen. Er sah dieses bleiche Gespenst im Spiegel, und die Scham stieg in ihm auf, überhaupt hier zu sein. Es war einfach über ihn gekommen. Der Gedanke lag ihm eigentlich fern, aber mit einem Mal war er ihm vollkommen einleuchtend erschienen.

Und falsch!

»Erik, zum Teufel, was willst du?«, fragte Ann Charlotte.

»Ich wollte nur ... sehen, wie es euch geht.«

Er seufzte und wandte den Blick ab.

»Ich mache dir jetzt eine Tasse Kaffee. Danach musst du dann aber wirklich nach Hause gehen.«

Rohde folgte ihr in die kleine Küche. Ann Charlotte verschwand einen Moment und kam mit einem Waschlappen zurück, sie fing an, sein Gesicht zu säubern. Sie hielt ihn am Nacken und arbeitete sehr konzentriert. Ihr Duft, ihre weichen Finger. Er schnüffelte. Als sie fertig war, ging sie zum Herd und setzte Wasser auf.

Kurz darauf stand eine Tasse Nescafé vor ihm auf dem Tisch.

Er setzte sich, fasste die Tasse mit beiden Händen. Ann Charlotte blieb an der Spüle stehen.

»Ann. Ich habe mir gedacht ...«

»Er ist noch hier?«

Finn. Er war wieder heruntergekommen und stand in der Tür, den Gürtel hatte er straff gezogen, seine Füße steckten in Pantoffeln.

»Erik«, begann er, »das war sehr, sehr unbedacht von dir. Ich bin seit Langem dieser Ansicht und Hans Henning, der Chefpsychologe der Klinik, ist auch meiner Meinung, und Ann und ich, also, wir haben auch schon darüber gesprochen, dass es am besten für Marie ist, wenn sie nicht ... ich glaube nicht, dass sie sich bei dir geborgen fühlt, Erik. Und nun kommst du hierher ... Es ist ein Termin beim Jugendamt anberaumt worden.«

Das war das Stichwort, *Jugendamt*! Rhode breitete die Arme aus, er fühlte sich vier Meter groß, als er den Stuhl wegstieß und Finn an die Gurgel ging, eine Hand am Gürtel, die andere um dessen Hals. »Du, du, du, du ...« Seine Zunge verknotete sich, aber er drückte Finn gegen die Wand. Finns Atmung stand vor dem Kurzschluss, Schweiß trat auf sein Gesicht, Panik in seine Augen. Rohde kickte die Kellertür auf und schickte ihn mit einem Tritt hinunter, Finn polterte, ängstlich schreiend, die Treppe hinunter. Rohde schlug die Tür hinter ihm zu und schob den Riegel vor.

Ann Charlotte reagierte nicht. Sie stand an der Spüle und blickte in den kleinen Garten.

»Ich kann nicht mehr, Ann. Ich habe Maries Kopf gesehen, als sie geboren wurde. Ich hielt ihn in meinen Händen ... kann ich nicht ... könnten wir nicht versuchen ...?«

Sie atmete tief ein, warf ihm einen raschen Blick zu und schaute dann wieder weg.

»Erik«, sagte sie, als würde sie seinen Namen ausspucken, »es ist zu spät. Und das schon seit Langem. Es geht auch um mein Leben, oder? Und um Marie Louises ...«

Sie schwieg.

»Bist du glücklich, Ann? Wirklich glücklich?«

»Würdest du bitte gehen.«

Larsen war früh ins Bett gegangen, aber er fand keine Ruhe. Er wälzte sich hin und her, warf die Bettdecke ab. Bodil ging ihm nicht aus dem Kopf. Er versuchte an Knud Heinesen zu denken. Erstaunlich, dass der Finanzminister zurückgetreten war. Er hatte eine Abwertung der Krone und rigide Gesetze gefordert, doch mit diesen Vorschlägen waren die Gewerkschaften nicht einverstanden. Sie hatten an der Idee einer sogenannten ökonomischen Demokratie einen Narren gefressen und wollten an die Macht. Aber niemand war bereit, sie dem Gewerkschaftsbund zu überlassen. Abgesehen vom Gewerkschaftsbund selbst. Die Verhandlungen hatten sich festgefahren. Es sah überhaupt nicht gut aus. Weder für die Sozialdemokratie noch für das Land oder die Zahlungsbilanz.

Auch nicht für ihn.

In diesem Moment klingelte das Telefon.

Es war garantiert Gitte, seine Tochter. Er hatte vergessen, sie anzurufen. Er hatte auch vergessen, was er ihr von ihrer Mutter ausrichten sollte. Beides.

Larsen setzte sich auf und schaltete die Nachttischlampe ein. Ihm wurde so schwindlig, dass er einen Moment auf der Bettkante sitzen bleiben musste, um sich zu erholen. Im Nebenzimmer klingelte der Apparat. Fluchend kam er auf die Beine und stolperte ins dunkle Wohnzimmer, kam aber zu spät. Er überlegte, ob er zurückrufen sollte. Allmählich wurde er kurzatmig, das Herz hämmerte in seiner Brust. Er hatte vergessen, seine Medikamente zu nehmen. Man hatte ihm drei Präparate verschrieben, eins half gegen den hohen Blutdruck, ein anderes gegen die Nebenwirkungen. Er nahm das harntreibende Centyl, Betanidin, von dem man sich benommen und schwindlig fühlte, und schließlich Apresolin, das nicht gut für die Nieren war.

Er legte die Tabletten auf die Zunge und füllte den Zahnputzbecher mit Wasser. Hinterher versuchte er zu pinkeln. Er starrte in die Lokusschüssel und presste und presste.

*Wir fahren nicht auf dem Rand eines Abgrunds, aber wir halten darauf zu.*

Als er wieder im Bett lag, klingelte das Telefon erneut, diesmal kam er rechtzeitig ins Wohnzimmer.

Es war Ann Charlotte.

»Entschuldige, dass ich so spät anrufe. Bist du schon im Bett?«

»Ja, eigentlich ... Ann, das ist lange her.«

»Ja. Ich hätte dich anrufen müssen. Wegen Gerda und alldem.«

Stille. Er wusste nicht, was er sagen sollte. Er streckte sich und bekam die Prince-Packung auf dem Sofatisch zu fassen, klemmte den Hörer zwischen Kinn und Schulter.

»Erik ist gerade hier gewesen«, berichtete sie. »Er ist völlig durchgedreht. Er kam hierher, hat ein unglaubliches Theater gemacht und ist auf Finn losgegangen.«

»Finn?«

»Ja, meinen neuen Mann. Ich dachte mir, du könntest vielleicht versuchen, Erik zu finden und mit ihm zu reden.«

»Hat er gesagt, wo er hinwollte?«

»Nein. Ich habe ihn rausgeschmissen. Ich habe ihn noch nie so erlebt, so unglücklich. Ich dachte, alles wäre gut. Er ist doch mit diesem neuen Mann zusammengezogen, diesem ... Søren. Und dann kommt er plötzlich hierher, ist besoffen und will mich zurück.«

»Verstehe ich gut.«

»Wie bitte?«

»Ach nichts.«

»Ich weiß nicht, was los ist. Was habe ich denn bloß falsch gemacht, Ole?«

»Gar nichts. Du hast gar nichts falsch gemacht.«

»Versprichst du mir, dass du ihn findest und mit ihm redest?«

»Ich werd ihn finden.«

Er legte auf und sah auf die Uhr. Kurz nach Mitternacht. Er schlief miserabel, seit Gerda im Krankenhaus lag. Eigentlich brauchte er den Schlaf, aber er konnte schlecht ablehnen, Rohde zu helfen. Bis vor einigen Jahren hatten sie zusammengearbeitet, doch dann hatte ein völlig irrwitziger Fall Rohdes Leben und Karriere zerstört. Larsen hatte noch immer das Gefühl, eine gewisse Verantwortung für ihn zu haben. Außerdem mochte er Ann Charlotte. Egal, ob Rohde es eher mit Männern als mit Frauen trieb, mit ihr hätte er zusammenbleiben müssen. Er zog den Schlafanzug aus, schlüpfte in seine Klamotten und fuhr sich rasch mit einem Kamm durch die Haare, bevor er in die Nacht hinausging.

Es war kalt und es regnete. Rohdes Wunde war wieder aufgeplatzt, sein Rausch schien nachzulassen. Es rumorte in ihm wie in einem gewaltigen leeren Magen, der knurrte und mehr haben wollte. Finn hatte recht. Ann Charlotte hatte auch recht. Alle hatten recht. Nur er nicht. Er hatte sich eingebildet, sich selbst gefunden zu haben, als er sich als schwul outete, aber es hatte sich als eine große fette Lüge erwiesen. Er ging an den Seen entlang nach Hause. Die nackten Rosskastanienbäume waren kohlschwarz und hässlich.

Erik Rohde stand vor der eigenen Wohnung auf der Straße. Oben brannte noch Licht. Er konnte jetzt nicht zu Søren und Pelle hinauf. Er hielt ihr Gequassel und ihre Entschuldigungen nicht aus. Er träumte, dass sie fort wären. Dass Søren gepackt und all seine Sachen, inklusive den klapperdürren Pelle, mitgenommen hätte. Aber sie hatten ja auch recht. *Er* war das Problem. In Wahrheit war er ja gar nicht schwul, allenfalls bi. Ein Schwuler, der sein Coming-out am liebsten rückgängig machen würde und dennoch gern beides wäre.

Er wollte und er wollte nicht.

Wenn es jemanden gab, der zur Hölle fahren sollte, dann war er es.

Rohde ging in den Ørstedpark. Die Dunkelheit vibrierte. Ein paar junge Burschen standen an einer Bank und teilten sich einen Joint. Er ignorierte sie und ging weiter. Er wurde von unsichtbaren Händen geleitet, über die Wege hinunter zum See. Auf der Brücke stand ein großgewachsener Kerl mit Koteletten, er trug eine Lederjacke und ein Bandana. Rohde blendete alles andere aus und ließ sich in die Büsche dirigieren. Der andere verlangte, dass er sofort auf die Knie ging, er zwang ihn, sich hinzuhocken. Sollte er darum bitten? Ja. Er hob den Kopf, um den Mann anzusehen, und bekam einen Schlag aufs Ohr. Er sollte ein Hund sein. Aber Rohde wollte nicht, er schüttelte den Kopf und machte den Mund nicht auf. Wieder wurde er geschlagen, sein Kopf wurde festgehalten, dann gab er nach. Wollte doch. Er schloss die Augen, und das Bild war wieder da, der Kinderkopf. Er ließ den Kopf los, ließ ihn auf die Erde fallen. Wie eine Vase, die zersplitterte, ein Weinen, das in tausend Stücke zersprang. Ihm wurde übel, er brauchte Luft, es rumorte in seinem Magen, es brannte in seinem Mund, er konnte nicht mehr, wollte nicht mehr. Er zog den Kopf zurück und erbrach sich über den Stiefeln des Mannes.

Der Schmerz kam erst später, als er unterhalb der Brücke stand.

Er hatte grässliche Schmerzen an der Stirn, als er den Abhang hinunterrollte.

Hinein in den Abgrund.

# 4

Es klingelte in Anitas Ohren, sie konnte den Kopf kaum bewegen. Dann kam der Raum zurück, wie in Zeitlupe sah sie René, der mit einer Flasche Bier in der Hand an der Wand lehnte, den Daumen im Flaschenhals. Der Ton kehrte zurück, *plop*, als der Daumen herausgezogen wurde. Er grinste. Preben zerrte an ihr, er wollte ihr die Jeans ausziehen. Sie schüttelte den Kopf und versuchte, sich aus seinem Griff zu befreien, aber sie saß fest wie in einem Schraubstock, den Kopf gegen die Wand gepresst. Vor ihr stand eine Schale mit Äpfeln, jetzt griff er nach ihrem Höschen, und dabei löste er seinen Griff und sie konnte sich umdrehen und mit der Hand an ihren Knöchel greifen. Sie ließ das Bowiemesser an seinen Hals federn und presste die Klinge dagegen.

Er zuckte zusammen.

»Lass los!«

Eine Weile bewegte sich niemand. Er hielt sie am Hals fest, sie drückte das Messer an seine Schlagader. Blut sickerte heraus. Preben trat einen Schritt zurück und breitete nonchalant die Arme aus. Noch bevor er reagieren konnte, hatte sie ihm die Walther aus der Hose gerissen, entsichert und auf ihn gerichtet.

»Rüber an die Wand! Hände über den Kopf. Beide. Los!«

Sie nahmen die Hände über den Kopf, rührten sich aber nicht. Sie blieben einfach stehen und grinsten blöd.

»Schätzchen, hast du jemals außerhalb des Schießstands eine Waffe in der Hand gehabt?«

Sie ging einen Schritt auf Preben zu und schlug ihm mit dem Schaft aufs Kinn, dass er zurücktaumelte.

»Los jetzt! Ich meine es ernst, Preben, René. Sofort! Auf die Knie.«

»Verdammt, Anita.«

»Sofort!«

»Die ist wirklich echt wahnsinnig, deine Ex, Preben.«

René grinste nicht. Auch Preben grinste nicht mehr. Sie knieten sich.

»Rüber zur Heizung.«

Sie krochen dorthin.

»Handschellen anlegen. Du zuerst, René, und zwar hinter dem Heizkörper, dann legst du den Ring von der anderen Seite an, Preben. Und ich bekomme den Schlüssel. Verstanden?«

René ließ die Handschelle um sein linkes Handgelenk klicken und schob sie Preben zu. Er rührte sich nicht. Anita nahm einen Apfel aus der Schale und warf damit nach ihm.

»Los, zum Henker!«

Noch einen. Und noch einen. Sie traf ihn mit einem Golden Delicious mitten auf die Stirn. Endlich schloss er die Handschelle an und warf den Schlüssel auf den Boden. Sie hob ihn auf.

Jacob hatte sie vollkommen vergessen. Er stand ganz still in der Ecke. Sie ging zu ihm, nahm ihn bei der Hand und führte ihn aus der Küche. Er war stocksteif, seine Augen nass, Rotz lief ihm aus der Nase. Sie umarmte ihn, drückte ihn an sich und flüsterte »Entschuldigung, Schatz«. Dann ging sie zurück in die Küche und riss drei Blatt von der Küchenrolle ab, die auf dem Küchentisch lag.

»Nach dieser Nummer verlierst du ihn, das schwöre ich dir«, brüllte Preben mit sich überschlagender Stimme.

Sie schaute Preben an. Er hatte kein großes Maul mehr. Er hatte Angst. War sie zu weit gegangen? Könnte ihr das schaden? Sie zögerte einen Moment, bevor sie auf die beiden zuging.

»Aha, du bist also doch nicht so saublöd, wie ich dachte«, sagte Preben.

Anita blieb stehen. Sie spreizte die Beine, beugte sich vor und fasste ihnen in die Haare. Dann zählte sie im Geist bis drei und knallte die Köpfe der beiden zusammen.

Jacob bekam die Blätter von der Küchenrolle, um sich damit die Nase zu putzen.

Larsen zog den Mantel über die Ohren und schob die Pforte zum Ørstedpark auf. Es hatte genieselt, die Temperaturen waren bis auf den Gefrierpunkt gefallen, es war ganz einfach nasskalt. Zunächst hatte er bei Rohde zu Hause angerufen, aber dort nahm niemand ab, dann war er im Why Not und ein paar anderen Schwulenkneipen in der Innenstadt gewesen. Er hatte mit einem Mann geredet, der Rohde offenbar am späteren Abend im Park gesehen hatte.

An der Bank unter der Laterne standen ein paar halbstarke Jungen. Larsen ging zu ihnen und zeigte seine Marke, eigentlich nur, um keine Missverständnisse aufkommen zu lassen, aber es erwies sich dennoch als Fehler – sie klappten zu wie die Austern und ignorierten ihn. Doch dann kam ein anderer Bursche, um die zwanzig, in Lederjacke und Jogginghose, das Gesicht ein wenig geschwollen oder einfach nur dick. Und er war bereit zu reden, wenn er dafür eine Zigarette schnorren konnte.

Larsen klopfte eine Prince aus der Packung.

»Du willst diesen schwulen Bullen finden, oder?«

»Er heißt Erik Rohde und ist Polizeibeamter, ja.«

»Dann wohnt er zusammen mit Søren und Pelle gleich da oben.«

Der Bursche deutete mit der Zigarette in der Hand zwischen die Bäume.

»Ja, er teilt die Wohnung mit jemandem, der Søren heißt. Von Pelle weiß ich nichts.«

»Pelle und ich waren mal zusammen.«

»Na, herzlichen Glückwunsch. Weißt du, wo er ist?«

»Er war heute Abend hier, vorhin, ich hab mich ein bisschen mit ihm unterhalten. Wieso willst du ihn finden? Hat er was angestellt?«

»Ich will ihn einfach nur finden und mit ihm reden.«

Der Junge nickte, während er an der Zigarette zog. Ein kleines verschlagenes Lächeln zeigte sich auf seinen Lippen.

»Es geht mich ja eigentlich nichts an, aber wenn du 'n Fünfziger rausrückst, dann weiß ich vielleicht, wo du suchen solltest.«

Larsen hatte Lust, diesem fiesen Grinser den Kopf zu waschen, ihn aufs Revier zu schleppen und dort auseinanderzunehmen. Stattdessen holte er vier Zehnkronenscheine aus dem Portemonnaie und musste dann noch in seinen Hosentaschen kramen, damit er fünfzig Kronen zusammenbekam. Es stimmte genau, inklusive einiger Zehn- und Fünføremünzen.

»Und?«

»Im Men's Club in der Istedgade.«

»Und was macht dich so sicher, dass ich ihn dort finde?«

»Er wirkte verzweifelt, und da ist es ziemlich normal, dass man dahin geht.«

»Was heißt das?«

Der Junge klemmte die Kippe zwischen die Finger, sog den Rauch durch die Hand ein und riss die Augen auf.

»Du hättest ihn sehen sollen, Mann. Er war verprügelt worden, aber es sah so aus, als ob ihm das überhaupt nichts ausmache, als wär's ihm scheißegal. Ich sagte, er soll nach Hause gehen und schlafen ...«

»Ja, das hast du bestimmt getan. Und wahrscheinlich hast du ihm auch ein Pflaster draufgeklebt und ihm angeboten, ihn nach Hause zu begleiten. Erzähl mir vom Men's Club.«

Der Junge setzte eine beleidigte Miene auf und nahm noch einen Zug.

»Na ja, das ist so 'n Klub für Männer, oder. Mit 'ner Disko, die alles spielt, was angesagt ist, D.A.F., Grace Jones, High Energy, Jimmy ›Bo‹ Hornes, Donna Summer. Es gibt eine Sauna. Und außerdem einen Raum, der ein bisschen speziell ist, ja; also, den kennen nicht so viele.«

»Aber du schon?«

»Ja. Ich war mal da, mit Pelle, er wollte gern, aber ich habe mich nicht getraut. Offenbar passieren da ein paar wirklich üble Sachen. Er wird *Der Raum* genannt.«

»Der Raum?«

»Ja, frag einfach nach dem Raum.«

Larsen warf seine Kippe auf den Boden und ging, ohne sich zu verabschieden. Er lief durch den Park auf die Vester Voldgade. Er überquerte den Rathausplatz in Richtung Hauptbahnhof.

Unter der Bahnhofsuhr saß eine Gruppe Penner, die Bier tranken. Er nahm die Treppe zum Ausgang Reventlowsgade. An der Mariakirke standen die Nutten aufgereiht wie Mannequinpuppen.

Bis zum Men's Club musste er die Istedgade noch ein

Stück weiter gehen. Eine diskrete Fassade aus schwarzem Glas, darauf *Men's Club* in Pink, daneben weiße und orangefarbene Silhouetten von tanzenden und posierenden Männern. Es roch nach Rauch und Männerschweiß, als Larsen das Lokal betrat. Im Flur dröhnte ein schwerer Bass. Die Gäste hingen herum und knutschten oder bewegten sich träge zur Diskomusik. In der Diskothek mit einer Bar in der Mitte hing eine große rotierende Diskokugel, die flimmernde Leuchtfetzen durchs Lokal schleuderte, über der abgesenkten Tanzfläche. Etwa dreißig Gäste hielten sich in dem Laden auf, aber lediglich ein Pärchen tanzte. Ein Mann in einem dunklen Rollkragenpullover und sehr blonden Koteletten tanzte Wange an Wange mit einem jungen Burschen in einer schneeweißen Hose.

Larsen zeigte ein paar Leuten an der Bar Rohdes Foto. Es stammte aus Rohdes Zeit in der Abteilung A, jetzt hatte er sicher längeres Haar. Niemand erkannte ihn wieder. Er ging noch einmal zum Eingang und hielt das Bild einem großen Mann in Lederhose hin, der aussah wie der Rausschmeißer. Er warf einen einzigen Blick auf das Bild und nickte in Richtung Treppe. Larsen ging hinunter und kam in einen Keller. Der Gang teilte sich, die Wände waren ochsenblutrot, mit Gaze umwickelte Rohre hingen unter der Decke. Es sah öde aus. Er ging auf eine der Türen zu und rüttelte an der Klinke, sie war abgeschlossen. Von oben hörte er die Musik wie ein schwach klopfendes Herz. Er legte die Hand auf die Klinke der nächsten Tür. Dann wollte er plötzlich nicht mehr. Er hatte keine Lust, Rohde hier zu begegnen. Es gab keinen vernünftigen Grund, hier einfach so einzudringen. Es war Rohdes private Entscheidung.

*Soll ich, soll ich nicht?*

Ich mach es wegen Ann Charlotte, dachte er, als er die Holztür aufstieß.

## 5

Anita schloss vorsichtig die Tür, schlich ins Badezimmer und zog sich aus. Über eine Stunde hatte sie bei Jacob gelegen, der keine Ruhe finden konnte. Er klammerte sich an sie wie ein Affenjunges. Schließlich waren seine Atemzüge ruhiger geworden und die Gliedmaßen erschlafft. Gern hätte sie ihm beim Atmen zugehört, gern wäre sie in dem kleinen Kinderbett liegen geblieben und mit ihrem Sohn im Arm eingeschlafen, aber sie brauchte unbedingt ein Bad und musste sich einfach die Zähne putzen.

Sie schaute sich eine Weile im Spiegel an, sah an sich herunter, streichelte mit einer Hand ihre Brüste und ließ sie dann über den Bauch gleiten. Sie folgte mit dem Mittelfinger der Narbe. Preben hatte versucht, sie lächerlich zu machen und das Selbstvertrauen aus ihr herauszuprügeln. Aber jetzt war es vorbei mit blauen Flecken und blauen Augen, jetzt hatten die Schläge und Demütigungen ein Ende. Und nach dem Gerichtsverfahren am Freitag würde es hoffentlich auch für Jacob überstanden sein.

»Du bekommst ihn nicht«, flüsterte sie in den Spiegel und spürte, wie die Wut wieder in ihr aufstieg. Sie bekam diesen harten Zug um den Mund und hatte einen kurzen Moment den Eindruck, es würde sexy aussehen. Vielleicht sollte sie es mal mit einer Frau probieren, dachte sie, das war doch zurzeit so modern. Aber eher noch brauchte sie ein bisschen Urlaub; gern wäre sie weit weg geflogen, am liebsten auf die andere Seite der Erde. Genau wie diese Schriftstellerin, wie Suzanne Brøgger.

Das Telefon klingelte. Hatte Preben sich etwa schon befreien können?

»Ja?«

»Bist du schon im Bett?«

Es war ihr Chef, Ole Larsen. Sie schaute auf die Uhr. Die Zeiger standen auf 2:50.

»Nein, ich putze mir gerade die Zähne.«

»Dann zieh dich an, wir treffen uns im Keller des Men's Club, Istedgade 110. Sagen wir in fünf Minuten?«

»Men's Club? Was machst du denn da?«

»Komm einfach. Du erfährst die ganze Geschichte, wenn du hier bist.«

»Ich kann nicht. Ich bin allein mit Jacob.«

»Jacob? Gibt's denn niemanden, der ihn für eine Stunde nehmen kann?«

»Nein.«

»Sicher?«

»Ja.«

Am anderen Ende wurde es still. Lange. Im Hintergrund hörte sie einen Bass dröhnen.

»Sag mal, schläft er?«, fragte Larsen.

»Ja, ich glaube schon.«

»Schau nach, ob er schläft.«

Sie legte den Hörer auf den Tisch und steckte den Kopf in Jacobs Zimmer. Es war dunkel und ruhig, und zunächst nahm sie gar nichts wahr, doch dann hielt sie den Atem an und hörte, wie er mit einem leisen Schnaufen Luft holte, das das ganze Zimmer erfüllte.

»Kannst du keinen anderen finden?«, fragte sie, als sie wieder ans Telefon ging.

Seine Stimme wurde plötzlich lauter: »Ich sichere hier einen Tatort – allein. Es brodelt hier, es handelt sich um einen Doppelmord, noch dazu um ein Kind ...«

»Larsen, ich kann nicht. Ich habe Jacob gerade erst von Preben geholt, weil dieser Idiot mit einem Freund saufen war, er ist gerade eingeschlafen und ...«

»Anita?«

»Ja?«

»Gefällt es dir bei der Mordkommission?«

»Ja, natürlich.«

»Wenn du nicht hierherkommst, und ich meine nicht jetzt, sondern sofort, dann kannst du deinen Kram packen und dich morgen früh wieder bei der Sitte melden.«

Sie fuhr zusammen. Larsen hatte ihr noch nie gedroht. Er hatte sie entdeckt, sie habe die *Gabe*, hatte er gesagt. Er hatte sie gegenüber all denen verteidigt, die meinten, Frauen hätten in der Mordkommission nichts verloren. Sie war die erste Kriminalassistentin dort, und sie war einigermaßen stolz darauf. Sie mochte ihn. Larsen war nicht wie so viele andere Polizisten, kein chauvinistischer Angeber und Schwächling. Und sie liebte ihre Arbeit. Sie hörte, wie Jacob sich nebenan im Zimmer umdrehte. Dann traf sie eine Entscheidung.

»Okay. Ich kann in einer Viertelstunde da sein, ich muss mir nur ein Kindermädchen besorgen. Und, Ole?«

»Ja?«

»Ich hoffe, es ist wichtig.«

Ole Larsen rauchte, warf die Zigarette aber fort und trat sie aus, als Anita die Treppe herunterkam. Sie wunderte sich, dass sie vor der Tür weder Polizei noch Absperrungen gesehen hatte.

Anita hatte ihre Freundin Solveig angerufen, die direkt um die Ecke wohnte. Aber Solveig hatte nicht abgenommen. Sie arbeitete als Krankenschwester auf der Intensivstation des Rigshospitals und Anita hatte nicht daran gedacht, dass sie Dienst haben könnte. Es gab noch eine andere Freundin, bei der sie es versuchen konnte, aber die wohnte weit draußen auf Amager. Stattdessen hatte sie ihre Nachbarin Pia herausgeklopft, und es hatte sie einen Fünfziger und eine Viertelstunde Überzeugungsarbeit gekostet, Pia dazu zu bringen, mit ihrem neugeborenen Baby auf dem Sofa zu schlafen.

Larsen lächelte künstlich. Ihr gefiel dieses Lächeln nicht. Was ging hier vor? Sie hatte eine ehemalige – toi, toi, toi – Alkoholikerin als Kindermädchen für ihren Sohn engagiert, um an einen Tatort zu kommen, und er hatte nicht einmal Unterstützung angefordert?

Er bot ihr eine Prince an. Sie griff zu, er gab ihr Feuer.

»Wo sind die anderen?«

»Welche anderen?«

»Na ja, keine Absperrungen, keine Polizeiwagen, nichts ... Die Leute latschen rein und raus.«

»Ich wollte zunächst deine Meinung hören.«

»Okay. Ist es da drinnen passiert?«

Er nickte und sie drückte sich an ihm vorbei, um die Tür zur Sauna aufzuziehen. Doch Larsen legte von hinten seine Hand auf ihre und hielt sie fest; seine Hand fühlte sich warm und weich an. Er flüsterte ihr ins Ohr: »Kannst du dich an Erik Rohde erinnern? Meinen alten Partner?«

»Ja, sicher. Ist er der Tote?«

»Nein. Aber er ist da drin.«

»Was heißt das?«

»Das heißt, dass wir es hier mit einer richtig beschissenen Geschichte zu tun haben. Es ist ein Kollege, und wir sollten ihn hier so schnell wie möglich rausbringen.«

»Wie bitte? Du hast gesagt, es wäre ein Kind dabei. Du hast gesagt, es handele sich um einen Doppelmord.«

»Ja, das ist ja auch so. Da ist ein Mann, ich weiß nicht, wer es ist, und ein kleiner Junge, der … der …«

»Den dein Freund missbraucht hat?«

»Rohde hat niemanden missbraucht, er hat die Täter überrascht und wurde niedergeschlagen.«

»Und woher weißt du das?«

»Ich weiß es einfach.«

Sie musterte sein Gesicht. Er lächelte noch immer so falsch und einschmeichelnd.

»Nichts da. Einen Tatort zu frisieren, da mach ich nicht mit. Auch nicht, wenn's um einen Kollegen geht. Was zum Teufel wird hier gespielt, Ole?«

Larsen drückte einen Moment ihren Arm. Dann strich er ihr Haar zur Seite, hinters Ohr. Er schaute sie mit seinen großen braunen Augen an. Er sah so verdammt vertrauenerweckend aus. Aber genau solche Hundeaugen hatten schon früher zu falschen Entscheidungen geführt und Jahre ihres Lebens ruiniert.

»Ich brauche deine Hilfe, Anita«, sagte er leise. »Ich brauche deine Hilfe wirklich. Wenn Rohde hier nicht verschwindet, ist er am Ende, total am Ende.«

Sie schmiss ihre zu einem Viertel gerauchte Prince auf den Boden, trat sie aus und schob die Tür auf. Aus dem stickigen Raum schlug ihr ein Schwall heißer Luft entgegen. Sie verschaffte sich einen raschen Überblick. Ein schmaler Raum, an einer Seite dreistufige Saunabänke. Totes Licht von einer Leuchtstoffröhre. Ein Mann saß dort mit einem Handtuch um die Hüfte, es musste sich um Rohde handeln. Er nahm keine Notiz von ihr.

Über dem untersten Absatz der Saunabank hing ein großer Mann. Sie sah sich um, konnte aber nirgends den toten Jungen entdecken. Sie trat näher. Hüfte, Hinterbacken und Beine wurden von einem Handtuch bedeckt. Das Frottee hatte sich dunkel verfärbt, auf dem Boden breitete sich ein geronnener See aus Blut und Kot aus. Der Gestank warf sie beinahe um, sie hob die Hand und hielt sich Nase und Mund zu. Sie kannte diesen Geruch von der Sitte, wenn drogensüchtige Nutten in die Zellen kackten. Es war nicht allein der Geruch nach Scheiße und Pisse, Rotz und Schweiß, es war der Gestank nach Angst und Geschlechtsverkehr, nach Schlägen und Demütigungen, der durch alle Poren und Körperöffnungen sickerte.

Der Gestank verkrüppelter, toter Seelen.

Der Ermordete sah allerdings nicht aus wie ein Junkie.

Er war übergewichtig, einhundertzehn bis einhundertzwanzig Kilo schätzte sie, um die sechzig Jahre alt. Ein breiter, behaarter Rücken, unter den Schulterblättern traten die Adern hervor, die Wangen waren rot gesprenkelt. Er hatte dichtes schwarzes Haar, das gefärbt sein konnte – und es fehlte etwas! Man hatte ihm ein ordentliches Stück Kopfhaut an der linken Seite abgeschnitten, ungefähr fünf Zentimeter über dem Scheitel.

Er war skalpiert worden.

Aber wo war der Junge?

Sie ging am unteren Absatz der Saunabank in die Knie, beugte sich vor und schaute unter die Leiche – dort lag er, eingeklemmt unter dem feisten Mann. Ein kleines feingliedriges Kind, nicht mehr als neun oder zehn Jahre alt, kalkweiß und schmächtig, mit hellrotem Haar. *Dornröschen schlief wohl hundert Jahr, hundert Jahr.* War er erstickt? Sie legte die Hand an den Hals des Jungen, spürte aber keinerlei Puls. Dann legte sie ihm die Hand auf die Wange und drückte zwei Finger zusammen, bis sich eine Blutblase bildete, und langsam, unendlich langsam, wie bei einer Wasserleiche, die allmählich auftaucht und sich dreht, röteten sich die Wangen.

Als die Augen aufklappten, erinnerte sie das an eine Porzellanpuppe, der Mund öffnete sich mechanisch, er wurde größer und größer, bis er schließlich ein großes O bildete.

Sie schrak zusammen und zuckte unwillkürlich zurück.

»Er ist nicht tot!«

»Was?«

Larsen kam zu ihr und ging ebenfalls in die Hocke. Ihre Köpfe waren jetzt dicht beieinander, Anita roch sein Aftershave, es betäubte ein wenig den Gestank, half aber nicht gegen den Brechreiz. Sie hielt den Atem an, horchte. Das Gesicht des Jungen glich einer schreienden Maske, aber kein Laut kam über seine Lippen. Larsen murmelte irgendetwas, stieg auf die Bank und griff nach den Schultern der Leiche. Anita packte die Knöchel des Mannes. Er war schwer, sie musste sämtliche Kräfte mobilisieren. Der Mann hatte das erste Stadium der Totenstarre bereits erreicht; die Arme widersetzten sich und die Beine ließen sich in den Kniegelenken nicht mehr bewegen. Als sie ihn umdrehten und losließen, glitt das Handtuch zur Seite und die Bauchdecke klappte auf. Mit einem gurgelnden Geräusch schwappten die Eingeweide aus der Bauchhöhle, die Blutbrühe traf Anitas Hosenbeine. Sie mühten sich mit dem Mann ab und legten ihn mit dem Rücken auf den Boden.

Anita fasste den Jungen unter Nacken und Knie. Sie hob ihn hoch, er wog nichts. Vorsichtig legte sie ihn auf die linke Bank und bedachte Rohde mit einem grimmigen Blick. Der beugte sich über die Leiche. Der Puls des Jungen war schwach. Sie wollte seinen Rücken sehen, drehte ihn um, untersuchte ihn auf Schläge und Narben. Er war blutverschmiert, aber es handelte sich nicht um sein eigenes Blut, es musste von der Leiche stammen. Der Junge wirkte apathisch, bestimmt stand er unter Schock, aber sie fand keinerlei Anzeichen von Gewalt – bevor sie den Enddarm untersucht hatte. Wieder schaute sie Rohde wütend an, er zeigte keinerlei Reaktion.

»Das ist doch Keld Borch«, sagte Larsen, der sich noch immer über die Leiche beugte.

»Wer?«

»Na, dieser steinreiche Unternehmer aus Klampenborg.«

Anita legte ein Handtuch über den Jungen und ging zu Larsen. Am steifen Arm des Opfers hing ein blaues Gummiband mit einem Schlüssel. Man hatte ihm den Bauch aufgeschlitzt. Der Schnitt beschrieb einen Bogen von den Rippen bis zur Leiste. Seine Eingeweide lagen zwischen den Beinen, das Bauchfell war in die Bauchhöhle gesunken. Das Gesicht war blutunterlaufen, die Augen gebrochen. Aber auch sie erkannte ihn jetzt.

»Ich habe ihn gestern im Fernsehen gesehen«, sagte sie. »Zusammen mit der Königin. Sie haben irgendwas eingeweiht ... Mein Gott, es war ein Kinderheim!«

Larsen klopfte bei der Suche nach einer Zigarette auf die Jacke, entschied sich dann aber anders.

»Okay. Wir regeln das jetzt folgendermaßen. Ich nehme Rohde mit ins Hotel West. Er hat sowieso nichts gesehen, es gibt also keinen Grund, ihn hierzubehalten.«

»Das können wir doch nicht machen, Ole. Er ist ein Zeuge. Und was ist mit dem Jungen?«

»Na ja, ihn behalten wir hier. Das müssen wir wohl. Schließlich handelt es sich um einen Tatort.«

Ihr Pony rutschte Anita vor die Augen, sie schleuderte ihr Haar zur Seite, tobte.

»Er ist es doch wohl, den wir zu beschützen haben,

und nicht der da ...« Sie drehte Rohde kurz den Kopf zu. »Wenn du deinen Freund aus der Schusslinie nehmen willst, dann muss der Junge auch weg. Das ist die Bedingung. Er hat schon genug mitgemacht. Wir müssen uns um einen Arzt kümmern, der ihn untersucht, und dann braucht er Ruhe.«

Larsen nickte mechanisch und starrte vor sich hin, als würde er versuchen, die Dinge in einen Zusammenhang zu bringen. Dann ging er noch einmal zu Borch, zog ihm das Gummiband vom Handgelenk und verließ die Sauna. Nach ein paar Minuten kam er zurück. Er hatte die Habseligkeiten des Jungen dabei, einen roten Pullover, Tennisshorts und einen kleinen Rucksack. Auch eine Waschschüssel und einen Lappen hatte er mitgebracht. Anita wusch dem Jungen das Blut ab und zog ihn an, während Larsen den Rucksack des Jungen untersuchte.

»Er stammt aus der Türkei«, sagte er und hielt einen Pass in der Hand, »und heißt Ibrahim Günes. Hier ist auch ein Touristenvisum. Wieso trägt er das alles bei sich?«

»Ich weiß es nicht«, sagte Anita. »Sollten wir nicht zusehen, dass wir hier wegkommen?«

Larsen streckte ihr die Hand hin. Sie kam auf die Beine. Er drängte sie hinüber zu Rohde, nahm dessen Hand, legte sie in ihre. Sie zögerten beide.

»Okay, nun sind wir zu dritt«, sagte Larsen und schloss seine Hand um die der beiden anderen.

# 6

Das Echo der Martinshörner war unüberhörbar. Viel Zeit hatte Anita ihnen nicht gegeben. Larsen trug den Jungen im Arm, eingewickelt in eine schottisch karierte Decke, die sie in einer der Kabinen gefunden hatten. Er atmete stoßweise. Rohde lief steifbeinig vor ihnen her, eine angezündete Zigarette zwischen den Fingern. Larsen hoffte, dass Elo Dienst hatte. Elo war Geschäftsführer des Hotel West. Larsen hatte ihn 1976 kennengelernt, als er für eine Woche zu Hause ausgezogen war. Er hatte Gerda etwas von einem Kurs in Jütland erzählt, aber er ging in Wahrheit ins Hotel, um sich eine Atempause, eine Denkpause zu verschaffen. Damals hatte er mit dem dummen Gedanken gespielt, Gerda zu verlassen, weil er sich Bodil nicht aus dem Kopf schlagen konnte, und so langsam war ihm die Decke auf den Kopf gefallen – deshalb war er auf die Idee mit dem Kurs gekommen, hatte seinen Koffer gepackt, ihr einen Abschiedskuss gegeben und war mit der S-Bahn in die Stadt gefahren.

Er hatte eine angenehme Woche im Hotel West verbracht. Er genoss es, morgens zu Fuß zur Arbeit zu gehen, und er genoss es, allein im Hotelzimmer zu sein. Jeden Abend spielte er Karten und trank Porter mit Elo und Knut, einem Bibelverkäufer aus Vejen. Es hatte sich eine unausgesprochene Freundschaft zwischen Larsen und Elo entwickelt. Elo stellte keine Fragen, und Larsen kam das gerade recht, denn er brauchte einfach eine kleine Auszeit von der Ehe und eine Woche Denkpause – abgesehen davon, dass er ohnehin nicht zum Denken kam.

Dannebrogsgade. Gleich waren sie da, sie mussten nur die kleine Straße links hinuntergehen. Der Junge lag schlapp in seinen Armen und Larsen sah zu, dass er weiterkam.

Aber irgendetwas war nicht in Ordnung.

In der Eingangshalle war es verdammt kalt und die Tische, die normalerweise an den Fenstern standen, hatte man entfernt. Dort stapelten sich ein paar Pappkisten und ein Fernsehapparat, an der Tür zum Restaurant stand eine Gefriertruhe, darauf lag ein zusammengerollter Flokati.

Sie gingen zum Empfang, in dem kleinen Verschlag saß ein Mann und starrte in den Fernseher. Er wandte ihnen den Rücken zu und hatte die Beine hochgelegt. Larsen schlug auf die Glocke, der Mann drehte sich um. Ein ziemlicher Brocken, kahlköpfig, kariertes Hemd, Hosenträger. Er schleppte sich gemächlich an die Rezeption.

»Ja?«

»Ich würde gern mit Elo reden.«

Der Mann hatte etwas unverschämt Langsames. Er schien knapp sechzig Jahre alt zu sein und besaß einen mächtigen, ziemlich ramponierten Schädel mit säuberlich zurückgekämmtem Pomadenhaar.

»Elo?«

»Ja, den Geschäftsführer des Hotels.«

Der andere nickte, als ob er wüsste, von wem Larsen sprach, dann zog er an seiner Cecil, stieß den Rauch aus und entfernte ein paar Tabakkrümel von den Lippen.

»Kenn ich nicht.«

»Wir brauchen ein Zimmer.«

Der Junge begann zu wimmern, er schnappte nach Luft, als würde er unter Atemnot leiden.

Der Mann kniff die Augen zusammen und nickte erneut.

»Ich weiß nicht, was ihr euch gedacht habt, ist mir auch scheißegal. Aber in jedem Fall kostet das fünfhundert extra und ihr räumt selbst hinter euch auf. Ich will weder Blut noch Scheiße auf den Laken sehen, klar?«

»Wir brauchen ein Zimmer«, wiederholte Larsen.

Der Kleine begann zu hyperventilieren. Larsen drückte ihn fester an sich. Wieder nickte der Mann, stülpte die Lippen vor und sog Rauch ein.

»Ich finde, ihr solltet besser verschwinden.«

»Wir gehen nirgendwohin.«

»Sag mal, bist du taub, Freundchen? Ich sagte raus! Raus hier, sofort, oder ich rufe die Polizei.«

Er griff zum Telefonhörer. Larsen knallte seine Marke auf die Rezeption.

»Wir brauchen jetzt dieses beschissene Zimmer«, zischte er zwischen den Zähnen, um den Jungen nicht noch weiter zu erschrecken. »Und du hältst einfach die Schnauze, sonst kommen wir, nehmen dein Hotel auseinander und buchten dich ein!«

Der Portier starrte sie unschlüssig an, dann zog er die Hose hoch und kam hinter der Rezeption hervor, noch immer in diesem bedächtig-trägen Tempo. Das Hotel wirkte tatsächlich heruntergekommen, der Teppichboden war fadenscheinig, hier und da platzte die braune Farbe von der Wand. Larsen verstand nicht, wie sein gemütliches Hotel ein derartiges Dreckloch hatte werden können.

Und Elo? Was war aus ihm geworden? War er krepiert?

Sie gingen die Treppe hinauf, in die vierte Etage. Larsen hatte damals im dritten Stock gewohnt. Eine Leuchtstoffröhre knisterte und blinkte. Beim letzten Mal hatten dort vornehme Glaslampen gehangen, vermutlich hatte man sie abgeschraubt und verkauft. Am Ende des Flures stand ein Reinigungscaddy, daneben lag ein Haufen Handtücher und Bettwäsche. Eine dunkelhäutige Frau mit Kopftuch und blauem Kittel tauchte, ein dreckiges Leintuch im Arm, aus einem der Zimmer auf, warf es auf den Haufen und blickte ihnen nach.

Das kleine Zimmer, das ihnen zugewiesen wurde, hatte ein Fenster zum Hof mit einer Doppelgardine, deren äußere Lage ein undefinierbares grünlila Muster aufwies. Es verfügte über ein kleines Badezimmer, ein kurzes Doppelbett sowie eine zusätzliche Liege. Der Portier trat brummend zur Seite und schlurfte davon. Rohde setzte sich aufs Bett und stützte den Kopf in die Hände. Larsen legte den Jungen auf die Liege. Er hatte sich beruhigt, die Augen waren geschlossen. Larsen breitete eine Bettdecke über ihn und wandte sich an Rohde.

»Schaffst du's?«

Rohde nickte, allerdings sah er müde und ratlos aus. Er schaute abwesend. Larsen kniete sich, legte ihm eine Hand um den Nacken und sah ihm in die Augen.

»Erik, schau mich an. Schaffst du es?«

»Ja.«

»In einer halben Stunde kommt ein Arzt und sieht nach dem Jungen, dann braucht er einfach nur Ruhe und Frieden, okay? Du darfst niemanden hereinlassen. Verstanden? Und schlaf um Gottes willen nicht ein. Er darf nicht abhauen.«

»Nein.«

Larsen seufzte, gab Rohde einen Klaps auf die Wange, stand auf, nahm die Decke aus dem Men's Club und legte sie ihm um die Schultern. Er löschte das Licht und verließ das Zimmer. Auf dem Korridor blieb er einen Moment stehen, atmete tief durch und überdachte noch einmal die Situation. Er hätte Rohde nach Hause und den Jungen ins Krankenhaus schicken sollen. Wenn das hier rauskam oder irgendetwas schiefging, wäre der Teufel los.

Einer der Beamten des 1. Reviers hatte einen kleinen Campingtisch in den schwarzgestrichenen, zwei mal drei Meter großen Raum gestellt, den Anita sich als Verhörlokal ausgesucht hatte. Der Beamte hatte vergessen, Stühle dazuzustellen, also holte sie sich zwei Barhocker aus der Lounge des Men's Club, die sich allerdings als viel zu hoch für den niedrigen Tisch erwiesen.

Sie mussten stehen.

Es war nicht leicht gewesen, die Gäste zum Bleiben zu bewegen. Als die Kollegen mit dem vollen Aufgebot anrückten, vermutete man eine Razzia. Anita hatte sich auf den Tresen stellen müssen und sich heiser geschrien, als sie erklärte, es handle sich nicht um eine Razzia, sondern um einen Todesfall im Keller. Die Polizei werde der Reihe nach sämtliche Gäste über die Sauna befragen, die unter dem Namen *Der Raum* bekannt war. Hinterher könnten alle nach Hause gehen, die Polizei würde die Vormittagszeitungen heraushalten. Niemand würde fotografiert oder kompromittiert werden.

Die Gemüter beruhigten sich ein wenig.

Sie warf ihre Prince auf den Campingtisch, stellte den Kassettenrecorder darauf und holte Feuerzeug und Kugelschreiber heraus. Dreißig bis vierzig Männer warteten in der Lounge hinter der Diskothek, sie saßen auf den Ledersofas, standen herum und rauchten, schliefen oder unterhielten sich. Larsen hatte angeordnet, dass alle von Anita vernommen werden sollten. Kriminalassistent Anton Overgaard hatte protestiert, aber Larsen war der Chef. Sie mussten die Zeugen unter Kontrolle halten, die Rohde gesehen hatten. Anita sah sich um. Es gab alle Typen hier, Männer in Leder, im Anzug und in engen weißen Klamotten. Alte wie Junge.

Sie schaute sich einen Moment einen jungen Burschen mit Lederkappe und aufgeknöpftem Hemd an, der drüben an der Tür stand. Er hatte Rouge auf den Wangen und trug einen Pony, wie sie ihn nur von Mädchen kannte.

Anita bat einen der uniformierten Beamten, ein Polaroidfoto des Kellers zu besorgen. Er sagte *jawohl* und brachte erst einmal einen kleinen geschmeidigen Herren zur Vernehmung – einen Mann in den Vierzigern mit Schnurrbart und einer helmartigen Kurzhaarfrisur. Er trug Jeans und ein rotes T-Shirt mit V-Ausschnitt. Der Beamte reichte ihr ein Clipboard, an das er den Personalausweis geklemmt hatte. Sie schaute kurz drüber und sagte: »Kommen Sie rein ... Peter. Sie müssen leider stehen, wir haben keine Stühle.« Er sagte: »Petter«, und sie: »Was?« Er sagte: »Ich heiße Petter, Petter Jørgensen«; sie erwiderte: »Ah ja, Petter Jørgensen, willkommen«, drückte auf die Starttaste des Tonbands und sagte: »Vernehmung 1.« Dann schaute sie auf die Uhr. Es war 03.42.

Vernehmung 1. Men's Club, Istedgade 110,
1656 Kopenhagen V, 29.10.1979, 03.44 Uhr,
Vernehmung von Petter Jørgensen
durch KA Anita Jensen.

PJ: 3. Mose, 20,13.
AJ: 3. Mose, was ?
PJ: Wenn jemand bei einem Manne liegt wie bei einer Frau, so haben sie getan, was ein Greuel ist, und sollen beide des Todes sterben; Blutschuld lastet auf ihnen.
AJ: Ich verstehe nicht.
PJ: Es war mein Vater. Wenn es ihm gekommen war, drehte er sich eine Zigarette,

und dann kam das. Der Vers. Und wissen Sie, was er dann sagte?

AJ: Nein.

PJ: Möchtest du gern sterben, Petter? Diese Worte, jedes Mal. Willst du gern sterben, Petter?

AJ: Sie haben heute Nacht etwas gesehen, oder?

PJ: Es saß ein Mann darin. In diesem Raum. Den sie Den Raum nennen. Ich wollte einfach hinein und vergessen. Aber es war bereits jemand da. Ein fetter Mann. Und dieser kleine Junge neben ihm auf der Bank. Der Mann drehte sich mir zu, als hätte er jemand anderen erwartet. Dann zischte er: Sieh zu, dass du rauskommst, du Schlappschwanz. Und wissen Sie, was ich getan habe?

AJ: Nein.

PJ: Ich habe es getan. Ich bin gegangen.

AJ: War es dieser Mann?

PJ: Mein Gott, was haben sie mit ihm gemacht?

AJ: Erkennen Sie ihn wieder?

PJ: Ja, das ist er.

AJ: Und Sie glauben, er hat auf jemanden gewartet?

PJ: Ja.

AJ: Nannte er einen Namen?

PJ: Nein ... Nein, ich glaube nicht.

AJ: Beschreiben Sie den Jungen.

PJ: Er war zehn. Vielleicht acht. Dunkle Haut, aber mit ganz blauen Augen.

AJ: Hatten sie Verkehr?

PJ: Nein. Sie saßen einfach nur da.
AJ: Können Sie sich erinnern, wie spät es war?
PJ: Ungefähr halb zwei, glaub ich.

Anita notierte sich: *Das Opfer wies 03.15 beginnende Totenstarre auf, der Tod trat frühestens 1 Stunde vorher ein. Todeszeitpunkt? 01.30/45–02.15. Er erwartete jemanden. Einen Mitschuldigen? Wen? Ist er noch hier?*

Vernehmung 13. Men's Club, Istedgade 110, 1656 Kopenhagen V, 29.10.1979, 04.48 Uhr, Vernehmung von Knud Rehling Knudsen durch KA Anita Jensen.

MRK: Nein, mein Name ist nicht Knud. Ich heiße Mogens. Ihre Kollegen sind inkompetent. Mein Name ist Mogens Rehling Knudsen. Und es ist bald fünf. Ich habe anderthalb Stunden gewartet. Darf ich mich nicht setzen?
AJ: Nein. Sie sagen, Sie wären schon häufiger in der Sauna im Keller gewesen, die Der Raum genannt wird. Wie oft?
MRK: Weiß ich nicht.
AJ: Zehnmal?
MRK: Nein, weniger. Fünfmal, vielleicht.
AJ: Waren Sie heute Nacht im Raum?
MRK: Nein. Ich bin erst zwanzig Minuten hier gewesen, als Sie und Ihre Kollegen kamen. Wie oft soll ich das noch sagen? Könnten Sie nicht wenigstens aufhören zu rauchen?
AJ: Nein. Erklären Sie mir, was den Raum zu etwas Besonderem macht?

MRK: Ich bin allergisch.

AJ: Erzählen Sie mir von dem Raum.

MRK: Nicht gerade die große Höflichkeit, auf die man heutzutage bei der Polizei stößt.

AJ: Fangen Sie bitte einfach an, ja?

MRK: Na ja. Es läuft eigentlich wie in jeder anderen Privatkabine. Aber es hat einen besonderen ... Status. Normalerweise weiß man ja nicht, wie weit die Leute gehen wollen. Aber im Raum weiß man das.

AJ: Was weiß man?

MRK: Dass es dort überhaupt keine Regeln gibt. Oder besser gesagt, nur eine einzige Regel. Man erzählt nicht, was man macht. Anonymität.

AJ: Und die gibt es in anderen Saunen nicht?

MRK: Vielleicht, vielleicht aber auch nicht.

AJ: Sind Sie sich darüber im Klaren, dass es in dem Raum zu pädophilen Handlungen kommt?

MRK: Ja, so nennt ihr das wohl.

AJ: Was soll das heißen?

MRK: Alle Jungs vögeln doch gern. Einige wollen vögeln, andere gevögelt werden, aber alle mögen Sex. Sobald sie Haare am Sack haben, sind sie so weit. So ist das.

AJ: Sex mit älteren Männern, wollen Sie das sagen?

MRK: Ja. Es gibt ein paar, die wollen nicht

Schwule genannt werden, aber sie mögen's trotzdem.

AJ: Hatten Sie selbst Sex mit Jungen?

MRK: Jetzt habe ich aber langsam genug von dem Mist hier. Und Sie lassen mich auch noch stehen. Als wär ich ein Verbrecher.

AJ: Sind Sie es denn? Hatten Sie im Raum Sex mit Kindern, Herr Knudsen?

MRK: Nein. Nicht mit Kindern. Ich kenne das Gesetz.

AJ: Und kennen Sie auch diesen Mann?

MRK: Ja.

AJ: Wissen Sie, wie er heißt?

MRK: Ja, wissen das nicht alle? Das ist Direktor Keld Borch.

AJ: Hatten Sie zusammen mit Direktor Keld Borch Sex mit Minderjährigen?

MRK: Nein, hab ich doch gesagt.

AJ: Woher kommen die Jungen?

MRK: Weiß ich nicht.

AJ: Sind es Stricher?

MRK: Ich weiß es nicht. Vielleicht.

AJ: Sind es Türken?

MRK: Woher wissen Sie das?

AJ: Egal. Sind sie es?

MRK: ...

AJ: Herr Knudsen, wer beschaffte die Jungen für Direktor Borch?

MRK: Ich weiß es nicht. Ich weiß überhaupt nichts. Nichts Konkretes.

AJ: Wir wissen, dass Keld Borch heute Nacht auf jemanden wartete. Einen Mittäter. Waren Sie es?

MRK: Nein!

Anita notierte: *Große Kenntnis des Raums. Pädophil. Ein Pädophilenring?*

Vernehmung 17. Men's Club, Istedgade 110, 1656 Kopenhagen V, 29.10.1979, 05.25 Uhr, Vernehmung von Kristen Rasmussen durch KA Anita Jensen.

AJ: Ich bin müde, wollen Sie nicht diese Zipfelmütze absetzen? Und sich das Hemd zuknöpfen.
KR: Kannst du meine Tätowierungen nicht leiden? Schau mal, das ist ein Weihnachtsherz. Mit zwei Flammen! Ho, ho, ho, jetzt wirst du dein blaues Wunder erleben.
AJ: Spielen Sie jetzt den Weihnachtsmann?
KR: Ja! Und ich habe ein Geschenk für all die kleinen Pillermänner!
AJ: Hören Sie auf! Machen Sie die Hose wieder zu. Nein, ich will ihn nicht sehen!
KR: Ist er nicht einfach ... gigantisch?
AJ: Mit der Nummer haben Sie sich mindestens zwanzig Tage Bau eingehandelt.

Anita notierte: *Weihnachtsmärkte in Kph. und Umgebung warnen.*

Vernehmung 23. Men's Club, Istedgade 110, 1656 Kopenhagen V, 29.10.1979, 05.59 Uhr, Vernehmung von Stig Røntved durch KA Anita Jensen.

SR: Das ist einer unserer festen Kunden, ja. Keld.
AJ: Wann kam er?
SR: Ich habe ihn heute Nacht nicht gesehen.
AJ: Was soll das heißen? Haben Sie nicht gesehen, mit wem er zusammen war?
SR: Im wortwörtlichen Sinn, nein. Keld kommt immer allein. Wissen Sie, diskret, aus der älteren Generation.
AJ: Wir wissen, dass er einen kleinen Jungen dabeihatte, dunkelhäutig, ungefähr zehn Jahre alt. Bringt er ihn häufiger mit?
SR: Das hier ist ein Klub für Erwachsene, also nein. Und heute Nacht war er nicht da.
AJ: He, wir fanden den ermordeten Keld Borch im Keller und einen kleinen Jungen am Tatort. Wie ist er hier reingekommen?
SR: Dann muss er geflogen sein, denn ich habe seit neun hier gesessen.

Anita notierte sich: *Lügner? Heimlicher Eingang? Beides?*

Vernehmung 37. Men's Club, Istedgade 110, 1656 Kopenhagen V, 29.10.1979, 06.15 Uhr, Vernehmung von Gert la Cour durch KA Anita Jensen.

AJ: Was haben Sie da unter der Jacke?
GlC: Nichts.

AJ: Aufmachen.
GlC: Sie müssen vorsichtig sein. Sonst.
AJ: Zum Teufel noch mal! Nimm die Ratte weg!
GlC: Ich habe doch gesagt, Sie sollen aufpassen. Na, na, mein kleiner Freund. Komm zu Papa. Er ist KEINE Ratte. Hermes ist ein Hermelin und er reagiert, wenn jemand Furcht zeigt.
AJ: Wenn Sie dieses ... verdammte Vieh nicht an sich nehmen, erschieß ich's.

Anita notierte: *Igitt. Tierschutz.*

Erhard Kyed, der Leiter der Technischen Abteilung, hatte an den Füßen des Toten eine Kamera auf ein Stativ gestellt und richtete gerade einen Scheinwerfer ein, der die Leiche einen Schatten werfen ließ. Borchs Arme knickten oberhalb der Ellenbogengelenke ab, die Finger spreizten sich, und als Kyed die Lampe justierte, sah es einen Moment lang aus, als ob die Leiche mit den Armen fuchtelte, um diesen Tintenfisch aus Organen zurückzustopfen, der aus dem Körper geglitten war.

»Ich bin ziemlich sicher, dass der Mann nicht in dieser Stellung gestorben ist«, erklärte Kyed.

Larsen starrte auf Kyeds nikotingelben Schnurrbart. In seinem Mundwinkel hing ein kalter Zigarillo. Er trug noch die Bauchbinde, eine Caminante.

Sie sahen sich in die Augen.

»Ich habe ihn umgedreht«, sagte Larsen.

»Und wieso, wenn man fragen darf?«

»Hier war ein Kind, Erhard. Wir mussten ihn umdrehen.«

Kyed schüttelte den Kopf.

»Du solltest es besser wissen, Herr Vizekriminalkommissar. Er hat, sagen wir, ein paar Stunden dort gelegen, und ich war in weniger als zwanzig Minuten hier.«

»Meinem Urteil nach ...«, unterbrach ihn Larsen, gab es aber auf, formal zu werden. »Zum Teufel, Kyed. Es handelte sich um einen kleinen Jungen, nicht älter als acht oder zehn Jahre. Er lag unter der Leiche und war kurz vorm Ersticken, wir haben geglaubt, er wäre tot ...«

»Hast du noch was anderes gedreht?«

»Was meinst du?«

Er bekam keine Antwort. Sie blickten auf die Leiche. Keld Borch lag mit aufgerissenen Augen am Boden, als starre er an die Decke. Kyed zog ein Feuerzeug aus der Tasche und zündete sich den Stumpen an. Der Duft von Rauch vermischte sich mit dem Leichengeruch. Larsen wurde übel.

»Was kannst du mir schon sagen, Erhard?«

»Tja, was kann ich dir schon sagen? Ich kann dir erzählen, dass ich diesen Herrn vor weniger als einem Monat einen Vortrag bei den Rotariern habe halten hören. Direktor Keld Borch sprach darüber, wie wir Kindern kambodschanischer Flüchtlinge helfen können. Aber darüber hinaus kann ich nicht viel erzählen, nachdem du und Anita hier herumgetrampelt seid, die Leiche umgedreht und den Jungen weggeschafft habt ...«

»Kyed, hör auf!«

»Well ... wenn du mir genau erzählst, wie du ihn gefunden hast, und ich meine wirklich *genau*, könnte ich möglicherweise mit einer allgemeineren Einschätzung dienen.«

Larsen seufzte und brachte seine Version. Er hatte gegen drei Uhr einen Tipp bekommen und war, eine Viertelstunde bevor er die Einsatzkräfte alarmiert hatte, mit

Anita eingetroffen. Sie hatten Borch auf der untersten Stufe der Saunabank gefunden, er lag auf dem Bauch, der Junge hatte bewusstlos unter ihm gelegen, auf dem Rücken. Borch befand sich im ersten Stadium der Leichenstarre, er war also ungefähr eine Stunde tot. Es gab keinerlei Anzeichen eines Kampfes.

»In flagranti also. Habt ihr in das Blut getreten?«

»Ich weiß nicht ... nein, es muss der Täter gewesen sein.«

Kyed schnitt eine Grimasse und betrachtete die Blutspuren auf dem Boden. Sie waren breit und schwarz, als hätte sich eine Echse dort herumgewälzt. Er sah nicht überzeugt aus.

»Der Täter, sagst du?«

»Glaubst du, es waren mehrere?«, fragte Larsen.

Kyed murmelte irgendetwas, das Larsen nicht verstand. Kyed galt als der beste Experte der Rigspoliti, der auch von der Mobilen Einheit oder den übrigen skandinavischen Ländern immer wieder angefordert wurde. Er kam gerade aus Helsinki, wo er einen Vortrag über sein Lieblingsthema gehalten hatte: Spurensicherung und Vorbeugung bei der Kontaminierung von Tatorten. Er war ein absoluter Pedant, der es liebte, Polizisten Fehler nachzuweisen; und ebenso sehr liebte er es, den nachsichtigen und dozierenden Experten zu geben. Genau das tat er im Augenblick.

»Du machst es mir nicht leicht, Larsen«, sagte er und deutete auf die Leiche. »Ich glaube, der Täter ist Linkshänder. Siehst du das da, direkt unter den Rippen an der rechten Seite?«

Larsen sah hin. Bei Borchs Bauchbereich handelte es sich um einen blutigen Brei mit mehreren Stichwunden um die Rippen an der rechten Seite.

»Zunächst hat er drei-, viermal hier an den Rippen

zugestochen«, sagte Kyed und deutete mit dem Finger auf die Stelle. »Aber als die Klinge richtig steckte, ging er schnell und effektiv vor. Es scheint, als hätte das Messer besser in der Hand gelegen, als er den Bereich unter dem Nabel erreichte. Mit einem einzigen kraftvollen Schnitt schlitzt er ihn rundum auf, bis zu den Rippen auf der linken Seite.«

Kyed kniete sich neben Keld Borch, beugte sich über ihn und betrachtete ihn genau.

»Ja, so muss es sich abgespielt haben.«

Er erhob sich und wirkte mit einem Mal abwesend, obwohl sie sich weiterhin ansahen. Larsen hatte den Eindruck, als sehe ihn Kyed mit einem schelmischen Gesichtsausdruck an, mit einem geradezu anzüglichen Lächeln.

»Glaubst du wirklich, du kannst mich zum Narren halten?«, fragte er plötzlich.

»Was meinst du?«

»Wir wissen beide, dass sich mindestens eine weitere Person in diesem Raum befand. Außer dem Opfer, deinem Jungen und dem Täter.«

Er ging zu der Stelle, an der Larsen Rohde gefunden hatte. Über den Boden zogen sich schreiendrote Blutstreifen. Larsen trottete hinterher. Sie kamen bis an die Tür.

»Siehst du diese Blutspur? Sie zieht sich von rechts nach links. Dort hat eine vierte Person gestanden. Und sie wurde niedergeschlagen, wahrscheinlich von einem Rechtshänder. Es sieht aus wie das Blut aus einer Nase.«

»Ach ja.«

»Gibt es noch immer nichts, was du mir erzählen willst, Larsen?«

Jetzt sah Larsen Kyed in die Augen. Sie waren gelb und hart.

»Nein.«

## 7

Rohde saß auf dem Bett und band sich die Schuhe auf. Er versuchte sich an die Ereignisse zu erinnern, von dem Moment an, als er den Raum betrat, bis zu dem Zeitpunkt, als Larsen auftauchte. Ein Arzt hatte den Jungen untersucht. Er wunderte sich über das eigenartige Arrangement, hatte aber festgestellt, dass keine akute Behandlung des Patienten nötig war. Der Junge brauchte Ruhe und viel Schlaf, bevor weitere Untersuchungen vorgenommen werden konnten. Rohde hörte einen gellenden Ton im Ohr. Die letzten sechs Kopfschmerztabletten, die er in der Tasche gehabt hatte, waren geschluckt. Er hatte sich im Badezimmer Wasser über den Kopf laufen lassen und überlegt, ein Bad zu nehmen, aber er mochte nicht darauf warten, bis die Wanne voll war. Der Junge schlief, seit sie das Zimmer bezogen hatten. Rohde hatte neben ihm gesessen und ihm die Hand auf die Brust gelegt; er hatte gespürt, wie sie sich hob und senkte.

Er schob die Schuhe unter den Nachttisch und legte sich auf die Bettdecke. Die Augen fielen ihm zu, er wollte nicht schlafen, nur ein bisschen liegen, um die Kopfschmerzen in den Griff zu bekommen. Was war passiert? Er war im Men's Club aufgetaucht, hatte nach dem Raum gefragt, ein paar Angebote bekommen und sie ausgeschlagen. Er hatte Larsen erzählt, dass man ihn sofort niedergeschlagen hatte, als er den Raum betreten hatte. Aber er war sich nicht mehr sicher. Hatte er etwas gesehen? Hatte er etwas getan? Hatte er sich an dem Jungen vergriffen? Nein! Aber mit Sicherheit wusste er es nicht. Und dann? Er konnte sich an nichts mehr erinnern. Es gab einen Filmriss, und er musste rekonstruieren, was vorher abgelaufen war, doch es tauchten keine

Bilder auf und nun kam die Müdigkeit in Wellen, als würde sich das Zimmer über ihm zusammenfalten und ihn forttragen. Aber er durfte jetzt nicht einschlafen, er durfte um alles in der Welt nicht einschlafen.

*»Darf ich deine Eintrittskarte sehen?«*

*»Meine Eintrittskarte? Ich habe keine Eintrittskarte. Ich habe Kopfschmerzen. Hast du ein Aspirin?«*

*Der Mann zeigte auf seinen Kopf.*

*»Ich benutze das da.«*

*Rohde bemerkte, dass ein kleiner Papierfetzen in seiner Stirn steckte. Er bekam ihn zu fassen und zog einen langen Streifen aus seinem Kopf. Er rollte ihn um den Finger und die Kopfschmerzen wurden erträglicher. Der Mann wollte den Papierstreifen haben.*

*»Du musst dich ausziehen, bevor du ins Affenhaus gehst.«*

*»Ja, sicher.«*

*Er kam in eine Kabine des Affenhauses. Er hörte, wie die Tiere in ihren Käfigen rumorten und brüllten. Es gab einen Schrank, in den er seine Sachen legen konnte. Er begann sich auszuziehen. Band die Schnürsenkel auf, steckte die Socken in die Schuhe, eine Socke in jeden Schuh. Die Hose legte er zusammen, bevor er das Hemd auszog, zuknöpfte und zusammenfaltete.*

*Er war nackt.*

*Es war kühl im Affenhaus, zwei Menschen und ein Affe befanden sich darin. Ein fetter Mann lag stöhnend auf einem Mädchen mit roten Haaren, sie lag auf dem Rücken und lächelte. Ein kleiner schwarzer Affe krabbelte auf den Rücken des Mannes, fing an zu schreien, an ihm zu reißen und ihn zu häuten. Plötzlich steckten seine Klauen tief im Bauch des Mannes und zerrten einen Schwall von Blut und Eingeweiden zwischen dessen*

*Beine. Dann ließ er von ihm ab und kletterte das Gitter hinauf, bis unter die Decke, und plötzlich saß er auf Rohdes Kopf. Er hatte den Mund voller Blut.*

*Das rothaarige Mädchen sagte »tschüs Papa«.*

Rohde drehte sich auf den Rücken. Er spürte die Hitze vom Schritt bis zum Bauch. Es kribbelte und war angenehm. Er musste in seiner Wohnung sein. Søren lag neben ihm und streichelte ihn. Hatte er ihm vergeben? War alles nur ein böser Traum gewesen? »Fuck me«, flüsterte eine heisere Stimme ihm ins Ohr. Rohde lief es kalt den Rücken herunter, er setzte sich auf.

Neben ihm lag der türkische Junge. Die blauen Augen leuchteten in der Dunkelheit. Rohde griff nach dem dünnen Arm des Jungen, packte fest zu und sah ihm in die Augen. »You fuck me«, sagte der Junge in gebrochenem Englisch. »You fuck me hard! Fuck me now, Mister!«

Anita rauchte Zigaretten, schaltete den Recorder ein und aus, sagte »Kommen Sie morgen ins Präsidium, melden Sie sich bei Kriminalassistent Anton Overgaard«, sie sagte »Tut mir leid wegen der Belästigung, danke für Ihre Zusammenarbeit«, sie sagte »Sie haben ein Problem, mein Herr«, sie sagte »Sie können Ihre Finger nicht von Minderjährigen lassen«, sie sagte »Danke, danke, danke«, sie drückte auf *play* und auf *record*, sie rauchte Zigaretten und verfügte über eine Kassette für jede Vernehmung, es gab vier verschiedene Stapel: 1) ›Uninteressante Zeugen‹, 2) ›Zeugen des Raumes heute Nacht‹, 3) ›Informationen über den Raum‹ und einen vierten Stapel. Dieser Haufen bestand aus drei Kassetten. Es handelte sich um die Vernehmungen, die eine Beschreibung von Erik Rohde und seiner Ankunft im Men's Club geliefert hatten. Sie würde sehen, ob sie diese Aussagen in irgendeiner Weise aus den Berichten heraushalten konnte, die nun zu schreiben waren.

AJ: Wie lange haben Sie an der Bar gesessen?

JEJ: Weiß nicht. Eine halbe Stunde vielleicht. Dann kam da einer rein. Groß. Klasse. In Jeans und weißem Hemd. Blieb zögernd an der Tür stehen. Das hab ich gern.

AJ: Was haben Sie gern?

JEJ: Na ja, wenn sie so'n bisschen Angst haben. Im Zweifel sind, du weißt schon, Jungfrauen halt. Dann muss man eben ein bisschen arbeiten.

AJ: Arbeiten?

JEJ: Ja, sie wollen und wollen doch wieder nicht, dieses Spielchen. Aber der hier war eigenartig. Er sah so bedrückt aus, fummelte ständig an seinen Händen herum. Aber dann kam er doch rüber zu mir und wollte wissen, ob ich etwas kennen würde, das der Raum genannt wird.

AJ: Und was haben Sie geantwortet?

JEJ: Ja, sicher, natürlich würde ich einen Raum finden. Aber er guckte mich nur an, so von oben bis unten, und ging. Bamm! Das war's.

AJ: Sie kennen die Sauna also nicht, die der Raum genannt wird?

JEJ: Nee, ich saß nur mit offenem Mund da, aber direkt danach kamen fünf, sechs

Griechen – oder waren es Spanier? – und brüllten Somebody wanna fuck? Ich und einer, der Ib heißt, hatten Lust.

Sie stoppte und spulte zurück, spielte die Stelle noch einmal ab ... wollte wissen, ... das der Raum genannt wird ... sie spulte noch einmal zurück ... wollte wissen, ob ich etwas kennen würde, das der Raum genannt wird ... spulte erneut ... Jeans und weißem Hemd ... Er sprach eindeutig von Erik Rohde. Sie las noch einmal die Information auf dem Zettel: Johnny Erland Jensen, Frederikssundsvej 123, 4. Etage, Fahrer. Er würde keine Probleme bereiten. Dann nahm sie ein anderes Band vom vierten Stapel, spulte und drückte auf *play*.

AJ: Können Sie ihn beschreiben?
RE: Groß, Mitte dreißig, dunkelhaarig, Bluejeans, weißes Hemd, normaler Körperbau, heißt das nicht so bei euch?
AJ: Verwenden Sie ruhig Ihre eigenen Worte.
RE: Langbeinig mit spitzen Schultern, so der klassische Typ.
AJ: Und was passierte dann?
RE: Ich versuchte ihn anzumachen, aber er war total kalt, sagte, er wolle nicht.
AJ: Wolle was nicht?
RE: Was glaubst denn du?
AJ: Ich weiß es nicht. Erzählen Sie's mir.
RE: Na ja, Sex haben. Aber nein. Er sah wirklich Scheiße aus. Als ob er sterben wollte. Das hab ich ihm dann auch gesagt.

AJ: Und was hat er darauf geantwortet?
RE: Dass ich verdammt recht hätte.
AJ: Dass er sterben wollte?
RE: Ja. Er lächelte und sagte, Ja, ich bin hierher gekommen, um zu sterben. Und dann ging er.
AJ: Wohin?
RE: Runter in den Keller, glaube ich.
AJ: Und was haben Sie getan?
RE: Ich bin geblieben.

Sie stoppte. Rasmus Enggaard, Architekt, lebte irgendwo in Christianshavn. Vielleicht würde er sich noch einmal melden, vielleicht aber auch nicht. Sie mussten das Risiko eingehen.

Sie griff zur letzten Kassette.

FW: Ich bin sicher. Es war Viertel vor zwei.
AJ: Wieso zeigen Sie mir Ihre Uhr?
FW: Weil ich die Zeit im Griff habe. Immer. Ich weiß immer, wie lange etwas dauert. Und weil sie schick ist. Eine Digitaluhr. Finden Sie nicht auch, dass sie schick ist?
AJ: Keine Ahnung. Ich bin nicht an Ihrer Uhr interessiert.
FW: Aber wenn ich sage, es war Viertel vor zwei, dann war es Viertel vor zwei.
AJ: Und Sie sahen einen Mann, Mitte dreißig, die Wendeltreppe hinunterkommen?
FW: Ja. Das habe ich doch gesagt. Er fragte: Ist da drin das, was sie den Raum nennen? Und ich habe gesagt, wer will das

wissen? Darauf er: Ist das nicht egal? Und ging darauf zu. Ich rief ihm noch hinterher, da war es noch immer 01.45, ich habe nämlich nachgesehen.

AJ: Und was haben Sie gerufen?

FW: Dass er da nicht reingehen sollte.

AJ: Wieso nicht?

FW: Weil die da drin ihre Ruhe haben wollten.

AJ: Wer?

FW: Ein großer Mann rempelte mich an, und ich sagte, he, ist hier nicht Platz genug, er hatte eine merkwürdige Stimme und so eine gekräuselte Oberlippe. Er schaute mich an, ein Auge war braun, das andere blau, es war 01.37, weil ich nachgesehen habe, und dann sagte er: Du ziehst jetzt Leine. Dann ging er in die Sauna.

AJ: Allein?

FW: Ja.

AJ: Und danach kam der Mann im weißen Hemd.

FW: Ja.

AJ: Ging er hinein?

FW: Ich glaub schon, ich bin hochgegangen. Das war um 01:48.

Sie zündete sich die vermutlich tausendste Zigarette an und schaute auf das Clipboard: Frederik Wanscher, Frührentner aus Vanløse. Er würde seine Details möglicherweise noch einmal loswerden wollen, das könnte zu Problemen führen. Und er hatte den Täter gesehen. Ein großer Bursche mit einem braunen und einem blauen Auge und einer gekräuselten Oberlippe. Meinte er eine Hasenscharte? Frederik Wanscher hatte auch Rohde gesehen und würde bei einer Gegenüberstellung ganz sicher auf ihn zeigen. Sie musste mit Larsen und Rohde reden. Sie steckte die drei Kassetten des vierten Stapels in ihre Jackentasche, verließ das Zimmer und drückte die restlichen Bänder Overgaard in die Hand. »Wo ist Larsen?«, wollte sie wissen.

Als Larsen die Sauna verließ, kam ihm ein uniformierter Beamter entgegen und informierte ihn, dass sie den Fluchtweg gefunden hätten. Er war außer Atem und deutete auf eine Tür am entgegengesetzten Ende des Ganges, die Larsen nicht hatte öffnen können. Jetzt stand dort ein junger Kriminaltechniker in einem weißen Einwegoverall, einer von Kyeds Leuten, und bepinselte den Türgriff, ein zweiter hockte davor und pulte am Schloss ein paar Splitter heraus.

»Du kommst besser sofort mit. Werchmeister, er hat …«

»Er hat was?«

»Nichts, komm.«

Larsen schob sich an den beiden Technikern vorbei und gelangte in einen schmalen dunklen Gang. Die Tür zum Hof war verblendet, aber direkt daneben stand eine Tür weit offen. Sie führte in einen chinesischen Imbiss mit Plastiktischen, einem braunen Laminattresen und vier hohen Hockern mit Kunstlederbezug. Im Küchenbereich war ein Steak angebrannt und stank auf dem großen Herd vor sich hin, in der Friteuse brodelte ein Sieb fettiger Pommes.

Es qualmte gewaltig.

Kriminalassistent Ove Werchmeister hatte am Herd

zu tun. Unter seinem weißen Hemd zeichneten sich die Muskeln ab, der Schulterriemen spannte unterm Arm, das Halfter war aufgeknöpft, die Schultern arbeiteten, sein Nacken zuckte.

»Mich bedrohen?«, brüllte er und ließ den rechten Arm mit großer Kraft herabsausen. Larsen hörte ein Klatschen und ein Aufstöhnen Werchmeisters. »Du verdammtes Schlitzauge.«

Werchmeister hielt einen jungen asiatischen Mann fest. Der Junge trug einen weißen Kittel und hatte sehr kurz geschnittenes, schwarz glänzendes Haar. Larsen ging auf die beiden zu, fasste von hinten Werchmeisters Handgelenk und löste den Griff. Werchmeister drehte sich wütend um und starrte Larsen verblüfft an. Er hatte einen knallroten Kopf vor Wut.

»Der hat mich bedroht ... mit einem Fleischerbeil.«

»In Ordnung, Ove, ich übernehme.«

Werchmeister murmelte irgendetwas, bevor er verschwand. Larsen blieb stehen und gönnte dem Chinesen eine Verschnaufpause. Der junge Mann fing sofort an, hektisch aufzuräumen, entfernte mit einer Palette das Steak vom Herd und beförderte es in den Mülleimer, dann zog er die verbrannten Pommes aus dem Fett.

»Ich weiß nichts ... ich weiß nichts, bin gerade gekommen. Ich nicht habe bedroht irgendjemanden. Ich habe eine Nummer 3 für mich gemacht. Aber Tante Gao war hier.«

Er deutete mit dem Kopf auf einen Raum rechts hinter den Kochplatten. Larsen zuckte kurz zusammen, als er hinter einem bunten Fliegenschutz ein Paar kohlschwarzer glänzender Augen entdeckte, die sie aus der Dunkelheit beobachteten.

»Tante Gao kommt jede Nacht und macht Marinade.«

Larsen ging mit dem Chinesen in den Hinterraum, der Junge schaltete das Licht ein. Eine Greisin mit grau gesprenkelten, zurückgekämmten Haaren saß in einem Rollstuhl. Larsen schob sie in den Imbiss. Sie zeigte keinerlei Regung, hielt aber irgendetwas in den Händen, das sie nicht loslassen wollte, die Knöchel waren kalkweiß. Larsen ging in die Hocke.

»Was haben Sie denn da in der Hand?«

Der junge Chinese schaute auf Larsen, der kurz nickte, dann bog er vorsichtig die knorrigen Finger auseinander. Er musste einen Finger nach dem anderen zurückbiegen. In ihren Händen hielt die alte Frau ein paar kleine Pilze, ein rotes Pulver und einige getrocknete orangefarbene Körner.

»Und sie war den ganzen Abend über hier?«, fragte Larsen.

»Ja. Ich glaube. Wir schließen um eins, und dann macht Tante Gao frühmorgens auf.«

»Spricht sie Dänisch?«

»Nein. Yue.«

»Yue?«

»Kantonesisch.«

»Was hat sie da in der Hand?«

»Pilze, Chili und Sezuanpfeffer.«

»Wozu?«

»Für die Marinade.«

»Ah ja. Kannst du für mich übersetzen?«

»Ja.«

Larsen bewegte seine Handfläche vor dem Gesicht der alten Frau hin und her. Sie reagierte nicht. Der junge Mann sagte etwas auf Chinesisch. Sie antwortete nicht sofort, doch als er fortfuhr und dabei auch gestikulierte, wachte sie plötzlich auf. Ihre Augen leuchteten vor Wut, dann fing sie an, mit den Armen zu fuchteln und sehr schnell sehr viel auf Chinesisch zu sagen.

»Was sagt sie?«

»Sie hat einen großen Mann und einen kleinen Mann gesehen. Der große Mann war kein Chinese.«

»Frag sie, was passiert ist, und frag, ob sie uns eine genauere Personenbeschreibung geben kann.«

Der junge Chinese fragte. Die Frau antwortete. Sie redete lange, gestikulierte und ließ die Finger sprechen.

»Was sagt sie?«

»Sie sagt, sie wären hereingekommen, wollten aber nichts kaufen, sie gingen einfach nach hinten. Tante Gao hatte Angst, dass sie uns bestehlen, also holte sie ein kleines Fleischerbeil und hielt Wache an der Kasse. Tante Gao sieht nicht so gut, aber sie ist sicher, dass der große Mann kein Chinese war, bei dem kleinen weiß sie es nicht. Sie sagt, der kleine Mann hätte ausgesehen wie Schlachter Li.«

»Schlachter Li?«

»Ja, unser Geflügellieferant.«

Rohde kämpfte mit dem Jungen, er hielt seinen Arm fest. Der Junge tobte und raste, er fauchte, spuckte, fletschte die Zähne und versuchte tatsächlich, Rohde zu beißen. Rohde drückte ihn aufs Bett. *Imdat*, schrie der Kleine, und *hayier*. Rohde drehte ihm den Arm auf den Rücken und presste den Mund des Jungen auf die Bettdecke, um ihn zur Ruhe zu bringen. Zunächst schluchzte und wand er sich noch, doch dann beruhigte und entspannte er sich allmählich, als würde sein Überlebensinstinkt nachlassen. Rohde drehte ihn um und nahm ihn auf den Arm, dann hob er ihn auf die Liege und deckte ihn zu. Er legte eine Hand auf die Brust des Jungen, das kleine Herz raste. Rohde saß auf der Bettkante und lauschte den Atemzügen des Jungen. Wieder spürte er die Müdigkeit, er war fürchterlich müde, und ein Ende dieser Nacht ließ sich nicht absehen – sie schien ewig weiterzugehen. Aber er musste wach bleiben, er musste auf den Jungen aufpassen und versuchen, ihn zum Schlafen zu bringen. Er beugte sich über ihn. Plötzlich schlug der Bursche die Augen auf und sagte enorm viel. Es klang wie eine Litanei, wie etwas, das er auswendig gelernt hatte. Er redete in seiner Muttersprache, wie jemand, der verzweifelt etwas erzählen will. »I don't understand«, erwiderte Rohde. Der Junge sah unglücklich aus, in den blauen Augen stand Verzweiflung. »Wait here«, erklärte Rohde. »I'll be back in a moment. Okay?«

Der Junge nickte. Rohde ging auf den Flur.

Der Reinigungscaddy mit dem Haufen Bettwäsche stand noch immer am Ende des Ganges. Aus einer offenen Tür kamen Staubsaugergeräusche. Eine kleine Frau in einem hellblauen Kittel und einem Tuch um den Kopf saugte Staub mit einem silbergrauen Nilfisk.

»Sind Sie Türkin?«

Rohde trat dicht an sie heran, aber sie ignorierte ihn und saugte weiter. Er riss den Stecker aus der Dose und zeigte ihr seine Marke.

»Polizeiassistent Erik Rohde. Sprechen Sie Dänisch?«

»Ein bisschen.«

»Kommen Sie.«

Er nahm sie mit ins Zimmer. Der Junge hatte sich aufgesetzt. Er sah noch immer verängstigt aus, wirkte aber nicht mehr so abwesend. Rohde drängte die Frau ans Bett und nickte ihm zu. Der Junge sagte etwas auf Türkisch, sie hörte zu. Wieder sagte er sehr viel, es war eine lange Tirade. Sie hörte ihm zu. Er redete immer schneller und rief schließlich irgendetwas. Die Frau sagte nichts. Rohde fasste sie an den Schultern und sah ihr in die Augen.

»Was sagt der Junge?«

»Er sagt, dass er nicht versteht, warum er hier ist. Er möchte lieber nach Hause.«

»Sagen Sie ihm, dass ich Polizist bin und dass ich hier bin, um auf ihn aufzupassen.«

Sie redete mit ihm auf Türkisch. Er nickte und begann eine neue Litanei.

»Was hat er jetzt gesagt?«, wollte Rohde wissen.

»Er sagt, dass er nach Hause möchte.«

»Aber er hat doch noch mehr gesagt?«

»Er sagt, er will hier nicht mehr sein, er will lieber nach Hause.«

»Er hat noch etwas anderes gesagt. Erzählen Sie mir, was er gesagt hat.«

Die Frau schüttelte den Kopf, als wäre es ihr völlig unmöglich, sich an weitere Äußerungen zu erinnern. Direkt neben dem Mund hatte sie ein großes braunes Muttermal an der Wange.

»Er sagt, er hat Angst.«

»Angst wovor?«

»Vor den Hunden.«

»Welchen Hunden?«

»Ich weiß nicht. Er sagt, denen in, wie heißt das ... Käfigen?«

»Den Käfigen? Welchen Käfigen?«

»Ich weiß es nicht. Er sagt nicht, welche, nein.«

»Fragen Sie ihn, ob das hier sein Pass ist.«

Rohde hielt den Pass in der Hand. Die Putzfrau fragte auf Türkisch, der Junge antwortete.

»Ich weiß nicht, was er jetzt sagt«, erklärte sie. »Ich glaube nicht, dass er schon lange hier ist. Ich möchte jetzt gern wieder an die Arbeit. Darf ich jetzt gehen und arbeiten?«

»Ja, gleich, aber zuerst müssen Sie mir noch ein bisschen mehr erzählen. Was hat er gerade gesagt?«

»Er redet über Hunde. Er sagt, er will lieber nach Hause. Er will jetzt zu seiner Mutter nach Hause, sagt er. Sofort nach Hause. Er will nicht hier sein.«

»Aber woher kommt er?«

»Türkei.«

»Ja, sicher, aber woher aus der Türkei?«

»Diyarbakir.«

»Und was ist mit diesen Käfigen?«

»Er sagt, er ist mit einem Käfig nach Dänemark gekommen.«

»Meinen Sie, mit einem Koffer?

»Nein, einem Käfig. Ich weiß es nicht, ich verstehe nicht. Darf ich jetzt wieder an meine Arbeit?«

Rohde ließ sie gehen. Er stand eine Weile da und betrachtete den Jungen, der sich wieder beruhigt hatte. Dann setzte er sich auf den Rand der Liege und strich ihm übers Haar. Der Junge lächelte ihn plötzlich an, doch es war ein eigenartiges Lächeln. Er machte jetzt einen ziemlich normalen Eindruck, aber dieses Lächeln bohrte sich Rohde ins Herz.

Montag, 29. Oktober 1979

# 8

»Hast du meinen Bericht gelesen, Larsen?«

»Ja, danke. Ich bin dabei. Ich habe noch nie eine Leiche gesehen, die man skalpiert hat.«

»Ich schon. Als ich in Seattle arbeitete. Bei einigen Fällen hatten die Täter Körperteile als Trophäen entfernt, häufig Genitalien, Finger, Zehen oder wie hier den Skalp der Opfer. Aber hierzulande ist das ja eher ungewöhnlich.«

»Ja, Leute zu skalpieren ... es gab da mal jemanden beim Torfeltet, dem Ölfeld, aber da hat sich damals die Mobile Einsatzgruppe drum gekümmert ...«

»Hast du Abschnitt 3 gelesen? Lies ihn noch mal. 3.2«

»Okay ... Cor ... apex cordis ... arcus aortae ... subclavia sinistra ... vulnus morsum ... ich verstehe nicht, Thorkild, Aorta, das ist das Herz, oder?«

»Nein. Warum lernt ihr nicht mal dieses kleine bisschen Ärztelatein, Larsen? Du hast doch wieder nur die Zusammenfassung gelesen, nicht wahr?«

»Ja. Und was heißt das? Vulnus morsum?«

»Das bedeutet Bissläsionen.«

»Was willst du damit sagen?«

»Das soll heißen, dass der Täter dem Opfer ein Stück Herz abgebissen hat. Apex cordis, die Herzspitze.«

»Echt?«

»Und sieh dir die Beschreibung des Schnittes an. Er setzt unter der untersten Rippe an, an der rechten Seite auf Höhe der ...

»Ja?«

» ... Nierenregion, er hat dort hineingeschnitten und durch die Öffnung wurden das Herz und die übrigen Organe herausgerissen.«

*»Was versuchst du mir zu erklären, Thorkild? Dass wir nach einem Kannibalen suchen, der zu viele Cowboyfilme gesehen hat?«*

*»Nein. Ich sage, ihr solltet euch nach einem Grönländer umsehen.«*

*»Wieso glaubst du, dass es ein Grönländer ist?«*

*»Ich konnte das nicht in den Bericht schreiben, aber mich hat das stutzig gemacht, also habe ich meinen alten Freund Jens angerufen. Er war Leiter des Museums in Godthåb und er bestätigte mir, dass die Skalpierung und die Art, in der das Opfer aufgeschlitzt wurde, ja, und der Verzehr der Herzspitze auf ein grönländisches Tötungsritual hinweisen könnte. Auch dass der Täter sich von hinten an sein Opfer herangeschlichen hat, sei typisch. Das Arschloch – ich zitiere jetzt – sei die verletzlichste Stelle des Menschen, sagte er ... Dort kommt die Seele rein und raus ...«*

*»Thorkild?«*

*»Ja, das hat er wirklich gesagt. Ich glaube, ihr solltet nach einem Grönländer suchen. Das ist der beste Vorschlag, den ich für dich habe, Larsen.«*

Larsen schüttelte Rohde, der auf dem Hotelbett lag und schlief. Anita stand an dem kleinen runden Tisch an der Tür. Sie riss eine Brötchentüte auf, warf ein paar Butter-, Marmeladen- und Honigpäckchen auf den Tisch und begann, ein Brötchen aufzuschneiden. Sie hatte eine Scheißnacht hinter sich. Als sie nach mehreren Stunden mit Vernehmungen endlich nach Hause kam, war ihre Nachbarin Pia verschwunden. Ihre fünf Monate alte Tochter lag auf dem Sofa und schrie. Sie musste Milch aufwärmen und im Flurschrank eine von Jacobs alten Nuckelflaschen suchen. Jacob war glücklicherweise noch nicht aufgewacht. Pia war erst um halb acht mit einer Flasche Starkbier in der Hand wieder aufgetaucht. Sie hatte irgendeine flaue Lügengeschichte erzählt, dass sie lediglich fünf Minuten fort gewesen wäre.

Anita mochte sich Rohde nicht ansehen, also schaute sie aus dem Fenster. Sie sah einen an der Fassade angebrachten Müllschlucker und einen älteren Mann, der hinter einer gelbverschmierten Fensterscheibe ein ärmelloses Unterhemd über seinen behaarten Rettungsring zog. Ihre Blicke trafen sich und er warf ihr eine Kusshand zu. Sie wandte den Blick ab und schaute hinüber zu Larsen und Rohde. Rohde war vollständig bekleidet und sah erbärmlich aus: bleich, die rechte Schläfe geschwollen und blau. Die Tür zum Badezimmer war geschlossen. Man hörte das Wasser laufen.

»Habt ihr die Nacht überstanden?«, erkundigte sich Larsen. Rohde hatte sich aufgesetzt und kniff blinzelnd die Augen zusammen.

»Wo ist der Junge?«, fragte Anita und deutete mit dem Kopf auf die Badezimmertür. »Im Bad?«

»Eben war er noch da.« Rohde massierte sich die Schläfen, fuhr sich durchs Haar und wies auf die Liege hinter ihr. »Er lag dort. Ich wollte mich nur einen Moment hinlegen ...«

»Hatten wir uns nicht darauf geeinigt«, unterbrach ihn Anita, »dass du ihn die ganze Zeit im Auge behalten solltest?«

»Anita«, sagte Larsen, »der Junge darf doch wohl mal auf die Toilette gehen. Erik, wir haben Brötchen mitgebracht. Wir müssen ihn dann zum Verhör aufs Präsidium mitnehmen.«

Larsen griff nach dem weißen Plastikmesser auf dem Tisch. Anita blickte zur Toilettentür – dort wechselte der Teppichboden die Farbe und wurde dunkler. Und der dunkle Bereich schien größer zu werden und sich mit einem schwachen Pulsschlag auszubreiten.

»Ober- oder Unterseite?«, fragte Larsen.

»Unterseite«, erwiderte Rohde und lächelte.

Mit einem Satz war sie dort und riss die Tür auf. Wasser floss ihr über die Schuhe, ein Vorhang verdeckte die Badewanne, in der sich ein Schatten bewegte. Sie zog den Duschvorhang zur Seite. Rohde und Larsen standen jetzt in der Tür, Larsen kam zu ihr. In der Wanne lag eine Bettdecke, die auf einer Luftblase im Wasser schwamm. Anita drehte den Wasserhahn ab. Larsen warf ihr einen raschen Blick zu, nickte und zerrte die Decke beiseite. Das Herz schlug ihm bis zum Hals.

Die Badewanne war leer.

Rohde stützte sich mit der Hand an den Türrahmen.

»Erik«, sagte Larsen, er hatte Mühe, seine Stimme unter Kontrolle zu halten. »Wo ist der Junge?«

»Er war eben noch da.«

»Erik, verfluchte Scheiße! Sag nicht, dass er verschwunden ist!«

Blanke Wut überschwemmte Larsens Gehirn, wie eine schwarz kochende Flüssigkeit aus einem Hochdruckreiniger, er zitterte. Er bekam einen hochroten Kopf, brach innerlich zusammen und verspürte nur noch ein Gefühl der Ohnmacht. Sein gesamtes Gebäude bekam Risse, sein Plan, Rohde aus den Ermittlungen herauszuhalten, seine Evakuierung des Jungen, alles vergeblich. Rohde steckte viel zu tief in diesem Fall, und das war seine verdammte Schuld, nicht Rohdes – eine Katastrophe kurz vor ihrem Ausbruch, wie der Pickel eines Teenagers. Er breitete die Arme aus und schaute Rohde und Anita ratlos an. Anita nickte verbissen und konzentriert.

»Wir müssen etwas tun«, sagte sie. »Ich übernehme

die Rezeption, du die Hintertreppe, Larsen.« Sie deutete auf Rohde. »Hast du mit irgendjemandem gesprochen, während du hier warst?«

»Ja, mit einer Putzfrau.«

»Wie heißt sie?«

»Weiß ich nicht.«

»Find sie!«

Sie rannten los.

Als Larsen und Anita zurückkamen, pochte es unbarmherzig in Rohdes Kopf. Die Putzfrau hatte er nicht gefunden, ihre Schicht war beendet, dann hatte ihn die Migräne übermannt. Er hatte sich auf das Zimmer geschleppt und aufs Bett gesetzt, mit den Händen an den Schläfen hielt er seinen Kopf, damit er nicht abfiel. Anita stand in der Tür und schaute Larsen an, der sich an den Tisch gesetzt hatte, sie gestikulierte, zeigte auf Rohde, sie schrie.

»Dieser Schlappschwanz da ...«

Dann zog sie die Kassetten aus der Tasche und warf sie auf den Tisch.

»Ich habe mindestens drei Zeugen, die Rohde im Men's Club gesehen haben und eine Personenbeschreibung liefern können. Einer von ihnen hat beobachtet, wie er zum Tatzeitpunkt in die Sauna ging. Der hat auch den Täter gesehen, wir können diese Zeugenaussage nicht unterschlagen. Und jetzt lässt Rohde auch noch den Jungen laufen. Wieso? Was soll ich davon halten?«

Rohde hob den Kopf, und langsam, als würde sich sein Gehirn aus einem Wollknäuel wickeln, kam es. Er hatte sie verdrängt, aber nun tauchten die letzten Sekunden, bevor er niedergeschlagen wurde, wieder auf. Er hatte sterben wollen. Er hatte sich über den Raum informiert. Er war die Treppe hinuntergegangen, dann kam es ihm vor, als hätte er einen heftigen Fiebertraum erlebt. Er hatte die Tür geöffnet und einen fetten Mann auf einem Jungen liegen sehen, und hinter ihnen einen kleinen Mann mit langen schwarzen Haaren, und der kleine Mann hatte ein Messer.

»Anita, ich weiß, dass er es nicht gewesen ist. Du musst mir glauben«, sagte Larsen.

»Wieso verteidigst du ihn? Er bekommt doch nichts auf die Reihe!«

»Ich habe den Täter gesehen«, sagte Rohde plötzlich und richtete sich auf.

»Ja?«, fragte Larsen.

»Ich glaube, er ist Grönländer. Ich bin mir fast sicher. Er griff Borch von hinten an und schlitzte ihm den Bauch auf. Dann wurde ich niedergeschlagen. Es ging unglaublich schnell, da muss noch jemand gewesen sein.«

»Das bestätigt die Informationen der Rechtsmedizin«, warf Larsen ein.

»Wie bitte?«, fragte Anita nach.

»Thorkild Nyeng rief mich nach der Obduktion von Borch an. Er meint, dass in Grönland Mordopfer manchmal auf diese Weise aufgeschlitzt werden.«

»Außerdem stehen wir nicht mit ganz leeren Händen da«, fuhr Rohde fort. »Ich habe den Pass und das Visum des Jungen gesehen. Er heißt Ibrahim Günes, sein Vater hat eine Arbeits- und Aufenthaltserlaubnis in Dänemark. Der Junge war allerdings nur zu Besuch hier. Er sollte hier einen Monat seine Ferien verbringen und bei seinem Vater, Mehmet Günes, wohnen, in einer Wohnung am Ørnevej, am Rand von Nørrebro. Aber jetzt seht euch das an.«

Er nahm sich den Pass des Jungen, der zwischen seinen Füßen lag, schlug ihn auf und zeigte auf das Foto.

»Der Junge, der heute Nacht hier geschlafen hat, ist nicht Ibrahim Günes. Man kann das am Stempel sehen und an der Prägung des Fotos. Die Prägungen passen nicht zusammen. Es ist miese Arbeit, da klebte vorher ein anderes Bild. Aber ich könnte rausfahren und mich mit Mehmet Günes unterhalten.«

Anita hatte die Arme gekreuzt und schob die Hüfte hin und her. Sie ging ans Fenster, schaute hinaus, steckte sich eine Zigarette an und inhalierte tief. Larsen räusperte sich.

»Geben wir ihm die Chance, es wiedergutzumachen und den Jungen zu finden«, sagte er in neutralem Ton. »Rohde hat Scheiße gebaut, kein Zweifel, aber im Grunde ist es mein Fehler gewesen. Ich war vorschnell.«

»Okay«, sagte sie. »Er ist dabei. Er bekommt vierundzwanzig Stunden, um den Jungen zu finden, dann gebe ich die Zeugenaussagen weiter. Und dann jagen wir ihn und nicht einen Grönländer.«

»Gut«, erwiderte Larsen, »gut.«

»Und ich will ihn ordnungsgemäß vernehmen, damit wir seine Zeugenaussage haben, wenn jemand fragt. Ich hole nur meinen Kassettenrecorder aus dem Auto.«

»In Ordnung«, sagte Larsen, »aber vorher bringen wir uns noch auf den neuesten Stand. Anita, fängst du an?«

»Okay«, sagte sie, »wir wissen Folgendes: Wir wissen, dass es sich bei dem Opfer um den bekannten Unternehmer Keld Borch handelt. Wir wissen, dass er hin und wieder in den Raum kam, vermutlich zusammen mit anderen Männern, die auch minderjährige Jungen missbrauchten. Wir wissen, dass die Jungen aus dem Mittleren Osten und der Türkei stammen, und einiges deutet darauf hin – zumal, wenn man den falschen Pass mit einbezieht –, dass wir es mit Kinderschmuggel für pädophile Kreise zu tun haben. Wir glauben auch, dass Borch auf jemanden in der Sauna wartete, in der du niedergeschlagen worden bist, Rohde, aber diese Person kam nicht. Vielleicht ist er gekommen, nachdem du niedergeschlagen wurdest, und hat den Ort sofort wieder verlassen, vielleicht hat ihn etwas vom Kommen abgehalten. Möglicherweise waren es zwei Täter, die ein Stelldichein mit Borch hatten. Vielleicht bist du es aber auch gewesen.«

»Anita!«, rief Larsen.

»Ich weiß nichts«, sagte sie und breitete die Arme aus. »Noch nicht! Ein Zeuge sah Rohde um Viertel vor zwei in die Sauna gehen. Kurz zuvor hat der gleiche Zeuge einen großgewachsenen Mann dort hineingehen sehen. Eine andere Zeugin sah vermutlich denselben Mann und eine asiatisch aussehende Person durch den Imbiss flüchten, mit dem sich der Men's Club eine Hintertür teilt. Dabei muss es sich um den Mann gehandelt haben, von dem ihr behauptet, er sei Grönländer. Aber das ist im Grunde alles, was wir wissen. Oder gibt es noch mehr, Larsen?«

»Nein«, antwortete er, zog eine Zigarette aus der Schachtel, steckte sie in den Mund und sah sie nacheinander an. »Aber das bedeutet, dass wir die Suche nach Asiaten getrost vergessen können. Wir jagen einen Grönländer und einen Dänen. Rohde, du findest den Jungen, du hast vierundzwanzig Stunden, und sieh zu, ob du etwas über eine türkisch-pädophile Verbindung in Erfahrung bringen kannst. Wir zwei beschäftigen uns mit Borch. Wir fangen bei der Witwe an.«

»Phyllis Borch«, sagte Anita und zog an ihrer Zigarette. »Hvidørevej 27 in Klampenborg.«

Der Flügel war so lang wie ein Cadillac und stand auf der rechten Seite des gewaltigen, weiß gestrichenen Wintergartens mit seinen elegant geschwungenen Gartentüren. Die Musik war hart und unheimlich, so kam es Larsen vor, wenige rohe herausgehackte Töne, die durch Pedaleinsatz in der Luft zitterten. Keld Borchs Witwe Phyllis saß kerzengerade am Flügel, in einem dünnen weißen Kleid, trotz der Jahreszeit. Sie hatte lange nackte und knochige Arme, die konzentriert zu Werke gingen. Sie schaute ihre Gäste nicht an, sondern blickte über die enorme Rasenfläche. Ein Gärtner ging gebückt vorüber, eine Hand lag auf dem Rücken, mit der anderen zupfte er im Gras.

Eine unangenehme Situation. Larsen pulte an der Nagelhaut seines rechten Daumens. Sie hatten auf die Klingel am Gittertor vor der großen Villa gedrückt. Das Tor hatte sich geöffnet, in der Einfahrt waren sie einem älteren hageren Herrn in einem schwarzen Baumwollmantel und dunklem Anzug begegnet. Er war stehengeblieben und hatte sie mit einem gemessenen Nicken gegrüßt.

Larsen meinte, den kleinen Mann mit den straff zurückgekämmten, dunklen Haaren schon einmal gesehen zu haben.

Eine Hausangestellte hatte sie eingelassen und hereingeführt, sie war gegangen, ohne sie anzumelden.

Die Frau spielte weiter, das Musikstück zog sich in die Länge und wurde nicht munterer. Larsen bekam das Stück Nagelhaut einfach nicht heraus, es war eingerissen und schwärte, jetzt fing es auch noch an zu bluten. Larsen lutschte an seinem Finger. Das Stück war zu Ende. Larsen pulte weiter an der Wunde, Anita stieß ihn in die Seite, er lächelte verwirrt.

»Ligeti. Musica Ricercata, 2. *Mesto, rigido e ceremo-*

*niale*. Es passt sehr gut zum Anlass. Und zu mir. Wer sind Sie?«, fragte Phyllis Borch.

»Das ist Kriminalassistentin Anita Jensen. Ich bin Vizekriminalkommissar Ole Larsen. Es geht um ...«

»Keld. Adam hat es mir erzählt.«

»Adam?«

Es war kein Lächeln, sondern ein Zusammenziehen der Wangen, das die Mundwinkel anhob.

»Ja, Adam Wolff. Ein alter Freund des Hauses.«

»Der Herr, der gerade gegangen ist?«

»Ja. Wolff weiß alles. Schließlich ist er Staatssekretär. Er hat es von Poul Valdemar erfahren.«

»Poul Valdemar ... dem Polizeidirektor?«

»Ja.«

Phyllis Borchs Blick fiel auf die Wunde an der Nagelhaut. Larsen wedelte mit der halb zur Faust geballten Hand.

»Es tut mir leid«, sagte er.

»Ja, sicher«, erwiderte sie, »so wird es sein.«

Langes Schweigen.

»Keld war ein schäbiger und egozentrischer Mensch«, sagte sie schließlich. »Aber ein phantastischer Reiter. Daher habe ich mich in ihn verliebt. Klein und breit, aber mit dem Pferd verwachsen. Sie waren wie ein Centaur, Rolf und er.«

Larsen nickte und wollte noch eine Frage stellen. Doch da klatschte Phyllis Borch in die Hände, und wie bei einem Glockenspiel öffneten sich an beiden Seiten des großen Raumes die Türen und zwei junge Mädchen in weißen Schürzen und Hauben kamen herein. Sie liefen aneinander vorbei und gingen in ein kleineres, offenes Zimmer am anderen Ende des Wintergartens. Eines der Mädchen stellte eine Silberschale mit Keksen, eine silberne Kanne und Tassen auf den Tisch neben der

Sofagruppe, das andere verteilte das Geschirr auf der Mahagonitischplatte, drapierte auf dem Sofa ein großes Kissen und versah es mit einem Kniff in der Mitte. Sie goss Milch und Tee in eine Tasse und rührte mit einem Teelöffel um.

Die Wände waren an allen Seiten mit Spiegeln verkleidet. Phyllis Borch ging hinüber und setzte sich mit dem Kissen im Rücken aufs Sofa. Larsen und Anita folgten ihr.

»Rolf Supreme Gladbach gewann das Derby 37, 38 und 39«, fuhr sie fort. »Nehmen Sie Platz.«

»Danke. Frau Phyllis ...«

»Nennen Sie mich bitte Pylle.«

»Pylle ... Hat Herr Wolff erzählt, unter welchen Umständen, also wie Herr Borch ...«

»Sie müssen das nicht in Watte packen. Ich kannte Kelds Neigung, aber dass es so enden sollte, habe ich natürlich nicht erwartet. Oder gehofft. Tee?«

Larsen sah die dünne Tasse und dachte: Wenn dieses zarte Stück Kunsthandwerk mit meinen Wurstfingern in Kontakt kommt, explodiert es. Laut sagte er: »Die Kekse sehen sehr gut aus. Darf ich?«

»Bedienen Sie sich. Sie auch, Fräulein Jensen.«

Eines der Hausmädchen war stehen geblieben. Jetzt schenkte sie Milch und danach Tee in die Tasse und rührte für Anita um. Der Tee ließ sich durch das Porzellan deutlich erkennen. Auf die Tasse war ein Kavalier mit einem federgeschmückten Dreispitz gemalt. Er hielt eine Blume in der Hand, aber es sah nicht so aus, als ob er jemanden hätte, dem er sie geben konnte.

»Sollten wir nicht ehrlich zueinander sein«, sagte Phyllis Borch. »Wir alle drei wissen, dass ich vor einer ganz prekären Situation stehe. Mein Mann ist nicht allein ...«

Sie machte eine Bewegung mit ihrer großen Hand, die aussah, als wäre sie aus Elfenbein geschnitzt, lang und kräftig.

» ... ermordet worden, sondern auch unter Umständen, die äußerst peinlich, und ja, kriminell sind.«

Plötzlich lachte sie auf und Larsen zuckte zusammen. Ein hartes, metallisches Lachen kam aus dem langen trockenen Körper und brach abrupt ab.

»Nennen Sie es Selbstbetrug, denn ich wusste ja das meiste. Nein, ich wusste alles, ließ es aber geschehen. Allerdings müssen Sie wissen, dass Keld und ich seit vielen Jahren keinerlei Umgang mehr miteinander hatten. Ich entdeckte sehr schnell seine ... Interessen und er entdeckte, dass ich keine hatte.«

Anita fand, dass der Tee eigenartig schmeckte, geräuchert, als hätte man Holzkohle ins Wasser geblasen. Sie betrachtete die alte Frau in den Spiegeln. Ihre scharfkantige Pagenfrisur und die bleichen Schultern wiederholten sich ins Unendliche. Sie sah, wie ihre Hände hundertfach eine filterlose Zigarette aus einem Silberetui nahmen und mit einem goldenen Feuerzeug hundertfach anzündeten. Sie sah, wie Keld Borch seine feiste Hand auf Phyllis Borchs mageren Hintern legte. Sie sah seinen geöffneten Bauch, von dem Messer nach außen gestülpt. Sie sah Phyllis Borch allein auf dem Inlandeis stehen, mit einer Bitterkeit und einem Schmerz von der Größe eines Kontinents.

»Erzählen Sie uns, was gestern passiert ist«, sagte Anita und beugte sich im Sessel vor, um eine Prince aus dem Päckchen zu ziehen. Phyllis Borch wandte sich ihr zu und sog ein wenig Rauch ein.

»Gestern waren Ihre Kollegen hier«, sagte sie.

»Wie bitte?«, erkundigte sich Larsen.

»Vorgestern wurde bei uns eingebrochen. Keld hatte

mich ins Königliche Theater eingeladen. Irgendetwas Zuckersüßes, Sentimentales. *Maskarade.* Dadurch wusste ich, dass wieder eine seiner Touren bevorstand.«

»Touren?«, fragte Larsen nach.

»Ja, ich wusste, dass er irgendetwas Hässliches vorhatte. Früher dachte ich ja, es wäre das schlechte Gewissen, und am Anfang war es wohl auch so. Um es seiner Ehefrau zu Hause erträglicher zu machen, um Buße zu tun, bevor man sich seinen Gelüsten hingibt. Später war es nur noch ein Ritual. Ein Vorspiel für seine Eskapaden, von denen er mir auf diese Weise berichtete. Jedes Mal, wenn er sich freundlich benahm und mich einlud, wurde ich daran erinnert, dass ich mich eingelassen hatte mit einem ... Schwein.«

Ein Keks landete in Larsens Mund.

»Den Einbruch wird die Polizei von Gentofte aufgenommen haben«, unterbrach Anita. »Wissen Sie, was gestohlen wurde?«

»Ein paar alte Papiere aus dem Keller. Einige Briefe und so etwas. Merkwürdig, nicht? Es gibt doch gewisse ... Wertgegenstände hier im Haus. Und als Keld es gestern Adam erzählte, geriet der vollkommen außer sich und machte sich sofort auf den Weg hierher. Sie haben sich gestritten. Joachim war ebenfalls hier und stimmte Keld zu. Wie immer.«

»Adam und Joachim ... entschuldigen Sie, wer?«, wollte Larsen mit zusammengebissenen Zähnen wissen.

»Adam Wolff, dem Sie gerade begegnet sind, der Staatssekretär, und Joachim Frijs.«

»Der Grönlandforscher?«, fragte Anita.

»Ja. Die drei Musketiere. Keld, Adam und Joachim. Jugendfreunde aus Klampenborg. Sie waren damals unzertrennlich. Sie hatten ihren Verlag und ihre großen Gedanken und Pläne im Kopf.«

Sie lehnte sich zurück und blickte einen Moment ins Wohnzimmer. Sie bekam einen abwesenden Gesichtsausdruck, als hätte sie vergessen, dass Larsen und Anita noch da waren.

»Es war eine gute Zeit, in den Dreißigern und Vierzigern«, fuhr sie schließlich fort. »Wir waren damals ungeheuer optimistisch, es herrschte eine Freude und Generosität, die man sich gar nicht mehr vorstellen kann. In den letzten Jahren ist ja alles so kleinkariert und ordinär geworden.«

»Wissen Sie, wohin Ihr Mann gestern Abend wollte?«, fragte Anita.

»Nein, aber ich weiß, dass er vorhatte, sich später mit Joachim zu treffen.«

»Wissen Sie, wo?«

»Nein.«

Anita schaute Larsen an und versuchte es mit Telepathie: Wollte Borch sich mit Joachim Frijs im Men's Club treffen? War Frijs auch homosexuell? Gab es eine grönländische Verbindung zwischen Keld Borch und Joachim Frijs? Hatte der Täter sie möglicherweise verwechselt? Vermutete er, Keld sei Joachim? Larsen nahm sich noch einen Keks.

»Wissen Sie, worüber Ihr Mann und Joachim Frijs sich mit Adam Wolff gestritten haben?«, fragte er.

»Nein, ich spielte Gudmundsen-Holmgreen. Ein ausgesprochen munteres Stück, in der Tat. Karsten dort draußen«, sie deutete mit dem Kopf in den Garten, »spielte die Hupe.«

Jetzt lächelte sie. Ein echtes Lächeln.

»Ich sah, dass Keld Angst hatte.«

## 9

Die S-Bahn fuhr rumpelnd an. Das Abteil stank nach Pisse, oder war er es selbst? Rohde schnüffelte an seinen Sachen. In jedem Fall brauchte er ein Bad, außerdem musste er sich umziehen. Von der Haltestelle Dyppølsbro hatte er einen Zug Richtung Norden genommen, um Mehmet Günes aufzusuchen; in Ryparken musste er umsteigen, um zur Nørrebro-Station zu kommen, einmal rund um die Stadt. Zunächst hatte er überlegt, zu Fuß zu laufen, aber dazu war er einfach nicht in der Lage. Das Wetter war ekelhaft, es nieselte ständig, alles war wie mit Wasser glasiert, und die Schmerzen nach dem Schlag auf den Kopf wurden verstärkt von seiner Migräne. Außerdem hatte er kein Aspirin mehr, er musste sehen, dass er sich welches besorgte.

Auf den Sitz gegenüber hatte jemand mit rotem Filzstift *Nille* geschrieben, der Kunststoff war aufgeschlitzt, sodass gelbes, synthetisches Kapok herausquoll wie aus einer vulgären Öffnung. Er zog eine Zigarette heraus, zündete sie an. Die alte Hafenfront flimmerte an der anderen Seite des Zugfensters vorbei. Frihavnen, Kalkbrædnerihavnen, die Kräne, Schiffe, Packhäuser, die hohen, weiß dampfenden Schornsteine von Nordisk Fjer. Das Hafenwasser sah schwarz und widerlich aus. *Wir fahren nicht auf dem Rand eines Abgrunds, aber wir halten darauf zu.* Rohde war bereits da. Er konnte das Ende dieses traurigen Jahrs nicht absehen, dieses Jahrzehnts. Er konnte nicht einmal bis zum Ende dieses kurzen Tags sehen. Der Tag fuhr im Kreis und schien verwirrend groß und unmöglich zu sein, und er fuhr ebenfalls im Kreis, in einem großen und gleichgültigen Kreis um die Stadt – zu einem Mann, mit dem er keine Lust hatte sich über einen Fall zu unterhalten, mit dem er nichts zu tun haben wollte.

Larsen fand nur mit Mühe einen Parkplatz. Das Finanzviertel von Toldboden bis zur Bredgade war mit teuren Autos zugeparkt, sodass er den Weg von der Havnegade bis zu Joachim Frijs' Wohnung in der Amaliegade zu Fuß zurücklegen musste. Das Haus lag direkt hinter der Marmorkirke und Amalienborg. Er klingelte. Er wollte Frijs zu dem Einbruch befragen, der vorgestern bei Borch stattgefunden hatte. Worüber hatten sie sich gestritten, was war gestohlen worden? Wollte er sich gestern Nacht mit Borch im Men's Club treffen? War er auch pädophil? Hatte er seinen alten Freund aufgeschlitzt und skalpiert? Es wurde nicht geöffnet, und bei einem anderen Bewohner konnte Larsen nicht klingeln, denn es stand nur ein Name auf dem Kupferschild an der Tür. Er trat auf den Bürgersteig. Das gesamte Gebäude gehörte Frijs, ein prunkvoller Sandsteinklotz mit Säulen und schmiedeeisernen Balkonen, die sich an der Beletage über die gesamte Länge des Hauses zogen. Ein Herr mit Nadelstreifenanzug, Hut und feinsinnigem Gesicht kam aus dem Portal nebenan, nickte und fragte: »Sie sehen aus, als würden Sie etwas suchen?«

Larsen erwiderte: »Tja.«

»Sind Sie von der Polizei?«

»Woher wissen Sie das?«

»Na ja, das müssten Sie doch am besten wissen.«

»Ich verstehe Sie nicht.«

»Ich rede von dem Überfall heute Morgen. Herr Frijs wurde heute Morgen überfallen.«

Larsen bekam Seitenstiche, als er zu seinem Wagen zurückspurtete und zum Funkgerät griff. Es stimmte. In der Nacht hatte es in der Amaliegade 21 einen Einbruch gegeben und Joachim Frijs war nach einer Messerattacke ins Rigshospital eingeliefert worden. Nein, ein Bericht lag noch nicht vor, der Wachhabende wusste auch nicht, ob der Mann in Lebensgefahr schwebte.

Ørnevej, Stadtteil Nørrebro. Das Licht im Treppenhaus war kaputt. Treppenhaus im Hinterhof, zweiter Stock rechts. Die Tür hatte eine Mattglasscheibe, es gab kein Namensschild, die Klingel funktionierte nicht. Rohde klopfte ans Glas und wartete. Klopfte noch einmal. Jemand rumorte in der Wohnung, hustete. Dann wurde das Licht eingeschaltet und ein Mann mit Schnurrbart und einer Anzugjacke über einem T-Shirt öffnete und schaute ihn aus schwarzen, traurigen Augen an.

»Mehmet Günes?«

»Ja.«

»Rohde, Passpolizei. Ich möchte mich mit Ihnen über Ihren Sohn Ibrahim unterhalten.«

Sie gingen in die Wohnung, es war eine Einzimmerwohnung mit einem schmalen Sofa, auf dem ein zerknülltes Laken und eine braune Decke lagen. Links stand eine große schwarze Anrichte, viel zu groß für diesen kleinen Raum. Weitere Möbel gab es nicht. Eine schwere Gardine mit grünem Muster hing vor dem Fenster. Auf der Anrichte standen die gerahmten Fotos einer großen türkischen Bauernfamilie in einer steinigen, sonnigen Landschaft mit Ziegen, Hühnern und Schafen.

»Wo ist Ihr Sohn?«

Sie konnten sich nirgendwo setzen. Mehmet Günes hatte noch Schlafspuren im Gesicht und sah eingeschüchtert und ebenso gelb aus wie der steinige Acker auf den Fotos.

»Zu Hause.«

»Wo zu Hause? In der Türkei?«

»Ja.«

»Kennen Sie diesen Jungen?«

Rohde hielt den Pass hoch, damit Günes das Foto sehen konnte. Mehmet Günes antwortete nicht.

»Er hat den türkischen Pass Ihres Sohnes. Wie ist das möglich?«

»Das ... ich weiß nicht.«

»Haben Sie ihn verkauft?«

Mehmet Günes antwortete nicht. Es war nicht zu erkennen, ob er Angst hatte oder einfach nur niedergeschlagen war. Er starrte auf den Fußboden. Er trug dunkelgrüne Strümpfe, der Hosenstall stand offen. Im Raum hing der Geruch nach Männerschweiß.

»Haben Sie den Pass verkauft?«

Mehmet Günes seufzte und breitete die Arme aus, als wäre ohnehin alles egal.

»Ich schicke Geld für die Familie in Bingöl, für meinen Sohn, er ist krank. Sehr krank. Muss ins Krankenhaus.«

Er klopfte sich an die Brust und sah Rohde verzweifelt an.

»Die Lungen. Sehr schlimm.«

»Sie haben den Pass verkauft, um Ihrer Familie zu helfen, aber wem haben Sie ihn verkauft?«

»Ich weiß nicht.«

»Hören Sie, Mehmet. Sie haben nicht nur den Pass Ihres Sohnes verkauft, Sie haben auch ein Touristenvisum für ihn beantragt. Das ist Dokumentenfälschung, verstehen Sie? Und Dokumentenfälschung ist strafbar. Erst kommen Sie ins Gefängnis, dann können Sie kein Geld mehr nach Hause schicken. Und dann werden Sie ausgewiesen und können nie wieder zurückkommen. Nie wieder, Mehmet. Ich brauche einen Namen, Mehmet. Und ich brauche ihn sofort.«

»Da ist immer einer bei der Moschee, aber ich kenne ihn nicht.«

»Sie haben den Pass jemandem verkauft, der in die Moschee kommt? In welche Moschee?«

»In die Moschee am H. C. Ørstedsvej. Mustafa. Ich habe ihn nur einmal getroffen. Ich kenne ihn nicht. Mein

Vetter, Tahir Gölkoy, er arbeitet mit ihm auf dem Schlachthof, in den rotbraunen Gebäuden.«

»Auf dem Schlachthof. Am Halmtorvet? Meinen Sie den?«

»Ja. Sie machen Suppe für dieselbe Firma, Bouillon. Mein Onkel arbeitet auch in der Firma. Sie besprechen das mit Mustafa, verkaufen ihm den Pass und bekommen Geld. Ich weiß von nichts. Sie treffen die Verabredung. Sie machen das alles.«

»Wie heißt Ihr Vetter noch mal? Tahir wie?«

Rohde zog seinen Block aus der Tasche und nickte Mehmet Günes zu.

»Gölkoy, aber er ist jetzt in der Türkei. Und mein Onkel auch.«

»Das ist aber gar nicht gut, Mehmet. Wie finde ich Mustafa?«

»Ich weiß nicht.«

»Wie sieht er aus?«

»Er hat Narben ... im Gesicht.«

»Narben? Pockennarben?«

»Ja.«

Es war noch keine zwölf Stunden her, seit Larsen seine Frau im Rigshospital besucht hatte, trotzdem nutzte er die Gelegenheit, um vorbeizuschauen. Sie schlief, als er kam. Ihre Tochter Gitte war nicht da. Er setzte sich auf die Bettkante und hielt Gerdas Hand, aber sie wachte nicht auf. Dann ging er in die Abteilung, in die man Frijs eingeliefert hatte.

Joachim Frijs stand, den rechten Arm in der Schlinge, am Fenster. Auf dem Fensterbrett sammelten sich Blumenbouquets in Metallvasen, das Bett war übersät mit Blumensträußen in Zellophan und ungeöffneten Karten. Frijs sah kerngesund aus, volles lockiges Haar, aufrechte Haltung, rote Wangen, helle Schmissnarben. Er zog eine Meerschaumpfeife aus der Jackentasche und blies in die leere Spitze. Er machte nicht den Eindruck als sei er gerade dem Tod durch einen Messerstich entgangen. In den Vierzigerjahren hatte Larsen als Junge Frijs' Thule- und Kanadaexpeditionen mit großen Augen im illustrierten *Billed-bladet* verfolgt. Es hieß, Frijs habe einmal das Inlandeis überquert, weil er in Godthåb seine Lieblingspfeife vergessen hatte. Vielleicht handelte es sich ja um diese.

»Vizekriminalkommissar Ole Larsen, Polizei Kopenhagen …«

»Oh nein, sind Sie auch von der Polizei? Ich habe mir doch schon bei Ihren Kollegen den Mund fusselig geredet. Ich würde jetzt einfach gern nach Hause gehen. Ich habe nämlich Geburtstag.«

»Glückwunsch. Es tut mir leid, aber Sie werden alles noch einmal erzählen müssen.«

Frijs betrachtete ihn mürrisch, fischte mit der freien Hand einen ledernen Tabaksbeutel aus der Tasche und löste die Schnur mit den Zähnen. Daumen und Zeigefinger zupften ein paar Prisen Tabak heraus, der kleine Finger drückte die Pfeife an die Handfläche, er stopfte sie, steckte sie in den Mund und zündete mit dem Fingernagel ein Streichholz an. Es sah so leicht und mühelos aus, als bräuchte er den rechten Arm überhaupt nicht.

»Ich habe all Ihre Bücher gelesen«, fuhr Larsen fort und lächelte. »Ich hätte *Allein übers Eis* mitnehmen sollen, vielleicht hätte ich Sie überreden können, mir eine Widmung hineinzuschreiben.«

Das Kompliment wirkte. Frijs' Miene hellte sich auf, er zog ein paar Mal energisch an der Pfeife.

»Hätten Sie, hätten Sie. Also lassen Sie uns das hinter uns bringen. Was wollen Sie wissen, Herr …«

»Larsen, Vizekriminalkommissar Ole Larsen. Erzählen Sie mir, was letzte Nacht geschah?«

»Nun ja, also, heute früh hörte ich Geräusche im ersten Stock. Ich ging hinunter und überraschte einen Inuit, der in meinen privaten Dingen herumwühlte.«

»Einen Grönländer?«

»Ja. Ich überwältigte ihn und nahm ihm die Sachen wieder ab, aber er verletzte mich mit dem Messer am Arm. Und es gab noch einen Kumpanen, daher war ich gezwungen, sie aufzuhalten.«

»Aufzuhalten?«

»Ja. Ich habe einige Schusswaffen in meiner Sammlung. Der andere hatte ein paar Papiere in der Hand, die auf meinem Arbeitstisch gelegen hatten. Wissen Sie, ich bin dabei, meine Memoiren zu schreiben. Aber dann wurde mir schwindelig, ich bin siebzig, und daher sind sie entkommen.«

»Einer war also Grönländer. War der andere Däne?«

»Ja.«

»Können Sie die beiden beschreiben?«

Frijs legte die Pfeife aufs Fensterbrett und hielt die Hand flach in Brusthöhe.

»So groß oder klein, wie Sie so wollen, war der Inuit. Nicht ganz jung, aber das ist schwierig zu beurteilen. Sie altern ja schnell dort oben. Vielleicht fünfundzwanzig. Langhaarig ist noch das Charakteristischste, was ich über ihn sagen kann. Der andere war groß. Hatte ihn nie zuvor gesehen.«

»Hatte der Große eine Hasenscharte?«

»Das habe ich nicht bemerkt.«

»Wissen Sie, wonach die beiden gesucht haben?«

»Ja. Ich dachte, ich hätte dem Inuit alles abgenommen. Aber als ich hinterher meine Sammlung überprüfte, fehlte ein Objekt, das einen gewissen emotionalen Wert für mich hat. Es handelt sich um ein sehr wirksames Amulett, eine sogenannte Mordtrophäe. Ein Lederbeutel mit zwei Fingern und magischen Gegenständen. Es hat mich einige Monate gekostet, um es von Karale zu bekommen, einem Fänger, bei dem ich zwei Jahre in Ammassalik gewohnt habe. Er hat es mir nur sehr ungern überlassen.«

»Eine Mordtrophäe, sagen Sie?«

»Ja, das ist nichts Ungewöhnliches dort oben. Die beiden Finger gehörten einem Mörder, der direkt vor der Kolonisation Furcht und Schrecken verbreitete. Es steckt viel Böses in diesem Amulett.«

Frijs machte theatralisch die Augen weit auf. Larsen hatte den Eindruck, dass er diese Geschichte schon viele Male erzählt hatte – im ›Klub der Abenteurer‹, im Radio, im Fernsehen oder in gutgefüllten Vortragssälen in der Provinz. Aber Larsen war nicht gekommen, um sich grönländische Räuberpistolen über magische Finger anzuhören. So wie Frijs den Grönlandfahrer und Geschichtenerzähler gab, hatte Larsen plötzlich das Gefühl, es handele sich bei ihm um einen marktschreierischen Wichtigtuer. Die Grönländer, denen Larsen begegnete, waren Sozialfälle, Alkohol- und Drogenabhängige, Menschen, bei denen man sich vorsehen musste und die mit diesen romantischen Trommeltänzern in Fellhosen, von denen Frijs und Konsorten erzählten, überhaupt nichts gemein hatten.

»Ah ja, so«, erwiderte er, »das war dann auch schon alles, glaube ich. Vielen Dank. Sie dürfen jetzt nach Hause gehen. Ich bin im Übrigen Vizekriminalkommissar bei der Mordkommission.«

»Mordkommission? Wieso das?«

»Direktor Keld Borch ist tot. Er wurde gestern Nacht in einem Klub in Vesterbro erstochen. Aber ich dachte, das wüssten Sie. Sie hatten sich doch treffen wollen, oder?«

Frijs' Gesichtsausdruck veränderte sich so schlagartig, wie ein Sommersturm über das Inlandeis zog. Das Wettergegerbte, Frische riss auf und wurde zu einer alten und fahlen Maske, der Mund stand offen.

»Was erzählen Sie mir da? Das ist nicht wahr. Sagen Sie mir, dass es nicht wahr ist.«

»Men's Club in der Istedgade. Borch hatte einen kleinen Jungen dabei«, fuhr Larsen fort. »Wir vermuten, dass er von einem Grönländer ermordet wurde. Es könnte derselbe gewesen sein, der heute Nacht bei Ihnen eingebrochen ist. Es hat auch einen Einbruch bei Borch gegeben, bei dem einige Papiere gestohlen wurden. Sie wissen wirklich nicht, worauf die Täter aus waren, also abgesehen von diesen Fingern?«

Frijs sagte nichts. Als hätte man ihm den Stecker gezogen. Dann riss er sich zusammen, warf Larsen einen unglücklichen und hasserfüllten Blick zu und drehte sich um. Er schüttelte den Kopf und fegte die Blumensträuße vom Fensterbrett. Eine Metallvase polterte auf den Fußboden, Wasser und Blumen schwappten heraus.

»Würden Sie jetzt bitte gehen.«

»Sie wollten sich treffen, Sie und Keld Borch. Im Men's Club in der Istedgade?«

»Würden Sie jetzt bitte einfach gehen und mich in Ruhe lassen?«, stöhnte Frijs.

»Hatten Sie eine Verabredung, um den Jungen gemeinsam zu missbrauchen?«

»Oh nein ... Oh nein, nein ...«

»Was um alles in der Welt bilden Sie sich eigentlich ein?«

Die barsche Stimme kam von der Tür. Larsen hatte den kleinen dunklen Herrn vor ein paar Stunden schon mal gesehen. Bei Phyllis Borch. Adam Wolff, der Staatssekretär. Er betrat das Zimmer mit einem Strauß Chrysanthemen, Lilien und weiße Rosen. Er ging auf Frijs zu und half ihm in einen Stuhl. Frijs rang nach Luft. Wolff flüsterte ihm etwas ins Ohr und nahm seine Hand. Frijs schüttelte den Kopf, schien sich aber zu beruhigen.

»Sie kommen von der Polizei?«, stellte Wolff fest, ohne aufzublicken.

»Ja.«

Wolff flüsterte Frijs erneut etwas zu und strich ihm übers Haar. Dann riss er sich los und kam auf Larsen zu.

»Wie heißen Sie?«

»Ole Larsen.«

»Und wie heißt Ihr Vorgesetzter?«

»Das hat mit dem Fall nichts zu tun. Ich bin Ermittlungsleiter der Abteilung A.«

»Dann heißt Ihr Chef Kai Høigaard. Ich möchte Sie jetzt bitten zu gehen, Herr Larsen.«

»Sie waren vorhin bei Borch, nicht wahr?«, sagte Larsen. »Was wollten Sie dort?«

»Das geht Sie nichts an.«

»Ich ermittle im Fall des Mordes an einem Ihrer Freunde. Was wollten Sie bei Frau Borch, Adam Wolff?«

»Procul o procul este, profani!«

»Wie bitte?«

»Nichts«, erwiderte Wolff und verschränkte die Arme. »Vergessen Sie es. Ich war bei Borch, um etwas zu holen, das mir gehört. Sind Sie nun zufrieden? Auf Wiedersehen, Herr Larsen!«

»Bist du von der Ausländerbehörde?«

Der Regen kam schräg von oben und ließ den Halmtorvet noch hässlicher und dreckiger als gewöhnlich aussehen. Rohde hatte sich von Mehmet Günes' Wohnung ein Taxi genommen und stand nun vor einem kleinen weißen Schuppen am Eingang des Schlachthofes. Den Kopf hatte er in eine Luke gesteckt. Der Mann in dem Verschlag hatte ein längliches blasses Gesicht und gelbe Augen. Er rauchte Cecil.

»Nein, Passpolizei. Ich suche einen Mustafa.«

»Mustafa wie?«

»Ich weiß nicht, wie er mit Nachnamen heißt.«

»Wir erkennen sowieso keinen Unterschied bei denen, das kann ich dir sagen. Sie heißen alle gleich, und man versteht nicht, was sie sagen. Außerdem beschweren sie sich ständig. Mal wollen sie beten, dann wieder kein Schwein anfassen ...«

»Er arbeitet wohl mit Bouillon ... ja, ich glaube, es hat was mit Brühwürfeln zu tun.«

Der Mann hinter der Schranke trommelte mit seinem Ringfinger auf das Schubfach unter der Luke. Er trug einen dicken Ring mit einem kleinen sternförmigen Stein.

»Brühwürfel ... Brühwürfel ... könnte Knorr sein.«

»Knorr, danke, wo sind die?«

»Es könnte aber auch Hasselbach Talg A/S sein. Ist möglich. Oder Teknisk Fedt oder ...«

»Oder was? Es schifft hier draußen.«

»Und es geht nicht um Fleischfutter oder Knochenmehl? Dann wär's nämlich die Abdeckerei, würde ich sagen. Die liegt da drüben.«

»Kannst du mir nun helfen oder nicht?«

Der Mann zog den Finger zurück und machte ein verblüfftes Gesicht.

»He Mann, genau das tue ich doch. Das ist ein großes Gebiet hier. Du willst dich doch nicht verlaufen. Dann muss ich nämlich raus und nach dir suchen, und dazu hab ich überhaupt keine Lust.«

»Er sagte etwas von einem rotbraunen Gebäude. Hilft das weiter?«

»Kann man wohl sagen. Dann ist es Krafft. Ganz bestimmt. Aber eigenartig ist das schon.«

»Wieso?«

»Sag ich doch, weil da Schweine sind.«

Der Mann drückte auf einen Knopf, der das Gittertor zur Seite gleiten ließ. Rohde schien einen verzweifelten Eindruck zu machen, denn der Mann kam aus seinem Schuppen heraus, fing wieder an, etwas zu erklären, und deutete mit der Zigarette in der Hand hinter ein paar niedrige Fabrikgebäude. Er solle über den Platz gehen, sich an der Rampe links halten und eine Lagerhalle durchqueren. Dort lag die Fleischfutterfabrik Krafft. Rohde zog den Kragen über die Ohren und hastete los. Es roch widerlich, als er die Gasse hinter Krafft erreichte; dort stand ein Container mit Fleischabfällen, übereinandergehäuften Schädeln, Knochen und Fleischresten.

Ihm wurde übel von dem Gestank des hohen qualmenden Schornsteins. Dies war die letzte Haltestelle. Es handelte sich um eine Todesfabrik, eine Mühle, mit der die letzten Proteine, das letzte Fett, der letzte Talg und die letzten Kronen herausgepresst wurden. Es war zum Kotzen, das Ganze. Man zerschredderte tote Schweine zu Knochenmehl und machte daraus Suppe und Futter für lebende Schweine. Man zwang Muslime, sie zu kochen, zu schreddern und zu zerstampfen. Wenn sie abkratzten, wurden sie bestimmt auch zu Kraftfutter, Düngemitteln und Würfeln verarbeitet, die man fressen konnte, bis man selbst an Herzstillstand oder Herzverfettung krepierte und zu Industrieschaum, Geschmacksverstärker oder Mörtel verarbeitet wurde.

Alles fraß sich selbst auf.

Es war krank.

Rohde stieß eine schwere Metalltür auf und trat in eine Halle mit dampfenden Kesseln. Ein paar dunkelhäutige Männer in weißen Arbeitskitteln, Kunststoffschürzen und Papierhüten rührten in den Kesseln, schaufelten Knochen hinein; einer drückte ein paar Knöpfe an der Wand und über eine Winde wurde ein Fuder in einen der Kessel gekippt. Es gab keine Dänen. Wer von ihnen war Mustafa? *Er hat Narben im Gesicht.* Rohde fragte nach Mustafa. Die ersten drei Männer reagierten nicht, erst der vierte. Er drehte sich um, schaute Rohde an und sagte: »Tag.« Er hatte ein völlig gleichmäßiges und glattes Gesicht. Die übrigen Arbeiter hatten Rohde jetzt auch bemerkt, Wachsamkeit breitete sich in der Halle aus. Ein massiger Mann mit glänzenden Haaren stand an einem der weiter entfernten Kessel. Rohde ging auf ihn zu.

Sein Gesicht war mit Pockennarben übersät.

»Mustafa? Heißt du Mustafa?«

Der Mann nickte, drehte sich um und lief auf eine Tür am entgegengesetzten Ende der Halle zu. Rohde setzte ihm nach. Sie kamen in eine Halle, in der die Kessel nicht in Gebrauch waren. Der Mann lief nicht sonderlich schnell, Rohde hatte das Gefühl, er könnte ihn ohne Weiteres einholen, aber seine Migräne hinderte ihn daran, schneller zu laufen. Hinter der nächsten Tür befand sich ein schlecht beleuchteter Gang. Der Türke verschwand am Ende des Korridors nach rechts. Rohde lief langsam dorthin und schob eine Metalltür auf. Es handelte sich um einen Kühlraum.

Von der Decke hingen Hunderte von Schweineleibern. Es scheinen aussortierte Tiere zu sein, mit dunklen Flecken und Wunden. Die Kälte unterdrückte den Gestank, aber man hatte das Gefühl, als könnte er jeden Moment die Kälte durchdringen.

Von Mustafa war nichts zu sehen. Rohde packte eines der Schweine, um es zur Seite zu ziehen. Es gab einen lauten Knall und der Rücken des Schweins explodierte. Rohde riss die Hand zurück und hörte ein pfeifendes Geräusch, als die Kugel auf die Eisentür traf und abprallte. Er warf sich auf den Bauch und kroch unter die Schweine, robbte vorwärts. Zehn, fünfzehn Meter entfernt erkannte er Mustafas Beine. Mustafa schoss erneut, die Kugeln schlugen in die Schweine über ihm.

Verflucht, warum hatte er seine Waffe nicht dabei?

Die Schüsse hörten auf und Mustafas Beine näherten sich. Rohde kroch nach rechts, der andere versuchte, die Tür zu erreichen. Er schien zu wissen, dass Rohde unbewaffnet war, da er nicht geschossen hatte. Er wollte Rohde den Fluchtweg abschneiden. Rohde kam auf die Beine, hielt den Atem an. Er stand hinter einem Schwein mit einer Schulterwunde, ihm stieg der strenge Geruch von verfaultem Fleisch in die Nase. Dann hatte er eine Idee. Er zog seine Jacke aus, hängte sie über den Schweinerücken, presste sich an die Wand und kroch dann in einem Bogen in Richtung Tür. Mustafa sprang mit gezückter Waffe vor und feuerte drei Mal auf die Jacke. Als er seinen Irrtum entdeckte, drehte er sich langsam um die eigene Achse, in jede Richtung zielend. Rohde war inzwischen bis auf ein paar Meter an ihn herangekommen und hatte hinter einem Schwein Deckung genommen. In dem Moment, in dem Mustafa ihm den Rücken zudrehte, sprang er aus der Deckung, packte den Pistolenarm und hämmerte ihn gegen eine Speckseite. Rohde war wütend und die Wut verhalf ihm zu ungeahnter Kraft. Er schlug den Arm erneut gegen ein Schwein, sodass die Pistole über den Beton schlitterte. Dann packte er Mustafa von hinten. Mustafa war klein und massiv, sie hielten sich gegenseitig in einer Art Ringergriff, und Mustafa versuchte, ihn über die Schulter zu schlagen, aber Rohde traktierte ihm die Nieren, bis der Türke vornüber fiel. Rohde presste Mustafas Gesicht auf den harten Boden, griff in das dichte schwarze Haar und schlug den Kopf auf den Beton.

»Verdammte Scheiße, was hast du vorgehabt? Wolltest du mich umbringen, du Schwein?«

Sein Herz galoppierte.

»Du hast Mehmet Günes einen Pass abgekauft. Für wen war dieser Pass? Erzähl's mir oder ich zerschmettere dir die Visage.«

Mustafa stöhnte, antwortete aber nicht. Rohde hämmerte den Kopf erneut auf den Boden.

»Yunus Emre«, lispelte er.

»Buchstabier das!«

»Y-U-N-U-S E-M-R-E.«

»Danke.«

## 10

Im Gefängnis von Herstedvester hatten neunzehn Grönländer auf unbestimmte Zeit wegen Mordes gesessen. Sie begannen mit den sieben, die innerhalb der letzten fünf Jahre entlassen worden waren. Drei waren mit Sicherheit zurück nach Grönland gegangen. Einer hatte sich im Seemannsheim in der Istedgade erhängt.

Blieben drei übrig.

Moses Klein, wohnhaft in Aalborg, hatte seine Familie 1967 in Jakobshavn ausgelöscht. Larsen schickte Werchmeister, um mit ihm zu reden.

Der Zweite, Knud Meisner, ein geistig verwirrter Greis, hatte seit 1953 in Herstedvester gesessen. Die Sache stank. Er war wegen eines Eifersuchtsdramas in der Gegend von Thule eingebuchtet worden. Meisner hatte mit der Ehefrau eines dort stationierten Soldaten, der sie prügelte, gerodelt, sie hatten Händchen gehalten. In der folgenden Nacht fand man sie aufgeschlitzt vor seinem Haus. Meisner hatte gesoffen und einen völligen Blackout. Der Ehemann der Frau wurde freigesprochen. Knud Meisner hatte inzwischen eine Adresse in einem Seniorenheim in Rødovre und ganz sicher nicht mehr genügend Zähne im Mund, um irgendjemanden zu verletzen. Ihn übernahm Overgaard.

Der Letzte hieß Emil Kreutzfeldt, verurteilt wegen vierfachen Mordes in Narsarsuaq 1970, bei dem es möglicherweise Anzeichen eines Ritualmordes gab.

Bei den Opfern handelte es sich um einen Vater und seine Tochter, den Bruder und eine Nichte. Kreutzfeldt hatte sie aneinandergefesselt in den Schnee gesetzt, ihnen mit seiner Fischschere die Augenlider abgeschnitten und die Köpfe in eine bestimmte Richtung gedreht. Was sollten sie sehen? Man hatte es nie herausgefunden. Vor drei Wochen war er auf freien Fuß gesetzt worden und hielt sich zurzeit vermutlich in Christiania auf, höchstwahrscheinlich im Café Månefiskeren.

Larsen und Anita standen davor.

Larsen schaute auf die Uhr. Es war kurz nach vier. Anita fummelte an ihrer Walther herum.

»Sollen wir?«, fragte sie.

»Ich denke schon«, erwiderte Larsen.

Das Café war voll, die Leute lärmten, redeten und klebten eng aufeinander. Und es stank nach Fett. Trotzdem gab es keinen Zweifel, dass das ganze Lokal sie beobachtete. Es atmete wie mit einer einzigen großen Haschischlunge. In den Ecken wurde geflüstert. Ein Mann mit Pferdeschwanz, der wie ein Däne aussah, verschwand durch eine Hintertür. Anita schaute Larsen an, der schüttelte den Kopf.

»Ist Emil Kreutzfeldt hier?«, rief er.

Die Leute hörten auf, sich zu unterhalten, aber es herrschte noch immer ein Summen im Raum. Schwitzende Körper. Gläser und Tassen wurden auf die Tische gestellt, in einer Ecke lärmte ein Kühlschrank.

»Wer will das wissen?«, sagte ein blasser dünner Mann. Larsen hatte ihn mal verhört, er konnte sich aber nicht mehr an seinen Namen erinnern. Zimmerer-Ib, Fahrrad-Per oder irgend sowas.

»Die Polizei«, sagte er.

»Hat er denn was gemacht?«, wollte eine Frau mit Stirnband wissen.

»Wir würden uns nur gern mit ihm unterhalten.«

Anita nickte hinüber zu einem Tisch im Halbdunkel. Ein Stuhl wurde zurückgestoßen, zwei Arme schlugen Löcher in die Luft, ein Kopf schoss hervor. Er verschwand durch die Hintertür. Anita nahm den Weg durch das Lokal auf. Larsen lief hinaus, rannte um das große

Gebäude herum, dann nach links. Auf der anderen Seite befand sich ein Hof, auf dem einige Christianitter sich an einem Feuer wärmten. Larsen hastete weiter, erreichte einen größeren Platz und sah den Mann, Anita war ein Stück hinter ihm. Er hatte bereits Schmerzen in der Seite. Der Abstand vergrößerte sich, sie gerieten zwischen zwei Häuser, jetzt meldete sich sein Knöchel, das Knie schien falsch angeschraubt zu sein, er kam zu dem schmalen Weg, auf dem Anita und der Mann verschwunden waren. Dann konnte er nicht mehr, sein Körper weigerte sich, das Herz schlug ihm bis zum Hals, es raste, er konnte sich nicht mehr rühren. Er musste sich anlehnen.

»Ich hab ihn«, schrie sie irgendwo rechts. Larsen rappelte sich auf.

Anita hockte hinter einem niedrigen gelben Haus, sie hatte ein Knie auf den Nacken eines grönländisch aussehenden Mannes gesetzt, bog seine Arme auf den Rücken und ließ die Handschellen zuschnappen. Auf der Erde lag das Messer, das sie ihm aus der Hand geschlagen hatte, es sah selbstgebastelt aus, mit einem groben Schaft und einer langen Klinge.

»Wieso bist du abgehauen, Emil?«, zischte sie ihm ins Ohr. »Wolltest du mich damit aufschlitzen wie den Mann im Men's Club gestern?«

»Ich rede nicht mit 'ner Scheißnutte«, sagte er.

»Halt's Maul, *kalak,* du Scheißgrönländer«, blaffte sie zurück und drückte ihm das Knie härter in den Nacken. »Das heißt Kriminalassistentin. Und du bist verhaftet.«

Ein großer schwarzer Mercedes mit getönten Scheiben fuhr neben Rohde auf dem H. C. Ørstedsvej. Er ging weiter und ignorierte den Wagen, der dicht am Bordstein langsam weiterrollte. Er hatte sich in der Moschee erkundigt und nach Yunus Emre gefragt. Er war nicht klüger geworden. Ein Mann mit grauen Bartstoppeln und Pluderhose hatte ihn ausgelacht. Ein anderer hatte ihm Tee angeboten und wollte ihm etwas über Yunus Emre erzählen, aber sein Dänisch war so miserabel, dass Rohde mit diesen Informationen nichts anfangen konnte. Er hatte Larsen von einer Telefonzelle aus angerufen und ihn gebeten herauszufinden, ob die Polizei etwas über einen Yunus Emre wusste. Larsen hatte ihm von dem Überfall auf den Grönlandfahrer Frijs berichtet, der heute seinen siebzigsten Geburtstag feierte. Und von seiner Vermutung, Frijs könnte die Person sein, die Borch in der Sauna des Men's Club treffen wollte.

Plötzlich wurde vor ihm die Vordertür aufgerissen und ein dicker Oberschenkel tauchte auf. Dann ein gedrungener Mann mit breitem Nacken und kurzgeschnittenem Haar. Rohde registrierte die Ausbuchtung unter der Schulter und den kleinen schwarzen Apparat mit einem Kabel im Ohr. Der Mann versperrte ihm den Weg. Nicht drohend, aber er unternahm keinerlei Anstalten, zur Seite zu treten. Rohde blieb unwillkürlich stehen, als die Hintertür aufsprang.

»Ich höre, dass Sie Ibrahim Günes suchen«, kam es aus dem Wageninneren. »Wir haben Neuigkeiten für Sie. Steigen Sie ein.«

»Wer sind Sie?«, fragte Rohde und bemerkte das blaue Diplomatenkennzeichen. »Kennen Sie Yunus Emre?«

Er hörte den Mann im Wagen glucksen, offenbar fand er das komisch. Der gedrungene Mann verzog das Gesicht ebenfalls zu einem Lächeln, flüsterte *Yunus Emre* und deutete mit dem Kopf auf den Rücksitz. Rohde stieg ein, die Sitze waren aus weichem, cremefarbenem Leder. Der Mann auf dem Rücksitz hatte graumeliertes, sorgfältig geschnittenes kurzes Haar und trug einen gut sitzenden dunklen Anzug.

»Lassen Sie mich ein wenig nachdenken, ah ja: *I bu vücut şehrine, her dem giresim gelir, içindeki sultânin, yüzün göresim gelir*. Es tut mir leid, das sagen zu müssen, aber ich glaube, Sie wurden ... falsch informiert, Herr Polizeiassistent. Mein Name ist Orhan. Orhan Dost. Dost bedeutet Freund.«

Er gab ihm die Hand. Sein Händedruck war ebenso angenehm und weich wie der Lederbezug.

»Bei Yunus Emre handelt es sich um einen Dichter aus dem 13. Jahrhundert. Entschuldigen Sie, dass wir uns amüsiert haben, aber Sie wurden offensichtlich zum Narren gehalten. Und bitte sehen Sie es mir nach, wenn ich Yunus nicht vollkommen gerecht werde, aber ich glaube, das Gedicht, das ich gerade zitiert habe, lautet ungefähr so: *Ach, käme ich doch in diese Stadt meines Körpers und könnte das Antlitz des Sultans sehen, der dort wohnt*. Das ist immer das Problem der Türkei gewesen. Das wusste bereits der große Yunus. Die Türkei ist ein Land, das seine eigene Stärke nicht kennt oder versteht.«

Es überraschte Rohde, dass der Mann ohne jeden Akzent sprach, aber wieso war er so gut informiert?

»Okay«, sagte er und schob sich auf dem Sitz zurück. »Sie wissen offenbar, dass ich nach einem Türken suche, der also nicht Yunus Emre heißt. Aber wie heißt er dann?«

»Dazu kommen wir noch«, erwiderte Orhan Dost. »Wie gesagt, wir sind hier, um zu helfen. Ich habe alle Informationen, die Sie benötigen, also haben Sie Geduld, mein Freund.«

Schweigend fuhren sie durch die Stadt, bogen auf den Åboulevard und dann auf die Nørre Søgade in Richtung Østerbro. Es war ein bequemer, geräuschloser Wagen. Rohde konnte den Fahrer im Rückspiegel sehen. Er trug eine große Sonnenbrille. Neben ihm saß der gedrungene Bodyguard. Er rauchte eine filterlose Zigarette.

Loppen. Christiania, 29.10.1979, 16.12 Uhr.
Vernehmung von Emil Kreutzfeldt durch KA Anita Jensen.
Anwesend: VKK Ole Larsen und PA Peter Hansen, PA Henning Lange und KA Erling Løn.

EK: Ich weiß nicht, wovon du redest, Dänin.
AJ: Das ist doch eigentlich nicht so schwer: Was haben Sie gestern Nacht in dem Schwulenclub Men's Club gemacht?
EK: Glaubst du, ich bin ein Schwulenarsch?
AJ: Nicht unbedingt, aber ich weiß, was Sie 1970 mit Lise und Jakob gemacht haben.
EK: ...
OL: PA Peter Hansen, PA Henning Lange und KA Erling Løn ... ja, legt sie ihm an ... bringen Sie den zu Verhörenden unter Kontrolle.
OL: Erzählen Sie, wo Sie gestern Nacht von 22.00 bis 04.00 Uhr gewesen sind.
EK: Nehmt mir diese Handschellen ab.
AJ: Antworten Sie einfach auf die Frage.
EK: Ich habe eine Alte gefickt.

AJ: Sie meinen eine Frau. Wer ist es?
EK: Irgendeine. Christine.
AJ: Christine und wie weiter?
EK: Christine Loch, Christine Fotze, Christine Blas-Mir-Einen. Was weiß ich, wie sie heißt.
AJ: Wo können wir sie finden?
EK: Na ja, dort ... im Månefiskeren.
AJ: Das überprüfen wir. Haben Sie einen großgewachsenen dänischen Freund mit einer Hasenscharte?
EK: Was?
AJ: Verstehen Sie die Frage nicht?
EK: Was hab ich denn mit 'ner Hasenscharte und 'nem großen Schwulenarsch zu tun? Glaubst du, ich bin bescheuert?
AJ: Ja. Wer hat Sie geschnitten?
EK: Irgendwer. Geht dich nichts an.
AJ: Woher haben Sie das Messer?
EK: Gefunden.
AJ: Wann?
EK: Heute Morgen. Es war seins.
AJ: Wessen?
EK: Ich weiß nicht, wie er heißt. Kenne ihn nicht. Er ist abgehauen.

Loppen, Christiania, 29.10.1979, 17.15 Uhr.
Vernehmung von Christine Jørgensen
durch KA Anita Jensen.
Anwesend: VKK Ole Larsen.

AJ: Christine, verstehen Sie, was ich sage?
CJ: Was?

AJ: Christine, sind Sie wach?
OL: Christine, waren Sie heute Nacht mit Emil Kreutzfeldt zusammen?
CJ: Psst. Ich versuche zu schlafen.
OL: Hatten Sie gestern Sex mit Emil Kreutzfeldt?
CJ: Mit Emil, einem Schwein in einer Lederjacke und zwei anderen. Is' mir doch egal.
AJ: Können Sie sich erinnern, wann das war?
CJ: Nee.
AJ: Christine, versuchen Sie, sich zu erinnern.
CJ: Emil kam, als ich schlief. Ich bin die ganze Nacht in der Stadt gewesen. Dann hat er sich mit einem geprügelt, den ich nicht kenne.
AJ: Einem Grönländer?
CJ: Ja.
AJ: Den Sie nicht kennen.
CJ: Er hat Emil mit 'nem Messer verletzt, aber dann ist 'n Däne gekommen und hat ihn mitgenommen. Emil hat sich das Messer geschnappt. Lag einfach da.
AJ: War der Däne sehr groß?
CJ: Was meinst du?
AJ: Hatte er eine Hasenscharte, sprach er merkwürdig?
CJ: Weiß ich nicht. Alle Dänen reden doch merkwürdig.
AJ: Erinnern Sie sich, wann das war?
CJ: Heut' Morgen. Ich brauchte was zu Rauchen, aber dieser Kerl wollte Emil keine Kippe geben.

AJ: Sie haben den Grönländer oder den Dänen noch nie gesehen?

CJ: Nein, aber Nielsine hat gesagt, dass sie ihn kennt.

Loppen, Christiania, 29.10.1979, 18.23 Uhr.
Vernehmung von Nielsine Kampmann
durch VKK Ole Larsen.
Anwesend: KA Anita Jensen.

OL: Nielsine Kampmann, Christine Jørgensen sagt, es hätte heute Morgen vor dem Månefiskeren eine Schlägerei gegeben. Wissen Sie, wie der Mann heißt, der Emil Kreutzfeldt mit einem Messer bedroht hat?

NK: Nein, aber ich hab ihn schon mal gesehen. Er kommt manchmal her. Aber wir wollen ihn nich' hier haben.

OL: Wieso nicht?

NK: Er ist nich' ganz richtig im Kopf. Aber ich habe ein bisschen mit seinem Freund geredet.

OL: Seinem Freund?

NK: Ja, einem Dänen. Die beiden sind immer zusammen.

OL: Wissen Sie, wie er heißt?

NK: Nein.

OL: Hat er eine Hasenscharte und zwei verschiedene Augenfarben?

NK: Weiß ich nich'.

OL: Wissen Sie, ob sie irgendetwas gedreht haben?

NK: Ich glaub schon.

OL: Weshalb?

NK: Ich weiß nich'. Er ist doch verrückt. Zieht einfach ein Messer, als Emil sauer wird, weil er Christine keine Zigarette geben will. Von uns will keiner mit ihm reden.

OL: Wissen Sie, wo wir ihn finden können?

NK: Er wohnt nich' in der Stadt. Mehr weiß ich nich'.

Die türkische Botschaft in Hellerup. Rohde stand in einer großen hellen Halle mit schweren Sesseln, auf den Tischen lagen Broschüren mit Hochglanzbildern von Moscheen und leuchtenden Stränden. An der Wand hing ein enormes Ölgemälde von Kemal Atatürk in grellen Farben, eine Treppe führte in den ersten Stock, ringsum gab es eine Reihe von Mahagonitüren. Orhan Dost war nicht da. Rohde wurde ungeduldig, als sich eine der Türen öffnete und ein kräftiger Mann im Anzug auf ihn zu trat und ihn wortlos einer Leibesvisitation unterzog. Rohde stöhnte, als der Mann seine Knie berührte und Knöchel, Waden und Oberschenkel abtastete. Der Mann führte Rohde in ein großes Büro, auch hier hing ein Bild von Kemal Atatürk, diesmal eine Fotografie. Dort saß Orhan Dost.

»Ich glaube, ich habe mich nicht ordentlich vorgestellt«, sagte er und gab Rohde eine Visitenkarte. *Lt. Colonel Dr. Orhan Dost, Defense Attaché* stand darauf, außerdem die Adresse der Botschaft. »Sie können meine Akkreditierung im Außenministerium überprüfen.« Er deutete auf das Telefon.

Rohde nahm auf einem der beiden Empirestühle mit Armlehnen vor dem Schreibtisch Platz. Er war die Komödie allmählich leid und wollte eine Erklärung. In diesem Moment ging eine Tür auf und der Kräftige kam herein. Rohde zuckte zusammen. Denn in seiner Begleitung befand sich Ibrahim Günes. Der große Mann hatte eine Hand auf die Schulter des Jungen gelegt und geleitete ihn an einen Tisch, der rechts neben ihnen stand. Der Junge lächelte verlegen und schaute Orhan Dost an. Er trug einen ordentlichen grauen Anzug mit Weste, sein Haar hatte man mit Wasser gekämmt, er wirkte befangen.

»Sie müssen verstehen«, fuhr Orhan Dost fort, »dass wir uns in einer schwierigen und prekären Situation befinden.«

Orhan Dost warf einen Aktendeckel auf den Schreibtisch. Ganz oben lag Ibrahim Günes' Visumsantrag.

»Menschenschmuggel können wir nicht tolerieren«, fuhr Dost fort, »und wir untersuchen im Augenblick, ob türkische Beamte darin verwickelt sind. Ich bin mir darüber im Klaren, dass dies ein ungewöhnlicher Schritt ist. Aber Sie, vielleicht gerade *Sie*, werden unseren Wunsch nach Diskretion verstehen.«

Rohde spürte, wie er errötete, er wollte etwas sagen, doch Dost kam ihm zuvor.

»Wir schlagen einen Tauschhandel vor.«

»Was soll das heißen?«

Orhan Dost deutete auf den Jungen, der sich auf eine Sofagruppe links von ihnen im gleichen Empirestil wie die Stühle gesetzt hatte. Er kaute an einem Karamelbonbon mit Puderzucker und strampelte mit den Beinen, den Fußboden konnte er nicht erreichen. Er trug schwarze Lackschuhe.

»Dieser Junge hier heißt Hasan Duglat und kommt aus einem Dorf in Anatolien. Er verschwand vor einem halben Jahr. So wie viele anatolische Jungen, es ist nicht leicht für uns, dieses Problem in den Griff zu bekommen. Es gibt so viele, die das Land verlassen, so viele geteilte Familien. Und einige werden tatsächlich verkauft. ›Die verschwundenen Kinder‹, so nennen wir sie bei uns.«

»Und Sie schlagen einen Tauschhandel vor?«, fragte Rohde nach.

»Ja. Wir sind der Ansicht, dass Hasan nach Hause gehört, und genaugenommen können Sie nichts dagegen unternehmen. Dies ist türkisches Hoheitsgebiet. In gewisser Weise hält sich Hasan Duglat also überhaupt nicht in Dänemark auf. Daher schlagen wir vor, dass Sie Hasan mit mir als Dolmetscher verhören, damit Sie bei Ihren Ermittlungen in dem Mordfall an diesem Direktor Borch weiterkommen. Im Gegenzug werden wir Diskretion wahren. Die Öffentlichkeit sollte in dieser Angelegenheit nicht eingeschaltet werden. Wir wollen den Jungen. Er soll nach Hause zu seiner Mutter.«

Rohde fummelte eine Zigarette aus der Packung. Aus irgendeinem Grund zitterten seine Hände. Er brauchte diese Zeugenaussage und er wusste, dass der Mann recht hatte. Sie konnten den Jungen hier behalten und er konnte nichts dagegen unternehmen. Im Übrigen hatte er wenig Lust zu erfahren, wie viel dieser Mann ihm gegenüber von seiner speziellen Verwicklung in diesem Fall wusste. Aber irgendetwas war faul. Es wirkte alles inszeniert. Auf dem Schreibtisch stand ein Kassettenrecorder bereit. Orhan Dost drückte auf *play* und *record*. Würden Larsen und die Mordkommission ihm das abkaufen? Im Moment hatte er allerdings keine andere Wahl, als den Jungen zu vernehmen. Er nickte Orhan Dost zu. Hasan Duglats Augenlider begannen zu flackern, als Rohde die Fotografie von Keld Borch vor ihn auf den Tisch legte. Orhan Dost sprach mit dem Jungen auf Türkisch.

»Ja. Das ist er.«

»Bitten Sie ihn zu erzählen, wie er ihn kennengelernt hat.«

Dost fragte auf Türkisch, der Junge antwortete. Dabei spielte er an seinen Manschettenknöpfen.

»Hasan sagt, dass er dem Herrn auf dem Bild das erste Mal vor zwei Wochen begegnet ist, er hat ihn drei- oder viermal gesehen. Jedes Mal wurde er irgendwo hingebracht. Er weiß nicht, wohin. Hasan wartete allein in einem Zimmer, dann kam der Herr und nahm ihn mit.«

»Hatte Keld Borch jedes Mal Sex mit ihm?«

»Ja.«

»Haben sie sich mehrmals in der Sauna in der Istedgade getroffen?«

»Nein, nur gestern. Die anderen Male geschah es in Wohnungen. Es gab noch einen weiteren Mann.«

Rohde stand auf und ging ungeduldig auf und ab. Sie waren an einem wichtigen Punkt angelangt. Möglicherweise gab es noch andere Personen am Tatort. Borch hatte in der Sauna auf jemanden gewartet, möglicherweise auf Joachim Frijs.

»Entschuldigung«, sagte Rohde. »Haben Sie zufällig die heutige Ausgabe von *Politiken* da?«

»Natürlich, wir haben sämtliche Zeitungen des Landes abonniert. Soll ich sie bringen lassen?«

»Ja, danke.«

Rohde setzte sich wieder. Der Junge ließ die Lackschuhe baumeln und starrte in den Kristallkronleuchter. Dost nahm den Hörer ab, wählte eine Ziffer und erteilte eine kurze Anweisung. Es ist zu einfach, dachte Rohde, irgendetwas muss faul sein. Aber was? Der Junge befand sich hier in Sicherheit, man hatte ihn identifiziert, und er wurde verhört. Alles war gut. Wirklich?

Der Wachmann, der ihn der Leibesvisitation unterzogen hatte, kam mit der *Politiken* herein, einem frischen, noch ungelesenen Exemplar, als Rohde im zweiten Teil die Rubrik ›Namen‹ aufschlug. Da war es, ein großes Foto des siebzigjährigen Jubilars Joachim Frijs: sonnengebräunt, das lockige Haar zerzaust, klare graue Augen, Himmel und Meer im Hintergrund.

»War er es?« Rohde zeigte Hasan Duglat das Foto von Joachim Frijs. Der Junge schaute Orhan Dost an. Seine Hände zitterten leicht, sein Kopf zuckte zurück.

»Ja.«

»Waren noch andere Männer dabei?«

Orhan Dost führte ein längeres Gespräch mit dem Jungen, viele Fragen, kurze Antworten, Gestikulieren und Kopfschütteln, Hasan standen Tränen in den Augen.

»Er sagt, er weiß es nicht. Er war oft verbunden.«

»Verbunden?«

»Ja, er hatte eine Binde vor den Augen. Man hat ihn auch gefesselt. Er weiß, dass Fotos gemacht wurden. Er will nicht, dass sein Onkel sie sieht. Er fragt, ob Sie glauben, dass sein Onkel sie zu sehen bekommt.«

Der Junge sah ihn mit einem Blick an, der sich ihm einbrannte. Rohde bemerkte seine Hände, kleine Kinderhände. Aber die Nägel waren vollkommen heruntergebissen.

»Was passierte gestern Abend?«

»Er will nicht darüber sprechen.«

»Ich muß ihn fragen«, sagte Rohde. »Sonst ist es kein Tauschhandel.«

Auf Orhan Dosts Gesicht zeigte sich ein spitzes Lächeln. Er nickte, sprach wieder mit dem Jungen.

»Er sagt, dass er zunächst mit Borch allein war. Aber dann kamen plötzlich einige andere in den Raum, und er wurde ohnmächtig. Als er wieder zu sich kann, waren Sie und Ihre Kollegen dort.«

»Hat er die Täter gesehen? Kann er uns eine Personenbeschreibung geben?«

»Nein.«

»Sicher?«

»Er hat nichts gesehen, Herr Rohde. Es ging offenbar alles äußerst schnell. Er kann Ihnen keine Personenbeschreibung liefern.«

»Gut, lassen Sie uns von etwas anderem reden«, fuhr Rohde fort. »Kann er uns sagen, wo er sich zwischendurch aufhielt und wer ihn zu Keld Borch gebracht hat? Ich sprach gestern mit ihm und er erwähnte etwas von Hunden und ... Käfigen.«

Orhan Dost nahm eine Zigarette aus einer silbernen Schachtel auf dem Tisch und zündete sie sich an.

»Hunde?«

»Ja.«

»Wer hat Ihnen das erzählt?«, wollte Dost wissen.

»Eine Putzfrau in dem Hotel, aus dem Ihre Leute ihn geholt haben.«

»Sprach sie gut Dänisch?«

»Nein, nicht besonders.«

»Vielleicht lag es daran.«

»Wollen Sie ihn nicht fragen?«

»Doch, doch, schon.«

Orhan Dost redete noch einmal mit dem Jungen. Er sah verängstigt aus, folgte Dosts Handbewegungen, saß kerzengerade auf dem Sofa und bewegte die Lippen, wenn Dost sprach. Rohde bemerkte es. Der Junge ähnelte einem Roboter, wie er in seinem vornehmen Anzug vor ihnen saß und antwortete.

»Er hat das nur geträumt«, sagte Orhan Dost schließlich. »Haben Sie weitere Fragen?«

»Ja. Wie kam er ins Land? Kennt er Yunus Emre oder wie er auch heißen mag?«

Wieder dieses Gerede, diese Blicke, Mimik und Gestik.

»Er kam mit dem Flugzeug, Ankara–Frankfurt«, übersetzte Dost. »Und es gibt keinen Yunus Emre, das habe ich Ihnen doch schon zu erklären versucht. Ich glaube auch nicht, dass Hasan zu weiteren Antworten in der Lage ist. Wollen Sie nicht das Band abhören, ob Sie alles haben?«

Hasan Duglat wurde abgeholt. Der große Leibwächter führte den Jungen mit seiner großen Hand auf der Schulter erst um den Tisch und dann hinaus. Bevor er den Raum verließ, drehte er sich um, sah Rohde direkt an und lächelte ihm zu. Es war dasselbe Lächeln wie gestern Abend, dieses Lächeln, das sich in sein Herz geschnitten hatte.

»Vielleicht möchten Sie jetzt telefonieren«, sagte Orhan Dost, »und Ihren Vorgesetzten mitteilen, wie die Dinge stehen?« Er nahm den grauen Hörer ab und reichte ihn Rohde.

»Hallo, Larsen am Apparat.«

Man hatte bereits eine Verbindung mit dem Präsidium hergestellt. In einem der angrenzenden Büros musste es eine Sekretärin geben, die die Nummer des Präsidiums gewählt und die Leitung frei gehalten hatte.

## 11

Anita wartete vor dem Würstchenstand auf dem Platz an der Ecke Store Kongensgade und Frederiksgade. Sie schlug die Fausthandschuhe gegeneinander, der Atem gefror ihr vor dem Mund, sie trat von einem Fuß auf den anderen. Larsen dachte, *was bringt sie dazu, morgens aufzustehen*, er sah, wie sie einen Handschuh auszog und eine Zigarette aus der Packung klopfte, *mit diesem Idioten Preben und diesem Knirps, wie hieß er noch?* Weiter kam er mit seinen Überlegungen nicht, denn jetzt waren die beiden Risted Hotdogs fertig. Mit einem Fuß schob er die Schiebetür auf, ging hinaus und balancierte dabei einen Hotdog in jeder Hand.

»Es gab keine rohen Zwiebeln mehr«, sagte er und gab ihr eines der Brötchen. »Ist das in Ordnung?«

Sie hatte den Hotdog bereits im Mund und hielt ihn in beiden Händen, damit nichts herunterfiel; während sie kaute, blickte sie ihn an. Hübsche Augen, dachte Larsen und wunderte sich, dass er es noch nie bemerkt hatte. Sie lächelte und musterte ihn eingehend. Larsen wurde verlegen und schlug die Augen nieder.

»Wie ernst ist es mit deiner Frau, Ole? Sie ist wieder im Krankenhaus, oder?«

»Ziemlich ernst, die Leber ist angegriffen, sie bekommt jetzt Chemo und Strahlen.«

»Solltest du dir nicht ein paar Tage freinehmen und bei ihr sein?«

»Ja ... und nein. Wir stecken mitten in einem Fall, also ... nein, es fällt mir schwer, die Arbeit zu vergessen. Man glaubt ja, man sei unentbehrlich. Oder man hofft, dass man es ist.«

»Das Gefühl kenne ich gut«, sagte sie und biss in ihren Hotdog.

Larsen schüttelte sich. Es war eigentlich das erste Mal, dass sie über ihr Privatleben redeten. Er dachte, jetzt müsste er sie auch irgendetwas fragen, zum Beispiel, wie es mit ihrem Sohn lief. Doch ihm fiel einfach der Name des Jungen nicht ein.

Sie kam ihm zu Hilfe: »Wurden beide Täter von Borch und Frijs missbraucht? Ist das möglicherweise die Verbindung?«

»Zusammen mit Rohdes Informationen klingt es vernünftig. Vielleicht waren die Täter im selben Kinderheim. Borch unterstützte doch Kinderheime.«

»Das überprüfe ich«, sagte Anita. »Aber wir wissen noch immer nicht, ob es sich bei dem Einbruch bei Frijs um einen Mordversuch oder einfach nur um einen misslungenen Einbruch handelte. Du sagst, sie wollten ein paar Unterlagen und ein grönländisches Amulett stehlen, als Frijs sie überraschte?«

»Ja. Aber waren es überhaupt die gleichen Täter? Und was haben ein Beutel mit alten Fingerknochen und ein paar Dokumente mit Pädophilie zu tun?«

»Keine Ahnung«, erwiderte Anita.

»Was zum Henker wissen wir eigentlich? Und dann noch dieser Einbruch bei Borch am Abend vor dem Mord. Auch dort wurden Unterlagen gestohlen. Haben sie etwas mit dem Mord zu tun? Und schließlich Adam Wolff. Wie passt der ins Bild? Du hättest ihn im Rigshospital sehen sollen, als ich Frijs besuchte. Ich hätte ihn fast dazu gebracht, mir zu sagen, dass er in dem Raum war! Das sind schon ein paar übellaunige alte Männer, mit denen wir uns da anlegen.«

Larsen hatte lauter gesprochen und ihr dabei ein Stückchen Röstzwiebel auf die Wange gespuckt, direkt unters Auge. Sie hatte es nicht bemerkt. Sollte er? Er hob seine Handschuhhand und wischte es weg. Anita zog reflexartig den Kopf zurück und versuchte, es wie einen Kälteschauer aussehen zu lassen.

Rohde war zurück ins Hotel West gegangen, er saß auf dem Bett und rauchte. Er hatte den Jungen gefunden und vernommen. Er hatte seine Arbeit erledigt. Sollte er die Sitte auf die verschwundenen türkischen Jungen ansetzen? Und die Ausländerbehörde, sollte die sich um Mustafa kümmern? Rohde hatte ihn einfach im Kühlraum liegen gelassen, er war so wütend gewesen, dass er nicht hatte klar denken können. Ob Mustafa vor Kälte gestorben war? Nein, bestimmt war er zu sich gekommen oder irgendjemand hatte ihn gefunden. Vielleicht sollte er sich zusammenreißen und versuchen, Ordnung in sein eigenes Leben zu bringen, oder es einfach zu beenden? In jedem Fall würde er mit Søren Schluss machen. Er würde ihn bitten, seine Sachen zu packen, auszuziehen und Pelle mitzunehmen. Eigentlich war es ziemlich einfach. Die Sache mit Søren beenden und versuchen, Ann Charlotte zu überzeugen, dass er sie noch immer liebte. Verdammt, schließlich hatten sie ein Kind miteinander. Er zündete sich eine neue Zigarette an der alten an, er wollte Søren anrufen, doch in diesem Moment klingelte das Telefon.

»Hier ist Dost. Orhan Dost von der Botschaft. Störe ich?«

»Nein.«

»Jetzt verstehe ich, was Sie mit Hunden und Käfigen meinten.«

»Hunden?«

»Ja, der Junge sprach von Hunden, sagten Sie, nicht wahr?«

»Ja.«

»Möglicherweise haben wir Ihren Yunus Emre gefunden. Er heißt Fasil Yonuglu und besitzt einen Hundezwinger in Rødovre. Kampfhunde. Eine traurige Angewohnheit einiger meiner Landsleute. Ich vermute, dass Sie dort einige der ›verschwundenen Kinder‹ finden können.«

»Und was ist mit Hasan, wie geht es ihm?«

»Ihm geht es gut. Er wurde mit einem Flugzeug nach Ankara geschickt. Bald sitzt er in einem Bus nach Diyarbakir auf dem Weg zu seiner Mutter. Wollen Sie nicht mehr wissen über Fasil?«

Rohde suchte nach Block und Bleistift, aber sie steckten in der Jacke, die er auf den Stuhl geworfen hatte. Eine Bibel und eine Nagelfeile waren zur Hand, er setzte die Spitze an, aber das Papier war zu dünn und riss. Er kratzte einen Kringel auf die Innenseite des Einbands, es funktionierte.

»Ich bin so weit.«

»Hasan Duglat ist nicht der Einzige. Die Jungs kommen mit falschen Pässen und richtigen Papieren nach Westeuropa, so wie Hasan, und werden dann in den drei Monaten, in denen das Touristenvisum gilt, verkauft. Keine Probleme mit der Ausländerbehörde. Und die Jungen sagen selbstredend nichts.«

»Wie lautet Fasil Yonuglus Adresse?«

»Der Hundezwinger liegt am Roskildevej 519.«

Rohde ritzte die Adresse in die Bibel, sie war nicht zu entziffern, es sei denn, jemand hätte sich wirklich angestrengt.

Larsen und Anita saßen nebeneinander auf einem Sofa in Joachim Frijs' Palais in der Amaliegade. Eine gewaltige Wohnung, mit Parkettfußboden und französischen

Flügeltüren, die sich zu weiteren einzigartigen Räumen öffneten. Überall an den Wänden Gemälde, Nippes, Ethnographika aus Grönland und geodätische Karten. Eine fratzenhafte, hässliche Maske, mit ein paar dreisten Strichen um die Augen und einem weitaufgerissenen Mund, starrte Larsen boshaft an. Um den Stuck der hohen Zimmer zog sich eine Serie wilder Deckenmalereien. Direkt über ihnen flatterte ein langhaariger, geflügelter Puck, der in einem Engelsgewand aus dem Himmelsgewölbe auf sie herabsah. Die Stukkatur schwang sich um fette Posaunenengel und Meeresfrüchte, Schnecken und Muscheln.

Joachim Frijs saß ihnen in einem abgewetzten braunen Ledersessel gegenüber und rauchte Pfeife. Der Tee war eingegossen, auf dem Tisch stand eine Flasche Schnaps mit Zweigen und Beeren, daneben standen drei kleine mundgeblasene Gläser.

»Kråsesnaps. Schnaps aus dem Mageninhalt von Schneehühnern, eine grönländische Spezialität«, erklärte Frijs und schenkte ihnen ein. »Die Schneehühner habe ich selbst geschossen.«

Larsen trank einen Schluck Tee. Er wollte mit dem Alkohol warten. Frijs hatte sich offensichtlich erholt. Um seinen rechten Ellenbogen lag ein Verband, aber er trug den Arm nicht mehr in der Schlinge. Er hatte wieder diesen vor Gesundheit strotzenden Gesichtsausdruck, sah aber gleichzeitig unendlich alt aus – wie eine Mumie mit roten Wangen.

»Ich war gestern sehr aufgeregt«, nahm Frijs das Gespräch wieder auf, »ich bedauere das.«

»Verständlich«, erwiderte Larsen. »es tut mir leid, wenn ich mich ungeschickt ausgedrückt habe. Das war nicht meine Absicht. Aber wir müssen Ihnen leider noch ein paar Fragen stellen.«

»Schießen Sie los.«

»Gut. Keld Borchs Witwe erzählte uns, dass auch bei ihnen eingebrochen wurde, in der Nacht zum Sonntag. Es wurden einige Papiere gestohlen. Und sie berichtete, dass Sie und Adam Wolff am darauffolgenden Tag vorbeigekommen wären und eine erregte Diskussion mit Direktor Borch geführt hätten.«

Frijs trank seinen Schnaps, indem er den Kopf kurz in den Nacken legte. Er lächelte.

»Ach, das war nichts Besonderes. Pylle rief an und bat mich zu kommen. Keld war nach dem Einbruch verstört. Verstört, ja, und auch verängstigt.«

»Das sagte Frau Borch auch. Dass er Angst hatte. Wissen Sie, wovor?«

»Nein. Er hat es mir nicht gesagt, denn kurz nach mir kam Adam. Er war es, der sich wirklich aufregte. Er tobte wegen der gestohlenen Unterlagen. Ich habe nicht begriffen, wieso.«

»Wissen Sie, um welche Papiere es ging?«

»Nur um ein paar alte Briefe, von ihm an Keld. Adam ist sehr um seinen Ruf besorgt, aber man muss es doch nehmen, wie es kommt. Das haben wir ihm auch gesagt. Man kann ja nicht alles steuern, und bald sind wir ohnehin nicht mehr da.«

»Könnten Sie bitte etwas konkreter werden?«, unterbrach ihn Anita.

Larsen begann wieder, an seiner Nagelhaut zu pulen. Er kratzte mit dem Zeigefinger an der Wunde, sie würde bald wieder aufplatzen. Frijs hob die Augenbrauen und seufzte. Er hatte eine aristokratische Miene aufgesetzt, als würde ihn das Gespräch allmählich langweilen.

»Adam hat im August seine Memoiren veröffentlicht, *Ikarus' Fall. Eine anhaltende Selbstkritik*, ich könnte mir vorstellen, dass Sie davon gehört haben? Ein recht gutes Buch. Aber er lebt in vielerlei Hinsicht in der Vergangenheit. Er glaubt noch immer, dass Homosexualität ein Verbrechen ist, und er wird panisch bei dem Gedanken, dass seine Neigung öffentlich werden könnte. Und natürlich ist das Ganze dadurch nicht gerade leichter geworden, dass er sich während des Krieges in einen Deutschen verliebte. Man hat über Herman Bang gesagt, er hätte sich in einen Leutnant verliebt ...«

»Dürfte ich Sie bitten, sich etwas klarer auszudrücken?«, unterbrach ihn Anita erneut.

»Gott behüte ... nun gut, Keld, Adam und ich sind Freunde seit unserer Kindheit, obwohl ich einige Jahre älter bin. Meine Eltern hatten ein Sommerhaus in Tisvildeleje, genau wie die Borchs. Adams Eltern waren ständige Sommergäste. Wir waren jung, die Welt stand uns offen. Wir ritten zusammen und lasen die großen Deutschen, Goethe und Hölderlin. Heinz kam seit 1937 zu unseren Sommerfesten, er stammte aus Schwaben, Hölderlins Heimatland; und er war besessen vom Norden, dem Licht, dem Wind und der Frische. Adam verliebte sich in ihn. Heinz war sehr charmant.«

»Heinz, war das der Deutsche?«

»Ja, Heinz Richter. Er starb in einem russischen Gefangenenlager. Ich glaube, Adam ist nie darüber hinweggekommen.«

»Und Sie meinen, Wolff glaubte, dass der Einbruch etwas mit diesem Geheimnis zu tun hat?«

»Ja, unglaublich, nicht? Wir schreiben doch trotz allem das Jahr 1979.«

Birger Lund, der Leiter der Hundestaffel, tätschelte seinen Schäferhund Balder und kraulte ihn hinter den Ohren. Das Fell des Hundes sah dicht und gesund aus.

Rohde wurde sieben weiteren Hundeführern vorgestellt, deren Namen er sich nicht merken konnte. Die Tiere sprangen aus den Wagen und umkreisten die Hände ihrer Führer, die Schwänze wedelten. Gleich würden sie konzentriert und scharf sein, jetzt waren sie noch übermütig und verspielt.

Neun Streifenwagen und ein Kleinbus standen vor einem größeren dunklen Grundstück in Rødovre. Abgesehen von Rohde insgesamt zweiundzwanzig Beamte. Die Mordkommission hatte niemanden abgestellt, aber die Abteilung A wusste Bescheid. Rohde hatte den Tipp bekommen und falsche Papiere waren sein Bereich.

Fasil Yonuglus alias Yunus Emres Zwinger bestand aus sechs Blechschuppen und einem System von Auslaufflächen und Außenkäfigen. Zum Eingang des Haupthauses, das einer Lagerhalle oder einem Bürogebäude glich, gelangte man durch eine Reihe von Zäunen und Türen.

Die Polizisten stellten sich rund um das Gelände. Es herrschte absolute Ruhe. Rohde steckte sich eine Zigarette an und reichte Birger Lund die Schachtel. Einer der Hundeführer fragte: »Wissen wir, was da drin ist?«

»Kinder«, antwortete Birger Lund.

»Ich meine, welche Hunde?«

»Kampfhunde«, erwiderte Birger.

»Illegale?«

Birger grinste: »Balder ist für alles zu haben.«

Ein Beamter rief durch ein Megafon, *Kommen Sie aus dem Haus, kommen Sie aus dem Haus*. Niemand kam heraus. Ein Beamter in einem wattierten Anzug lief mit einem Bolzenschneider zu einer Eisenpforte. Birger Lund folgte unmittelbar dahinter, er hielt Balder an der kurzen Leine, direkt an der Hüfte. Der Hund zerrte. Der Beamte kniff das Schloss ab und Birger ließ Balder los.

Nichts geschah.

Balder lief aufgeregt hin und her, schnüffelte in den Ausläufen, schüttelte sich, nahm eine Fährte auf, nahm zu viele Fährten auf, begann zu bellen. In den Schuppen befand sich etwas. Der Hund wurde immer aufgeregter, fing an, sich um sich selbst zu drehen, dann sprang er in einen der Blechschuppen. Nichts passierte. Die anderen Hunde jaulten, einer von ihnen begann mit einem klagenden Geheul. Plötzlich warf Birger Lund die Zigarette fort, trat sie mit dem Stiefel aus und marschierte auf den Platz. In diesem Moment waren aus dem Schuppen hohe schrille Geräusche zu hören, sie klangen wie das Quieken eines Schweins, das zum Schlachten geführt wird. Irgendetwas schlug gegen die Blechwände und Balder schoss heraus – ein schwarzer Schatten saß auf ihm wie ein Affe. Der Hund war in Panik geraten, er wälzte sich auf dem Rücken, Staub wirbelte auf, dann war es vorbei. Das schwarze Tier schlich zurück in den Schuppen. Birger hatte seine Waffe gezogen, aber nicht schnell genug reagiert. Wie versteinert stand er da und blickte auf Balder, der im Auslauf lag. Lund war bleich, er flüsterte *Balder, Balder, Balder*, dann ging er zu seinem Wagen und öffnete die Kofferraumklappe.

Die anderen Hunde bellten und zerrten an den Halsbändern, die Hundeführer hielten sie zurück. Birger tauchte mit einer Pumpgun und einer Schachtel Munition auf, die für eine Hirschjagd ausgereicht hätte. Ein Beamter versuchte ihn zurückzuhalten, aber er schob ihn zur Seite. Birger Lund ging auf die Schuppen zu.

Dann fielen Schüsse.

Larsen hatte ein merkwürdiges Gefühl. Frijs war ein narzisstischer und geschwätziger alter Selbstdarsteller.

Aber er war keineswegs dumm. Er musste geahnt haben, was sie ihn fragen würden, warum sie gekommen waren. Im Augenblick prahlte und plauderte er über Grönland und diesen Fingerknochen, den er sich von einem Fänger beschafft hatte. Anita beugte sich über den Tisch, schob das Schnapsglas beiseite und legte das Foto von Hasan Duglat alias Ibrahim Günes auf den Tisch. Sie drehte es Frijs zu.

»Spannend, was Sie uns erzählen, aber kennen Sie diesen Jungen?«

Frijs' Gesicht blieb unverändert. Er lächelte höflich und legte den Kopf ein wenig schräg. Noch immer sah er aus wie eine kerngesunde, melancholische Moorleiche.

»Ein hübscher Junge, muss man sagen. Nein, ich glaube nicht«, sagte er und blickte auf.

»Ich glaube schon, dass Sie ihn kennen«, entgegnete Anita. »Ich glaube, Sie kennen ihn als Ibrahim Günes.«

»Ich weiß nicht ... worauf Sie hinauswollen?«

»Dann lassen Sie es mich erklären. Sie erzählen uns eine lange Geschichte über die deutsche Literatur, das Reiten, einen Leutnant, der Heinz Richter heißt, und einen Staatssekretär, der um seinen Nachruhm besorgt ist. Und dann von rituellen Morden in Grönland. Das sind durchaus interessante Geschichten, aber wir haben es mit einer sehr gegenwärtigen Leiche zu tun, nämlich mit Ihrem Freund Keld Borch, der ermordet wurde, während er einen Jungen von acht oder zehn Jahren missbrauchte. Und wir haben erfahren, dass auch Sie Sex mit dem Jungen auf diesem Foto hatten! Sind Sie wirklich sicher, dass Sie ihn nicht kennen?«

Frijs hatte noch immer dasselbe Lächeln auf den Lippen, als hätte er nicht gehört, was Anita gesagt hatte. Doch dann sprang er auf, sein Stuhl fiel um, er schwankte. Larsen dachte, *jetzt stirbt er, verflucht, jetzt bekommt er einen Herzkasper*. Er war ebenfalls aufgesprungen, dabei mit seinem Schienbein gegen die massive Glasplatte gestoßen. Nun humpelte er auf Frijs zu, der sich abgewandt hatte. Larsen legte ihm eine Hand auf die Schulter, wurde aber so heftig zurückgestoßen, dass er Mühe hatte, das Gleichgewicht zu behalten. Frijs drehte sich um, sein Gesicht hatte sich verändert, die Falten waren verschwunden, aufgeschwemmt von der Wut und dem Blut, das ihm in den Kopf geschossen war. Er hob die Arme und deutete in die Luft, sagte aber nichts. Larsen stand mit offenem Mund vor ihm. Anita hatte sich aus dem Sofa erhoben. Jeder stand an einer Seite des Tisches.

»Herr Frijs. Es tut mir leid, aber wir haben die Zeugenaussage des Jungen. Er heißt Hasan Duglat, und er behauptet, Sie wiedererkennen zu können«, sagt Anita leise. »Aber möglicherweise haben Sie eine andere Erklärung?«

Frijs schüttelte den Kopf, sein Gesicht war zusammengefallen, Tränen standen ihm in den Augen.

»Ich habe ihn niemals ...«, er hatte seine Stimme nicht mehr unter Kontrolle, »angerührt. Das war Keld ...«

»Wollen Sie sich nicht setzen?«

Wenn er ausatmete, entwich ein klagendes Pfeifen aus seinen Lungen. Frijs beachtete sie nicht länger. Sein Blick verlor sich in den Zimmern hinter ihnen und schließlich noch weiter. Anita griff nach den Handschellen.

»Ich muss ... gestatten Sie ... ich kann nicht ... ich habe Bilder gemacht, ich wollte ihn nie. Nie, sage ich ... niemals anrühren. Nicht wie Keld, nein. Ich habe gesagt, er soll es lassen, er soll dieses hübsche junge Leben nicht zerstören, aber er ... er ...«

»Was war mit ihm?«

»Ich muss mit meinem Anwalt sprechen ... erlauben Sie ... geben Sie mir zwei Minuten.«

Er machte sich in Richtung der Flügeltüren auf den Weg. Anita folgte ihm. Frijs bemerkte sie nicht, sein Gang hatte etwas Mechanisches. Larsen setzte sich ebenfalls in Bewegung. Vor einer Tür mit Doppelflügel drehte Joachim Frijs sich zu ihnen um, sein Gesichtsausdruck schien beinahe wieder normal zu sein.

»Kann ich zwei Minuten haben? Ganz allein, dann werde ich ... mitkommen.«

Anita war skeptisch, ihr Arm lag noch immer auf dem Rücken, bereit, ihm die Handschellen anzulegen. Larsen jedoch nickte. Frijs drehte sich um, senkte dankbar den Kopf und schloss die Tür hinter sich. Larsen konnte gerade noch einen Blick in den Raum werfen: Eine Bibliothek mit eingebauten Regalen, die sich die Wände entlang zogen, ein großer, dunkel gebeizter und mit Schnitzereien verzierter Eichenholzschreibtisch.

Die Beamten verschwanden in dem Lagergebäude. Rohde stand in einem der Schuppen und schaute auf den hässlichsten Hund, den er je gesehen hatte. Er glich einem Drachen: breiter, konischer Kopf, krummbeinig, breite Brust, schmales Hinterteil, nahezu haarlos. Halb Ratte, halb Tiger. Der Hund wurde auch dadurch nicht hübscher, dass ihm der Kiefer und der größte Teil der Gurgel fehlten. Seltsam verdreht lag er auf dem Boden, als hätte Birger Lund ihm mitten im Sprung die untere Hälfte seiner Schnauze mit der Pumpgun an die entgegengesetzte Wand befördert. Mit der Stiefelspitze drehte Lund das Tier auf den Rücken.

»So einen habe ich noch nie gesehen«, sagte er. »Ein Pittbull ist das nicht, aber was zum Teufel ist es dann?«

Rohde trat aus dem Schuppen und kam in einen der Ausläufe. Überall lagen Hundekadaver. Fellfetzen, Knochenteile, Blut, Staub und mehrere dieser Drachen, durchlöchert. Hunde mit großen Schusswunden, einem von ihnen war ein Hinterbein abgerissen. Um sie herum verstreut rote Patronenhülsen. Birger Lund folgte ihm, er zog an einer Prince.

»Du bist schuld, dass Balder getötet wurde«, sagte er, »aber wo zur Hölle sind die Kinder?«

Sie gingen zu dem Lagerhaus. Einer der Hundeführer hockte vor der Tür auf der Metalltreppe. Er tätschelte seinen Schäferhund, fischte einen Leckerbissen aus der Tasche und hielt ihn dem Hund vor die Nase, damit er ihn mit der Zunge erwischen konnte.

»Habt ihr was gefunden?«, fragte Rohde.

»Nein. Wir haben das ganze Gebäude durchsucht. Hier gibt es keine Kinder.«

»Na Klasse«, sagte Birger, »wie war das? Einhundertzwanzig Mannstunden, um auf hässliche Hunde zu schießen.«

»Sie sind hier«, sagte Rohde und zündete sich eine neue Zigarette an. »Ich bin sicher, dass sie hier sind.«

Die zwei Minuten waren vorüber. Larsen marschierte unruhig auf und ab, die Hände auf dem Rücken verschränkt. Das Vorzimmer der Bibliothek war mit weiß lackierten hohen Holzpaneelen, sienaroten dicken Tapeten und Familienporträts versehen, auf denen unwirsche Männer mit Perücken zu sehen waren – zu Pferde, zu Fuß und vor Renaissanceschlössern. An der Wand hingen Vorderlader, gekreuzte Säbel und Schilde und ein Messingtopf mit zwei Hellebarden. Anita schaute sich einen kleinen Rokokotisch an, auf dem eine aufgeklappte Kiste aus Mahagoniholz stand, darin zwei Steinschlosspistolen in einem mit Samt ausgelegten Futteral. Durch die Tür hörten sie gedämpfte Gesprächsfetzen.

»Sollen wir?«, fragte Larsen.

»Ich finde schon«, sagte Anita.

Larsen klopfte, öffnete die Tür und trat ein. Er hörte Joachim Frijs *Ja, so mach ich's* sagen, dann legte er auf und blickte in seine Richtung. Wieder hatte er diesen vollkommen aufgelösten und geistesabwesenden Gesichtsausdruck. Er hielt einen großkalibrigen Revolver in der Hand. Er zielte damit auf Larsen. Anita erschien in der Tür. Nun zielte er auch auf sie.

»Sie geben mir jetzt diesen Revolver«, sagte Larsen und ging mit ausgestreckter Hand einen Schritt nach vorn.

»Das kann ich nicht«, sagte Frijs und lächelte. Es war ein merkwürdig leeres Lächeln, ihm standen Tränen in den Augen. »Es tut mir leid ... für den Jungen ...«

Unendlich langsam drehte er den Revolver um, ließ ihn um den Zeigefinger rotieren, fasste ihn dann mit der ganzen Hand und steckte ihn in den Mund. Anita griff instinktiv zu ihrer Dienstwaffe und hielt den Atem an. Sie hatte das Gefühl, als hätte sie den Schuss gehört, noch bevor er fiel. Ein Dröhnen im Gehirn. Frijs blinzelte mit dem rechten Auge, das Augenlid senkte sich langsam, dann kam der Knall, und der Augapfel wurde fortgesogen.

Rohde hockte in einem leeren Büro des Lagergebäudes. Auch hier roch es nach Hund, aber hier gab es keine Hunde. Er hob die Falltür hoch und schaute in einen dunklen Schacht. Eine Holzleiter führte hinunter. Kalte stickige Luft schlug ihm entgegen. Birger Lund steckte ihm eine Taschenlampe zu, dann kletterte Rohde hinunter und tastete mit dem Lampenlicht den Raum ab.

Viele Augenpaare blitzten im Lichtkegel auf. Verschüchterte Augen. Mindestens zehn Jungen waren in enge Lattenverschläge eingesperrt.

Plötzlich konnte er es nicht mehr ertragen. Rohde kletterte nach oben, schickte zwei Beamten hinunter und wartete an der Falltür. Die Verschläge wurden aufgebrochen und die Jungen von Beamten in den Büroraum getragen. Einige waren stumm und zitterten vor Angst, einer begann zu schreien und wollte Birger Lund nicht mehr loslassen. Birgers Augen flackerten verlegen. Er warf seine Prince weg, trat sie aus und streichelte dem Jungen übers Haar. Die Beamten brachten die Kinder in den Kleinbus. Irgendjemand hatte für Decken gesorgt.

»Kommst du mit?«, fragte Birger von der Tür. »Wir fahren los, sobald wir alles gesichert haben.«

»Nein danke. Ich bleibe noch einen Moment.«

Birger verschwand in der Dunkelheit, kurz darauf hörte Rohde, wie die Streifenwagen starteten und Gas gegeben wurde. Er zündete sich eine Zigarette an. Wo steckte Fasil Yonuglu alias Yunus Emre? Vor einigen Stunden hatten ein paar Einheiten in seiner Wohnung in Glostrup vergeblich nach ihm gesucht, seine Frau hatte behauptet, er sei im Zwinger. Hatte man ihn gewarnt? Die Beamten und Hundeführer hatten eine Viertelstunde in dem Gebäude vertrödelt, dann hatte Rohde die Falltür zum Keller unter einem Kelim gefunden. Keine Spur von Fasil Yonuglu.

Rohde ging in die Teeküche im Nebenraum.

In der Ecke stand ein Kühlschrank voller Milch und Lebensmittel: Dreisternesalami, Fleischwurst, Kassler, Stryhns Leberpastete und Pflanzenmargarine. Er schaute auf die Verfallsdaten. Das meiste war erst kürzlich gekauft worden, aber alles roch nach Ajax. Irgendjemand musste mit einem Lappen den Boden gewischt haben. Rohde ging in die Knie und strich mit dem Finger übers Linoleum. Es war peinlich sauber. Er öffnete noch einmal die Kühlschranktür und entdeckte jetzt erst eine farbige Stelle. Blut. Er rückte den Kühlschrank von der Wand. Dahinter fand er mehr Blut, frisches Blut. Und irgendetwas Weißes lag darin und leuchtete aus der Blutlache.

Es sah aus wie ein Zahn, ein Backenzahn.

Rohde bückte sich, um ihn aufzuheben, als er jemanden an der Tür bemerkte.

Ein Mann in einem dunklen Anzug stand dort. Orhan Dost von der türkischen Botschaft. Seinen Leibwächter hatte er nicht dabei. Er kam auf Rohde zu und drückte ihm die Hand.

»Darf ich mir erlauben, Sie zu Ihrer erfolgreichen Polizeiaktion zu beglückwünschen?«

»Danke. Aber ich habe gerade etwas gefunden. Ich glaube, es ist Blut, außerdem liegt da ein Zahn.«

»Wo?«

Er zeigte es Dost. Der Türke ging darauf zu, trat in das Blut und stieß den Schuhabsatz fest darauf. Er zertrat den Zahn.

Es knirschte.

»Wieso haben Sie den Zahn zertreten? Und wo ist Fasil Yonuglu?«

»Meiner Meinung nach glich es eher einem Stück Knochen, Herr Polizeiassistent.«

»Es war ein Zahn, und Sie haben meine Frage nicht beantwortet. Wo ist Yonuglu?«

»Herr Rohde«, flüsterte er ihm ins Ohr. Sie standen dicht beieinander, und Rohde spürte den warmen Atem

Dosts an seinem Gehörgang. »Die Türkei löst ihre Probleme auf ihre Weise. Sie haben doch die Kinder, oder?«

Anita hatte das Gefühl, in einer Luftblase zu sein, sie hörte, wie ihr Herz raste. Noch nie hatte sie einen Menschen aus der Nähe sterben sehen. Wie gelähmt standen Larsen und sie. Frijs war nach hinten in den Stuhl gefallen und saß mit offenem Mund da. Der Revolver lag neben seiner rechten Hand auf dem Boden. Larsen erwachte aus seiner Starre, ging zum Schreibtisch, hob den Telefonhörer und wählte eine Nummer. Anita hockte sich neben die Leiche. Frijs' geöffnete Hand hing vor ihrem Gesicht und roch nach Pulver. Im Geist registrierte sie sämtliche einleuchtenden, lärmenden Details: Die Waffe, ein großer Stahlrevolver mit einer dicken Trommel, daneben lag die aus der Kammer ausgeworfene Patronenhülse, den mächtigen Siegelring an Frijs' Zeigefinger, den feisten Finger, die blauen Nägel, die Hand *zitterte*. Das vordere Glied des Mittelfingers fehlte, statt des Nagels befand sich dort eine dicke Schicht gelbes Narbengewebe.

Larsen sagte irgendetwas ins Telefon, doch sie horchte für einen Moment nur auf ihre eigenen Gedanken, ihre eigenen Atemzüge. Sie stand auf und zwang sich, in das Gesicht des Toten zu blicken. Das Gebiss hatte sich vom Gaumen gelöst und saß schief, die Mundwinkel wurden in einem erstarrten Lächeln hochgezogen. Ein Auge war blutunterlaufen und gebrochen, aus dem Hinterkopf tropfte es, an der Tapete klebte Blut.

»Wie erklären wir das?«, fragte sie gedämpft.

»Psst!« Larsen wedelte mit der Hand. »Gib mir bitte mal einen Bleistift.«

»Was?«

Er deutete mit dem Kopf auf eine längliche Schale voller Bleistifte auf dem Schreibtisch. Als sie nicht reagierte, lehnte sich Larsen irritiert über die Schreibtischplatte, griff nach einem der Stifte und notierte sich einige Zahlen auf der grünen Schreibunterlage.

»01 31 74 42. Das ist eine Nummer in Frederiksberg. Könnten Sie mir den Namen ... ja, danke.«

Er legte auf.

»Bist du okay?«

»Ja, mir geht's gut«, sagte sie. »Alles in Ordnung. Wen hast du angerufen?«

»Die Telefongesellschaft. Rate mal, mit wem Frijs gerade telefoniert hat?«

»Weiß nicht.«

»Mit Adam Wolff!«

*»Hej, Mogens hier.«*

*»Was für ein Mogens?«*

*»Ah, du bist es, Erik. Gut, dass du anrufst. Wir sitzen gerade zusammen und reden über dich.«*

*»Was macht ihr? Ihr habt nicht über mich zu quatschen. Was machst du überhaupt in meiner Wohnung?«*

*»Søren braucht jede Unterstützung, die er bekommen kann, also sind wir eingezogen. Das heißt, Kim, Alex und ich, also Alex Suenson vom Vorstand der Pädagogengewerkschaft. Und gerade haben wir über deine Reaktionsmuster gesprochen, und Alex hat ein paar Dinge dazu gesagt, die er bei Martin Buber gelesen hat ...«*

*»Mogens ...«*

*»Sag mal, findest du nicht auch, dass du in der Situation ein wenig überreagiert hast? Søren ist jedenfalls am Boden zerstört.«*

*»Mogens, ich finde, du solltest dich jetzt verpissen, ich will mit Søren reden. Und dann solltest du aus meiner Wohnung verschwinden.«*

*»Da haben wir wohl jemanden, der seine Aggressionen nicht unter Kontrolle hat, was?«*

*»Ja!«*

*»Søren! Erik ist am Telefon, und er ist sehr aufgebracht. Er überreagiert schon wieder und ...«*

*»Hallo, Erik.«*

*»Hallo, Søren.«*

*»Nett, dass du anrufst, Erik. Ich bin so unglücklich. Und ich konnte dich nicht erreichen. Wo warst du?«*

*»Im Hotel, ich musste nachdenken. Søren, ich ...«*

*»Es tut mir leid, was passiert ist. Das war so dumm, so dumm, so dumm. Aber du warst so weit weg ... und dann war Pelle da. Aber du bist es doch, den ich liebe.«*

*»Du musst dich nicht entschuldigen, Søren. Es ist meine Schuld. Ich war so weit weg, ja. Aber mir war nicht klar, was ich wollte.«*

*»Weißt du es denn jetzt?«*

*»Ja, ich denke, wir hatten eine gute Zeit zusammen, Søren, darum geht's nicht, aber ich kann nicht mehr ...«*

*»Was meinst du, kommst du nicht nach Hause?«*

*»Doch. Aber ich komme nicht nach Hause zu dir. Ich möchte, dass du bis Samstag aus meiner Wohnung verschwunden bist.«*

# Dienstag, 30. Oktober 1979

## 12

Der Frederiksberg Have öffnete erst um acht Uhr, daher konnte er nicht durch den Park gehen. Die Allégade war menschenleer. Ein einsames Taxi fuhr vom Rådhustorvet an ihm vorbei und bog in die Frederiksberg Allé.

Anita hatte er nach Hause geschickt, sie sollte sich ausschlafen. Overgaard und Werchmeister waren auf die Hintergrundrecherchen über Borch, Frijs und Wolff angesetzt. Das konnte nicht bis morgen warten. Dann hatte er mit Rohde telefoniert, sich Frijs' große Wohnung angesehen und dessen Papiere, Bücher und Fotoalben durchgeblättert, bis die Techniker kamen. Er hatte vermieden, sich Frijs' Leiche anzusehen, aber dieser Selbstmord ging ihm nicht aus dem Kopf. Wie Frijs den großkalibrigen Revolver auf ihn richtete, den Revolver dann gegen sich selbst richtete und abdrückte.

Als ein verschlafener Kyed ihn kurz nach sechs mit zerzaustem Schnurrbart grüßte, steckte Larsen ein kleines, in Leder gebundenes Fotoalbum, das er sich angesehen hatte, in die Tasche. Frijs hatte viele Fotoalben, und überall gab es Bilder von Borch, Wolff und Frijs. Hunderte von Bildern zeigten die drei Musketiere seit den dreißiger Jahren. Sie schwammen, liefen, saßen um ein Feuer, hatten Kränze auf den Köpfen, sie waren im Wald, am Strand und in großen Wohnungen, in offenen Cabriolets aus den Dreißigern oder Vierzigern. Frijs sah aus wie immer, frisch, gesund und lächelnd. Borch neigte bereits auf den frühen Aufnahmen zur Korpulenz. Und Wolff war bereits als ganz junger Mann ein kleiner dunkler und ernsthafter Herr.

Es gab noch zwei andere Männer, die auf den ältesten Bildern immer wieder auftauchten. Waren es fünf Musketiere gewesen, in den Vorkriegs- und Kriegsjahren?

Beide Männer waren blond, ein großer Schlanker mit länglichen, zarten Gesichtszügen und ein breitschultriger Riese mit struppigen Haaren und grober Physiognomie. Auf einem der Bilder trug der Zarte eine deutsche Uniform, möglicherweise handelte es sich um den deutschen Offizier, den Frijs erwähnt hatte. *Ich glaube, er verliebte sich in einen Leutnant.* Heinz Richter. Wer der andere Bursche sein könnte, wusste Larsen nicht. Auf den Fotos schien die ganze Zeit über Sommer zu sein, einige der Bilder zeigten die fünf Männer nackt. Überhaupt zog sich ein Flor nackter oder halbnackter Knaben wie eine glänzende Schneckenspur durch Frijs' Alben. Schon als junger Mann hatte Frijs offenbar Porträtfotos von Knaben gemacht, sie füllten Album um Album. Auf vielen Fotos war Borch zu erkennen, aber die Bilder zeigten auch Halbwüchsige zusammen mit Adam Wolff und den beiden unbekannten Männern.

Sie hatten die Zeugenaussage des türkischen Jungen über Frijs und Borch, doch die Fotos verwiesen auch auf Wolff. Ganz offensichtlich hatte es dieser Kreis von Männern schon früher getan. Sie missbrauchten minderjährige Jungen und hielten sich gegenseitig an der kurzen Leine. Wenn einer auszuscheren drohte, wurde er in den Selbstmord getrieben. So sah es zumindest bei Frijs aus. *Ja, so mach ich's.* Wolff hatte eine besondere Macht über ihn, Larsen hatte es im Rigshospital erlebt. Aber Wolff war Staatssekretär. Es fiel schwer, an seine Beteiligung zu glauben. Aber wenn es sich so verhielt oder wenn er seine Freunde auch nur gedeckt haben sollte, musste er dafür büßen.

Larsen ging über den Parkplatz hinter dem Frederiksberg Rådhus, drückte sich durch die Hecke am Møstings Hus und stand nun vor dem Haus Poul Møllers Vej 5, einem ansehnlichen Klotz aus der Zeit der Jahrhundertwende. Die gelbe Villa lag direkt am Frederiksberg Have, in gehörigem Abstand zu der stark befahrenen Smallegade. Er sah auf die Uhr. 07.03.

Larsen ging die Treppe hinauf und klingelte.

Wolff öffnete, empfing ihn mit einem kühlen Nicken und ließ ihn eintreten. Er trug eine dunkle Hose und statt eines Jacketts einen bordeauxfarbenen Pullover über dem Hemd. Es überraschte Larsen, wie klein der Mann war. Klein und knochig, mit straff zurückgekämmten dunklen Haaren und ganz dichten kurzen Koteletten.

Das Herrenzimmer war geräumig und hoch, ein großer viereckiger Raum mit gedämpftem Licht. Eine Schreibtischlampe warf einen Lichtkegel auf die grüne Filzunterlage des Mahagonischreibtisches. Wolff ging um den Schreibtisch herum und nahm in einem Bürostuhl mit Lederbezug und hoher Rückenlehne Platz. Larsen zog sich einen unbequemen Stuhl heran und setzte sich.

»Ich muss bald ins Ministerium, ich bitte also um Verständnis, dass es nur eine sehr kurze Unterhaltung werden kann.«

»Das kommt darauf an, wie Sie meine Fragen beantworten.«

»Dann sehen Sie zu, dass Sie Ihre Fragen stellen.«

»Gut ... Lassen Sie uns direkt zur Sache kommen. Ihr Freund Joachim Frijs hat gestern Abend Selbstmord begangen. Wir haben Beweise, dass er minderjährige Jungen aus dem Ausland missbraucht hat, zusammen mit dem verstorbenen Direktor Keld Borch, ebenfalls ein Freund von Ihnen. Wir konfrontierten Frijs gestern mit den Beweisen und er bat darum, einige Minuten allein sein zu dürfen. Er zog sich zurück, und als wir dazukamen, saß er mit geladenem Revolver da. Er richtete ihn zunächst auf uns, auf mich und meine Kollegin, dann schoss er sich selbst in den Kopf.«

»Ah ja.«

»Frijs wollte allein sein, um seinen Anwalt anzurufen.«

»Das klingt vernünftig.«

»Sind Sie sein Anwalt, Wolff?«

»Nein.«

»Aber er hat Sie angerufen. Wieso rief er Sie an? Was wollte er?«

Larsen musterte das Gesicht, um einen Riss zu finden, einen Tick oder ein nervöses Blinzeln, ein kleines Zeichen der Erschütterung. Wolff zeigte keine Regung.

»Er wollte sich bedanken.«

»Bedanken?«

»Ja. Er wollte sich für unsere jahrelange Freundschaft und all das, was ich für ihn getan habe, bedanken. Ich spürte schon, dass etwas ... nicht wieder Gutzumachendes geschehen war, also bat ich ihn, nichts Dummes oder Übereiltes zu unternehmen.«

»Erfolglos. Aber das haben Sie ja auch gar nicht zu Frijs gesagt, oder? Sie haben Frijs gezwungen, sich umzubringen, um Ihr gemeinsames Geheimnis zu bewahren.«

Wolff erhob sich, nahm eine Zigarette aus einem Silberetui auf dem Schreibtisch, taxierte Larsen, als er sie anzündete, und Larsen spürte die harten Augen, die offensichtliche Geringschätzung.

»Ehrlich gesagt ist es mir ziemlich egal, was Sie denken, Herr Vizekriminalkommissar. Ich habe keine Ahnung, von welchem gemeinsamen Geheimnis Sie reden. Gibt es etwas, das Sie beweisen können, da Sie doch so sicher sind? Ich glaube eher, dass Sie Joachim in den Tod getrieben haben, weil Sie ihn offenbar so sehr verachteten. Joachim war ein liebenswerter Mensch, aber er war auch leicht zu beeinflussen.«

»Was haben Sie zu Frijs gesagt, als er anrief?«

»Das habe ich Ihnen gerade erzählt. Wir vergeuden unsere Zeit, Herr Ole Larsen.«

Es entstand eine Pause. Wolff zog an seiner Zigarette. Die Glut erleuchtete sein Gesicht. Larsen klopfte sich auf die Brusttasche, suchte seine eigenen Zigaretten, aber die Packung war leer, er hatte in der Nacht die letzte Zigarette geraucht. Bei Wolff schnorren wollte er nicht.

»Joachim war homophil. Stört Sie das, Herr Vizekriminalkommissar?«

»Nein, damit habe ich kein Problem. Überhaupt nicht. Aber ...«

»Und mit diesem kleinen Aber war Joachim sein ganzes Leben konfrontiert. Sie sollten wissen, mit welcher Abscheu auf Homosexualität reagiert wurde, insbesondere in unserer Jugend. Und wenn Sie sich auf seine fotografischen Arbeiten beziehen, dann war das doch nichts anderes als entschuldbarer Unfug, würde ich sagen, außerdem innerhalb des gesetzlichen Rahmens.«

Die Unterhaltung fing an, sich in die falsche Richtung zu bewegen. Wolff hatte ihn auf dem falschen Fuß erwischt und er hatte gezögert. Der Mann hatte leider recht. Diese Bilder von nackten und halbnackten Knaben waren nach § 235 ein Vergehen gewesen, als sie aufgenommen wurden. Jetzt konnte man so viele nackte Kinder fotografieren, wie man wollte, solange es nicht zum Verkehr kam. Eine widerliche, dumme Lücke im Gesetz, die erst jetzt, nach der Kinderpornografie-Debatte des Sommers, allmählich geschlossen wurde. Es gab Grenzfälle, die eine lange Beweisführung erforderten und den Produzenten von Heftchen jede Menge Zeit und Spielraum verschafften. Larsen war sich bewusst, dass er nicht sehr viel in der Hand hatte. Er war gekommen, um Antworten zu erhalten, aber das ging nicht ohne Argumente.

»Ich glaube, das hat Joachim letzten Endes gebrochen«, fuhr Wolff fort, »Vorurteile und Vorverurteilungen. Er war ein Naturbursche. Der unglückliche Sohn der arktischen *waste lands*, wie wir ihn gern nannten. Wir mochten ihn sehr und in unserer jugendlichen Naivität stilisierten wir ihn zu einer Art Aladin. Aber in den letzten Jahren bedrückte Joachim ein Schmerz, den er sehr still ertrug.«

Larsen hatte genug von dem salbungsvollen Gerede. Wenn er zustoßen wollte, dann musste es jetzt geschehen. Mit etwas, das Wolff zum Schweigen brachte. Er beugte sich vor, öffnete seine braune Ledertasche und zog das kleine dicke, ledergebundene Fotoalbum heraus. Er blätterte darin. Das Rascheln des dünnen weißen Pergaments schmerzte in den Ohren. Der Schlafmangel hatte ihn offensichtlich überempfindlich werden lassen, hinter den französischen Türen zum Wohnzimmer hörte er eine Uhr ticken.

»Heute Nacht habe ich bei Frijs dieses Fotoalbum gefunden. Es zeigt offensichtlich Treffen des Freundeskreises, zu dem Sie in den Kriegsjahren zählten. Unter anderem Sie, Borch und Frijs. Auch ein Deutscher verkehrte damals in Ihrem Kreis, nicht wahr? Er hieß Heinz Richter. Ist er das hier?«

Larsen hielt ihm das Album hin und deutete auf das Bild eines hübschen, blonden Mannes in Uniform mit Schulterriemen. Er stand unter einer Blutbuche in einem Garten, dessen gewaltige Rasenfläche schräg abfiel. *Ich glaube, er verliebte sich in einen Leutnant.* Im Hintergrund ließ sich das Meer erkennen. Es konnte sich um den Øresund handeln, irgendwo am Strandvejen.

»Ja, das ist Heinz Richter.«

»Was ist aus ihm geworden?«

»Er ist tot. Er starb 1946.«

»Waren Sie in Heinz Richter verliebt?«

»Ich darf doch wohl bitten!«

Larsen blätterte weiter zu einigen anderen Bildern. Sie waren im Wald aufgenommen, *Tibirkes Hügel*, stand darunter, *1941*. Auf den Fotos saßen und standen nackte Männer auf einer Waldlichtung, eines zeigte Wolff mit einem Lorbeerkranz im Haar, wie er aus einem Buch vorlas.

»Über dieses Bild, auf dem alle nackt sind und einander vorlesen, habe ich mich gewundert. Es wirkt so ... zeremoniell. Würden Sie mir erklären, was da vor sich geht?«

»Nein. Das geht Sie nichts an.«

»Da ist auch ein Junge mit auf den Fotos. Der da, wie heißt er?«

Larsen deutete auf ein Foto mit vier Personen. Man hatte sie nackt im Wald fotografiert. Das Bild zeigte Frijs, Keld Borch und Richter. Bei dem Vierten handelte es sich um einen kräftigen jungen Burschen mit einem runden, sanften Gesicht. Er saß auf einem Baumstumpf und man konnte nicht sehen, ob ihm schon Haare wuchsen. Sein Alter war schwer zu bestimmen.

»Also, daran kann ich mich wirklich nicht erinnern.«

»Er war doch bestimmt minderjährig, oder?«

»Wenn ich mal direkt sein darf, Larsen, dann empfinde ich es als grobe Einschüchterung, dass Sie hier mit Joachims Fotoalbum ankommen. Es sind private Bilder, die nichts mit seinem Selbstmord zu tun haben. Kommen Sie zum Ende.«

»All right. Sie wollten bei Borchs Witwe einige Unterlagen abholen. Welche?«

»Es handelte sich um private Briefe an Keld. Wir hatten verabredet, dass unsere Korrespondenz an den Briefschreiber zurückfällt, wenn einer uns verlässt.«

»Weshalb ist das so wichtig?«

»Weil wir bekannte Persönlichkeiten sind, Herr Larsen. Es gibt so manchen, der uns gern missverstehen würde.«

»Sie wollten die Briefe, weil sie zeigen, dass Sie sich in einen Nazi verliebt hatten, oder?«

»Was für ein Unfug!«

»Und weil sie enthüllen, dass ihr auf kleine Jungen steht.«

Ein unmerkliches Zucken fuhr über Wolffs Gesicht, eher ein Schatten als eine Grimasse, er hob die Hand an den Mund und massierte sich das Kinn leicht mit den Fingerspitzen.

»Ich weiß nicht, wieso Sie noch immer von Päderastie faseln. Wir waren ein Freundeskreis, ja. Einige von uns hatten eine andere sexuelle Ausrichtung als Sie. Und ja, einer von ihnen war Deutscher, Heinz Richter, aber er ist kein Nazi gewesen. Er nahm an einem Attentatsversuch gegen Hitler teil. Er war bereit, für seine Überzeugung zu sterben. Homosexualität wurde im Dritten Reich mit dem Tod bestraft. Wir haben hier Widerstand geleistet. Denn nach der Zeit der Besatzung kam es nicht nur darauf an, die Industrie und die Infrastruktur wieder aufzubauen. Es kam auch eine geistige Aufbauarbeit dazu, wenn ich so sagen darf. Ihr Vater war ein Denunziant, nicht wahr? Er hat gesungen, als er im Vestre Fængsel saß. Möchten Sie noch mehr wissen?«

Larsen biss die Zähne aufeinander, er hätte dem arroganten kleinen Klugschwätzer ins Gesicht spucken können.

»Nein. Allerdings gibt es eine Sache, bei der ich mir

noch nicht ganz sicher bin, Wolff. Halten Sie die Hand über Keld Borch und Joachim Frijs aus falsch verstandener Loyalität oder weil Sie um Ihren eigenen Ruf fürchten? Oder liegt es daran, dass Sie selbst auf kleine Jungen stehen?«

Das Herrenzimmer lag noch immer im Halbdunkel. Wolff stand auf. Er hielt die Zigarette in der Hand, und wieder erhellte sie sein Gesicht, als er daran zog. Er hatte einen fahlen, verbissenen Gesichtsausdruck, als er um den Schreibtisch ging. Larsen spürte, wie ihm der kalte Schweiß den Rücken herunterlief, er konnte sich nicht von der Stelle rühren. Die Nähe des anderen hatte ihn gelähmt.

»Hören Sie auf mit Ihren schwachsinnigen Verdächtigungen und tun Sie lieber etwas Vernünftiges. Lösen Sie den Fall. Sie können froh sein, dass ich überhaupt mit Ihnen rede. Aber es war definitiv das letzte Mal, dass ich Ihren Luftschlössern mein Ohr geliehen habe.«

Ein anderer Mann hatte den Raum betreten. Er blieb in der Tür stehen. Larsen hatte ihn weder kommen sehen noch gehört. Er war in Adam Wolffs Alter, möglicherweise ein wenig älter, groß, stahlgraue Frisur. Um den Bauch trug er eine grüne Schürze. Es entstand eine peinliche Stille. Er hielt Larsen den Mantel so hin, dass er nur noch hineinzuschlüpfen brauchte.

*»Ann, Erik hier.«*

*»Erik? Das passt jetzt überhaupt nicht, ich will gerade gehen.«*

*»Søren und ich haben uns getrennt.«*

*»Können wir das nicht ein andermal besprechen?«*

*»Ann, ich weiß nicht, was letzten Sonntag mit mir los war. Bitte entschuldige, aber in meinem Kopf ging alles*

*durcheinander. Wenn man sich vorstellt, dass es vier Jahre gedauert hat!«*

*» ... Marie, hör auf, dir den Overall auszuziehen! Nein, du sollst die Stiefel anziehen ...«*

*»Ann, bist du noch da?«*

*»Ja.«*

*»Können wir uns nicht treffen und darüber reden?«*

*»Worüber reden? Hör zu, ich bin auf dem Sprung.«*

*»Liebst du Finn?«*

*»Was?«*

*»Ich frage, ob du ihn liebst?«*

*» ...«*

*»Tust du es?«*

*» ...«*

*»Wieso antwortest du nicht?«*

*»Ich habe keine Zeit, jetzt mit dir zu reden, Erik. Mach's gut.«*

# 13

Als Larsen kurz nach acht die Treppe in der Rotunde des Polizeipräsidiums hinaufstieg, die Tür zur Abteilung A aufstieß und auf den rot gestrichenen Gang polterte, schwirrte ihm der Kopf. Womit hatte er eigentlich gerechnet? Dass Wolff auf die Knie fiel und alles zugab und gestand? Er würde nun den kleinen Satan im Nacken haben, und auch sein eigener Chef, Kai Høigaard, würde ihm zusetzen. Die Chefs hingen doch wie die Kletten zusammen. Er musste seinen Puls unter Kontrolle bringen, bevor er das Büro von Werchmeister und Overgaard betrat. Sie waren verdammt früh erschienen, um die Informationen über Borch, Frijs und Wolff zu beschaffen, und hatten bereits mehrere Stunden gearbeitet. Larsen hatte ihnen zwei Dinge gesagt: *Verbindungen* und *§ 225, Abs. 4*. Sie sollten alte Fälle durchkämmen, alle Berichte über Unzucht mit Abhängigen, Strichjungen und Onanie, sämtliche rosa Listen durchforsten, allen Hinweisen von Spitzeln, Kupplern, Zuhältern und Drogenabhängigen nachgehen und sich auch bereits abgelegte Fälle noch einmal ansehen. Und sie sollten sämtliche Verbindungen zwischen den dreien herausfinden. Finanzielle, sexuelle, familiäre.

Alle.

Larsen öffnete die Tür mit einem *Guten Morgen*. Werchmeister schaute nicht auf, er las in einem kleinen, dünnen Buch. Overgaard hatte die Füße auf den Schreibtisch gelegt und rauchte eine Zigarette. Er deutete mit dem Kopf auf einen Stapel Papier und einige Hefte, die auf dem Schreibtisch herumflogen.

»Wir haben heute Nacht gelost. Ich habe mir das Umfeld von Frijs und Borch vorgenommen, Ove bekam Adam Wolff, und das ist hart. Er hat nämlich Gedichte geschrieben. Sieh mal …«

Overgaard suchte auf dem Tisch nach einem dünnen, kartonierten Band mit einer krakeligen Aufschrift. Larsen nickte abwesend. Overgaard zischte. Werchmeister beachtete ihn nicht. Er bewegte seine Lippen, während er las, der feiste Zeigefinger lag auf der Seite. Die Augen glitten langsam von links nach rechts und wieder zurück, er schwitzte angesichts der kurzen Texte. Sein Körper schien für Lyrik zu groß zu sein.

Larsen warf sich in den grünen Ohrensessel neben der Tür und sah den Bericht über Borch durch. Overgaard hatte ihn in zwei Abschnitte unterteilt: *Ökonomie* und *Sexuelle Beziehungen*. Larsen überflog die Lebensdaten. Borch war am 16. März 1918 geboren worden, sein Tod trat in der Nacht zum 29. Oktober 1979 ein, also gestern. Der Obduktionsbericht und die Ergebnisse der Spurensicherung lagen bei. Er begann mit dem Abschnitt *Ökonomie*. Borch war Erbe und Direktor des großen Bauunternehmens Borch & Nielsen, »des drittgrößten des Landes, der Umsatz betrug 1978 in Dänemark, den übrigen skandinavischen Ländern und Westdeutschland 1829 Millionen Kronen«. Borch hatte die Leitung 1946 nach dem Tod seines Vaters übernommen, seit 1940 war er Abteilungsleiter gewesen. 1945 wurde das Unternehmen nach dem Kollaborateursgesetz vom 29.8.1945 wegen ›einfacher, unbilliger Beziehungen‹ zur deutschen Besatzungsmacht angeklagt. Es gab allerdings keine ausreichende Grundlage, um Borch nach der Strafgesetzbuchergänzung § 15 wegen ›besonders anstößiger Initiativen‹ zu beschuldigen, obwohl die Firma Borch & Nielsen bereits im April 1940, noch während der Kämpfe in Norwegen, den Auftrag übernommen hatte, in Jütland Flugplätze zu bauen. Bis zum April 1945 wurden für die Besatzungsmacht Bunker, Verteidigungsanlagen,

Flugplätze und Kasernen errichtet. Die Firma Borch & Nielsen, so hieß es, habe in der Überzeugung gehandelt, ihr Vorgehen sei vollkommen im Interesse der dänischen Regierungspolitik gewesen. So weit wie möglich sollten dänische Firmen sämtliche Arbeiten in Dänemark ausführen, damit die Deutschen keine Zwangsarbeiter aushoben und deutsche Firmen die Bauarbeiten übernahmen. Eine Auffassung, die im Oktober 1947 bei einer Verhandlung in erster Instanz vom Außenminister der Befreiungsregierung, John Christmas Møller, bestätigt wurde. Borchs Zusammenarbeit mit den Deutschen beruhte also auf Weisungen beziehungsweise gewichtigem staatlichen Interesse, er wurde im Oktober 1947 freigesprochen. Sein Fall wurde an die ›Revisionskommission für die Rückzahlung von Profiten über 4 %‹ verwiesen. Im März 1948 kam es zu einer Zahlung von 234 670,23 dänischen Kronen durch Borch & Nielsen.

»Es verursachte einen erheblichen Skandal, zumal in der kommunistischen Presse, dass einer der größten Bauunternehmer Dänemarks, der einen großen Teil des Atlantikwalls in Jütland gebaut hatte, freigesprochen wurde«, schrieb Overgaard, »während ein Kneipenwirt, der über keinerlei Kontakte zu Ministern verfügte und sich keinen Ablass verschaffen konnte, nach dem Begriff der ›einfachen, unbilligen Beziehungen‹ im Kollaborateursgesetz II zu Gefängnis und Geldstrafen verurteilt wurde.«

Overgaard zeigte sich empört, das kannte Larsen gar nicht von ihm. »Borch & Nielsens deutsche und polnische Tochtergesellschaften wurden 1945 in die Untersuchungen nicht mit einbezogen. Bisher war es nicht möglich, von Borch & Nielsen die Bilanzen dieser Gesellschaften zu erhalten. Soll ich es weiter versuchen? (AO)«

Larsen schrieb *nein, warten* an den Rand, zündete eine Prince an und zog langsam daran, während er an die Decke blickte und den Rauch durch die Nase ausstieß. Borch war ein Scheißkerl, aber hier ging es nicht um eine gerichtliche Abrechnung. Natürlich wäre es peinlich, wenn herauskäme, dass ein bekannter Kriegsgewinnler und ein kümmerlicher ehemaliger Dichter, der jetzt als Staatssekretär fungierte, nackt mit einem deutschen Offizier herumtollten, mit geschminkten Lippen Harfe spielten und Frijs sie dabei fotografierte. Aber das war kein wirklicher Grund, in Panik zu geraten. Und Wolff war nicht der panische Typ. Aber worüber hatten sie sich dann am Sonnabend nach dem Einbruch bei Borch gestritten? Wieso hatte Borch solche Angst? Und weshalb reagierte Wolff so wütend, nur weil ein paar alte Briefe gestohlen worden waren?

Larsen begann mit Borchs *Sexuellen Beziehungen.*

Bingo! Borch war während der Geltung des Paragraphen 224, Absatz 4 von 1961 bis 1967 nicht weniger als sechsmal wegen Kontakten zu Strichjungen festgenommen worden. Dreimal 1963, einmal 1965 und zweimal 1966, aber keine der Festnahmen hatte eine Anklage nach sich gezogen. Außerdem hatte man ihn elfmal wegen des Besitzes von homophiler Pornografie verhaftet, das erste Mal 1957, das letzte Mal zwei Wochen vor der Liberalisierung des Pornografiegesetzes im Juli 1969. Danach muss Borch sich wie bei einem großen Büfett gefühlt haben, keine Verhaftungen, keine Berichte, keine provozierenden Verfahrenseinstellungen oder teuren Anwaltsrechnungen mehr. Und doch gab es 1972 die

Anzeige einer besorgten Mutter, die laut Polizeiprotokoll Borch einen *Sittenstrolch* und *ein altes Schwein* genannt hatte. Aber auch diesmal kam es nicht zu einer Anklage, sondern im Gegenteil zu einem Verfahren wegen übler Nachrede gegen die Mutter. Darüber hinaus fanden sich seit den fünfziger Jahren verstreute Hinweise auf Borchs Namen in anderen Fällen, die zumeist mit Kuppelei und Prostitution zu tun hatten, aber ebenfalls nicht weiterverfolgt worden waren.

Unglaublich, dass er nie auf der Titelseite von *Extra Bladet* gelandet war.

Bis zum gestrigen Tag.

Frijs hatte mitgemacht und den Jungen fotografiert. Und Wolff?

Eine ungeheuerliche Vorstellung, dass ein Staatssekretär Minderjährige missbraucht haben sollte. Aber die pädophile Spur war die offensichtlichste. Waren die Täter seinerzeit von Borch und Frijs missbraucht worden? Und hatte Wolff mitgemacht? Und handelte es sich bei denen, die Borch umgebracht, und denen, die bei Frijs eingebrochen hatten, überhaupt um dieselben Personen?

Er bekam einen trockenen Hals vom Denken und ging aus dem Büro, um sich ein Mineralwasser zu holen. Dann rief er den Wachhabenden an und bat ihn, eine Streifenwagenbesatzung abzustellen, um Wolff im Auge zu behalten. Wenn der Grönländer und der große Däne sich auf einem Kreuzzug befanden, war Wolff möglicherweise das nächste Opfer.

Larsen ging auf die Toilette.

Kriminalinspektor Kai Høigaard stand vor dem Pissoir und starrte in die Schüssel.

»Ich stehe jetzt anderthalb Minuten hier«, sagte er, »und ich muss pissen, aber ich kann nicht.«

»Hast du dich mal untersuchen lassen?«, erkundigte sich Larsen.

»Weshalb?«

»Prostata.«

»Nein. Glaubst du, ich hätt' so was?«

Høigaard gab auf, knöpfte die Hose zu, stellte sich vor das Waschbecken und wusch sich die Hände. Er hatte unglaublich buschige Augenbrauen, die er mit seinem Daumen glattstrich, bevor er mit zwei Fingern ein widerspenstiges Härchen herauszupfte.

»Ich habe im Übrigen ein Hühnchen mit dir zu rupfen, Larsen. Ich habe läuten hören, dass Rohde in die Untersuchungen eingestiegen ist und die Fahndung nach dem verschwundenen türkischen Jungen übernommen hat.«

»Ja. Weil er mir den Tipp gab, er arbeitet doch bei der Passpolizei, also haben wir die Aktion koordiniert.

Larsen wurde im Spiegel gemustert. Die Augenbrauen saßen ganz oben auf der Stirn. Høigaard hatte als Chef eine sehr deutliche und theatralische Mimik perfektioniert, und im Moment gab er den Skeptisch-Überraschten. Seine Augenbrauen zitterten fragend im Spiegel.

»Sag mal, Larsen, hältst du mich für blöd? Glaubst du, ich kann zwei und zwei nicht zusammenzählen? Kyed behauptet, du hättest dafür gesorgt, dass sich eine Person vom Tatort entfernt. Und ich meine nicht den Jungen. Es war noch jemand in dieser Sauna. Rohde hielt sich im Men's Club auf und du hast ihn weggeschafft, oder? Und zum Dank hat er dir dann geholfen.«

»Das ist korrekt«, gab er zu, »aber ich musste es tun.«

»Ihn wegschaffen?«

»Ja. Du weißt, wie das ist, Kai, Polizisten quatschen wie die Waschweiber, und diese Chance wollte ich ihnen nicht geben. Rohde war zufällig da, doch mit der Sache hat er nichts zu tun.«

»Aber er ist ein Zeuge, Herrgott noch mal.«

»Das weiß ich auch und daher haben wir ihn ja verhört, aber es ist nichts dabei herausgekommen. Rohde kam in die Sauna und wurde sofort niedergeschlagen. Er konnte kaum etwas erkennen. Er meint, es sei ein Grönländer gewesen, und das wurde ja auch bestätigt.«

Høigaard beobachtete ihn im Spiegel. Larsen hielt den Atem an. Er hatte einen kapitalen Fehler gemacht, juristisch gesehen war es unverzeihlich, aber de facto passierte es hin und wieder, dass man einen Kollegen deckte. So waren die Regeln.

»Okay, belassen wir es diesmal dabei«, sagte Høigaard und trocknete sich die Hände an dem Handtuch ab, das an der Wand hing. »Aber ich möchte, dass du das Gerede über Rohde unterbindest, bevor die Presse davon Wind bekommt. Und noch etwas.«

»Ja?«

»Overgaard erzählt mir, dass ihr, abgesehen von Borch und Frijs, auch Material über Adam Wolff zusammentragt. Ist es wirklich notwendig, ihn da mit hineinzuziehen, Ole? Ich dachte, wir suchen nach einem wahnsinnigen Grönländer und seinem großen dänischen Freund.«

»Das tun wir auch.«

»Aber?«

»Nichts aber. Wir sind lediglich gründlich.«

»Dann ist ja alles in Ordnung«, sagte Høigaard und schlug Larsen freundschaftlich auf den Arm. »Du bleibst an der Sache dran und sorgst dafür, dass der Fall aufgeklärt wird. Und ich verlasse mich darauf, dass du dich nicht verrennst. Ich bin einfach zu alt, um für dich die Kastanien aus dem Feuer zu holen. Ich kann ja nicht mal mehr pissen.«

Anita war ins Archiv im Keller hinuntergestiegen, um die Grönlandspur zu überprüfen. Sie war ebenfalls früh im Präsidium aufgetaucht und hatte Overgaards Bericht über Joachim Frijs gelesen. Ziemlich dürftig, was Anton herausgefunden hatte. Bei Frijs handelte es sich um den Ältesten der drei Freunde, geboren 1909 als Sohn des Lehngrafen Hans Frederik Enevold Francis Frijs zu Edelgave. Seine Kindheit hatte er zusammen mit anderen Lehngrafenkindern, Prinzen und Prinzessinnen verbracht, mit Kronprinz Frederik, dem späteren König Frederik IX., war er gesegelt. Als dritter Sohn hatte Frijs die Marine gewählt, aber als er 1931 Kadett wurde, quittierte er den Dienst und ging nach Grönland. Und dort hatte er sich seither aufgehalten, abgesehen von kleinen Abstechern in die Wohnung in der Amaliegade, zu den Familienkleinodien. Und abgesehen von der Zeit der Besatzung, in der er laut Overgaards Informationen überhaupt nichts getan hatte. Es gab keine Hinweise auf § 225, Abs. 4. Nur eine einzige Festnahme. 1973 war Frijs in der amerikanischen Botschaft erschienen und hatte einen Skandal verursacht, als er eine Aufklärung über die Strahlenschäden der grönländischen Fänger durch die amerikanische Thulebasis forderte. Er hatte gebrüllt und geschrien und Fotos gezeigt und war in der Ausnüchterungszelle gelandet.

Unklar blieb, ob es sich bei dem Einbruch in der Amaliegade um einen Mordversuch handelte, um einen gewöhnlichen Diebstahl oder um beides. War das Amulett mit den Fingerknochen aus Ostgrönland wirklich bedeutungslos? Sie glaubte das nicht und hatte ein Telex an den Gemeindevorsteher des Ammassalik-Distrikts geschickt, um eine Liste über Mord, Mordversuch oder brutale Gewalt aus den letzten zehn Jahren zu bekommen. Nach Überführungen in dänische Gefängnisse hatte sie sich ebenfalls erkundigt, aber noch keine Antwort erhalten. Und es gab weitere Spuren, denen nachzugehen war. Sie hatten zwei Zeugen, die die Täter in der Mordnacht vor der Sauna und in dem chinesischen Imbiss gesehen hatten – und drei Zeugen am Morgen nach der Tat vor dem Månefiskeren in Christiania. Und sie hatten höchstwahrscheinlich die Tatwaffe, obwohl das Blut an der Waffe vermutlich von der Attacke des Täters auf Emil Kreutzfeldt stammte. Anita hatte zwei Streifenbeamte losgeschickt, um nach weiteren Zeugen für das bizarre Pärchen zu suchen, diesem dänischen Riesen und seinem grönländischen Freund. Sie überprüfte die Tagesberichte der letzten fünf Monate über Christiania, ob das merkwürdige Paar darin auftauchte. Es gab viele seltsame Paare, aber auf niemanden passte diese Beschreibung. Sie würde den Wachhabenden in Christianshavn trotzdem wegen einiger Protokolle befragen.

Eine andere Spur waren die Kinderheime, die Borch finanziell unterstützt hatte, keine unwichtige Spur. Borch hatte den Großmäzen gespielt, er war der Schirmherr von vier Heimen – drei in Dänemark und einem in Grönland, dem Prinsesse Margrethe Børnehjem in Ammassalik. Per Telex hatte sie um die Listen sämtlicher Jungen gebeten, die in diesen vier Heimen aufgewachsen waren.

Auch hier hatte sie noch keine Antwort.

So weit, so schlecht.

Sie musste es noch einmal durchdenken. Sie ging zurück in ihr Büro.

Material
über Dr. jur. Staatssekretär Adam Wolff,
von Ove Werchmeister, 31. Oktober 1979

Adam Wolff (Personennr. 010819-2943) ist Staatssekretär im Verteidigungsministerium. Er legte das Abitur an der Metropolitanskole ab, altsprachlicher Zweig, war eine Klasse unter Keld Borch (siehe Bericht 124/34, Obduktionsbericht 3/1A, sowie beiliegende Akte »Vernehmungen«) und wurde 1938 Student. Er begann mit Jura, unterbrach 1941-1943, um vergleichende Literaturwissenschaft zu studieren. Cand. jur. 1946, Dr. jur. 1953. Angestellter der Universität Kopenhagen als Repetitor 1943-46. 1947 Mitgründer und Aufsichtsratsvorsitzender des Strand Verlags. Wolff hat im Strand Verlag vier Gedichtsammlungen veröffentlicht, fünf Essay-Bände und ein Buch mit Erinnerungen. Staatsanwalt im Polizeibezirk Korsør 1947-48, danach an der Botschaft in Washington als juristischer Mitarbeiter von Militärattaché Kjølsen und Poul Bang-Jensen. Dann Verteidigungsministerium, 1962-65 als Beauftragter bei der Nato in Brüssel. Ab 1948, d.h. seit seiner Zeit in Washington, ist sämtliches Material über Adam Wolff klassifiziert. Aufgrund entsprechender Nachfragen darf es als höchst unwahrscheinlich angesehen werden, Zugang zu dem Dossier über Adam Wolff und seine Arbeitsbereiche zu bekommen. Es liegen jedoch Unterlagen über eine Reihe von

Fällen aus seiner Zeit in Korsør vor. Sollen sie durchgesehen werden? (OW)

Laut Taschenbuch des Öffentlichen Lebens ist Adam Wolff unverheiratet. Aus seiner Steuererklärung 1978 geht hervor, dass er ein Gebäude am Poul Møllers Vej besitzt, ein Sommerhaus in Tisvildeleje und 20 % der Aktien des Strand Verlags. Die verbleibenden 80 % werden von Keld Borch persönlich gehalten, wie auch das Anwesen des Verlages, Lændemærket 8, der Firma Borch & Nielsen gehört. Aus dem Grundbuch geht im Übrigen hervor, dass Wolffs Sommerhausgrundstück in Tisvildeleje Teil eines größeren Geländes ist, das Borch gehört. Wolff ist darüber hinaus Verwaltungsratsmitglied bei Borch & Nielsen. Es darf daher als erwiesen angenommen werden, dass erhebliche finanzielle Verbindungen zwischen Borch und Wolff existieren.

Es gibt keine Belege für finanzielle Verbindungen zwischen Adam Wolff und Joachim Frijs (siehe Bericht 128/34).

Kein Hinweis auf § 225, Abs. 4. Keine weiteren zugänglichen Informationen.

Die polizeilichen Archive enthüllten nichts über Wolff. Nicht einmal eine Geldbuße wegen Falschparkens, kein Hinweis auf § 225, keine Anzeigen, keine hinterzogenen Steuern, keine Prostituiertenbesuche, keine Schulden, gar nichts. Larsen fluchte innerlich. Wenn nicht die Pädophilie Wolff mit Frijs und Borch verband, was dann?

Werchmeister hatte einen kurzen Artikel aus *Lademanns Lexikon* über den Strand Verlag beigelegt. In den ersten Jahren nach der Gründung hatte man die Hauptwerke der Moderne übersetzt und herausgegeben, von Rilke über Joyce bis Eliot, der Verlag war zu einer Plattform für eine Generation von jungen Schriftstellern geworden, die mit der Herrschaft der Vernunft und den existierenden Ideologien brechen und eine neue Innerlichkeit propagieren wollten. Werchmeister hatte den Begriff *Innerlichkeit* eingekreist und *Homo?* am Rand notiert. Wolff hörte in den fünfziger Jahren auf, Gedichte zu schreiben, neben seiner Tätigkeit im Verteidigungsministerium hatte er aber die Zeit gefunden, Hunderte von Zeitungsartikeln, Essays und seine Memoiren *Ikarus' Fall. Eine anhaltende Selbstkritik* zu schreiben. Das im August erschienene Buch lag zusammen mit einer Reihe Broschüren auf dem Tisch, die Ende der vierziger Jahre und in den Fünfzigern im Strand Verlag erschienen waren. Werchmeister hatte außerdem einen Artikel der Tageszeitung *Information* über Wolffs Memoiren beigeheftet. Der Journalist Jens Nielsen bezeichnete Wolffs Porträt des Deutschen Heinz Richter als Schönfärberei. Richter habe sich zwar an dem Attentatsversuch gegen Hitler im Juli 1944 beteiligt, aber er war während des Krieges auch an Kriegsverbrechen beteiligt gewesen. Die Überschrift lautete: *Vom Dichter und Denker zum Richter und Henker*.

Larsen überflog den Artikel, zündete sich eine Zigarette an und sah sich um. Er blickte auf Werchmeisters Genick, es schien, als könnte er jeden Moment explodieren. Werchmeister las noch immer im ersten Gedichtband.

Larsen schaute den Stapel mit den Broschüren aus dem Strand Verlag durch. Gedruckt auf Bibelpapier, kartonierte Umschläge in gedeckten Farben, grau, hellgrün, orange; es schien sich überwiegend um Gedichtbände und Traktate mit schwierigen Titeln zu handeln, die zu lesen er keine Lust hatte: *Die Krise der Kunst* oder *Babel und Bitten*. Vor ihm lagen die Anthologien *Neue dänische Poesie* und *Neue dänische Essayistik*. Er griff zu der Lyrikanthologie, einem hellgrünen Band, das Papier raschelte, die Typographie war klein und zierlich. Er las in einige Gedichte hinein, bekam aber Atemnot bei diesem zähen Mief aus Warten, Andacht und Schweigen. Es war unglaublich, wie viel sich über das Schweigen absondern ließ. Alle schrieben darüber. Wenn es so wichtig war, wieso hielten sie dann nicht einfach ihre Klappe? Adam Wolff war in dem Band mit vier Beiträgen vertreten. In einem seiner Gedichte stand viermal *Schweigen*, dreimal *Stille* und ein einziges Mal *Ruhe*, außerdem gab es noch einige *schwarze Früchte*. Die wuchsen aus dem Schnee, und Wolff wartete auf irgendetwas auf der anderen Seite *des vereisten Fjords*, aber es kam offenbar nicht.

Die große Offenbarung wurde auch Larsen nicht zuteil. Er nahm sich den Essay-Band, das Inhaltsverzeichnis war gewaltig. Larsen schlug den Artikel eines Poul Strand auf, der den Titel *Ästhetik und Widerstandskampf* trug. Beim Lesen geriet er ins Grübeln. Es ging um den Autor als Saboteur, darum, die Energie und die Angst des Widerstandskampfes in Prosa umzusetzen. Könnte es sich beim Autor um *den* Poul Strand handeln? Den bekannten Widerstandskämpfer und Verfasser von *Der Hüter meines Bruders*? Der Verlag hieß ja Strand Verlag. Leitete er ihn? Larsen hatte *Der Hüter meines Bruders* mindestens fünfzigmal gelesen, er war von dem Buch besessen, wie er es nie wieder erlebt hatte – es hatte direkt zu ihm gesprochen. Poul Strand war ein guter Mann. Wie hing das zusammen? War er es überhaupt? Larsen fischte sich den *Gelehrten-Kalender* aus dem Regal hinter Inger Albinus' Schreibtischstuhl und fand Strand, Poul. *1948 Mitgründer des Strand Verlags*. Es passte. Wieso hatte er einen Verlag mit einem Kriegsgewinnler wie Borch und dieser ganzen Schar von hochtönenden Nabelbeschauern gegründet, die sein Programm bevölkerten?

Plötzlich stand Anita in der Tür, sie stützte sich mit der Hand am Türrahmen ab und sah müde aus.

»Ich finde nichts über einen großen Dänen und einen Grönländer«, erklärte sie. »Wo können die Täter sich getroffen haben? In einem Gefängnis, einer geschlossenen Abteilung, einem Kinderheim?«

»Es gibt da ein Kinderheim in Grönland, das wird uns weiterhelfen«, erwiderte Larsen.

»Aber es gibt noch drei weitere. Eins in Nordseeland und zwei in Jütland.«

»Doch nicht Strandridergården?«

»Ich glaub schon, wieso?«

Larsen hatte keine Lust, darauf zu antworten. Lykke, Bodils Tochter, lebte dort, seit ihre Mutter im Gefängnis saß, hin und wieder besuchte er sie. In letzter Zeit immer häufiger. Er hatte mit der Leiterin eine Vereinbarung getroffen. Zum Teufel. Lykke hatte Geburtstag, das hatte er vergessen, er hatte versprochen, sie zu besuchen!

»Nichts. Aber wir müssen sie natürlich überprüfen. Ich übernehme Strandridergården.«

»Wir können dich begleiten.«

»Nein, nein, das mach ich allein.«

Anita schaute etwas verwundert, nickte aber.

»Jetzt hab ich's.«

Werchmeister hielt Wolffs Debüt in der Hand, *Das Kreuz und die Sonne. Gedichte. Erster Teil*, erschienen 1943.

»Was hast du, Ove?«, wollte Larsen wissen.

Overgaard tauchte in der Tür auf und stellte sich hinter Werchmeister, der an dem dünnen Gedichtband herumfummelte. Werchmeister holte tief Luft und räusperte sich.

»*Das Wort, des Samens Kraft aus reinem Grund*
*ist jetzt ein Tropfen Blut in meinem Mund.*
Das steht auf Seite 25. Das Gedicht heißt *Der Jüngling.*«

Er hielt das Buch in seiner fleischigen Pranke, den Zeigefinger der anderen Hand streckte er in die Luft.

»Hört: *des Samens Kraft ... ist jetzt ein Tropfen Blut in meinem Mund* ... Damit ist doch wohl SM und Pädophilie gemeint«, sagte Werchmeister. »Der Bengel blutet doch.«

Eine Weile sagte niemand etwas. Larsen nickte. Anita biss sich auf die Lippen, dann stellte sie ihre Tasse ab und nahm Werchmeister das Buch aus der Hand. Sie las das Gedicht, während die drei anderen ihr dabei zusahen.

»Ove, ich glaube, das ist ein Bild«, erklärte sie.

»Wie meinst du das, ein Bild? Ein Bild wovon?«

»Na ja, für etwas anderes.«

»Ein Bild für etwas anderes? Wofür denn? Verstehst du, was sie sagt, Anton?«

»Das heißt Metapher«, erläuterte Anita, dann schüttelte sie sich vor lauter Lachen. Die anderen glotzten blöd.

Ove bekam einen knallroten Kopf und schlug nach dem Buch. Anita trat einen Schritt zurück und überflog noch einmal rasch die Seite.

»So was kann ich überhaupt nicht leiden«, fauchte Werchmeister. »Was ist daran so komisch?«

Anita prustete vor Lachen. Sie versuchte, die Luft anzuhalten, schaute in das Buch, las ein anderes Gedicht. Werchmeister blickte Larsen auffordernd an.

»Nein, das ist nicht komisch, da hast du vollkommen recht«, sagte Anita kurz darauf. »Ich weiß nicht, was das bedeuten soll, aber ich glaube, er redet über sein Schreiben. Ja, hier zum Beispiel *Mein Schöpfer ... Wort des Kreuzes ...* das ist ziemlich kryptisch, aber es könnte sein, dass er meint, er nehme auf die ein oder andere Weise die Leiden Jesu auf sich, indem er Gedichte schreibt.«

»Sag mal, ist das hier 'n Quiz?«, rief Werchmeister.

»Für mich heißt *Samen* immer noch *Samen* und *Blut* ist *Blut*«, unterstützte ihn Overgaard. »Und die beiden Sachen sollte man nicht vermischen, auch nicht, wenn man Jesus heißt.«

»Nein, Samen ist nicht gleich Samen«, sagte Larsen und zuckte die Achseln. »Leider.«

»Soll ich die anderen Bücher auch noch lesen?«, wollte Werchmeister wissen und warf einen Seitenblick auf den Tisch.

»Ja. Und ich fahre jetzt nach Strandridergården.«

## 14

Anita hatte genug von Grönländern und sie hatte genug von den Dänen da oben, diesen umständlichen Herrenmenschen: Gemeindevorstehern, Bezirksrichtern, Bahnsekretären, Funktionären der Königlich Grönländischen Handelsgesellschaft, Ärzten, Krankenschwestern, Pastoren und Lehrern, die irgendwelche Andeutungen in ein unendlich fernes Telefon schnarrten. In einem Krankenhaus in Ammassalik hatte sie eine Ärztin, deren Namen sie nicht verstand, nach der Zahl der psychiatrischen Fälle in den letzten fünfzehn Jahre in ihrem Distrikt gefragt, und die Ärztin hatte sie mürrisch abgefertigt: *Viele, was zum Teufel glaubst du wohl, wie es hier oben aussieht?* Wie viele sie zur Behandlung nach Nuuk und hinterher nach Kopenhagen überwiesen hatte, wollte sie nicht verraten, *Wir kleben ihnen ja kein Schild in den Nacken, oder?* Immerhin versprach sie, eine Liste mit den Daten zu schicken. Aber genau das taten sie doch, sie klebten ihnen ein Schild in den Nacken. Oder sie versuchten es zumindest, bevor das Chaos endgültig die Oberhand gewann, denn in Grönland waren doch alle auf dem Weg irgendwohin: Von den Handelsniederlassungen in die Dörfer, von den Dörfern in die größeren Städte und von dort nach Nuuk. Nuuk, Nuuk, es war unmöglich, dort jemanden zu finden. Die Dänen vermieteten ihre leerstehenden Wohnungen, und dann wohnten im Monat zehn, zwanzig Personen in einer Wohnung; die Frauen ließen sich für ein Bett in der Nacht vögeln, die Menschen lebten irgendwie zusammen, Beziehungen gingen in die Brüche, aber alle hatten Kinder miteinander. Und diejenigen, die nicht in Grönland verschwanden, endeten in Kopenhagen, der Endstation, dem großen glänzenden Lokus, wo sie schließlich weggespült wurden.

»Du musst die Frage anders stellen, sonst versuchst du, den Lachs mit den Zehen zu fangen«, sagte die Ärztin.

»Was meinst du?«

»Ich meine, such nach dem Besonderen.«

»Dem Besonderen?«

»Ja, du glaubst, das Besondere an deinem Mörder sind psychische Probleme, Gewalttätigkeit, auffälliges Benehmen, Messerstechereien und Alkoholismus, aber es ist ein hartes Leben hier oben. Sehr hart. Das alles ist nichts Besonderes. Vor achtzig Jahren waren die Leute hier nicht einmal Christen, sahen höchstens mal einen steifgefrorenen Seemann auf einer Eisscholle. Das war ihr einziger Kontakt zur Außenwelt. Und nun sollen sie lernen, auf einer Maschine zu schreiben und ihre Steuererklärung abzugeben.«

Anita drückte ihre Zigarette aus, rückte die Kaffeetasse von der Lampe an den Aschenbecher und steckte die Finger in die Prince-Packung. *Es war ein Schuss in den Nebel.*

»Joachim Frijs«, sagte sie. »Unser Täter, ein Grönländer, war hinter Frijs' Sachen her. Kennst du ihn?«

»Wer kennt Joachim Frijs nicht? Was sind denn das für Sachen?«

»Frijs erzählte, man habe ihm ein Amulett gestohlen, es hatte irgendetwas mit einer Mordtrophäe zu tun, mit ein paar alten Fingerknochen.«

»Bingo«, erwiderte die Ärztin. »Such nach den Fingerknochen. Es kann sein, dass sie einem Ahnen des Mannes gehören, nach dem du suchst. Hast du es schon beim Nationalmuseum versucht?«

»Nein.«

»Frijs hatte die Idee, hier oben ein Museum zu eröffnen, aber es wurde abgelehnt. Vor einigen Monaten übergab er dann seine Sammlung dem Nationalmuseum in Kopenhagen. Er schrieb die Geschichten der Leute hier oben auf und sammelte Gegenstände, er wohnte dreißig Jahre hier und war mit allen befreundet, aber jetzt gibt es viele, die ihre Sachen wiederhaben wollen.«

»Wiederhaben?«

»Er nahm ja, was er kriegen konnte, und hier ist ein Stein eben nicht nur ein Stein, sondern es kann auch ein Reibestein sein.«

»Ein Reibestein?«

»Ja, um die Geister zu rufen. Und nun rufen die Dinge nach ihren Eigentümern. Ich habe so einen kleinen Beutel, und als ich eines Tages nach Hause kam, summte er auf der Fensterbank. Tja, das klingt vielleicht verrückt, aber so war es. Ich öffnete ihn, es lagen ein paar menschliche Zähne darin, und die – glaub's mir – summten.«

»Ah ja?«

»Ich glaube, die Dinge haben nach dem Mann gerufen, den du suchst. Finde die Dinge und du findest den Mann.«

Anita bemerkte, dass keine Notizen auf dem karierten Block standen, den sie vor sich liegen hatte. Sie hatte sich nichts notieren müssen, also hatte sie gekritzelt, kleine Streichholzmännchen, die Zigaretten rauchten. Sie riss das Blatt ab.

»Würdest du mir deinen Namen noch einmal sagen?«

»Aqa Lynge.«

»Bist du Grönländerin?«

»Ja, du etwa nicht?«

Anita legte den Hörer auf und dachte, *ich hätte sie gern zur Freundin.* Dann ging sie in die Teeküche, nahm die Kaffeekanne und ließ die bittere schwarze Brühe darin kreisen. Sie goss ein und trank einen Schluck, es schmeckte widerlich. Sie griff zum Telefonbuch. Als sie dei Seite mit dem Eintrag *Nationalmuseum* aufgeschlagen hatte, klingelte das Telefon.

»Spreche ich mit Anita Jensen?«

»Ja. Und mit wem spreche ich?«

»Birgit Petersen.«

»Birgit ... Petersen? Helfen Sie mir bitte auf die Sprünge.«

»Na ja, die Klassenlehrerin Ihres Sohnes. Sie wissen doch, dass Ihr Sohn in die Vorschulklasse der Schule am Gasværksvej geht, oder?«

»Ja, selbstverständlich. Ist etwas passiert?«

»Ja, so kann man es wohl nennen.«

Anita war mit ihren Gedanken ganz woanders, doch nun überkam sie Panik, die Nervenenden vibrierten.

»Ist ihm etwas passiert?« Sie hatte Mühe, ihre Stimme unter Kontrolle zu halten.

»Das Problem ist nicht, was mit Jacob passiert ist, sondern was er mit Hans gemacht hat.«

»Hans? Wovon reden Sie?«

»Hans ist jetzt beim Notarzt, und ich bin nicht sicher, ob ich Jacob noch an der Schule behalten kann. Aber zunächst sollten Sie ihn erst einmal abholen, denke ich.«

»Das geht nicht, ich stecke mitten in einem Fall.«

»Ich würde Ihnen sehr raten, sofort zu erscheinen.«

Anita trank einen Schluck lauwarmen Kaffee und schaute auf die Uhr.

»Okay. Ich kann in ... einer Dreiviertelstunde da sein.«

Larsen ging den langen, gewundenen Kiesweg zum Kinderheim Strandridergården bei Vedbæk hinauf. Es roch nach frischer Meeresluft. Die Luft hatte sich mit Feuchtigkeit vollgesogen. Das Heim war in einer großen alten Patriziervilla mit geräumigen Zimmern und einem dazugehörigen Park untergebracht, man konnte auf den Øresund blicken. Es war eine solide Spur, die Anita gefunden hatte, aber diese Sache musste er allein durchstehen. Lykke war seine Sicherheitsleine zu Bodil, da er nicht den Mut gefunden hatte, sie im Gefängnis zu besuchen. Sie war nicht seine Tochter, aber er empfand ihr gegenüber eine Verantwortung und Zärtlichkeit, die möglicherweise nicht normal war. Eine winzige Sekunde hatte er eine gewisse Erleichterung verspürt, dass Borch nur an Jungen interessiert war, aber ihm nützte es nicht, es steigerte nur den Ekel vor sich selbst.

Er hatte am Strandvejen an einem Spielzeugladen gehalten, um eine Barbiepuppe für Lykke zu kaufen.

Die Sekretärin empfing ihn und führte Larsen zur Vorsteherin. Inga Jacobsen saß in ihrem mit schweren Möbeln ausgestatteten Büro, sie trug die Haare in einem Nackenknoten und hielt einen Zigarillo und einen Genever in der Hand. Sie verströmte den süßlichen Duft nach Alkohol, präsentierte ihren vormittäglichen Schwips aber mit Stil.

»Bodil Jørgensen hat Lykke heute Morgen abgeholt«, erklärte sie.

»Was? Sie soll doch erst in einem Monat auf Bewährung entlassen werden«, sagte er.

Inga Jacobsen paffte an ihrem Zigarillo und sah ihn missbilligend über ihrer Halbbrille an. Sie hatte glänzende Augen, aber abgesehen davon gab es keine Anzeichen, dass sie getrunken hatte.

»Es gibt offensichtlich etwas, das Sie vergessen haben

mir zu erzählen, Herr Larsen. Bodil Jørgensen wusste nicht, dass Sie hierherkommen, um Lykke zu besuchen, während sie im Gefängnis saß. Sie war sehr aufgebracht, als sie davon erfuhr.«

Larsen ließ sich auf den Stuhl ihr gegenüber fallen. Er hatte Kopfschmerzen. Inga Jacobsen beugte sich vor und drückte den Zigarillo in einem großen Glasaschenbecher aus. Sie stellte sich ungeschickt dabei an, der Stumpen platzte und Tabak bröselte über den Glasrand.

»Zumindest haben Sie mir den Eindruck vermittelt, dass sie davon Kenntnis hatte, sonst lassen wir uns überhaupt nicht auf derartige Absprachen ein, egal, ob Sie Polizeikommissar sind oder nicht.«

»Vizekriminalkommissar, und das ist ziemlich kompliziert ...«

»Ja, sicherlich, und es geht mich natürlich überhaupt nichts an, in welcher Beziehung Sie zu Bodil Jørgensen stehen. Aber ich begreife nicht, dass Sie ohne die Einwilligung der Mutter das Mädchen besuchen. Sind Sie der Vater des Kindes?«

»Nein.«

»Dann begreife ich es noch weniger.«

Eine Zeitlang sagte niemand ein Wort. Larsen wollte sich nach Borch erkundigen, konnte sich aber nicht konzentrieren. Er vergrub das Gesicht in den Händen. Er hatte das Gefühl, Sand in den Augen zu haben, er spürte eine kolossale Trauer. Er hatte sich vor dem Tag gefürchtet, an dem Bodil auf freien Fuß kommen und ihre Tochter abholen würde. Lykke hatte ihm nach und nach mehr bedeutet, als er wahrhaben wollte. Doch nun war das Band gekappt. Und Bodil wollte ihn nicht sehen. Sie hatte ihm den Finger gezeigt.

»Borch«, sagte er endlich, »Keld Borch ist der Schirmherr von Strandridergården gewesen, nicht wahr?«

»Ja«, antwortete die Vorsteherin und wandte den Blick ab. »Ich habe gelesen, dass er in einer Sauna ermordet wurde ... für Männer. Ist das wirklich wahr?«

»Tja. Leider kann ich auf die näheren Umstände nicht eingehen.«

»Nein, natürlich nicht. Ich glaube auch nicht, dass ich es hören möchte. Doch egal, was sie über Borch in den Zeitungen schreiben, ich kann Ihnen versichern, dass er ein guter Mensch gewesen ist. Sie sollten wissen, was er für diesen Ort hier getan hat.«

»Was hat er getan?«

»Das Haus war das Haus seiner Kindheit, er hat es uns ohne weitere Bedingungen geschenkt. Und seither hat er uns auf die ein oder andere Weise unterstützt. Er bezahlte den neuen Anbau, und er finanzierte die gesamte Instandsetzung des Hauptgebäudes Anfang der Sechziger.«

»Und was ist mit der *anderen* Weise?«, fragte Larsen nach. Es kribbelte in den Fingern, er fühlte sich noch immer unwohl. Die Vorsteherin griff nach der Flasche und schenkte sich ein, es klirrte, als der Flaschenhals auf das kleine Glas traf.

»Er konnte gut mit Kindern umgehen. Die letzten Jahre haben wir nicht viel von ihm gesehen, aber in den Fünfzigern kam er praktisch jede Woche zu Besuch.«

»Gab es Kinder, um die er sich besonders kümmerte?«

Inga Jacobsen sah ihn an, aber Larsen konnte ihre Augen nicht richtig erkennen, die obere Hälfte der Halbbrille zerschnitt ihre Pupillen. Sie hob das Glas und leerte es.

»Ja, die gab es tatsächlich. Es gab Einzelne, die besonderer Aufmerksamkeit bedurften, und mit denen unternahm Borch kleine Ausflüge in seinem Cadillac.

Manchmal nahm er sie auch für ein paar Tage mit nach Jütland. Wieso fragen Sie?«

»Waren es Jungen und Mädchen?«

»Jungen.«

»Können Sie sich erinnern, um wen es sich handelte?«

Die Vorsteherin legte die Brille auf den Tisch, ihre Augen schwammen, sie musterte Larsen eingehend. Er schwitzte. Der Heizkörper war glühend heiß.

»Nein, aber wir können es herausfinden. Wir führen eine Kartei mit den Namen und den letzten bekannten Adressen. Wir versuchen nämlich, das Leben unserer Kinder ein wenig zu begleiten. Eine Bedingung ist allerdings, dass Sie die Informationen, die ich Ihnen gebe, nicht jedem zugänglich machen. Ich möchte nicht, dass Strandridergården auf der Titelseite des *Extra Bladet* erscheint. Verstehen Sie?«

»Ja.«

»Tja, dann fangen wir mal an.«

Anita saß in einem kleinen unaufgeräumten Büro der Grönlandabteilung des Nationalmuseums am Frederiksholms Kanal. Ihr gegenüber hatte Museumsinspektor Troels Birch Platz genommen. Er trug Vollbart und Brille und schien einen ähnlich gesunden Kreislauf zu haben, wie Frijs ihn gehabt hatte. Mussten Menschen, die sich mit Grönland beschäftigten, eine Kreuzung aus Brillenaffe und springlebendigem Naturburschen sein?

»Sie lesen natürlich die Zeitschrift des Nationalmuseums nicht?«, fragte Birch.

»Nein, wieso?«

Troels Birch griff zu einem Heft, das auf dem unaufgeräumten Schreibtisch rechts von ihm lag, er musste einen kleinen Specksteinbären umsetzen, der darauf stand.

»In der letzten Nummer steht alles.«

»Ah ja.«

Birch stützte die Ellenbogen auf den Tisch. Die Augen strahlten, und seine Stimme bekam einen herzlichen Klang.

»Es war ein großer Augenblick, als Frijs uns seine Sammlung übergab. Über zweitausendfünfhundert Gegenstände und Tonaufzeichnungen von über hundert Einheimischen. Die meisten waren bereits erwachsen, als die Kolonie in Ammassalik 1894 gegründet wurde, die Aufnahmen sind von unschätzbarem Wert, um die ursprüngliche Kultur der Inuit zu verstehen. Und einige der Gegenstände stammen noch aus der Dorset-Kultur! Ich hätte nie zu hoffen gewagt, dass er das tun würde!«

Anita schaute verstohlen auf die Uhr. Seit Birgit Petersens Anruf waren zweiunddreißig Minuten vergangen und es würde ungefähr zehn Minuten dauern, um durch die Stadt bis zur Schule am Gasværksvej zu fahren. Troels Birch hatte also noch zirka drei Minuten, um seine Geschichte zu erzählen. Sie hatte das Gefühl, es würde die lange Version. Sie beugte sich vor.

»Troels Birch, ich muss meinen Sohn abholen, das ist eine lange Geschichte ... aber das bedeutet, dass ich es eilig habe, verdammt eilig, und ehrlich gesagt habe ich kein sonderlich großes Interesse an Archäologie. Aber ich bin sicher, dass Sie mir helfen können, ich weiss nur nicht, wie ich die Frage formulieren soll. Wir glauben, dass der Mann, der Keld Borch umgebracht hat, bestimmte Dinge in Frijs' Sammlung suchte. Dinge, die möglicherweise einem Verwandten gehörten oder zu denen er in irgendeiner Weise ein persönliches Verhältnis hat.«

Troels Birch nahm die schwere Brille ab und legte sie auf den Tisch, er lächelte in seinen Bart.

»Was sind das für Dinge?«

»Unter anderem ein Amulett, das einige Fingerknochen enthielt ... ist das reiner Blödsinn?«

»Nein, überhaupt nicht. Die Grönländer wollen ihre Sachen wiederhaben. Das erleben wir hier doch auch. Erst haben sie achtzig Jahre gebraucht, um zu vergessen, wer sie sind, und nun erinnern sie sich nur zu gut. Die Alten dachten noch ein wenig anders, ein Mensch hatte bei ihnen viele Seelen, eine in jedem Glied jedenfalls. Die Schamanen konnten sie sehen, behaupten sie, weil die Seelen leuchten. Wenn man eine Trophäe von einer Leiche nimmt, ein Teil des Skeletts zum Beispiel, bemächtigt man sich eines Teils der Kraft des Verstorbenen. Das klingt nach Hokuspokus, aber fahren Sie mal hin. Wenn man da oben auf dem Eis herumläuft, einer Landschaft so groß, dass sämtliche Unterschiede verschwinden, und erkennt, wie unbedeutend man ist, ein dummer Strich in der Landschaft, dann beginnt es im Kopf zu singen. Ein Amulett, sagen Sie?«

»Ja.«

Er drehte sich mit dem Bürostuhl, sprang auf und griff nach einem großen blauen Ringordner im Regal hinter sich.

»Hier müssten wir alles haben.« Er durchblätterte eine Menge Papierreiter, schlug ein paar Seiten auf, es dauerte lange. Der Ordner enthielt eine Unmenge Farbbilder in Kunststoffhüllen von Gegenständen und Geräten, die man aus Haut, Knochen, Bein und Holz hergestellt hatte. Darunter auch ein Kajak und ein Hundeschlitten. »Es gab einige wenige Gegenstände, die er behalten wollte«, sagte Troels Birch, »aber er ließ sie uns erst einmal registrieren. Mal sehen, hier sind Hunderte von Amuletten und Talismane, wissen Sie etwas mehr darüber?«

»Ja, es soll in einer Schachtel oder einem Beutel liegen. Mein Kollege sagte, es gehörte einem Karl irgendwas.«

»Könnte es dieser hier sein?«

Birch drehte den Ordner um. Es gab zwei Fotos, eines von einem kleinen Lederbeutel und ein anderes, bei dem man den Inhalt herausgenommen hatte. *Amulett. Umgebung von Ammassalik. Um 1890. Höhe: 7 cm. Breite: 5 cm. Tiefe: 3 cm. Materialien: Lederbeutel, Ringelrobbenleder, Schnur: Klappmützenleder. Inhalt: drei menschliche Knochen, alles Fingerglieder, Menschenhaar, Feder einer Gryllteiste sowie eine aus einem Walrosszahn geschnitzte Bärenfigur, Kieselstein. Herkunft: Joachim Frijs. Gesammelt 1932 in Sermiliaq. Ursprünglicher Eigentümer: Karale Petersen.*

»Wissen Sie, wer Karale Petersen ist?«, fragte Anita.

»Ja, aber das ist kaum sein Finger. Aber ich glaube, ich weiß, wessen Finger das sein könnte. Karale Petersen war ein Großfänger, der in den dreißiger Jahren starb. Als ganz junger Mann war er dabei, als Iisimardik getötet wurde.«

»Iisimardik?«

»Ja, ein bekannter Mörder aus Ostgrönland kurz vor der Kolonisation. Eigentlich hieß er Piardik, Iisimardik ist sein Beiname, *der Verrückte*. Heute würde man ihn wohl psychotisch nennen. Er war nicht zu kontrollieren, verletzte alle Tabus. Er erschlug sogar einen Mann während eines Sängerwettstreits. Absolut tabu, alle Bewohner seines Dorf waren wie vom Donner gerührt.«

Troels Birch lächelte, ließ den kleinen Specksteinbären durch seine Finger gleiten und kratzte mit dem Daumennagel am Hinterkopf der Figur.

»Man sagt, die Grönländer hätten kein Wort für Krieg. Das stimmt, aber sie haben sehr viele für *Totschlag*. Wenn ein Mann Amok lief, mussten die Nachbarn des Getöteten sich der Sache annehmen, und das taten Karale und drei andere. Sie lockten Iisimardik in einen Hinterhalt und erschossen ihn, ich glaube, es war 1892. Sie skalpierten ihn, nahmen die Augen heraus und zerteilten seinen Körper, um zu verhindern, dass die Seele des Getöteten Rache nahm. Karale behielt die Finger. Sagen Sie mal, hat der Dieb das Amulett mitgenommen?«

»Ja.«

»Dann hört es nicht auf. Denn nun ist er Iisimardik.«

Larsen stand in einer Telefonzelle am Frederikssundsvej. Die Türscheibe war unten eingeschlagen, es regnete hinein, auf seine Hosenbeine. Seit er in Vedbæk aufgebrochen war, regnete es. Eine Stunde hatte es gedauert, bis er mit der Vorsteherin eine Liste in Frage kommender Personen zusammengestellt hatte. Ihr Schwips war schlagartig verflogen, als sie die Kartei von Strandridergården mit den Informationen des Präsidiums und der Meldestelle verglichen, Inger Albinus hatte ausgesprochen effektiv gearbeitet. Borch war scharf auf Jungen im Alter von neun, zehn, elf Jahren. Kamen sie in die Pubertät, verlor er das Interesse. Er holte sie in seinem Cadillac ab und sie blieben manchmal mehrere Tage bei ihm. Ihre Liste umfasste sechs Namen. Es zeigte sich allerdings, dass einer der Betroffenen inzwischen in Buenos Aires lebte, einer Selbstmord begangen hatte und einer im Staatsgefängnis von Nyborg saß. Blieben drei, mit denen Larsen sprechen musste. Der Erste verfügte über ein eindeutiges Alibi. Er wohnte in einem Reihenhaus in Herlev, arbeitete als Fernfahrer und hatte am Sonntag Marmelade nach Posen gefahren. Als Larsen Borch erwähnte, brach er zusammen und saß weinend in seiner schwarzen Ledersitzgruppe. Seine blasse Frau hielt ihm die Hand, drei kleine blonde Mädchen krabbelten herum. Der Zweite war Hilfskaplan in der Stefanskirke von Nørrebro, hatte ein Holzbein, nervöse Zuckungen und redete dummes Zeug. Er war es nicht, entschied Larsen. Keiner der beiden hatte eine Hasenscharte oder verschiedenfarbige Augen. Jetzt stand Larsen vor einem Mietshaus am Frederikssundsvej 95, in dem der Dritte wohnte. Die vergangenen drei Stunden hatte er versucht, Anita zu erreichen, aber sie war nicht aufzufinden. *Irgendetwas mit ihrem Sohn*, hatte Inger Albinus gesagt. *Soll ich ihr eine Nachricht hinlegen? Nein, sie soll mich nur anpiepsen.*

Er schob die Tür der Telefonzelle mit der Schulter auf und ging auf das große gelbe Backsteingebäude aus den Dreißigern zu. Es gab keine Gegensprechanlage.

Der Mann im vierten Stock hieß Niels Nielsen. 1947 hatte man ihn nach dem Selbstmord seines Vaters als Fünfjährigen in das Heim Strandridergården eingewiesen, da er als schwierig und geistig zurückgeblieben galt. Es zeigte sich, dass dieser Befund falsch war. Niels Nielsen bestand das Abitur, aber er hatte ein Alkoholproblem, das er behandeln ließ. Inzwischen arbeitete er als Wachmann, sein Führungszeugnis war sauber.

Larsen nahm die Treppe, Terrazzo und Beton. Schon bald trat ihm der Schweiß auf die Stirn, und nach dem dritten Stock musste er auf dem Treppenabsatz eine Pause einlegen, um wieder zu Atem zu kommen. Er klopfte eine Kippe aus der Packung und steckte sie in den Mund, zögerte aber mit dem Anzünden.

Niels W. Nielsen stand an der Tür. Larsen klingelte und wartete. Kurz darauf klingelte er noch einmal. Keine Reaktion. Er hielt den Knopf gedrückt, dann hörte er in der Wohnung jemanden rumoren und husten. Die Tür ging auf und ein großer, verschlafener Mann in Unterhemd und verwaschenen Jeans stand vor ihm.

»Ja?«

»Niels W. Nielsen?«

»Ja.«

»Ole Larsen, Kriminalpolizei. Darf ich einen Moment reinkommen?«

»Worum geht's denn?«

»Ich habe ein paar Fragen zu Keld Borch.«

## 15

Anita ging mit Museumsinspektor Troels Birch in einen Kellerraum des Nationalmuseums. Aus einer der großen Archivschränke in dem staubigen Zimmer zog Birch eine anderthalb Meter breite und zehn Zentimeter hohe Schachtel, nahm eine ebenso große Mappe heraus und legte zwölf rechteckige Papierbögen auf einen großen Mahagonitisch.

»Sind sie nicht wunderbar?«, sagte er. »Als Zeichner ist Frijs ja nicht bekannt, aber er ist ein fantastischer Künstler, finde ich. Sie nicht auch?«

»Ja, sie sind schön.«

Die Darstellungen auf den Blättern sahen aus wie Stammbäume. Um jeden einzelnen der in zierlichen Buchstaben geschriebenen Namen zogen sich Dreiecke und Kreise, zwischen den Namen verliefen Verbindungslinien. Birch zeigte Anita Zeichnungen und Aquarelle von Personen in Trachten, mit Gerätschaften, Waffen, Landschaften und gefangenen Tieren. Die Blätter waren bis an die Ränder mit Zeichnungen versehen.

»Frijs hat die gesamte Bevölkerung des Ammassalik-Gebiets von zirka 1800 bis in die fünfziger Jahre rekonstruiert.«

Anita fing an zu lesen, aber sie kam in diesen verworrenen, unübersichtlichen Stammbäumen von Angeheirateten und Blutsverwandten, von Vettern, Großkusinen, heidnischen Namen, Taufnamen und zusätzlichen Kommentaren rasch durcheinander. Auch als Birch erklärte *Auf diesen zwölf Blättern sehen Sie eine ganze Zivilisation, stellen Sie sich vor, nur so wenige waren es*, hatte sie nicht den Eindruck, als könne man einen Überblick über das Ganze bekommen. Doch als Birch mit kreisendem Zeigefinger auf eine Stelle zeigte und sagte

*Hier haben wir den Burschen, Piadik, das ist der Iisimardik, jetzt müssen wir nur den Strichen folgen* – genau in dem Moment, als er mit dem Finger an den rechten Blattrand fuhr und die überflüssigen Bögen zur Seite schob, in dem Augenblick, als er ihr erläuterte *Es ist eine kleine Sippe, er hatte nur eine Tochter, helfen Sie mir mal*, und sie auf das Geburtsjahr und die Geschlechtsangabe starrte, ihm half und sagte *Es sind drei Nachkommen, halt, einer davon ist tot*, und Troels Birch erwiderte *Dann muss es einer dieser beiden sein, Aqqaluk Hansen oder Hans Bertelsen, sie sind Vettern, geboren 1948 und 52* –, wurde ihr erst klar, dass beinahe zwei Stunden vergangen waren, seit sie Birgit Petersen versprochen hatte, in einer Dreiviertelstunde in der Schule zu erscheinen.

Sie nahm Troels Birchs Kopf in beide Hände, zog seinen Schädel zu sich, küsste ihm zum Dank auf die Stirn, rannte aus dem Gebäude zu ihrem Wagen und rief Overgaard an.

»Check, ob wir etwas über einen Aqqaluk Hansen oder einen Hans Bertelsen haben.«

»Wieso?«

Sie erwiderte nur: »Mach es einfach, Anton«, hörte aber seiner Stimme an, dass er es nicht tun würde.

»Geht nicht, ich soll einen Türken überprüfen, setz jemand anderen dran.«

Anita schlug mit beiden Händen aufs Lenkrad und stellte das Funkgerät ab. Sie musste sich selbst darum kümmern. Sie quetschte sich mit ihrem Wagen über die Stormgade und die Tietgensbro und überfuhr am Halmtorvet-Kreisel beinahe eine Radfahrerin. Anita stand auf der Bremse und sah den Stinkefinger einer jungen blonden Frau in gelben Gummistiefeln auf einem alten Herrenfahrrad. Mit quietschenden Reifen bog Anita auf den Søndre Boulevard, dann rechts in den Gasværksvej und schließlich auf den Hof der Schule.

Ein Mann im Overall stand mit offenem Mund und einem Besen vor ihr, als sie ausstieg. Er kam auf sie zu.

»Ich wollte meinen Sohn abholen«, sagte Anita, lächelte entschuldigend und lief auf das Hauptgebäude zu, noch bevor der Hausmeister etwas sagen konnte.

»Sie können da aber nicht stehen bleiben ... hallo!«

Anita ignorierte ihn und sprang die Treppe in einem Satz hinauf. Die Doppeltür war verschlossen.

»Was fällt Ihnen ein?«

Der Hausmeister stand an der Treppe und starrte sie boshaft an. Es handelte sich um einen verwachsenen Gnom, dessen Nase verkehrt herum im Gesicht zu sitzen schien.

»Was meinen Sie? Wer zum Teufel sind Sie eigentlich?«

Sie kam die Treppe herunter, beachtete ihn nicht weiter.

»Sie haben wohl vergessen, ihn abzuholen. Was meinen Sie, wie es dem Bengel geht?«

»Dem Bengel? Wovon reden Sie?«

Er deutete auf ein kleineres Gebäude am anderen Ende des Hofes.

»Dort oben sind sie. Da habe ich nicht abgeschlossen.«

Anita starrte ihn verblüfft an, nahm dann seine Hände, drückte sie eine Sekunde und lief dorthin.

»Entschuldigung!«

Bei Niels Nielsen handelte es sich um einen groß gewachsenen, breitschultrigen Mann mit Bartstoppeln und strähnigem hellen Haar, dessen Kleidung keinen sonderlich ordentlichen Eindruck machte. Auf den ersten Blick schien er ein wenig schwerfällig zu sein, aber möglicherweise lag es daran, dass er gerade geschlafen hatte. Sie traten in ein kleines Wohnzimmer, in dem es nach Schweiß und abgestandener Luft roch. Rechts ein fleckiges beigefarbenes Sofa. Daneben ein grüner Ohrensessel mit Löchern in der Sitzfläche und ein Kacheltisch, dem zwei Kacheln fehlten. Eine braune Metalllampe hing über dem Tisch, auf einem alten Bierkasten stand ein kleiner Fernseher. Unter dem Fenster eine Sprungfedermatratze ohne Bezug, darauf ein wurstförmiger Schlafsack. Niels Nielsen ließ sich aufs Sofa fallen, ohne Larsen den Sessel anzubieten.

»Direktor Keld Borch. Kennen Sie ihn?«, fragte Larsen.

»Ein bisschen.«

»Ich habe mit der Vorsteherin von Strandridergården gesprochen. Sie hat mir erzählt, dass Sie im Kinderheim gelebt und Keld Borch sich um Sie gekümmert hat.«

»Das ist korrekt.«

»Und wieso waren Sie im Kinderheim?«

»Weil meine Mutter nicht mit mir zurechtkam.«

»Borch hat Sie auf kleinere Ausflüge mitgenommen, nicht wahr?«

»Ja, schon.«

Niels Nielsen massierte sich mit seiner großen Pranke das Gesicht. Er hatte gerade geschlafen, an seiner Wange zeichneten sich deutliche Abdrücke der Matratze ab. Larsen nickte und überlegte, wie er es angehen sollte. Er musterte das Gesicht des Mannes, blasser Teint, kleine Augen, helle Augenbrauen. Ihm war nichts anzumerken. Keld Borch schien ihm vollkommen egal zu sein. Auf den ersten Blick konnte man keine Hasenscharte erkennen.

»Niels Nielsen, sind Sie jemals von Keld Borch sexuell missbraucht worden?«

Die Augen seines Gegenübers blitzten eine kurze Sekunde auf. War eins davon braun oder hatte sich nur ein Schatten darüber gelegt? Oder lag es daran, wie er zum Licht des Fensters saß, das auf den Hinterhof ging?

»Ja.«

Larsen nickte und wartete, aber es kam nichts mehr. Niels Nielsen blieb stumm, der indifferente Gesichtsausdruck kehrte zurück, er kratzte sich am Ellenbogen.

»Ich habe gehört, dass Ihr Vater Selbstmord begangen hat, als Sie noch klein waren. Das muss ein harter Schlag für Sie gewesen sein«, fuhr Larsen fort.

»Ja.«

Niels Nielsen stand auf und holte sich eine Zigarettenmaschine vom Fensterbrett. Er klappte sie auf, stopfte Tabak in die Schiene und steckte einen Filter ans Ende der Maschine. Dann klappte er den Deckel wieder zu und zog die Schiene in einem Rutsch zurück. Er zündete die Zigarette mit einem Plastikfeuerzeug an.

»Ja, es war ein harter Schlag, aber das ist viele Jahre her. Ich weiß nicht viel über meinen Vater, außer, dass er Selbstmord begangen hat. Im Radio kam heute, dass Borch von einem Grönländer ermordet wurde. Habt ihr ihn gefasst?«

»Nein.«

»Es hieß auch, dass Borch der Schirmherr eines Kinderheims in Grönland gewesen ist. Vielleicht hat er den Täter ja damals auch missbraucht und der Mord ist jetzt die Rache.«

»Möglich. Wo waren Sie in der Nacht von Sonntag auf Montag?«

»Bei der Arbeit, und ich habe niemanden ermordet.«

»Arbeiten Sie nachts?«

»Securitas, ich war draußen am Kalkbrædnerihavnen und bin meine Runde gefahren. Sie können das bei der Zentrale überprüfen. Ich hab 'ne Telefonnummer, wenn Sie anrufen wollen.«

Die Wohnungstür klappte. Larsen räusperte sich, Nielsen hatte es nicht gehört. Oder er tat so. Sie blickten sich an. Niels Nielsen kratzte sich an den Bartstoppeln und kniff die Augen zusammen. Larsen versuchte zu lächeln.

»Wohnen Sie allein hier?«

»Nein, zusammen mit meiner Freundin.«

»Darf ich mal auf die Toilette?«

»Draußen im Flur, rechts.«

Larsen ging auf den Flur und drückte die Klinke der Toilettentür herunter. Es war besetzt. Er hörte jemanden pinkeln. Die Tür zum Schlafzimmer stand einen Spalt offen, er stieß sie etwas weiter auf. Darin stand ein schmales, mit einer grauen Militärdecke straff bezogenes Bett. Rechts daneben ein alter, mit Papieren und Fotos übersäter Schreibtisch. Darüber hing die gerahmte Fotografie eines großen blonden Mannes in SS-Uniform. Im Hintergrund war das Meer zu erkennen, er stand unter einer Blutbuche auf einer Rasenfläche und sah Niels Nielsen zum Verwechseln ähnlich. Irgendwie kam ihm der Mann auf dem Foto bekannt vor. Larsen sah sich den Schreibtisch an. Obenauf lag ein vergilbter Brief mit Stempeln und einem SS-Briefkopf. Er überflog ihn. Das SS-Hauptquartier in Vesterbro hatte ihn verschickt, gerichtet war er an Frau Iben Nielsen. Vermutlich Niels Nielsens Mutter. Bei dem Mann auf dem Foto handelte es sich offensichtlich um seinen Vater. In einem Pappumschlag lag ein Manuskript, das jemand auf einer alten Schreibmaschine geschrieben hatte: *Die Feuerprobe. Berichte aus dem Großen Krieg*. In dem Wust auf dem

Schreibtisch waren weitere Briefe und Fotos. Wieso lagen diese alten Unterlagen hier?

*Es war ein harter Schlag, aber das ist viele Jahre her.*

Auf dem Regal über dem Schreibtisch fand Larsen einen kleinen Lederbeutel. Abgeschabter Seehundspelz, weißmeliertes Leder, eine graue Lederschnur verschloss den Beutel. Larsen zog die Öffnung auseinander, steckte zwei Finger hinein und bekam etwas Hartes zu fassen. Er schaltete die Schreibtischlampe ein, setzte die Lesebrille auf und hielt den Gegenstand ins Licht. Er war braun, vertrocknet und gekrümmt. Es handelte sich um einen menschlichen Knochen. Einen Finger!

»Haben Sie was gefunden?«

Niels Nielsen stützte sich mit der Hand an die Türfassung. Er füllte den Türrahmen aus.

Anita lief die Treppe hinauf, ihr Herz klopfte heftig, jetzt stand sie vor der Tür. *Nicht nervös werden. Erzähl einfach, wie es war.* Sie öffnete und trat ein. Ein Büro mit schrägen Wänden, niedrigen, grün bezogenen Sesseln und einem Regal voller Bücher und Aktenordner. In der Mitte stand ein Konferenztisch. Dort saßen drei Frauen. Der Mantel von Birgit Petersen, Jacobs Klassenlehrerin, lag neben ihr auf dem Tisch. Die beiden anderen Frauen kannte Anita nicht. Jacob war nicht da. Alle drei wandten ihr den Kopf zu. Die Stimmung schien gedrückt. Vor jeder der Frauen stand ein Teebecher.

»Sie müssen Anita sein«, sagte die Frau rechts von Birgit. Ihr schwarzes Kleid hatte lila Applikationen. Ihr Haar hatte sie mit einer Hornspange hochgesteckt. »Jytte«, stellte sie sich vor und nickte der anderen Unbekannten zu, einer blonden schlanken Frau in den Dreißigern, die Jeans, einen Rollkragenpullover und eine

Jeansjacke trug. »Das ist Bente, die Schulpsychologin. Birgit kennen Sie ja.«

»Wo ist Jacob? Ich sollte Jacob doch abholen ...«

»Ich glaube, Sie sind sich nicht im Klaren, wie ernst die Angelegenheit ist«, sagte Jytte.

»Doch. Wieso sollte ich mir darüber nicht im Klaren sein?«

»Wir sitzen jetzt seit zweieinhalb Stunden hier und warten auf Sie – aber nein. Ich fass es nicht. Soweit ich weiß, stecken Sie mitten in einem Sorgerechtsverfahren. Stimmt das?«

»Ja.«

»Sind Sie sich bewusst, dass wir gezwungen sind, diesen Vorfall weiterzugeben.«

»Diesen *was*? Ich bin so schnell wie möglich gekommen.«

»Anita«, sagte Birgit freundlich und lehnte sich über den Tisch, »wissen Sie eigentlich, wie es Jacob geht?«

»Er ist momentan ein wenig verstört, aber das wird sich geben, ich muss nur ...«

»Ja, das genau ist das Problem. Sie hören einfach nicht zu«, fuhr Birgit fort, »Sie beachten seine Signale nicht. Es ist ein Hilfeschrei, wenn er andere schlägt.«

»Ja, wir haben es hier offenbar tatsächlich mit einem Fall von mangelnder Fürsorge von seiten der Eltern zu tun.« Jytte hatte wieder das Wort ergriffen. »Ich sehe hier, dass Sie nicht auf einem einzigen Elternabend gewesen sind. Und einige Lehrer erklären übereinstimmend, dass Jacob sich im Unterricht nicht konzentrieren kann, dass er aggressiv ist und zum Weinen neigt, er ärgert die anderen ...«

»Wie oft wäscht er sich, Anita?«, erkundigte sich die dritte Frau, die Schulpsychologin, die Bente hieß.

Anita wurde ärgerlich. Was zum Teufel ging hier vor?

Bente senkte den Blick und schaute in ihren Becher, mit dem Fingernagel kratzte sie am Henkel. Birgit hatte den Blick ebenfalls abgewandt.

»Wieso fragen Sie danach? Was bitte hat das miteinander zu tun? Jacob ist mein Sohn, und ich achte auf ihn in meiner Weise, da haben Sie sich überhaupt nicht einzumischen. Und Sie haben hier auch nicht beim Tee hinter meinem Rücken zu quatschen.«

Die drei Frauen blickten sich an. Jytte hob den Teebecher und trank einen Schluck.

»Ich finde Ihre Einstellung sehr feindselig, Anita«, erklärte sie.

»Es tut mir leid, dass ich zu spät gekommen bin, aber deshalb müssen Sie Jacob nicht alles Mögliche vorwerfen. Was auch immer mit dem anderen Jungen passiert ist, es muss ein Unfall gewesen sein. Jacob ist ein guter Junge, und ich habe ihn nicht einfach so zufällig auf die Welt gebracht.«

»Es war kein Unfall. Es gibt in derartigen Situationen keine Unfälle«, erklärte die Schulpsychologin Bente. Jytte nickte, sie stimmte offenbar der Formulierung zu. Lächelte sie etwa? Sie saß tatsächlich da und grinste.

»Fürsorgeversagen«, sagte Jytte.

»Also, da mach ich einfach nicht mehr mit«, erklärte Anita. »Wo ist Jacob?«

»Verstehen Sie denn nicht, dass diese Angelegenheit ernst ist?«, fragte Birgit und stand auf, sie legte eine Hand auf Anitas Schulter. »Sie können ihn verlieren.«

Ihr Blick und ihre Stimme drückten Herzlichkeit und Sorge aus. Anita wollte die Hand entfernen, doch Birgit verstärkte den Druck und mit einem Mal überkam Anita eine rasende Wut. *Verdammte Weiber*, sie zog den Ellenbogen zurück und plötzlich schoss ihre Faust vor – doch sie hatte sich gerade noch im Griff. Es blieb bei einem aggressiven Zucken. Birgit sprang mit aufgerissenen Augen zurück.

»Gebt mir meinen Sohn, zum Teufel, gebt mir einfach meinen Sohn«, zischte Anita.

Und da stand er. Jacob war selbst in den Raum gekommen, offenbar hatte er nebenan gewartet. Sie war mit zwei Schritten bei ihm, nahm seine Hand und zog ihn hinaus.

»Anita!«, rief Birgit. »Lassen Sie uns darüber reden. Sie können doch nicht einfach so gehen.«

Mehr hörte sie nicht.

Niels Nielsen schien weder wütend noch überrascht. Er schob sich ins Zimmer und ging mit einem unergründlichen Gesichtsausdruck auf Larsen zu. *Er schlägt mich tot*, schoss es Larsen durch den Kopf, *Scheiße, er wird mich umbringen*. Er konnte sich noch ducken, bevor die Faust direkt über seinem Kopf gegen die Wand hämmerte. Niels Nielsen stöhnte vor Schmerz und knickte zusammen. Larsen zog seine Dienstwaffe, entsicherte sie und drückte dem Mann die Mündung ins Genick. Er wollte ihm gerade seine Rechte erklären, als sich ein zweiter Mann in der Tür zeigte. Ein Grönländer mit langen schwarzen Haaren und einem fahlen mageren Gesicht. Er blieb den Bruchteil einer Sekunde stehen, dann war er verschwunden. Larsen zog die Handschellen heraus, schlug sie um Niels Nielsens linkes Handgelenk, zog dessen Arm nach hinten und schloss ihn am Heizungsrohr an. Dann lief er dem Grönländer nach. Er sah, wie die Hand eine Etage unter ihm über das Treppengeländer flog. Das Herz schlug Larsen bis zum Hals, er hielt einigermaßen mit und schaffte es bis zum Fuß des Treppenhauses. Dann ging es durch eine Kellertür in einen langen Gang mit Türen an beiden Seiten. Larsen drückte die Klinken, sie waren alle verschlossen.

Am Ende des Ganges gelangte man in eine Werkstatt mit einer Hobelbank und Werkzeug an den Wänden. Irgendjemand hatte ein Moped auseinandergenommen, einige Teile lagen in einer Schüssel voll Öl. Ein Fahrradrahmen hing an Deckenhaken. Von dem Grönländer keine Spur. Larsen betrat einen Korridor mit einem Heizungsrohr unter der Decke. Ein verdreckter, unaufgeräumter Gang voller Staub und Schmutz, Eimer, Schaufeln und ein paar Fahrräder lagen herum. Zirka zehn Meter weiter vorn bog der Gang rechts ab. Larsen hörte eine Tür knallen, er lief in die Richtung, aus der das Geräusch kam, und stolperte über ein paar Farbeimer. Eine schwache Glühbirne brannte, die anderen waren zerschlagen. *Er hat versucht, die Lampen zu zerstören.* Larsen hielt mit der einen Hand die Waffe vor sich, mit der anderen tastete er die Wand entlang. Er schnippte mit dem Finger an die Birne, das Licht wurde etwas kräftiger. Dann flammte es auf. Der Grönländer kam mit einem Messer in der Hand direkt auf ihn zu. Larsen wollte einen Warnschuss abgeben, doch der Mann bog rechts in einen weiteren Gang. Larsen setzte ihm nach, lief geradeaus, lief nach rechts, er hörte die Schritte, die Schritte des anderen lenkten ihn, und er hörte sein eigenes Herz. Lange würde er nicht mehr laufen können. Er stieß eine Metalltür auf und kam in einen Heizungskeller. Einige große Heißwasserbehälter standen darin, eine Maschine regulierte den Druck und ließ den Dampf mit einem zischenden Geräusch ab. Larsen ging die Heizkessel ab und schaute darunter, die Dienstwaffe im Anschlag.

Dann ging das Licht aus.

Jacob war bockig, mürrisch. Er saß mit verschränkten Armen auf dem Rücksitz. Sie hatte ihn angeschrien und gleich darauf bereut, dass sie ihre Wut über diese Weiber an ihm ausließ. Sie hatte sich entschuldigt. Aber er erzählte immer noch nicht, was sich eigentlich abgespielt hatte. Jacob blieb im Wagen, als sie die Treppe zur Abteilung A hinaufstürmte. Im Büro brüllte Anita herum und kommandierte, sie wollte alles über Aqqaluk Hansen und Hans Bertelsen wissen, und zwar sofort! Hatten sie etwas über die beiden? Gab es Fotos, Adressen? Und wo war eigentlich Larsen?

»Larsen? Ich dachte, du wärst mit ihm zusammen unterwegs?«, sagte Inger Albinus.

»Nein, ich habe ihn seit heute Vormittag nicht gesehen.«

»Ich weiß nicht, wo er steckt, aber er rief vor einer Stunde an und wollte dich sprechen. Offenbar hat er eines der Opfer von Borch aus dem Kinderheim gefunden.«

»Weißt du wo?«

»Irgendwo am Frederikssundsvej.« Albinus nahm einen kleinen Zettel von einem der Stapel auf ihrem Schreibtisch. »Ja, da steht es, Nr. 95. Übrigens hat Overgaard das hier für dich dagelassen.«

Sie warf einige Akten auf den Schreibtisch. *Also hatte er es doch erledigt, dieser Arsch.*

*Hans Bertelsen, geboren 1948 in Ammassalik, wohnhaft in Nuuk, Mitglied der neuen Selbstverwaltung für die Partei Atasut*. Er war es nicht. *Aqqaluk Hansen, geboren 1952, aufgewachsen in einem Kinderheim dort oben, ›Prinzessin Margrethe‹*, sie hatte keine Zeit, die Daten zu überprüfen, sie sah sich die Bilder an und überflog den Eintrag *letzte bekannte Adresse.*

»Sagtest du Frederikssundsvej 95?«

»Ja.«

»Besorg mir einen Streifenwagen. Ich glaube, wir haben ihn!«

Tiefe Dunkelheit. Larsen trat einen Schritt nach rechts und stieß mit dem Knie gegen irgendetwas. Er umklammerte die Waffe und drehte sich langsam im Kreis, wusste nicht, in welche Richtung er die Waffe halten sollte. Sein Puls bewegte sich im roten Bereich, es heulte in den Ohren, er hatte die Orientierung verloren. Er musste den Lichtschalter finden. Er hörte seine eigenen Atemzüge, er hielt den Atem an. Aber sofort war das Herz wieder da, es hämmerte und lärmte. Der Grönländer schlich sich heran, er konnte ihn riechen.

Larsen hörte dicht an seinem Ohr ein Sausen, das leise Zischen, wenn man mit einem Messer ausholt.

Er duckte sich und feuerte, der Schuss flammte auf, zeigte den Grönländer, mitten im Sprung. Er schlug Larsen die Pistole aus der Hand. Larsen ging zu Boden und erhielt einen Schlag auf den Kopf, der Grönländer war über ihm. Larsen rollte nach links und konnte ihn abwerfen, aber dann spürte er eine Hand auf der Stirn und sein Hinterkopf knallte auf den Boden, er war einen Moment betäubt.

Kurz darauf hörte er jemanden schreien. Sich selbst. Eine schmerzhafte Flamme loderte auf seiner Kopfhaut, er sah nichts mehr, er boxte in die Dunkelheit, aber der andere klebte an ihm, stach auf ihn ein und glitt davon.

Plötzlich schoss schneidendes Licht durch den Raum und ein scharfer Kegel traf auf das Gesicht des Grönländers. Er kniff die Augen zusammen, und Larsen sah seinen abgezehrten Totenkopf, dann ließ der Schuss einer Pistole den Raum erbeben und eine blutige Fahne schoss aus dem Kopf des Grönländers. Er wurde nach hinten gerissen und fiel zu Boden.

»Ole! Bist du okay?«

Anita stand breitbeinig in der Tür. In einer Hand hielt sie eine Stablampe, ihre Dienstwaffe in der anderen. Sie schaltete das Licht ein, steckte die Walther in ihr Schulterhalfter und leuchtete ihm in die Augen. Er hatte höllische Schmerzen, Blut sickerte ihm über die Stirn.

Larsen saß auf dem Rücksitz von Anitas Wagen, er hatte sich die Schuhe ausgezogen. Ein Arzt, den er nicht kannte, flickte ihn mit Nadel und Faden zusammen. Als er die Wunde anschließend mit Watte betupfte, kniff Larsen ein Auge zusammen.

»Hat man dich skalpiert?«, erkundigte sich Overgaard, der mit den Händen in den Taschen neben dem Wagen stand und rauchte.

»Halt den Rand, Anton. Wo ist Niels Nielsen?«

Anita sah ebenfalls zu. Sie hatte Jacob, der auf dem Beifahrerseitz saß, eine Hand auf den Kopf gelegt, er trank eine Orangenlimonade. Plötzlich reagierte Larsen gereizt. Was hatte der Junge hier zu suchen?

»Nielsen ist weg«, sagte Anita.

»Was soll das heißen?«

»Als ich in die Wohnung kam, stand die Tür sperrangelweit auf und jemand hatte das Heizungsrohr aus der Wand gerissen. Die Wohnung stand unter Wasser. Dieser Grönländer heißt übrigens Aqqaluk Hansen.«

»Wie hast du mich gefunden?«, wollte Larsen wissen.

»Das ist eine lange Geschichte«, erwiderte sie. »Ich bin dem Finger gefolgt.«

Larsen sah sie verständnislos an. Ein Streifenpolizist kam mit einem großen weißen Pappkarton auf sie zu, der aussah wie die Schachtel einer großen Sahnetorte.

»Ich hab das hier gefunden«, erklärte der Beamte, »ich glaube, Niels Nielsen hat versucht, es anzustecken, aber das Wasser hat das Feuer gelöscht, als das Rohr herausgerissen wurde.«

Larsen durchsuchte den Karton. Ein Teil der Papiere, die er auf dem Schreibtisch der Wohnung gesehen hatte, lag darin: das Manuskript, die offiziellen Dokumente und einige Fotos. Er nahm ein Foto heraus und plötzlich erkannte er den Mann auf dem Bild. Er hatte ihn in Frijs' Fotoalbum zusammen mit Borch, Frijs, Wolff und Richter gesehen.

Am Boden der Schachtel lag ein durchweichtes Taschenbuch. Poul Strands *Der Hüter meines Bruders*. Larsen zuckte zusammen, er wusste nicht, weshalb. Viele besaßen dieses Buch, und doch war es bereits das zweite Mal, dass Poul Strand in diesem Zusammenhang auftauchte.

Er blätterte darin, das Buch war schwer vor Nässe, dennoch ließen sich viele Sätze erkennen, die jemand mit einem Kugelschreiber unterstrichen hatte.

»Nehmt alles mit und lasst es trocknen, und seht zu, dass eine Fahndung nach Niels Nielsen herausgegeben wird«, befahl Larsen.

Er stieg aus, schaute über den Parkplatz und fasste sich auf die Haare, als trage er einen Hut, der fortfliegen könnte. Nur wehte kein Wind. Kyeds Wagen mit der Technik war eingetroffen und am Treppenhaus stand ein Krankenwagen zum Abtransport der Leiche von Aqqaluk Hansen. Einige Neugierige reckten hinter der Absperrung die Hälse. Außer Overgaards und Anitas Wagen standen drei Streifenwagen vor dem Gebäude.

»Wie zum Teufel konnte er entkommen?«, brüllte Larsen plötzlich. »Ihr müsst doch, ein paar Minuten nachdem ich ihn in Handschellen gelegt hatte, hier gewesen sein. Verdammte Scheiße, wie ist er an euch vorbeigekommen?«

»LR 54 154.«

Jacob hatte seine Orangenlimo wieder an den Mund gesetzt, er trank die letzten Tropfen, es gluckerte, als er den Rest der Limo herunterschluckte.

»Es war ein weißer VW-Bully«, sagte er und rülpste leise. »Mit der Nummer LR 54 154. Ich hab ihn gesehen. Ein großer Mann lief hier runter, er war ganz nass und hatte einen Koffer in der Hand. Dann setzte er sich ins Auto und fuhr weg. Fast hätte er unser Auto gerammt!«

Jod, Malz, Trockenhefe, Kalk und Lebertran. Larsens Mutter, die attraktive Ruth, fütterte ihre Fingernägel mit Mineralien und Vitaminen. Mit ihren gefeilten Nägeln konnte sie Walnüsse knacken oder ihn kneifen, dass es durch Mark und Bein ging, wenn Ole nicht aufaß oder seinem Stiefvater widersprach. Ole hatte Angst vor ihren Krallen. Am 5. Mai 1945 hatte er diese Fingernägel in Aktion gesehen. Damals waren vier Männer mit RAF-Armbinden in ihre Wohnung am Congovej gekommen, sie hatten Fotos der Leute dabei, die sein Vater verraten hatte. Sie fuchtelten mit ihren Maschinenpistolen herum und schrien *Denunziantensau*. Ole hatte sich hinter die Kommode verkrochen und die Ohren zugehalten, aber er hatte alles mit angehört. Einer von ihnen – ein Botenjunge aus der Werkstatt, Karl oder Ib oder wie auch immer er hieß – sagte, *Runter mit den Klamotten, Weibsstück*, und alles erstarrte. Frau Olsen aus dem zweiten Stock rechts sperrte die Augen auf und kreischte *Fick die Hure* – und Ruth war mit gespreizten Fingern auf sie zugesprungen und hatte ihr das Gesicht zerkratzt. Vier breite blutige Streifen zogen sich durch ihr Gesicht und Frau Olsen hörte nicht auf zu schreien. Dann wurde Ruth zu Boden geschlagen und getreten, man riss ihr das Zeug vom Leib und schor der hübschen Ruth den Kopf, wie einem Schaf.

Eine Woche lang sagte sie kein Wort.

Aber das war eine andere Geschichte.

Oder etwa nicht?

Larsen saß in seinem Büro, seine Kopfhaut schrie vor Schmerz, als hätte seine Mutter ihm ein Loch in den Skalp gekratzt, während sie ihn anzischte, *jetzt aber*

*Schluss mit der Widerrede, Ole!* Vor ihm auf dem Schreibtisch stand Niels W. Nielsens weiße Tortenschachtel. Eine Sahnetorte enthielt sie nicht. Sondern Papiere, Briefe, Pässe, Passierscheine, Dokumente, Bücher und Fotos, eine Unmenge Fotos.

Und ein Eisernes Kreuz.

Larsen nahm es heraus. Es hing an einem Band aus drei Farben, schwarz, weiß und rot. In die Mitte des Malteserkreuzes hatte man ein Hakenkreuz eingesetzt. Ganz unten stand 1939.

Es gab noch eine Nadel mit vergoldeten Blättern. Das Eichenlaub.

Larsen hielt das Leben eines Menschen in seinen Händen. Er dachte daran, wie schmal die Linie zwischen einem Verräter und einem Helden ist. Letztendlich wurde sein Vater im Ehrenhain Mindelunden begraben, im August 1945. Er war kein Spitzel gewesen. Dafür aber tot. Was war mit Werner Nielsen? Und seinen Freunden Wolff, Frijs und Borch. Wie waren sie davongekommen?

Mit einem Zeigefinger wischte er unter den Tränensäcken etwas Feuchtes ab. Kamen ihm etwa die Tränen?

In einer halben Stunde wollten sie sich in der Kantine treffen und sich gegenseitig auf den neuesten Stand bringen.

Larsen steckte sich eine Prince in den Mund und nahm ein Foto aus der Schachtel. Es zeigte vier junge Männer mit nacktem Oberkörper. Es war Sommer, sie standen auf einer Waldlichtung, einer von ihnen trug irgendwelche Zweige auf dem Kopf.

Er drehte das Foto um, *Tibirke August 39, Werner gewann den Kranz! Adam und Joachim sehen neidisch zu!* stand auf der Rückseite. Hatte Keld Borch es aufgenommen?

Er begann, die Fotos in drei Stapeln zu sortieren, *vor dem Krieg*, *während des Krieges* und *nach dem Krieg*.

Um die Papiere hatte jemand Schleifen gebunden, als würde es sich um Liebesbriefe oder Weihnachtsgeschenke handeln, aber das war nicht der Fall.

Werner Nielsen war 1919 in Lemvig geboren. Er starb im Oktober 1947 in Korsør. Seine Wehrpflicht leistete er 1937/38 in Fredericia ab. Das ärztliche Attest vermerkte, dass er an *Epilepsie und Ohnmachtsanfällen* leide. Trotzdem war er im Frühjahr 1940 in die Offiziersschule auf Schloss Frederiksberg eingetreten. 1938 heiratete er als Neunzehnjähriger Iben Henningsen. 1939 wurde der Sohn Lars geboren, gefolgt 1941 von Jens und dem von ihnen Gesuchten, Niels, 1943. Larsen ging Werner Nielsens Soldatenpapiere durch: Nur Auszeichnungen, bereits im Mai 1941 war er zum Oberleutnant befördert worden. Im Juni meldete er sich zum SS-Freikorps Danmark am A. F. Kriegers Vej in Østerbro, und nun kam ein ganzer Haufen Unterlagen. Vierzehn Taufatteste, bezeugt in *Übereinstimmung mit dem Kirchenbuch*, und schließlich ein kleiner, feiner Stammbaum, der drei Generationen zurückreichte, voller evangelisch-lutherischer Fischer und Landwirte, ausgestellt vom Racepolitisk Centralkontor. Der Ariernachweis in drei Sprachen:

Det bevidnes, at det for samtlige paa omstaaendes ...
Es wird bestätigt, dass für sämtliche auf umstehender ...
Si certifica, che per tutte le persone nominate sulla ...

Tafel genannten Personen
amtliche Urkunden vorgelegt wurden,die
nachweisen, dass

OBERLEUTNANT
Werner N i e l s e n, geb. 20.9.1919
laut den festgesetzten Bestimmungen
die Rassenbezeichnung erhält:
ARIER

Kopenhagen, den 27. JUNI 1941

Bei Werner Nielsen hatte es sich um einen eifrigen Archivar gehandelt, sogar die Rechnungen hatte er aufgehoben. Die Atteste des Personalhistorisk Institut am Kultorvet 4 – Kopenhagen K, Central 2190, hatten ihn 21,50 dänische Kronen gekostet, aber er hatte fünfzig Prozent Rabatt bekommen wegen des bereits Ausgestellten Arier/Rasse-Attests (Formularpunkt 1) und 33% auf die 14 beigebrachten Atteste gemäß Formularpunkt 2.

Larsen lehnte sich in seinem Stuhl zurück und zündete sich eine neue Prince an, bevor er weiterlas. Vor ihm lag ein Brief mit einer Unzahl unheilverkündender Stempel und Wasserzeichen vom

Kriegsministerium, Kopenhagen,
den 14. August 1941,
Journal NO A. 194/1941
(Bitte bei Beantwortung angeben)

An
Herrn Oberleutnant W. Nielsen

Auf Ersuchen des Ministeriums hat Seine Majestät der König am 13. dieses Monats zugestimmt, dass Herr Oberleutnant auf eigenes Gesuch vom 1. des nächsten Monats an bis auf Weiteres vom Dienst freigestellt wird.

Unterzeichnet
F.M. Stemann und Tygesen

Die Kooperation der dänischen Regierung mit der Besatzungsmacht hatte also dazu geführt, dass dänische Soldaten sich vom Dienst freistellen ließen, um sich freiwillig zum Freikorps oder an die Ostfront zu melden. Vielleicht war es bei all den Stempeln, offiziell klingenden Büros und Unterschriften wichtiger Personen wirklich schwergefallen zu erkennen, wann man den schmalen Kreidestrich übertrat.

Es gab weitere Papiere, darunter einen großen Packen, auf dem *Für Iben* stand. Er war mit einem Band verschnürt, es handelte sich um Briefe von der Front. Larsen schob sie auf die rechte Seite des Schreibtischs. Die anderen Papierstöße waren mit den Bezeichnungen *Offizielle Papiere*, *Freunde!* und *WN's* beschriftet. Er fand das Manuskript *Die Feuerprobe* und ein Tagebuch mit Gedichten. Larsen hatte keinen rechten Appetit auf weitere poetische Ergüsse. Er ging den Stapel *Offizielle Papiere* durch. Stundenpläne, Zeugnishefte und Wachpläne von der SS-Junkerschule in Bad Tölz, Unterlagen vom großen Urlaub in Dänemark, der dem Freikorps im September 42 gewährt worden war, eine heftige Korrespondenz mit der Handelsbank um eine Überweisung von Werner an Iben, eine weitere Korrespondenz über die Rentenansprüche im Kriegsministerium und die Einforderung seines Anteils von der Oberleutnantsvereinigung. Larsen zog einen auf Deutsch geschriebenen Brief heraus und arbeitete sich mühselig durch:

Der Fürsorgeoffizier
der Waffen-SS Kopenhagen V., in Dänemark
den 24.9.43
Frydendalsvej 27
Central 12 269/89
Abt.: FuV. Az: LI/4 - Hil. -

Frau
Iben N i e l s e n
Vesterbrogade 9
Kopenhagen V

Sehr geehrte Frau N i e l s e n!

Von Berlin erhalte ich die für Sie so traurige Nachricht, dass Ihr Mann, der SS-Hauptsturmführer Werner N i e l s e n, geb. 20.09.19, seit dem 20.8.43 bei Gurinowka vermisst wird.

Ich weiss, wie schmerzlich die Ungewissheit ist. Seien Sie aber davon überzeugt, dass die Waffen-SS nichts unversucht lässt, um Ihren Mann ausfindig zu machen.

Ich selbst stehe Ihnen jederzeit zur Verfügung und bitte Sie, sich an mich zu wenden, wann immer Sie wollen.

In der Hoffnung, Ihnen bald aufklärenden Bescheid geben zu können, grüsse ich Sie mit

nationalsozialistischem Gruss
SS-Untersturmführer

Larsen konnte die Unterschrift nicht entziffern, er drehte den Brief um, wo der gesamte Text in dänischer Übersetzung stand. So viel zu seinen Problemen, *unterschrieben: Schwenk*. Und noch ein Zeuge für die Richtigkeit der Übersetzung, *F. d. R. d. Ü.*, unterschrieben mit Füller: *F. Trier, Zivilangest* ... Zivilangst? Larsen kratzte sich am Kopf, seine Hand zuckte zurück – die Kopfhaut brannte an den Stichen. *Zivilangestellter*, also ein dänischer Zivilist. Auch auf diesem Brief fanden sich eine Menge Stempel: *Bei Beantwortung AZ L1/4 angeben.*

Werner Nielsen war also vermisst worden, aber man musste ihn gefunden haben, wie hätte er sonst 1947 Selbstmord in Korsør begehen können. Gurinowka. Wo zum Teufel lag das? Was war mit Nielsen geschehen?

Larsen knotete die Schleife um den Stapel *Freunde!* auf. Ganz oben lag ein Einzahlungsbeleg der Privatbank über dreitausend dänische Kronen vom 12. Juni 1947. Eingezahlt von Keld Borch, der auch eine Karte geschrieben hatte:

Lieber Werner!

Danke für die Sendung. Ich hoffe, dies Zeichen meiner Dankbarkeit hält Dich über Wasser.

Dein Keld

Das hatte offensichtlich nicht ganz geklappt, Borch hatte die Karte vier Monate vor Werners Selbstmord geschrieben.

Es gab weitere kleine Nachrichten und Postkarten von Wolff und Borch. Ich betrachte unsere Differenzen für beendet! schrieb Borch, zwei Wochen nachdem er das Geld geschickt hatte. Und am 10. Juli hieß es: Klammer dich nicht an die Vergangenheit! Am 9. Juni hatte Wolff eine Postkarte an Werner geschrieben: Erhielt Feuerprobe heute. Freue mich wie ein kleines Kind, es zu lesen. Und am 8. Juli: Deine Prosa nimmt mir in der

Sommerhitze den Atem. Deine Ambitionen sind erschreckend, du strebst nach Großem, kann man nach etwas zu Großem streben? Ist dieser defätistische Blick auf den Krieg eine Gnade oder ein Fluch?

Sie hatten ihm Geld gegeben und sein Manuskript gelesen. Sie waren vor dem Krieg Freunde gewesen, während des Krieges und auch noch nach dem Krieg. Zum Teufel, was sollte er davon halten? Larsen holte sich einen Kaffee und begann, in einem Fotoalbum zu blättern, das ebenfalls in der Schachtel gelegen hatte. Bilder von Werner Nielsen in SS-Uniform mit einem seltsam gebogenen Hakenkreuz auf dem Uniformkragen. Bilder eines lächelnden Werner, der einen Primuskocher vor einer Erdhöhle aufstellt, hinter ihm ein unbemanntes Maschinengewehr. Darunter stand *Demjansk, Sommer 42*. Mehrere Gruppenbilder mit grinsenden Freikorpsmännern und plötzlich Adam Wolff, Keld Borch und Heinz Richter. *Die Fabrik, April 43*. Ein junger feister Borch stellte ein Bein auf das Trittbrett eines schwarzen Mercedes mit gebogenen Schutzblechen. Neben ihm Adam Wolff, eine Zigarette im Mund, er versuchte, hart auszusehen. Richter in Uniform hinter dem Wagen, schaute auf Fabrikgebäude und ein Tor mit der Aufschrift *Januspils. Borch & Nielsen. A.M.B.A.* Die folgenden Seiten waren voller Bilder von Januspils. Borch demonstrierte, wie ein Hochofen funktioniert, Richter las an einem durch ein Hakenkreuz verziertes Rednerpult etwas von einem Blatt ab, Wolff lachend, auf einem Wachtturm stehend. Unten Stacheldraht und Baracken. Auf einem der Bilder lud Wolff das Maschinengewehr auf dem Turm durch, unter ihm Schatten. *Das Lager* stand unter dem Foto.

Dieses Album war nicht nur eine Lunte, es war ein ganzes Pulverfass! Borch, Frijs und Wolff hatten versucht, für dreitausend Kronen Werner Nielsens Schweigen zu erkaufen. Sie waren während des Krieges Nazis gewesen, hatten aber noch vor 1945 die Pferde gewechselt. Und sie mussten einigermaßen überrascht gewesen sein, als Werner, ihr Nazifreund, im Frühjahr 1947 plötzlich von den Toten auferstand.

Larsen schüttelte die Hand ganz schnell, verflucht, er hatte die Zigarette vergessen und sich zwischen Zeige- und Mittelfinger verbrannt. Die Kippe fiel auf einen der Briefe. Er warf sie in den Aschenbecher, schob die Stapel ein Stück zur Seite und blickte aus dem Fenster.

Der Karton enthielt noch ein großes gebundenes Heft. Larsen überflog die Spalten. Es handelte sich um eine Abrechnung von Januspils, Eintragungen über die Einfuhr von Rohmaterial für Beton, Bauaktivitäten und Mitarbeiter, ein Posten hieß SS. Jeden Monat gab es einen Betrag für Transport, Verpflegung etc. In dem Heft lag ein Umschlag, adressiert an Iben Nielsen. Larsen zog die kleine Karte heraus.

> Liebes! Ich hoffe, Olav hat es Dir mitgebracht, man darf nichts schreiben. Versteck dies Heft und erwähn es niemandem gegenüber. Dein W

»Inger! Bring mir bitte mal Antons Material über Borch!«

Inger Albinus kam herein und legte ihm den Bericht auf den Schreibtisch.

»Und würdest du mir auch die Unterlagen über Werner Nielsen besorgen?«

»Ja, und du wirst sehen, ich habe noch mehr über ihn gefunden.«

Larsen schickte sie mit einer Handbewegung hinaus und ließ seine Finger über Overgaards Bericht gleiten. Da stand es. Borch & Nielsen war um eine Rückzahlung von Kriegsgewinnen nach einem Urteil der Revisionsauswahl herumgekommen, man hatte die Firma weder nach dem Kollaborateursgesetz I noch nach dem Kollaborateursgesetz vom 28.8.1945 über ›einfache, unbillige Beziehungen‹ verurteilt. Und »Borch & Nielsens deutsche und polnische Tochtergesellschaften wurden in die Untersuchungen 1945 nicht mit einbezogen.«

Borch hatte 1943 im Baltikum eine Fabrik besessen, die sich bei der SS billige Arbeitskräfte beschaffte. Den Beweis besaß Werner Nielsen. Er hatte ihn von irgendeinem Olav durch die Feldpostzensur seiner Frau Iben zugeschmuggelt, aber in dem Verfahren gegen Borch tauchte dieses Dokument nicht auf. Hatte er Borch erpresst? Larsen suchte weiter. Borchs Fall war nach langer Vorbereitungszeit am 13. Oktober 1947 verhandelt worden. Albinus tauchte mit weiteren Unterlagen im Arm auf.

»Beging Werner Nielsen nicht im Oktober 47 Selbstmord?«, fragte Larsen.

»Ja, am 11. Das habe ich dir vorhin zu erklären versucht«, sagte Albinus. »Es gibt zwei Akten über ihn. Die eine bin ich heute Morgen durchgegangen. Die andere liegt in Korsør.«

»Über den Selbstmord?«

»Ja. Es wurden Ermittlungen wegen Mordes eingeleitet, aber die Untersuchungen wurden bereits einen Tag später wieder eingestellt.«

»Wie hieß der zuständige Beamte?«

»Henry Claussen, der von der Mobilen Einheit. 1947 war er ein junger Kriminalbeamter.«

»Henry Claussen. Das ist doch der Funkamateur, der auch deutsche Kodiermaschinen sammelt, oder?«

Inger Albinus setzte sich Larsen gegenüber. Sie blickten sich an und plötzlich fiel Larsen auf, dass sie nicht nur ziemlich hübsch, sondern auch klug war. Außerdem hatte sie diese besondere weibliche Eigenschaft, sich unsichtbar zu machen. Sie konnte sich in einem Raum aufhalten und man erinnerte sich nur an sie, wenn man einen Kaffee wollte oder eine Telefonnummer brauchte.

»Inger?«

»Ja.«

»Du weißt, dass wir froh sind, dich hier zu haben, oder?«

Sie waren gleichaltrig, sie hatte graue Augen und rauchte Scotsman. Wusste er noch etwas von ihr? Hatte sie einen Mann? Einen Hund? Kinder? Wie schälte sie eine Apfelsine?

»Ja. Willst du von der anderen Sache hören?«

»Ja, sicher.«

»Werner Nielsen wurde im April 1947 vom Amtsgericht nach der Strafgesetzergänzung ...« Sie schaute in ihre Unterlagen. »... vom 1. Juni 1945, § 10, als jemand, ›der für den deutschen Kriegsdienst anwarb oder angeworben wurde‹ verurteilt. Aber zu diesem Zeitpunkt hatte er bereits zweieinhalb Jahre in einem sowjetischen Kriegsgefangenenlager gesessen, daher bekam er nur ein halbes Jahr auf Bewährung.«

»Nur?«

»Ja. Der Strafrahmen betrug für normale Soldaten zwei Jahre. Werner Nielsen aber war Offizier, und das hieß zwischen vier und acht Jahren. Doch zog man in Betracht, dass er bereits eine sehr harte Gefangenschaft hinter sich hatte und sich freiwillig stellte, als er nach Dänemark zurückkehrte.«

»Dann hat er also Glück gehabt?«

»Ich glaube nicht, dass er selbst es so gesehen hat. Er fuhr große Geschosse zu seiner Verteidigung auf und behauptete, dass er auf Befehl des Kriegsministeriums gehandelt habe, da aufgrund der Verordnung vom 8.7.1941 Truppenoffiziere geradezu aufgefordert wurden, sich vom Dienst befreien zu lassen und dem Freikorps beizutreten. Laut Gerichtsunterlagen war er wütend über die rückwirkende Strafgesetzergänzung, die zur Aberkennung seiner bürgerlichen Rechte führte und seinen Leumund befleckte.«

»Benannte er Zeugen?«, wollte Larsen wissen.

»Ja, Keld Borch und Adam Wolff.«

»Erschienen die beiden?«

»Ja. Und sie gaben nichtssagende Erklärungen ab. Sie hätten 1941 eine Auseinandersetzung mit ihm gehabt, behaupteten beide. Sie hätten ihn nicht mehr gesehen, nachdem er sich zum Freikorps gemeldet hatte, aber das bestritt Nielsen. Im Übrigen, dieser kritische Artikel in der *Information* über Wolffs Memoiren, weißt du, wer den geschrieben hat?«

»Nein«, antwortete Larsen.

»Jens Nielsen.«

»Also Niels' älterer Bruder. Da soll mich doch ... Wolff und Borch bekamen Panik ... Danke, Inger, herzlichen Dank.«

Sie saßen in der Kantine. Inger Albinus hatte Kaffee gekocht und eine Platte voll belegter Brote auf den Tisch gestellt. Werchmeister hatte sich bereits das Krabbenbrot genommen, auf der Smørrebrødsplatte lag eine einzelne Krabbe. Anita rauchte und starrte in die Luft. Sie hatte ein Käsebrot probiert und die roten Paprikastreifen auf den Teller gelegt. Larsen griff zu einem Stück mit Leberpastete und Bacon. Er schaute unter die Baconscheibe. Auf der Pastete lagen Jus-Stückchen, aber keine Zwiebeln. Wieso gab es so selten Zwiebeln? Er hatte Hunger. Hastig schlang er die Scheibe Brot herunter, wischte sich den Mund ab und ergriff das Wort.

»Wir stehen vor dem entscheidenden Durchbruch in diesem Fall. Wir sind kurz vor der Aufklärung. Wir kennen die Täter, aber noch haben wir kein ordentliches Motiv.«

»Das Motiv ist doch klar«, brummte Overgaard. »Pädophilie. Was sonst?«

»Lass mich bitte ausreden ...«

»Niels Nielsen wurde von Borch sexuell missbraucht«, beharrte Overgaard. »Und vielleicht auch von Frijs. Der Grönländer wurde bestimmt auch missbraucht, er war doch auch in einem dieser Kinderheime, die Borch als Schirmherr unter sich hatte. Das war die Rache dafür.«

»Rache, ja«, sagte Larsen, »Aber es reicht noch tiefer. Ich glaube, Niels Nielsen ist dabei, seinen Vater Werner Nielsen zu rächen, der 1947 starb. Er hat auf irgendeine Weise Zugang zu den Unterlagen seines Vaters bekommen und ein bisschen zu viel darin gelesen. Wir haben in seiner Wohnung ein regelrechtes Gedächtniszimmer für seinen Vater gefunden. Werner Nielsen gehörte während der Besetzung zu einem nazistischen Freundeskreis mit Borch, Frijs und Wolff. Aber die drei anderen drehten sich noch während des Krieges um 180 Grad, und als Werner Nielsen 1947 plötzlich auftauchte, hatten sie Angst, ihr Doppelspiel würde auffliegen. Daher mussten sie ihn zum Schweigen bringen.«

»Zum Schweigen bringen?«, erkundigte sich Overgaard. »Er beging doch Selbstmord, oder? Und wenn es irgendwelche Zweifel gegeben hätte, wäre man der Sache doch nachgegangen.«

»Ja«, warf Albinus ein, »Henry Claussen in Korsør.«

»Das ist doch der von der Mobilen Einheit, oder?«, fragte Werchmeister.

»Ja.«

»Ich hab mal ein Interview mit ihm in *Dansk Politi* gelesen. Ein vollkommen Wahnsinniger.«

»Ich verstehe überhaupt nichts mehr«, erklärte Overgaard. »Wenn der Fall damals als Selbstmord abgelegt wurde, dann doch wohl, weil es sich um Selbstmord handelte.«

»Wahrscheinlich war es Selbstmord«, bestätigte Larsen. »Das müssen wir überprüfen. Aber wesentlich ist nicht, was wir glauben, sondern was Niels Nielsen glaubt, und Niels ist besessen von seinem Vater. Ich bin ziemlich sicher, dass er es auf Adam Wolff abgesehen hat.«

»Wolff«, wiederholte Overgaard und stand auf. »Jetzt hör aber auf. Du hast nur diesen Wolff im Kopf. Du hast uns gezwungen, diese scheißlangweiligen Gedichte zu lesen, und jetzt hast du den ganzen Nachmittag in alten Unterlagen gelesen. Soweit ich sehe, ist der Fall klar. Wir haben jetzt eine einzige Aufgabe: Niels Nielsen zu fassen.«

»Ja. Aber dann müssen wir auch wissen, wie er tickt«, sagte Larsen. »Ich glaube, bei Wolff handelt es sich um die Leitfigur dieses Nazikreises, der Niels Nielsens Vater verraten hat.«

»Scheiße, jetzt habe ich aber keine Lust mehr«, brüllte Overgaard, warf die Zigarette in den Aschenbecher und zeigte auf Larsen. »Høigaard sagt, wir sollen Wolff in Ruhe lassen. Wir müssen uns an die Fakten halten, Larsen. Alles andere ist Blödsinn.«

»Setz dich.«

»Nichts da.«

Overgaard marschierte aus der Kantine und warf die Tür hinter sich zu. Larsen überlegte, ob er ihn wieder zurückrufen sollte. Aber sie waren alle müde, die Nerven lagen blank. Größere Sorgen bereitete ihm, dass

Overgaard offenbar mit Høigaard gesprochen hatte. Das zeigte, dass Wolff die Polizeiführung mit allen Mitteln unter Druck setzte. Alle starrten auf die Tür. Im Raum breitete sich eine gedrückte Stimmung aus.

»Ihr vergesst die ganze Zeit diesen Deutschen.«

Werchmeister. Er hatte kleine Vierecke auf seine Serviette gemalt, die er jetzt schraffierte. Irgendetwas Spitzes saß hinter seinem Ohr, bemerkte Larsen.

»Den Deutschen?«, fragte er nach. »Was ist mit ihm?«

»Diesen Heinz Richter. Er gehörte auch zu dem Freundeskreis. Ich glaube, du irrst, Larsen, wenn du Wolff zum Anführer dieses Bundes erklärst. Ich glaube, Heinz Richter war ihr kleiner privater Führer, und ich glaube, dass die anderen irgendeinen Treueeid auf ihn geschworen haben, der sie noch immer verbindet.«

»Was hast du denn da hinterm Ohr, Ove? Einen Bleistift?«

»Ja, ich habe angefangen, mir Notizen zu machen. Willst du's hören?«

»Ja, bitte.«

»Okay. Wolff hat vier Gedichtbände veröffentlicht, und der erste ist JUDICEM HR gewidmet. Bei HR muss es sich um eine Abkürzung von Heinz Richter handeln. Das andere Wort bedeutet auf Lateinisch ›Richter‹, das heißt: Für den Richter Heinz Richter.«

Werchmeister hielt ein kleines schwarzes Notizbuch in der Hand, er blätterte darin.

»Es gab da auch ein Motto, Hesekiel, 7.12: ›Es kommt die Zeit, es naht der Tag!‹ Das ist das Jüngste Gericht, sie meinen es also ernst. Ich habe versucht, Wolffs Gedichte zu lesen, das ist verflucht schwer, aber zum Beispiel steht da, dass sie ›dem Richter einen heiligen Eid schwören‹, der ›Mit dem Schwert in der Hand und geistigem Band / mit heißem Wort zieht gen Nord‹. Richter könnte schon der Bursche sein, über den Wolff spricht, wenn man sein Wortspiel: ›Für den Richter Heinz Richter‹ in Betracht zieht.«

»Ja, gut, das ergibt durchaus einen Sinn. Aber worauf willst du hinaus, Ove?«

»Ich weiß es nicht. Aber ich vermute, dass wir herausfinden, was Wolff, Borch und Frijs verbindet, wenn wir mehr über Richter wissen. Und was Niels antreibt. Du behauptest doch, dass es um ein paar alte Geheimnisse aus dem Krieg geht, oder, Larsen?«

»Schon. Aber Richter ist tot.«

»Wer sagt das?«

»Wolff zum Beispiel.«

»Und woher weißt du, dass er die Wahrheit sagt?«

Werchmeister beugte sich vor, die dicken Arme drohten das Hemd zu sprengen, er hatte die großen Hände auf dem Tisch gefaltet. Was war mit Ove los? Er hatte etwas bisher Unbekanntes, Scharfes in seinem Blick. Hatten ihn die Gedichte erleuchtet?

»Hast du ihn über Interpol laufen lassen? Oder was ist mit der Kripo, dem BKA, den Nürnberger Akten, dem Zentralregister in Freiburg?«, fügte Werchmeister hinzu.

»Das habe ich erledigt«, sagte Inger Albinus, »und Heinz Richter ist tot, Ove. Wir haben … Augenblick.«

Sie stand auf und ging hinaus. Larsen war sprachlos. Er sah ihr verblüfft nach.

»Hier ist es …« Sie kam mit einem Aktendeckel in der Hand zurück in die Kantine. »Heinz Richter war …«, Albinus hatte einen Finger in der Akte, fuhr damit über die Seite, »Sturmbannführer in der SS, das entspricht unserem Major, in der Division Wiking.«

»Die gleiche Division wie Werner Nielsen«, rief Larsen.

»Ja, aber in einem anderen Regiment. Werner Nielsen war im Regiment Westland, Richter in Germania. Trotzdem können sie sich häufiger gesehen haben. Wir haben die interne Verlustliste der Division vom Zentralarchiv in Freiburg bekommen, und hier steht ...« Sie las von einem der Blätter ab: »`13.10.44 Schanderowka – Richter, Heinz – St. – Chef 3/Germania – vermisst`, das heißt, er verschwand bei Schanderowka, vermutlich einem Ort in Ostpreußen, im Oktober 44 als Chef der 3. Kompanie. Wir haben darüber hinaus einen Brief des Deutschen Roten Kreuzes aus dem Jahr 1947, in dem mitgeteilt wird, dass er vermutlich im Winter 46/47 in einem Lager bei Stalino starb. Wir fanden den Brief bei Frijs.«

Sie zog ein weiteres Bündel Papier heraus und schob die Brille in die Stirn.

»Richter und Werner Nielsen haben sich an der Ostfront getroffen«, fuhr sie fort. »Werner Nielsen wird nämlich vom Roten Kreuz als einer der beiden Zeugen aufgeführt. Er muss also im Lager von Stalino gewesen sein und hat gesehen, wie Heinz Richter starb.«

»Ein toter Mann, der einen Mann hat sterben sehen«, sagte Werchmeister. »Was ist mit dem anderen Zeugen?«

»Er starb 1965 während der Skiferien in Gstaad.«

»Also können wir wohl davon ausgehen, dass Richter tatsächlich tot ist, Ove«, meinte Larsen. »Inger hat den Fall untersucht. Halten wir uns an die Lebenden, Niels Nielsen und Adam Wolff. Es ist wahrscheinlich, dass Niels hinter Wolff her ist, davon bin ich momentan jedenfalls überzeugt. Wir haben Leute abgestellt, die auf Wolff aufpassen, vierundzwanzig Stunden lang.«

Larsen erhob sich, die Stühle wurden geräuschvoll zurückgeschoben. Inger sammelte Teller und Besteck ein. Larsen half ihr, das tat er sonst nie, er nahm die leere Smørrebrødsplatte unter den Arm. Im Flur fasste er sie an der Schulter.

»Danke, Inger. Nochmals danke für deine Hilfe. Du hast mich gerade gerettet.«

## 17

Jacob las auf dem Rücksitz *Micky Maus*. Larsen saß am Steuer. *Mama, glaubst du, es gibt Krieg? Krieg? Ja, Birgit sagt, die USA wollen Krieg. Ich glaube ehrlich gesagt nicht, dass die USA Krieg wollen. Wieso rüsten die dann so auf und wollen SALT II nicht unterschreiben?* Sie drehte sich um und schaute ihren Sohn an, er biss sich auf die Lippe. *Jacob, du brauchst keine Angst zu haben. Es wird keinen Krieg geben.* Er sah nicht überzeugt aus. Auch Larsen sah nicht sonderlich überzeugt aus, er blinkte und bog in die Bredgade. Sie musste eine Lösung für Jacob finden.

Sie konzentrierte sich auf Jens Nielsens Artikel in der *Information* zu *Vom Dichter und Denker zum Richter und Henker*. Sie wollte ihn gelesen haben, bevor sie die Redaktion besuchten. Der Artikel enthielt ein Foto von Richter in SS-Uniform. Er stand mit Schulterriemen und Reithose zwischen Wolff und Werner Nielsen.

»Wieso eigentlich Richter und Henker?«, wollte Anita wissen.

»Werchmeister sagt, man nennt Deutschland das Land der Dichter und Denker«, erwiderte Larsen, »aber unter Hitler wurde es dann zum Land der Richter und Henker.«

»Was ist eigentlich mit ihm los?«

»Werchmeister? Tja, keine Ahnung!«

Ein Journalist in Lederweste und verwaschenen Jeans führte sie durch den Flur der Redaktion von *Information*, die in einer Passage zwischen der Bredgade und der Store Kongensgade residierte. Aufgrund der roten Holztüren und der kleinen gemütlichen Büros, in denen junge Journalisten mit Palästinensertüchern um den Hals auf ihren IBM-Schreibmaschinen klapperten, selbstgedrehte Zigaretten rauchten und Kaffee aus braunen Bechern tranken, sah es eher nach einem Studentenwohnheim als nach einer Redaktion aus. Jens Nielsens Büro lag am Ende des Flures, man sah über die Dächer von Frederikstaden und auf einen einzelnen Kirchturm, es musste sich um die Nikolaj Kirke handeln. Jens Nielsen erhob sich aus seinem Stuhl und begrüßte sie. Ein großgewachsener Mann, ebenso groß wie Niels, allerdings nicht so kräftig, breite Hände, blonde Pagenfrisur und helle Sommersprossen. Er trug eine Brille und ein rotkariertes Holzfällerhemd.

Anita hielt Jacob an der Hand.

»Bitte entschuldigen Sie, es ist unglaublich unprofessionell, dass ich meinen Sohn mitbringe, aber es gab ein Problem im Kindergarten, es handelt sich wirklich um eine Notsituation.«

Jens Nielsen ignorierte ihre Entschuldigung und ging vor Jacob in die Hocke.

»Könntest du dir vorstellen, heute ein bisschen beim Zeitungmachen mitzuhelfen? Die Lithografen beschweren sich, dass sie so viel zu tun haben, aber wenn sie einen so netten jungen Assistenten bekommen, bin ich sicher, dass sie aufhören werden zu motzen.«

Er nahm Jacob an der Hand und verschwand mit ihm. Kurz darauf kehrte Jens Nielsen mit einer Kanne Kaffee in der einen und drei braunen Tonbechern in der anderen Hand zurück. Sie hatten an einem Konferenztisch hinter Jens Nielsens Schreibtisch Platz genommen. Larsen ergriff das Wort.

»Ich muss Ihnen leider mitteilen, dass Ihr Bruder Niels gesucht wird. Er ist der Hauptverdächtige in dem Mordfall an Direktor Keld Borch, außerdem bei zwei Einbrüchen und einem Überfall.«

Jens Nielsen sagte nichts. Er goss Kaffee ein und griff zu der Schale mit dem Würfelzucker. Zwei Stückchen ließ er in seinen Becher fallen, rührte hastig um und stellte die Schale auf den Tisch zurück. Ruhig blickte er Larsen und Anita an.

»Ja, ich weiß.«

»Hatten Sie in den letzten Tagen Kontakt zu ihm?«, fragte Anita.

»Nein.«

»Und Sie haben keine Ahnung, wo wir ihn finden könnten?«

»Nein, leider. Aber ich bin ziemlich sicher, dass ich weiß, was er vorhat. Er ist hinter Adam Wolff her. Er wird Wolff umbringen, wenn er die Chance dazu hat.«

»Weil er glaubt, dass Wolff schuld am Tod Ihres Vaters ist?«

»Das nicht, Niels hat da etwas missverstanden. Unser Vater hat Selbstmord verübt. Er stand unter Druck und Wolff hat ihn im Stich gelassen, aber es war sein eigener Entschluss.«

»Dennoch haben Sie im August einen Artikel geschrieben«, sagte Larsen, »in dem Sie behaupten, dass Ihr Vater Mitglied eines Künstlerkreises von Nazisympathisanten war, zu denen auch Wolff, Borch, Frijs und ein Deutscher namens Heinz Richter gehörten?«

Jens Nielsen hob den Becher und trank einen Schluck. Als er den Becher absetzte, hatte sich sein Gesichtsausdruck verändert. Er hatte jetzt einen harten Zug um den Mund.

»Heutzutage glauben doch die meisten Leute, dass nur Verlierer und Verrückte Nazis geworden sind, aber so einfach war das nicht. Der Nationalsozialismus war damals Avantgarde, ein Eldorado für Idealisten und extreme Künstler. Mein Vater starb unehrenhaft, weil er an der Ostfront gekämpft hatte. Er konnte seine Sachen nicht veröffentlichen, weil er gebrandmarkt war, während die anderen sich herausmogelten und sich als Moralwächter der Nation ausgaben. Es ist wirklich zum Kotzen.«

»Sie können Niels also verstehen?«

»Ja! Und nein. Niels ist nicht dumm, aber er hat diese Stimmungswechsel und kann dann vollkommen außer Kontrolle geraten. Ich will auch Rache, aber ich mache das, indem ich darüber schreibe. Aber auch das wissen sie zu verhindern. Beziehungsweise Wolff weiß das.«

»Wie?«

»Der Ressortleiter ließ sich durch einen Anruf umstimmen, obwohl er mit meinem ersten Artikel sehr zufrieden war. Ich hätte nicht gedacht, dass so etwas noch möglich ist, schließlich haben wir die Siebziger.«

»Haben Sie noch mehr Material?«, erkundigte sich Anita.

»Ja, vor allem über Heinz Richter. Er war das Gehirn des Kreises, er war ihr Anführer. Er manipulierte diese kleinen Literatursnobs. Heute behaupten sie ja, sie gehörten zum inneren Widerstand gegen Hitler. Aber das ist dummes Zeug, Richter war ein ideologischer Hardliner innerhalb der SS. Der Begriff ›fanatisch‹ ist damals ja positiv besetzt gewesen. Außerdem war er völlig besessen von Shakespeare. Haben Sie Zeit?«

Jens Nielsen stand auf und ging zu ein paar Archivschränken hinter ihm. Den Schlüssel, mit dem er sie öffnete, trug er um den Hals. Er blätterte in einigen Mappen, dann warf er einen großen braunen Umschlag auf den Tisch. Anita öffnete ihn. Darin lagen einige Fotografien mit der Bildseite nach unten. Sie nahm eines der Fotos heraus, sah es sich an und legte es so auf den Tisch, dass man das Motiv nicht erkennen konnte.

»Um Gottes willen, was ist denn das?«

Jens Nielsens Augen wirkten hart, aber sie lächelten Anita gleichzeitig an.

»Richters Wahl. Ein kleines Spielchen, das er an der Ostfront spielte. Und in guter Qualität, oder? Es handelte sich ja um Kunst, schließlich hatte er seine teure Spiegelreflex dabei.«

»Was ist auf dem Foto zu sehen?«, wollte Larsen wissen.

»Ein jüdischer Rabbiner, der sich mit einem Schächtmesser aufschlitzt. Richter steht mit einer Waage daneben. Aufgenommen 1941 in Vitebsk in der Ukraine. Richter hatte ihm die Wahl gelassen, erschossen zu werden oder sich selbst ein Pfund Fleisch aus dem Körper zu schneiden und möglicherweise zu überleben. Er fand das komisch und eine passende Art, es den Juden heimzuzahlen. Shylock war ja Jude.«

Larsen schaute verwirrt Anita an, dann griff er zu dem Bild und drehte es um; er verzog das Gesicht, legte es aber nicht wieder auf den Tisch. Stattdessen trank er einen Schluck Kaffee, während er es sich genau ansah.

»Da komme ich jetzt nicht mit«, sagte Larsen, »der Rabbiner heißt Shylock?«

»Nein, Shylock ist eine Person in Shakespeares Schauspiel *Der Kaufmann von Venedig*. Ein jüdischer Pfandleiher, der einen Schuldschein des venezianischen Kaufmanns Antonio annimmt. Wenn Antonio nicht bis zum Fälligkeitstag zahlt, darf Shylock ein Pfund Fleisch aus seinem Körper schneiden. Diese Geschichte drehte Richter während des Krieges um. An der Ostfront machte er jeden Tag zu einem Zahltag.«

»Und dieses Foto wollte Ihr Redakteur nicht drucken?«, fragte Anita.

»Ja. Er ließ sich von Wolff erpressen. Wenn herauskäme, dass Adam Wolff der enge Freund eines Massenmörders gewesen ist, wäre er als Beamter verbrannt.«

Unruhig rutschten sie auf ihren Stühlen hin und her. Anita holte die Zigaretten heraus und zündete sich eine an. Es irritierte sie, dass sie so auf das Bild reagiert hatte. Möglicherweise lag es an der hohen Auflösung, die Qualität war so gut, als würde es sich um die Aufnahme eines Fotostudios handeln. Vielleicht lag es aber auch daran, dass sie Jacob dabeihatte. *Vermischte sie die Dinge? War sie dabei, den Überblick zu verlieren?* Larsen nahm sich ebenfalls eine Zigarette und ließ die Hand nach einem Feuerzeug suchend über die Hosentasche gleiten.

»Eines verstehe ich trotzdem nicht«, sagte Anita. »Wieso nimmt Ihr Bruder erst jetzt, nach so vielen Jahren, Rache?«

»Gute Frage. Im August starb unsere Mutter. Ich fand einen Koffer auf dem Dachboden, in dem sie alle Sachen von Vater aufbewahrt hatte. Ich zeigte Niels den Koffer, also in gewisser Hinsicht ist es meine Schuld. Er war seither wie besessen von diesem Koffer.«

»Und vor dem Sommer haben Sie nichts gewusst?«

»Ich wusste schon, dass es noch ein paar Briefe und Manuskripte gab, aber ich hatte nie das Bedürfnis, meine Mutter danach zu fragen. Sie wollte es am liebsten auch vergessen. Mein großer Bruder und ich schlossen uns in den fünfziger Jahren den Kommunisten an, und wir fanden es peinlich, dass unser Vater auf der deutschen Seite gekämpft hatte. Ich war 61 auf einer Schulung in der Sowjetunion und wollte mich auf keinen Fall vor den Töchtern und Söhnen der Helden der Roten Armee mit den Kriegserlebnissen meines Vaters blamieren.«

»Sind Sie noch immer Kommunist?«

»Dann würde ich wohl kaum hier sitzen«, grinste Jens Nielsen. »Nein, ich bin im August 68 ausgetreten, einen Tag nach der Invasion der Tschechoslowakei. Mein großer Bruder, Lars, hat es länger ausgehalten. Er wohnt in Polen und arbeitet als Regisseur.«

Anita fand Jacob ein Stockwerk tiefer. Er saß an einem Leuchttisch und hielt eine Schere und einen Klebestift in den Händen. Neben ihm stand ein großer Mann mit einem gewaltigen Vollbart.

»Seid ihr schon fertig? Wir sind gerade dabei, die Titelseite zu umbrechen. Jacob kann wirklich gut mit Letraset umgehen. Hier, du kannst einen Bogen mitnehmen und zu Hause mit deiner Mutter deine eigene Zeitung basteln.«

Der Lithograf hob Jacob vom Stuhl und gab ihm einen großen Bogen mit schwarzen Rubbelbuchstaben, Jacob sagte artig danke und lief zu Anita.

*Rohde befand sich in einem Keller mit Käfigen, in den Käfigen waren Kinder, die leeren, bleichen Gesichter leuchteten auf, ihre Augen bettelten, sie wollten herausgelassen werden, aber Rohde konnte ihnen nicht helfen, denn er war tot und wurde von Orhan Dost ins Reich der Toten eskortiert. Er hörte die Kettenhunde knurren, bald würden sie losgelassen und auf die Kinder losgehen, sie würden ihre Gesichter zerfleischen. Er sah, wie sich die Angst in ihre Augen brannte.*

*Sie kamen zu einer tiefer gelegenen Ebene, dort gab es einen Brunnen, in den Rohde hinabsteigen sollte. Er sollte in den Abgrund. Auch Ann Charlotte war jetzt da, sie tupfte sein Gesicht mit einem nassen Lappen ab. Birger Lund trat aus der Dunkelheit und gab ihm einen*

*Schubs. Während er fiel, sah er unter sich etwas im Wasser. Es war Hasan Duglat, Rohde fiel sein hübsches rotes Haar auf. Doch dann drehte der Junge ihm sein Gesicht zu, es handelte sich gar nicht um Hasan Duglat, es war Marie Louise, die ihre Augen aufschlug und tschüs Papa sagte.*

Sein Rücken war nass. Rohde lag angekleidet auf seinem Hotelbett und schwitzte. Er wusste nicht, wie lange er geschlafen hatte. Er zündete sich eine Pall Mall an, ohne sich aufzusetzen. Die Hotelgeräusche hatten ihn einschlafen lassen. Das Klingeln des Fahrstuhls beim Öffnen der Tür, das Seufzen und Stöhnen der Hure aus dem Zimmer über ihm; es war immer dieselbe Hure, in den letzten paar Tagen war sie fünfzehn bis zwanzig Mal in diesem Zimmer gewesen. Sie hatte eine heisere Stimme, die in einen schrillen Diskant umschlug, wenn sie einen Orgasmus simulierte. Im Zimmer nebenan wohnte ein Gardinenverkäufer aus Svendborg, Rohde hatte ihn am Vortag in der Eingangshalle gegrüßt. Die sechzig Cecil pro Tag ließen ihn im Schlaf schnarchen und husten. Die Geräusche vermittelten ein Gefühl der Geborgenheit. Das Zimmer war ein kleiner Freiraum geworden, an den sich Rohde allmählich gewöhnte. Die Gerüche, der Lärm und die Nähe anderer gescheiterter Existenzen verhalfen dem Raum zu einer gewissen Heimeligkeit. Er öffnete die Nachttischschublade, nahm die kleine Handbibel heraus und schlug irgendeine zufällige Seite auf.

*Wenn ich dachte: Mein Bett soll mich trösten, mein Lager soll mir meinen Jammer erleichtern, so erschrecktest du mich mit Träumen und machtest mir Grauen durch Gesichte, dass ich mir wünschte, erwürgt zu sein, und den Tod lieber hätte als meine Schmerzen. Ich vergehe! Ich leb ja nicht ewig. Lass ab von mir, denn meine Tage sind nur noch ein Hauch.*

Rohde las die Stelle mehrmals und blätterte im Buch Hiob zurück. Er erinnerte sich nur schwach an Hiob. Irgendwas mit einer Wette zwischen Satan und Gott. Er las den Abschnitt von Anfang bis Ende. Hinterher ging es ihm etwas besser. Mit diesen unfassbaren biblischen Leiden konnte er nicht mithalten. Und es gab noch einen weiteren wesentlichen Unterschied. Hiobs Leben hatte Gott zerstört. Rohde brauchte Gott nicht dazu, das hatte er auch allein geschafft. Trotzdem brauchte er dringend ein Bad und musste sich die Zähne putzen.

Das Telefon klingelte.

»Rohde?«

Er erkannte die Stimme, war sich aber nicht sicher.

»Hier ist Rohde. Mit wem spreche ich?«

»Øhregaard.«

Sein Gesprächspartner zog die Luft ein. Als Rohde das letzte Mal mit dem Chef des PET gesprochen hatte, war er gemaßregelt worden. Das lag jetzt vier Jahre zurück, kurz darauf hatte man ihn bei der Mordkommission gefeuert.

»Schleichst du dich wieder beim Mord ein?«

»Was meinen Sie?«

»Aber du wüsstest doch gern Bescheid, oder?«

»Ich weiß nicht. Ich weiß nicht, worüber Sie sprechen.«

»Ich rede über deine kleine Aktion, draußen in Rødovre.«

»Es ging um Dokumentenfälschung und illegale Einwanderung. Tatsächlich fällt das in meine Kompetenz. Was wollen Sie, Øhregaard?«

»Ich will dir eine Chance geben.«

»Ach ja?«

»Du weißt ebenso gut wie ich, dass es bei der Sache mit den türkischen Jungen Verbindungen zu einem Fall gibt, den Ole Larsen gerade verfolgt. Und ich glaube, er ist dabei, den Überblick zu verlieren.«

»Und was hat das mit mir zu tun?«

Erneutes Schweigen am anderen Ende der Leitung. Rohde griff sich eine Pall Mall und zündete sie an. Bisher lief es ausgezeichnet. Den Unwissenden zu spielen, das konnte er.

»Rohde, du warst am Sonntag im Men's Club. Larsen hält die Hand über dich. Als Dank dafür stellst du nebenbei Nachforschungen an. Das kann – und müsste – euch eigentlich beide den Job kosten.«

Er erwiderte nichts. Hatte irgendjemand geplaudert oder ließ der PET ihn überwachen? Wie viel wussten sie?

»Larsen ist ein verdammt guter Kriminalbeamter«, fuhr Øhregaard fort, »aber er verbeißt sich auch gern in eine Sache. Ich glaube, er wühlt da in ein paar Ecken, die er besser in Ruhe lassen sollte.«

»Was für Ecken?«

»Das kannst du ja herausfinden, und wenn's gut läuft, kommst du vielleicht zurück in die Mordkommission.«

»Ich verstehe nicht, was Sie von mir wollen.«

»Du sollst mir erzählen, was Larsen unternimmt und in welche Richtung die Ermittlungen laufen.«

Rohde schaute auf seine Zigarette. Die Glut hatte begonnen, die Buchstaben auf dem Papier aufzufressen. *ll Mall.*

»Das werde ich nicht tun.«

»Was soll das heißen? Wieso nicht?«

»Ich bin im Urlaub. Wiedersehen.«

Rohde drückte auf die Gabel und legte den Hörer auf. Ein knallharter Abgang war das nicht gerade, dafür aber die Wahrheit. Er hatte tatsächlich Urlaub. Er hatte mit den Ermittlungen nichts mehr zu tun. Er hatte seinen Teil der Abmachung eingehalten und den Jungen gefunden. Er hatte darüber hinaus noch einen Menschenhändler überführt. Der Rest war Sache der Sitte. Und Øhregaard hatte nichts Konkretes, sonst hätte er es gesagt. Was konnte er unternehmen? Noch tiefer konnte er nicht sinken. Die Passpolizei war wirklich das Letzte.

Was sollte er mit seinem Urlaub anfangen?

Selbstmord begehen?

Das Telefon klingelte erneut.

»Ich habe nein gesagt. Ich will nicht!«

»Ole am Apparat. Stimmt etwas nicht?«

»Nein. Ich dachte, es wäre Øhregaard. Er hat gerade angerufen und wollte mich dazu bringen, dich im Auge zu behalten. Er weiß von meiner Rolle bei den Ermittlungen und der Sache im Men's Club. Er behauptet, du wärst dabei, den Überblick zu verlieren.«

»Na großartig. Aber ich habe das mit Høigaard abgestimmt, und Øhregaard hat nichts in der Hand. Du, Rohde, kann ich dich dazu bringen, nach Korsør zu fahren, um mit einem alten Kripobeamten zu sprechen, der Henry Claussen heißt? Er ist inzwischen pensioniert, aber er bearbeitete 1947 einen Fall, einen Selbstmord, von dem ich glaube, dass er mit der Borch-Sache etwas zu tun hat. Aber du musst vorsichtig sein.«

»Wieso schickst du nicht jemand anderen?«

»Das könnte ich machen, aber ich habe Angst, mir die Finger zu verbrennen, wenn du verstehst, was ich meine?«

»Nein, überhaupt nicht. Aber wenn etwas schiefgeht, schiebst du die Verantwortung auf mich, oder?«

»Nein, nein, nein, so ist das nicht, wirklich nicht. Ich übernehme natürlich die Verantwortung ... die volle Verantwortung. Aber es ist wichtig, dass niemand davon erfährt. Weißt du, wir haben einen begründeten Verdacht, dass Borchs vermutlicher Mörder, Niels Nielsen, es nach und nach auf alle Mitglieder dieses Kreises abgesehen hat, weil er glaubt, sie hätten seinen Vater umgebracht. Wir fürchten, dass Wolff auch auf der Abschussliste steht.«

»Hast du nicht gerade etwas von einem Selbstmord gesagt?«

»Schon.«

»Und wozu brauchst du dann mich?«

»Erik. Wir müssen dem nachgehen. Du hast doch Urlaub?«

»Ja. Aber ich hatte nicht unbedingt vor, ihn so zu verbringen.«

»Und was hast du vor?«

Diese Frage konnte er nicht beantworten. Rohde ließ sich überreden. Es schien trotz allem besser, für Larsen kleine Aufgaben zu übernehmen, als in einem Nuttenhotel sein eigenes Leben zu bejammern und seine Tochter und seine Exfrau zu vermissen.

Er zog sich aus und ging ins Badezimmer; lange versuchte er, eine angenehme Temperatur zu finden, aber die Mischbatterie war defekt. Entweder kam brühend heißes oder lauwarmes Wasser. Schließlich gab er es auf und drehte das kalte Wasser ganz auf. Rohde blieb unter dem Strahl stehen, bis er vor Kälte zitterte. Er trocknete sich ab, band sich ein Handtuch um die Hüfte und setzte sich aufs Bett. Kurz darauf hielt er wieder den Hörer in der Hand und wählte Ann Charlottes Telefonnummer.

Marie Louise nahm ab und sagte mit ihrer kleinen

hellen Stimme: »Hej, wer ist da?« Seine Gefühle übermannten ihn. Er war nicht imstande, etwas zu sagen. »Ist das ein Telefonscherz?«, fragte sie mit ernster Stimme. Im Hintergrund rief Finn Moseholm irgendetwas, dann kam er, nahm den Hörer und sagte: »Hallo, wer ist da? Bist du es, Erik?«

Rohde hielt den Atem an. Er hörte Finn Moseholm am anderen Ende schnaufen.

# 18

Gerdas Haut, die Augen waren gelb geworden. Larsen hatte eine Dreiviertelstunde bei ihr gesessen, ihre Hand gehalten und auf ihre Atemzüge gehört. Gegen vier hatte das Krankenhauspersonal angerufen und erklärt, dass er sofort kommen müsse. Gitte hatte schon den ganzen Tag versucht, ihn zu erreichen. Sie war bereits am Vormittag gekommen und jetzt in die Cafeteria gegangen, um etwas zu essen. Der Assistenzarzt hatte ihn zur Seite genommen und erklärt, Gerda sei nicht mehr bei Bewusstsein, die Ärzte konnten nicht sagen, ob sie noch einmal aufwachen würde. Die Leber funktionierte nicht mehr. Am Morgen war sie noch einige Stunden wach gewesen, berichtete der Arzt. Sie hatte ein wenig gegessen und mit Gitte und der Abteilungsschwester gesprochen, und sie hatte nach ihrem Mann gefragt. Sie verstand nicht, warum Larsen sie seit gestern nicht mehr besucht hatte. Gitte hatte versucht, ihn anzurufen, und als sie zurückkam, war ihre Mutter eingeschlafen.

Larsen war vor weniger als vierundzwanzig Stunden im Rigshospital gewesen, aber da hatte sie ebenfalls geschlafen, und er hatte nicht die Geduld aufgebracht, zu warten, bis sie aufwachte. Und nun war es zu spät. Er beugte sich übers Bett und küsste sie auf die Stirn. Ihre Haut war wirklich gelb geworden, es war so schnell gegangen. Niemand hatte ihm gesagt, dass es so schnell gehen konnte. Hatten sie es ihr gesagt, hatten sie ihn schonen wollen, damit er sich nicht verpflichtet fühlte, bei ihr zu sitzen?

Es war unbegreiflich. Er hätte sich freinehmen sollen, sie hätten zumindest die letzten beiden Tage zusammen verbringen müssen.

Die Apparate hatte man entfernt. Lediglich ein Infusionsständer mit Salzwasser stand noch da. Der Beutel war innen beschlagen, er war leer und nutzlos geworden. Larsen entfernte vorsichtig das weiße Pflaster und zog die Nadel aus der Ader. Ein kleiner Blutstropfen sickerte aus dem Handrücken, er beugte sich hinunter und küsste ihn weg.

Ein scharfer Geschmack nach Salz und Eisen.

Er schob das Gestell um das Bett und stellte es in die Ecke, dann betastete er die Brusttasche und holte eine Packung Zigaretten heraus. Eine hatte er noch, er steckte sie zwischen die Lippen, bevor er sich auf den Flur schlich.

Auf dem Korridor war er allein. Larsen zündete die Zigarette an und sog den Rauch ein wie ein ausgetrockneter Schwamm das Wasser. Er inhalierte und füllte seine Lungen mit Rauch. Ihm wurde schwindlig, er musste sich setzen. Sein Herz raste, er fürchtete, einen Infarkt zu bekommen, *mich erwischt's noch vor ihr*. Als er zurück ins Zimmer kam, war Gerda tot.

Sie hatte einen milden Zug um den Mund. Bis in den Tod hatte sie Nachsicht mit ihm.

Und vergab.

»Danke«, sagte er.

Über der Fredensbro entlud sich der Himmel. Seit geraumer Zeit hatte es sich zugezogen. Die Wolken waren grau wie Fabrikrauch, jetzt fing es an zu schütten. Larsen zog den Kragen über die Ohren und ließ sich durchweichen. Der Regen peitschte ihm ins Gesicht, als er die Sølvgade entlanglief. Auf der Øster Voldgade herrschte dichter Verkehr. Die Menschen hinter den beschlagenen Autoscheiben hatten die Arbeit beendet und waren auf dem Heimweg.

Er musste lange warten, bis die Ampel auf Rot schaltete, dann ging er über die Straße und betrat den Kongens Have.

Die Bäume boten ein wenig Schutz, aber allmählich begann der Regen nachzulassen. Der Park war menschenleer. Durch den Ausgang an der Gothersgade verließ Larsen den Königlichen Garten und blickte verstohlen auf das Haus, in dem Bodil gewohnt hatte. Er hatte sie nicht besuchen wollen, aber nun stand er vor dem Hauseingang.

Dritter Stock rechts, auf dem Schild las er ›Henning Uglebjerg‹. Natürlich wohnte sie hier nicht mehr. Zur Sicherheit schaute Larsen dennoch in die Nachbareingänge – falls er sich geirrt haben sollte. Was wollte er hier überhaupt? Seine Frau war gerade gestorben und er trieb sich im Regen herum wie ein verliebter Teenager. Er ging bis Nørreport, hielt ein Taxi an und fuhr zurück zum Rigshospital. Nach Hause, ein heißes Bad nehmen, und dann Gitte anrufen. So vieles musste geregelt werden, er hielt es für das Beste, wenn er Gitte um Rat bat. Er kam nicht zurecht mit all den praktischen Dingen, die jetzt anstanden, dem Leichenbestatter, dem Sargschmuck, der Todesanzeige, dem Begräbnis. Scheiße. Er schaffte das nicht. Und dann noch mitten in einem Fall.

Es war zu spät, um sich freizunehmen. Er hätte es vor zwei Tagen tun sollen, jetzt war es egal, jetzt würde es so aussehen, als würde er Gerda verhöhnen, wenn er es täte.

Larsen fand seinen Volvo auf dem Parkplatz und stieg ein. Der Wagen sprang nicht an, Larsen war kurz davor, ihn absaufen zu lassen. Endlich sprang der Volvo mit einem ungesund klingenden Räuspern an. Nach Hause, sich umziehen und die nächsten Schritte überlegen. Larsen fuhr auf die Nørre Allé, in einer Kolonne mit den anderen, die sich bei dem Regenwetter auf dem Weg aus der Stadt befanden. Hinter dem Hans Knudsen Plads fuhr er auf dem Lyngbyvej weiter, statt auf den Tuborgvej nach Hause abzubiegen. Das Gebläse lief auf der höchsten Stufe. Es wurde allmählich dunkel, der Regen schlug gegen die Scheibe. Er fuhr auf die Autobahn Richtung Helsingør. Hinter Hørsholm bog er auf die Landstraße nach Hillerød ab. Er legte eine Kassette von Grethe Ingmann ein.

*Lass uns durch den Regen schlendern, einfach nur wir zwei …*

Dann begann er zu weinen.

Eine Dreiviertelstunde später hielt er vor Bodil Jørgensens Ferienhaus in Tisvildeleje. Es hatte aufgehört zu regnen. Im Haus brannte Licht, davor stand ein Mietwagen von Hertz, ein 2 CV. Larsen stieg aus und klopfte, aber niemand öffnete. Es war völlig ruhig. Sicherlich ging sie spazieren. Bestimmt hatte sie das Bedürfnis, an die frische Luft zu kommen. Ein großer, dunkler Himmel. Die Tür des Ferienhauses war nicht verschlossen, er ging hinein. In der kleinen Küche roch es nach Essen, auf dem Herd stand ein Topf und köchelte vor sich hin, er hob den Deckel. Ein Eintopf mit Bohnen und Gemüse, in der kleinen Essecke war für zwei Personen gedeckt. Im Wohnzimmer hatte sie den Kamin angezündet. Larsen trat ans Fenster und schaute hinaus, das Wasser zeichnete sich gegen den helleren Himmel als dunkler Rand ab. Bald würde Bodil zurückkommen und ihn hinauswerfen. Ihre Sachen lagen auf dem Sofa verstreut neben einem Koffer. Wahrscheinlich hatte sie im Koffer gewühlt, etwas Wärmeres gesucht. Er begann die Kleider zusammenzulegen und sie in den geöffneten Koffer zu packen. Auch eine Reisedecke faltete er zusammen, dann ging er in die Küche und schaltete die Herdplatte mit dem Eintopf herunter. Ein zweiter Topf köchelte auf dem Herd, er schaute hinein. Es sah aus wie Reis, aber es waren kleinere Körner, Larsen wusste nicht, worum es sich handelte.

Er knöpfte seinen Mantel zu und ging in Richtung Meer.

Es war kalt, es hatte angefangen aufzufrischen, aber es fiel kein Regen mehr. Große weiße Kumuluswolken standen wie helle Schatten am dunklen Himmel.

Er fand sie am Strand.

Lykke tobte in einem roten Regenmantel herum und suchte nach Steinen, die sie ins Wasser werfen konnte. Bodil schaute übers Meer. Lykke sah ihn zuerst. Sie rief seinen Namen, rannte auf ihn zu und umarmte ihn. Er hob sie auf den Arm und ging dann mit klopfendem Herzen auf Bodil zu.

»Ihr kennt euch ja bereits«, sagte sie.

»Ja.«

»Komm.«

Larsen folgte ihr wie ein Hund zurück zum Haus. Noch immer trug er Lykke auf dem Arm. Sie rannte ins Wohnzimmer und kam sofort wieder zurück, um ihm einen Teddy zu zeigen, den ihr Bodil geschenkt hatte. Ihm fiel die Barbiepuppe ein, die im Auto lag.

Er holte sie.

Lykke war begeistert, sie verschwand im Wohnzimmer, um mit ihrem Geschenk zu spielen.

»Ich war wahnsinnig wütend auf dich, Ole. Wieso hast du mich nie besucht?«

»Ich hatte Angst, dass du es nicht wolltest.«

»Und wie bist du darauf gekommen?«

»Ich weiß nicht. Ich konnte mir nicht vorstellen, dass du mich sehen wolltest.«

»Glaubst du, mir war es lieber, dass du mich hinter einer Gardine belauerst?«

Larsen wusste nicht, was er sagen sollte. Er wollte einfach nur mit ihr zusammen sein. Er wusste keine Antwort auf die Frage, warum er sie die ganze Zeit im Gefängnis von einem Personalzimmer aus heimlich beobachtet hatte. Wieso hatte er sich nicht zu erkennen gegeben?

»Es gibt eine Sache, die ich wissen muss. Ich will wissen, wieso du dich auf diese Weise an mich herangeschlichen hast und wie oft du das getan hast. Als ich dich dort stehen sah, habe ich getobt. Hast du das etwa all die Jahre über getan?«

»Ich hatte Angst, dass ...«

»Hast du dich nicht getraut? Ist das der Grund? Hast du dich nicht getraut, mich zu besuchen? Oder war es dir peinlich, eine Gefangene zu besuchen, weil du Polizist bist? Das ist wirklich zu rührend, Ole.«

»Ich weiß nicht ... es fällt mir schwer zu ...«

»Ich finde, du solltest jetzt nach Hause zu deiner Frau fahren.«

»Wieso?«

»Wieso denn nicht? Was willst du hier? Wieso bist du eigentlich gekommen?«

»Ich wollte dich sehen. Ich habe die ganze Zeit über an dich gedacht.«

»Ah ja. Und was kann ich mir dafür kaufen?«

»Gerda ist in Jütland.«

Larsen hätte sich die Zunge abbeißen können! Er war ohne eine bestimmte Absicht zu ihr gefahren, in einem Anfall von Trauer und Resignation, und nun stand er da und log ihr mitten ins Gesicht. Wieder.

»Aber irgendwann wird sie ja aus Jütland zurückkommen.«

»Ja.«

»Und dann musst du nach Hause, nicht wahr? Dann kannst du nicht mehr bleiben, oder?«

Er schüttelte den Kopf und legte eine Hand auf ihre Schulter. Er hatte große Lust, sie zu sich heranzuziehen und ihr die Wahrheit zu erzählen, die ganze Wahrheit; er wollte erzählen, was er in den letzten Jahren an Schmerz, Entbehrung, Krankheit und Tod erlebt hatte. Aber plötzlich schien das unendlich bedeutungslos im Vergleich mit dem, was sie durchlebt haben musste. Es war zu spät. Alles war jetzt zu spät. Er hatte das Gefühl, dumm, ungeschickt und in der kleinen Küche im Weg zu sein.

»Aber du bist es, die ich will, Bodil.«

»Bist du bereit, deine Frau zu verlassen?«

Larsen hielt den Atem an, der Mund zitterte, die Stimme bebte. Es gab jetzt keinen Weg mehr zurück.

»Ja.«

»Gut, das wäre geklärt. Willst du mitessen, bevor du nach Hause fährst? Ich glaube, es reicht. Lykke isst nicht sehr viel.«

»Ja, danke.«

Sie setzten sich und aßen. Larsen hatte einen Bärenhunger. Er wurde nicht satt, versuchte aber, es sich nicht anmerken zu lassen. Bodil hatte eine Flasche Rotwein geöffnet. Lykke wollte nichts essen. Sie spielte mit ihrer Barbiepuppe den Besuch in einem vornehmen Restaurant. Den Teddy hatte sie im Wohnzimmer gelassen. Sie saßen am Tisch wie eine ganz gewöhnliche Familie, die am Wochenende in ihr Sommerhaus gefahren ist. Larsen bot an abzuwaschen, damit Bodil Lykke ins Bett bringen konnte, aber Lykke wollte lieber von Larsen ins Bett gebracht werden. Er legte sie ins Doppelbett. Lykke hatte drei Bücher herausgesucht, die sie zusammen lesen sollten, nachdem er ihre Zahnbürste geholt hatte. Die Barbiepuppe und der Teddy lagen links und rechts neben ihr.

Larsen las, gab ihr einen Gutenachtkuss und ließ das Licht brennen, als sie darum bat, dann zog er die Tür zu.

Bodil hatte sich eine beigefarbene Velourskombination angezogen und ihr Haar zu einem Pferdeschwanz gebunden. Sie saß mit hochgelegten Beinen auf dem Sofa und blätterte in einer alten Frauenzeitschrift. Larsen setzte sich vorsichtig ans andere Ende des Sofas. Sie schauten eine Weile in die Flammen des Kamins, er beobachtete sie aus den Augenwinkeln. Im Gefängnis hatte sie abgenommen. Ihre Gesichtszüge waren markanter. Dünner und hübscher. Sie sah großartig aus. Er fühlte sich alt, er musste jetzt endlich die Wahrheit sagen. Es aussprechen, sich verabschieden und aufbrechen, nach Hause, um sich um Gerdas Begräbnis zu kümmern.

»Bodil ...«

»Komm«, sagte sie und streckte eine Hand aus. »Komm mal zu mir, mein kleiner Kripomann. Ich habe dich vermisst. Das war ziemlich dumm von dir, dass du mich ins Gefängnis gebracht hast. Denk mal daran, wie schön wir es zusammen hätten haben können.«

Es kribbelte in seinen Fingern, als er sich zu ihr legte. Er hätte sein Gewissen, seinen Job und seine Familie für diese Frau eingetauscht. Er berührte den kitzelnden, weichen Velours, streichelte ihr den Rücken und die Hüften, ließ die Finger unter den Stoff gleiten. Sie trug keinen BH, sie war weich und warm. Sie rollten auf den Boden, näher an den Kamin, er spürte das Feuer und ihre Hände, die sich an seinem Gürtel zu schaffen machten, ihre Zunge, die in seinem Mund und in seinem Ohr war. Sie saß rittlings auf ihm, verkreuzte die Arme und zog sich den Pullover über den Kopf. Er schaute auf ihre Brüste und seufzte.

*»Ich bin's, Erik.«*

*»Tag, Erik. Ich habe geschlafen. Wieso rufst du an?«*

*»Ich wollte deine Stimme hören.«*

*»Ah ja, also hör gut zu, hier ist sie: tralala, tralala.«*

*»Bist du betrunken?«*

*»Nein, doch, vielleicht schon, wir waren bei einem von Finns kreuzlangweiligen Kollegen zum Essen eingeladen. Ich glaube, ich habe mich bei seinen klugen Analysen dermaßen gelangweilt, dass ich zu viel Rotwein getrunken habe.«*

*»Ich habe auch leicht einen sitzen. Ich trinke Gin ohne Tonic.«*

*»Also Prost.«*

*»Ich weiß, dass ich mich wie ein Idiot benommen habe und so, aber ich würde dich gern zurückhaben. Alles andere und die Sache mit Søren war ein einziges großes Missverständnis.«*

*»Aber du bist schwul, du stehst auf Männer, es gibt etwas, das ich dir nie geben kann, oder?«*

*»Bist du mit Finn glücklich?«*

*»Nee.«*

*»Können wir uns nicht treffen? Wieso sollen wir beide unglücklich sein; ich meine, alle drei, das ist auch nicht perfekt für Marie Louise.«*

*»Das Leben ist nicht perfekt.«*

*»Überlegst du es dir?«*

*»Überlegen? Come on, ich habe meine eigenen Probleme und ehrlich gesagt habe ich überhaupt keine Lust, mit dir darüber zu diskutieren; ich glaube nämlich nicht, dass du die Lösung bist.«*

*»Ich wohne zurzeit in einem Hotel, das mich an das Hotel erinnert, in dem wir in Berlin waren.«*

*»Wieso sagst du das?«*

*»Ich weiß nicht.«*

*»Meinst du das in Schöneberg, das mit den Nutten und den Kakerlaken?«*

*»Ja.«*

*»Dich haben am meisten die Kakerlaken gestört, mich die Nutten.«*

*»Aber wir haben doch versucht, sie zu übertönen.«*

*»Ja, du hast es versucht.«*

*»Du doch auch.«*

*»Nein. Doch, mit dem Reiseplattenspieler. Weißt du noch, wir haben Berlioz gespielt, bis dieser dicke Transvestit hereinkam und erklärte, dass klassische Musik das Geschäft ruiniert.«*

*»Ja.«*

Mittwoch, 31. Oktober 1979

# 19

Nördlich der Insel Sprogø leuchtete das brennende sowjetische Polarexpeditionsschiff. Eine schwarze Rauchfahne trieb auf den Leuchtturm zu. Das Expeditionsschiff Olenjok war mit einem sowjetischen Tanker kollidiert und brannte am Bug und mittschiffs. Der Tanker hatte seine Fahrt einfach fortgesetzt. Am Unglücksort nordöstlich der Insel lagen die Fähre Stena Olympic, ein Spülbagger, ein Lotsenboot, ein paar Kutter und drei Küstenmotorschiffe. Rettungsboote schwammen im Wasser und ein Helikopter kreiste über dem gestreiften Leuchtturm. Ein weiterer Rettungshubschrauber flog in niedriger Höhe vorbei. Er wirbelte die Haare auf. Henry Claussen, der ehemalige Vizekriminalkommissar der Mobilen Einheit, saß am Ruder und tat sehr geheimnisvoll. Hin und wieder machte er sich Notizen auf einem Block, schrieb Zahlen und Buchstaben auf und hielt dann erneut das Fernglas vor die Augen.

»Wir haben das SOS um 5.55 Uhr über Lyngby Radio aufgefangen. Reines Glück, dass ich noch einmal zurückmusste, um die Thermoskanne zu holen, sonst wärste nicht mitgekommen! Verflucht, schau mal, da springt einer von Bord. Ich dachte, sie hätten die ganze Besatzung auf die Stena Olympic gebracht!«

Er reichte Rohde das Fernglas, der daran herumschraubte und dann auf das Schiff blickte; an der Seite entzifferte er die Buchstaben CCCP und irgendetwas, das aussah wie OLEHËK. Das Deck war vollständig beladen mit Antennen und Ausrüstung, sogar ein Helikopter und ein zweimotoriges Flugzeug waren an Bord. Das Schiff brannte, irgendwelche Seeleute sah er aber keine. Die Seemänner waren ihm im Augenblick auch gleichgültig. Rohde war müde und ihm war übel. Henry

Claussen hatte von dem sowjetischen Forschungsschiff Olenjok geredet, seit Rohde an Bord gegangen war. Claussens Kollegen im Marineheimatschutz hatten das Schiff seit Bornholm im Auge behalten, nun entwickelte sich die Situation dramatisch. Claussen hatte auslaufen müssen, um sich davon zu überzeugen, dass die Russen das Unglück nicht ausnutzten, um Agenten an Land zu bringen.

Rohde gab Claussen das Fernglas zurück. Der Große Belt schaukelte, rollte und wogte genug für seinen Geschmack. Rohde hatte den ersten Zug nach Korsør genommen und Frau Claussen zu Hause im Syslowsvej angetroffen. Sie hatte ihn mit der Thermoskanne zum Jachthafen geschickt, wo Henry Claussen in einem blauen verwaschenen Anorak und einer sonnengebleichten Kappe gerade sein Segelboot klarmachte. Ein gedrungener kleiner Mann mit einem breiten Gesicht, unter dem Anorak zeichneten sich seine Muskeln ab. Rohde sprang zu ihm aufs Boot, Henry löste die Vertäuung und kurz darauf tuckerten sie aus dem Hafen. Rohde hatte versucht, ihn nach Werner Nielsen zu fragen, aber Henry Claussen hatte ihn angewiesen, an diversen Leinen zu ziehen.

»Eigentlich bin ich ja nur gekommen, um mich nach einem alten Fall zu erkundigen«, versuchte Rohde es noch einmal.

»Das besprechen wir später. Hol uns mal was Kühles. Es liegt unten, direkt am Vorschott.«

Rohde kletterte in die Kajüte und suchte. Es musste ja irgendwo drunter sein. Er hob die Polster und schaute unter die Sitzbänke, dort lagen nur ein paar Rettungswesten, ein Schlafsack und ein verbeulter Kessel. Das Schiff krängte. Bier gab es hier nicht.

Neben dem Funkgerät stand eine sonderbare Maschine. Sie glich einer alten Schreibmaschine, sah aber komplizierter und kompakter aus. An der Vorderseite saß eine Bakelittafel mit Buchstaben, daneben hingen schwarze Kabel und Stecker. Über der Tastatur gab es eine Tafel mit dem Alphabet, eine Kopie der Tastatur, aber ohne Tasten. Und darüber steckten kleine Metallhandkurbeln und ein kleines Buchstabenfeld hinter Glas. Rohde schaute sich den Apparat genauer an, das Bier hatte er vergessen. Dann begann das Funkgerät zu summen. Rohde griff zum Hörer, in der Leitung kratzte es. Er hörte, wie jemand einige Buchstaben durchsagte, die Stimme klang, als handele es sich um einen Deutschen:

*MOYYH PJDFU VIYWY VDVVW KFDFY OITCS LDBM*

Die Buchstabenreihe wurde wiederholt, Rohde holte sein Notizbuch heraus und notierte die Kombinationen. Danach suchte er nach dem Bier. Es lag vorn in der Kajüte, unter einer losen Bodenplanke.

»Zum Teufel, wo bleibst du denn?«

»Ich konnte das Bier nicht gleich finden, und dann kam eine Mitteilung über Funk. Ich habe mir erlaubt, sie für dich aufzuschreiben. Ich glaube, sie ist verschlüsselt. Hier.«

Rohde riss die Seite aus seinem Notizbuch und reichte sie Claussen. Der stutzte und steckte eine Hand in den Anorak, dann holte er eine Halbbrille heraus, setzte sie auf und studierte den Zettel. Er las ihn gründlich und nickte.

»Was steht da?«

»Weiß ich nicht. Wie du sagst, ist die Mitteilung codiert. Komm!«

Sie ließen das Bier stehen, Henry Claussen zurrte das

Ruder fest, und sie gingen unter Deck. Claussen zuerst. Er stellte sich vor die seltsame Maschine am Funkgerät.

»Was ist das für ein Apparat?«

»Eine Enigma.«

»Das Codiergerät der Deutschen aus dem Zweiten Weltkrieg?«

»Ja, ein paar Freunde im Marineheimatschutz besitzen den gleichen Typ Enigma, und wir senden uns verschlüsselte Mitteilungen, weißt du, kleine Nachrichten über unsere heimlichen Freundinnen oder wo es südlich der Grenze das günstigste Bier gibt ...«

Das breite Grinsen enthüllte einige Goldplomben. Er zwinkerte.

»Spaß beiseite. Willst du wissen, wie es funktioniert? Ist ein interessantes Stück.«

*Nein!* Rohde hatte keine Lust, sich irgendetwas über dieses alte Hackbrett und seine Tivolilampen erzählen zu lassen; er war seekrank und hatte genug von diesem umständlichen Mann, aber konnte er ablehnen?

»Sieht spannend aus«, erwiderte er. »Wie funktioniert es?«

»Tatsächlich ein bisschen so wie eine Schreibmaschine. Wenn du eine Mitteilung verschlüsseln willst, schreibst du deine Nachricht, deinen Klartext, wie es heißt, hier auf der Maschine, dabei leuchten auf dem Lampenfeld gleichzeitig Buchstaben auf. Das ist der codierte Text, den du dir auf einem Stück Papier notieren und über Funk weitergeben musst. Verstanden?«

»Ja.«

»Es handelt sich um einen sogenannten Substitutionscode, das heißt einen Code, in dem jeder Buchstabe durch einen anderen ersetzt wird. Das Geniale daran ist, dass man einen richtig anspruchsvollen polyalphabetischen Code produzieren kann. Das heißt, das Codealphabet ändert sich bei jedem Buchstaben, sodass jeder einzelne Buchstabe unterschiedlich verschlüsselt wird.«

»Und deshalb ist das so schwierig zu knacken?«

Rohde verfluchte sich und seine Fragen. Er hätte den Scheißbakelithörer nicht abnehmen und diese codierte Mitteilung nicht notieren sollen. Aber wenn er jetzt kein Interesse zeigte, würde Henry Claussen dichtmachen wie eine Miesmuschel mit Prinz-Heinrich-Mütze.

»So gut wie unmöglich. Bei dieser Enigma gibt es drei Walzen, das heißt drei Drehscheiben, die das Alphabet kreuz und quer verschlüsseln. Außerdem sitzt eine sogenannte Umkehrwalze in der Maschine – die funktioniert wie ein Spiegel und schickt den Strom durch die Walzen zum Lampenfeld zurück, sodass ein ›a‹ beispielsweise zu einem ›D‹ im codierten Text wird.«

»Ah ja.«

»Kannst du mir folgen, Kamerad?«

»Ja, ja.«

»›Ja, ja‹ reicht nicht. Du musst verstehen, was ich dir erkläre, sonst stehe ich hier nur rum und red mir den Mund fusslig, und dazu hab ich keine Lust. Okay? Jedes Mal, wenn man einen Buchstaben eintastet, rückt die erste Walze um einen Kontaktstift vor, und wenn die erste Walze sich einmal gedreht hat, rückt die zweite Walze einen Stift vor, und so weiter. Das bedeutet, dass ein ›a‹, wenn du es zum ersten Mal eintastest, zu einem ›D‹ werden kann, aber wenn du es zum zweiten Mal schreibst, kommt vielleicht ein ›V‹ heraus.«

»Okay. Aber wie entschlüsselt man einen so codierten Text?«

Rohde zog an seiner Cecil und drückte die Kippe in einem kleinen Metallaschenbecher hinter dem Funkgerät aus.

»Tja, zunächst muss man die Anordnung der Walzen

kennen, den sogenannten Tagesschlüssel, der aus drei Buchstaben besteht. Der Tagesschlüssel gibt an, welche Ausgangspositionen die drei Walzen haben müssen. Jede der drei Walzen – das sind diese drei Drehscheiben mit dem Alphabet hier – kann in eine von sechsundzwanzig Einstellungen eingesetzt werden.«

Henry tippte mit dem Finger auf die drei Buchstaben hinter Glas.

»Soweit alles verstanden?«

»Ja.«

»Dann muss man die Reihenfolge der Walzen kennen, also welche der drei Walzen ist Walze eins, zwei und drei. Und schließlich muss man wissen, welche Buchstaben man auf der Stecktafel vorn auszuwechseln hat. Sie werden paarweise gewechselt, insgesamt sind sechs Paar Buchstaben möglich.«

»Aber woher weiß man, wie der Tagesschlüssel lautet?«

»Das steht hier.«

Er wedelte mit einem kleinen Heft, auf dessen Umschlag in Frakturbuchstaben zu lesen war *Nur für den Dienstgebrauch (N.f.D.)* und *Begleitbuch für den Schlüssel M*, darunter ein Adler mit Hakenkreuz.

»Das ist ein sogenanntes Codebuch. Während des Krieges wurde jeden Monat ein neues Codebuch verschickt. Wir verwenden ein Codebuch aus dem Jahr 1939, ich besitze das Original, die meisten anderen haben lediglich eine Kopie. Darin stehen die Tagesschlüssel und alle übrigen Einstellungen.«

Henry blätterte am richtigen Datum auf. Er fuhr mit dem Finger eine Spalte ab und begann, die vorderen Kabel an dem Apparat zu sortieren. Es verging einige Zeit mit Umstecken und Lesen der Spalten im Codebuch.

»Okay. Der Tagesschlüssel ist YDV. Jetzt brauchen

wir nur noch den Spruchschlüssel. Mit jeder Nachricht wird ein gesonderter Schlüssel verschickt. Man benutzt den Tagesschlüssel, um den Spruchschlüssel zu senden. Er wird zweimal verschickt, es sind also immer die ersten sechs Buchstaben des codierten Textes, in unserem Fall also MOYYH C. Schreibst du, während ich die Enigma bediene? Notier die Buchstaben, die auf dem Lampenfeld aufleuchten.«

Henry öffnete den Metalldeckel über dem Gerät und stellte die Walzen ein. Dann gab er die Buchstaben ein. Rohde notierte die Buchstaben, die nacheinander aufleuchteten.

»rbnrbn.«

»Der Spruchschlüssel für diese Nachricht ist also RBN. Jetzt stelle ich die Walzen ein, damit sie korrekt angeordnet sind, und dann können wir den Spruch entschlüsseln.«

Claussen fing wieder an, die Tasten des Apparats zu bedienen, und Rohde notierte die Buchstaben, die aufleuchteten. Es ging nicht sonderlich schnell, denn Claussen kontrollierte ständig, ob Rohde auch korrekt mitschrieb.

*kommensiezumkrebsfreitagfranz*

»Was steht da?«

Claussen entzifferte es, dann nahm er die Halbbrille ab. Er sah enttäuscht aus.

»Ach, das sind nur Gisela und Franz, ein paar Freunde aus Kiel, die am Freitag zum Krebsessen einladen. Ich dachte, es hätte was mit der Schiffskollision zu tun. Außerdem können wir nicht. Wir verbringen das verlängerte Wochenende auf dem Boot und besuchen ein paar Freunde in Rønne. Tja, ärgerlich.«

Das Boot stampfte in der See. Aus den Bullaugen sah man, wie die Wellen sich hoben und senkten. Rohdes Übelkeit kehrte zurück, schlimmer als zuvor, er spürte, wie sich der Speichel im Mund sammelte. Er blätterte in dem kleinen Codebuch und blickte über die vielen Zahlen und Spalten, dann begannen die Ziffern und Buchstaben sich um ihn zu drehen. Er hatte keinerlei Gefühl, wie lange sie schon unterwegs waren. Er stellte sich vor, sie segelten in das brennende Polarschiff Olenjok. *Ich habe Sehnsucht nach Schiffskatastrophen, nach Verwüstung und plötzlichem Tod.* Er musste nun langsam nach Werner Nielsen fragen, aber es fiel ihm schon schwer genug, sich aufrecht zu halten, seine Beine waren wie aus Gummi. Rohde hielt sich an der Kajütenwand fest. Claussen wollte gerade wieder nach oben gehen, als das Funkgerät erneut summte. Er nahm den Hörer ab und wiederholte laut eine ganze Reihe von Buchstaben. Rohde presste den Mund zusammen und schrieb mit.

Sie arbeiteten in gewisser Weise zusammen, und er hatte keine Lust, von dem alten Seebären aufgezogen zu werden.

*ZOSMH B GBZCL VBNKG JYFTZ CZYBL CY*

»Darf ich's mal versuchen?«

»Was?«

»Auf der Enigma zu schreiben.«

»Nein.«

Claussen gab die ersten sechs Buchstaben ein, ZOSMH B, die Buchstaben leuchteten auf, der Spruchschlüssel lautete lbxlbx.

»So, jetzt müssen wir nur noch die Nachricht dechiffrieren. Ist doch ein Kinderspiel, oder?«

»Sicher.«

»Das SOS wurde offenbar abgeblasen«, sagte Rohde, riss die Seite aus dem Notizbuch und gab sie Henry Claussen.

Der las die Nachricht und machte wieder ein enttäuschtes Gesicht.

»Ja, sieht so aus, als hätten sie alles im Griff. Aber es gibt fünf Tote.«

Sie kletterten ins Cockpit. Claussens Boot war der Unglücksstelle sehr nahe gekommen. Das sowjetische Schiff brannte, die meterhohen Flammen sahen martialisch aus. Der Hubschrauber auf Deck stand jetzt auch in Brand, das kleine zweimotorige Flugzeug hatte ebenfalls Feuer gefangen. Man konnte die Erkennungsbuchstaben an der Seite lesen, CCP61683.

Claussen änderte den Kurs.

Es war verdammt kalt. Der Wind pfiff durch Rohdes Kleidung, half aber gegen die Übelkeit. Die Segel schlugen, der Großbaum schoss heran, Rohde sah es in letzter Sekunde und duckte sich.

Die Segel füllten sich wieder mit Wind.

Sie segelten nördlich des havarierten Schiffs.

Claussen nahm sein Fernglas wieder zur Hand und suchte das Wasser um die anderen Boote ab.

Das Feuer hatte jetzt das gesamte Polarschiff erfasst. Auf ihren Gesichtern spürten sie die Hitze der Flammen.

»Eigentlich bin ich ja gekommen, um nach einem alten Fall zu fragen.«

»Ja?«

»Werner Nielsen, der 1947 in Korsør Selbstmord beging. Kannst du dich an ihn erinnern?«

»Nee, unmittelbar jedenfalls nicht. Da musst du mir schon ein wenig auf die Sprünge helfen.«

»Werner Nielsen war Freiwilliger an der Ostfront und erschoss sich 47, er hatte drei Söhne …«

Claussen hatte noch immer das Fernglas vor dem Gesicht. Ein Rettungsboot näherte sich der Stena Olympic mit drei, vier Besatzungsmitgliedern, eingewickelt in graue Decken. Es sah aus, als wären sie darunter nackt. Über der ganzen Szenerie lag jetzt etwas Friedliches. Das Wasser war schwarz. Ein Rettungshubschrauber hing in niedriger Höhe über der Stena Olympic, dann zog er nach rechts und flog auf die Insel und den Leuchtturm zu. Claussen folgte dem Helikopter mit dem Fernglas. Hatte er Rohdes letzten Satz überhaupt gehört?

»Drei Söhne, sagst du? Hieß der älteste Laurits, Lars, Lasse oder so ähnlich?«

»Lars, er war acht, als es passierte.«

»Ist doch merkwürdig mit Kindern, oder?«, meinte Claussen und setzte das Fernglas ab. »Sie können nicht lügen, aber sie können auch nicht die Wahrheit sagen. Hast du mal versucht, Kinder zu verhören, Rohde?«

Rohde nickte. Das hatte er in letzter Zeit tatsächlich.

»Dann weißt du, dass man einen Scheiß auf deren Zeugenaussagen geben kann.«

»Tja.«

»Der kleine Bote damals, er hatte jedenfalls irgendwas gesehen. Aber der Staatsanwalt, im Übrigen ein arrogantes Arschloch, verfügte, dass ich diese Vernehmung aus dem endgültigen Bericht entfernen musste.«

»Was hatte der Junge gesehen?«

»Es waren an dem Tag offenbar ein paar Männer bei ihnen zu Hause gewesen, die sich mit seinem Vater gestritten haben. Ich hätte dem nachgehen müssen, das war schlechte Polizeiarbeit. Aber dieser Staatsanwalt war dagegen. Er ist jetzt übrigens ein hohes Tier. Staatssekretär im Verteidigungsministerium. Aber ich kann mich noch deutlich an das Gesicht des Jungen erinnern, er hatte furchtbare Angst. Normalerweise ist man traurig, nicht wahr? Aber er hatte einfach nur Angst.«

»Hatte der Junge Angst, weil er gesehen hatte, wie sein Vater umgebracht wurde?«

»Ich weiß es nicht. Löcher mich nicht mit Details. Ich kann mich nicht mehr so genau daran erinnern. Aber wirklich sauber war die Sache nicht.«

Mit zittrigen Fingern zog Rohde eine Pall Mall aus dem Päckchen, aber seine Hände waren steif vor Kälte und von den Schaumspritzern feucht. Die Zigarette wurde nass, Rohde warf sie über Bord.

»Es hatte wohl auch damit zu tun«, fuhr Claussen nach einer Weile fort, »dass Werner Nielsen ein Nazi war. Viel über hatten wir ja für so jemanden nicht. Aber beim Begräbnis gab es eine Überraschung.«

»Was geschah da?«

»Da kamen alle möglichen Leute, diese ganzen Kulturpäpste und Schriftsteller aus Kopenhagen, woher zum Teufel kannte er die alle?, dachte ich mir. Und es war jemand da, mit dem ich überhaupt nicht gerechnet hätte.«

»Na?«

»Der Schriftsteller Poul Strand. Er war ja unser großer Held damals. Ich habe seine Erzählungen verschlungen, die in *Frit Danmark* standen. Man hatte den Eindruck, als würde er wissen, wie wir dachten und fühlten, wir jungen Saboteure aus der Widerstandsbewegung. Es war beinahe so, als sähe man seine eigenen Gedanken und Gefühle gedruckt. Aber dass ein Mann wie Poul Strand kam und er dadurch etwas von seinem Glanz abbekam, ein toter Nazi wie Werner Nielsen, das war dann doch eine Überraschung für mich.«

»Hast du mit ihm geredet?«

»Ja. Nach dem Begräbnis ging ich zu ihm und fragte, was zum Henker er hier wollte ... na ja, so habe ich es natürlich nicht gesagt. Ich habe mich schon etwas gewählter ausgedrückt.«

»Und was hat er geantwortet?«

»Dass er gekommen sei, um seinen Freund zu ehren. Ich habe ihn gefragt, wie er mit solch einem Kerl befreundet sein könne, und Strand antwortete, dass er es immer gewesen sei und immer sein würde, egal, auf welcher Seite er gekämpft hätte. Und dann behauptete er, Nielsen sei überhaupt kein Nazi gewesen, sondern hätte aus ganz anderen Motiven am Krieg teilgenommen.«

»Aus welchen?«

»Denselben wie wir! Wegen der Spannung, um zu merken, wie das Blut durch die Adern rollt, um Teil von etwas Großem zu sein. Ich wurde ziemlich wütend, aber ich ließ mir nichts anmerken. Strand war unglaublich freundlich, wir saßen auf einer Bank auf dem Friedhof und redeten ziemlich lange miteinander.«

Es war bitterkalt. Rohde klapperte mit den Zähnen. Henry schien nicht zu frieren. Er steuerte unverdrossen weiter. Sie navigierten nördlich um Sprogø und entfernten sich vom Unglücksort. Der Wind frischte auf, er ging durch Mark und Bein. Claussen hatte wieder zu seinem Fernglas gegriffen und behielt die Wasseroberfläche im Auge, zwischendurch legte er das Glas ab und notierte etwas in einem Buch. Das Bier hatten sie noch immer nicht geöffnet.

»Hieß er Adam Wolff?«

»Was ist?«

»Dieser Staatsanwalt damals. Hieß der Adam Wolff?«

»Ja.«

## 20

Kriminalinspektor Kai Høigaard hatte einen hageren, unförmigen Schädel. Seit er das dünne Altmännerhaar wild über die Schädeldecke wachsen ließ, wirkte Høigaards Kopf noch schiefer, verbeulter und kahler als früher. Eigentlich merkwürdig, je länger seine Haare wurden, desto nackter und abgefressener sah er aus. Høigaard hatte die mageren Arme auf dem Tisch verschränkt. In einem Jahr ging er in Rente, sie waren alt geworden. Allerdings fühlte Larsen sich nicht als Greis, er meinte noch, jung zu sein und Schwung in den alten Knochen zu haben – ein Körper im Spagat zwischen Witwer und Teenager. Aber er hatte ein schlechtes Gewissen. Er war von Gerdas Sterbebett geflohen und hatte sich nicht einmal die Mühe gemacht, seine Tochter Gitte anzurufen. Was sollte er tun? Er schaute auf seine Hände, drehte den Ehering. Er war ein Scheißkerl, aber ein auf Hochglanz polierter.

Auch Høigaard sah aus wie jemand, der ein schlechtes Gewissen hatte. Dieser besorgte, linkische Blick und die Art, wie er sich mit der rechten Hand übers Kinn fuhr und die unsichtbaren Bartstoppeln rieb. Eine Zigarette glimmte im Aschenbecher. Jetzt wurde an ihr gezogen.

»Larsen, es tut mir leid wegen Gerd.«

»Gerda«, korrigierte ihn Larsen.

»Gerda, ja. Können wir irgendetwas tun? Selbstverständlich werden wir einen Kranz schicken, aber vielleicht gibt es ja noch etwas anderes …?«

»Danke, danke.«

»Meinst du nicht, dass du freinehmen solltest, Ole? Es kann doch nicht Sinn der Sache sein, dass du an einem Tag wie heute hier bist. Es müssen doch auch eine Menge praktischer …«

»Nein danke, Kai. Ich komme zurecht. Ich möchte am liebsten arbeiten.«

»Sicher?«

»Ganz sicher.«

Sie rauchten und vermieden es, sich anzusehen. Larsen studierte noch immer seine Hände und drehte den Ehering, die Finger kribbelten. Bodil. Er hatte von hinten ihre Brüste in seine beiden Hände genommen, die Brustwarze stach zwischen Mittelfinger und Ringfinger hervor, direkt neben dem Ehering, dort kribbelte es auf der Haut. Er lächelte, aber in Wahrheit war die Situation beklemmend. Zwei Polizisten, die über Gefühle redeten – als sollte ein Elefant mit Schüttellähmung auf eine Nadel treten. Er und Høigaard ließen einfach die Zeit verstreichen, ohne ihr Zutun sollte sich eine Atmosphäre entwickeln, in der die richtigen Vokabeln an den richtigen Stellen fielen, dann könnten sie nach einer bestimmten Zeit wieder über die alltäglichen Dinge reden.

»Nun ja, dann muss ich es wohl sagen«, erklärte Høigaard schließlich. »Ich finde, du solltest Urlaub nehmen.«

»Was soll das heißen?«

»Du bist nicht mehr du selbst, Ole. Und wenn du nicht du selbst bist, triffst du die falschen Entscheidungen.«

»Ich kann dir nicht folgen, was meinst du?«

»Ich meine, du siehst Gespenster. Wir haben zwei Verdächtige, der eine ist tot und der andere hat möglicherweise eine Hasenscharte, ist zwei Meter groß und fährt einen alten VW-Bully, dessen Nummernschild wir kennen. Er wird nicht schwer zu finden sein, aber du verkomplizierst alles. Das sind alles Luftschlösser, Larsen, glaub mir.«

»Hast du vor, mich von dem Fall abzuziehen?«

»Ich sage die Dinge nur so, wie sie sind. Es besteht kein Grund, ordentliche Bürger zu belästigen.«

»Findest du, dass Borch ein ordentlicher Bürger war?«

»Nein, natürlich nicht.«

»Oder Frijs? Er fotografierte nackte minderjährige Jungen.«

»Nein.«

»Von welchen ordentlichen Bürgern sprichst du also? Ah ja, natürlich. Du denkst an Adam Wolff. Wolff hat mit Eefsen gesprochen, und nun musst du ... Kai, das ist armselig.«

»Halt den Polizeidirektor da raus, er hat mit der Sache nichts zu tun. Noch nicht! Aber das wird er, wenn du nicht aufpasst. Ansonsten hast du recht mit Wolff, er hat angerufen und getobt. Er sagte unter anderem, du hättest ihn beschuldigt, Frijs in den Selbstmord getrieben zu haben. Ole, du hast mir nicht den Zipfel eines Beweises geliefert. Als ob du einem Furz nachjagst, nein schlimmer noch, es ist alles Scheiße. Ich bin übrigens der Ansicht, dass du einige andere Spuren zu früh aufgegeben hast. Was ist zum Beispiel mit diesen türkischen Menschenhändlern?«

»Wir haben die Jungen gefunden.«

»Ihr habt einige Jungen gefunden, ja, aber ihr habt keinen der Hintermänner erwischt; und Øhregaard sagt, dass du noch immer Rohde heimlich als Laufburschen benutzt, der für dich herumschnüffelt. Ist das wahr?«

Høigaard stand auf und ging zum Fenster. Er verschränkte die Hände hinter dem Rücken und pulte an seinem Nagelbett. Durch sein dünnes Haar fiel Licht.

»Ich hatte geglaubt, ich könnte das anständig hinter

mich bringen, Ole. Ich dachte, wir könnten uns einigen, aber du bist dabei, eine Dummheit zu begehen, nein, mehr als das …«

Er drehte sich um und zeigte mit dem Finger auf Larsen.

»Du hast dich lächerlich gemacht und dich mit ein paar großen Jungs angelegt, mit denen man nicht einfach so umspringt. Verstehst du? Wolff hat den militärischen Abschirmdienst in der Tasche, er spielt Fernschach mit dem Chef des MI5 und Bridge mit Eefsen und allen möglichen Leuten aus der Abwehr, dem Geheimdienst und der Polizei. Mit allen, die überhaupt Bridge spielen können – das ist nicht irgendwer. Zum Teufel noch mal, er badet im Winter mit unserem reichsten Unternehmer. Wir kommen an ihn nicht heran. Verstehst du? Sag mal, grinst du etwa?«

Larsen musste an die gestrige Nacht denken und lächeln. Er hatte das Bett verlassen, war splitternackt – wie seit vielen Jahren außerhalb seiner Badewanne nicht mehr – ans Fenster getreten und hatte über das Kattegat geblickt. Als hätte sein Körper ein belebendes Bad genommen, dennoch war er vollkommen ruhig. Seit langer Zeit schlug sein Herz zum ersten Mal so ruhig und gleichmäßig, wie es sollte. Dann hatte er sich umgedreht und Bodil im Bett liegen sehen, warm und nackt, mit einer weißen Schulter und einem langen Bein über der Bettdecke. Sie hatte sich im Schlaf umgedreht, eine Hüfte und die Oberseite ihres Beines entblößt, und in diesem Moment hatte Larsen ein Gefühl verspürt, das er seit Jahren nicht mehr erlebt hatte. Er fühlte sich so unsterblich und selbstsicher wie damals, als er mit dreißig zur Mordkommission versetzt worden war.

»Nein, Kai, überhaupt nicht. Ich wundere mich nur.«

»Worüber?«

»Ich verstehe nicht, warum du dich einschüchtern lässt, aber all right, vielleicht habe ich auch nicht mit ganz offenen Karten gespielt, tut mir leid. Hör zu, was ich dir sage.«

Høigaard griff wieder zu dem Päckchen auf dem Tisch und zog einen filterlosen kurzen Stummel heraus. Er rauchte irgendein französisches Kraut, an dem er Geschmack gefunden hatte, seit er in den Fünfzigern eine Dienstreise nach Gabun unternommen hatte.

»Ich gebe dir ...«, Høigaard drehte das Handgelenk und sah auf die Uhr, »zwei Minuten.«

»Okay. Ich glaube, wir haben das Motiv falsch eingeschätzt. Ich glaube, dass Werner Nielsen 1947 ermordet wurde, und *das* ist Niels Nielsens Motiv. Als seine Mutter starb, tauchten die alten Papiere auf, und nun ist er besessen von der Geschichte und will unbedingt seinen Vater rächen. Ich glaube, er will einen nach dem anderen erledigen.«

»Ist es das, was du mir zu sagen hast?«, unterbrach ihn Høigaard. »Du glaubst, Niels Nielsens Vater, Werner Nielsen, wurde 1947 ermordet? Wer zum Henker soll ihn denn erschlagen haben? Man hat die Sache doch überprüft?«

»Ja, und genau da liegt das Problem. Die Ermittlungen übernahm damals Henry Claussen ...«

»... dieser Funkamateurspinner aus der Mobilen Einheit?«

»Ja, genau der. Claussen war im Widerstand, und er war nicht der Ansicht, dass einem Nazi wie Werner Nielsen Gerechtigkeit widerfahren sollte. Übrigens wurde er von einem jungen Staatsanwalt gezwungen, seine Ermittlungen einzustellen. Und nun rate mal, von wem!«

»Ich kann Ratespielchen nicht leiden.« Høigaard

hielt die Hand hoch und ließ eine kleine Lücke zwischen Zeigefinger und Daumen. »So dicht bist du davor, dass ich dir den Fall entziehe, Larsen, und schmink dir endlich dieses Grinsen ab, verdammt noch mal.«

»Von Wolff! Adam Wolff war 1947 Staatsanwalt in Korsør. Claussen konnte sich gut an ihn erinnern und er war nicht besonders stolz auf die ganze Geschichte. Er selbst hat erklärt, dass es sich um schlechte Polizeiarbeit gehandelt habe. Unter anderem wurde eine Zeugenaussage aus dem endgültigen Bericht entfernt.«

»Eine Zeugenaussage?«

»Ja. Claussen verhörte Werner Nielsens ältesten Sohn, Lars, und der Junge hatte etwas auf dem Herzen. Irgendjemand war an dem Tag zu Besuch gewesen, an dem Werner Nielsen Selbstmord begangen hat, und Lars hat gesehen oder gehört, wie sich die Besucher mit seinem Vater stritten. Vermutlich hat er sogar noch mehr gesehen. Ich täte nichts lieber, als mich mit Lars Nielsen zu unterhalten.«

»Ach ja, tätest du.«

»Kai, ich weiß, dass wir vorsichtig vorgehen müssen. Darum lasse ich mich ja von Rohde unterstützen, damit Wolff nichts davon mitbekommt, und ich würde ihn gern noch einmal einsetzen.«

»Wieso? Warum redest du nicht einfach selbst mit Lars Nielsen?«

»Weil er in Polen wohnt.«

»Ausgeschlossen! Wir müssten das Außenministerium und den militärischen Abschirmdienst informieren und uns von Wolff die Genehmigung holen. Bist du eigentlich vollkommen übergeschnappt? Raus hier, ich will nichts mehr davon hören, raus!«

Das Blut war ihm in den verbeulten Schädel geschossen, die Lungen pumpten. Høigaard stand kurz vor einem seiner berühmten Tobsuchtsanfälle; in den letzten paar Jahren hatten sie zwar nachgelassen, aber noch immer konnten sie die gesamte Abteilung zum Zittern bringen. Er zeigte auf die Tür.

»Geh nach Hause! Mach Urlaub, schau, dass Gerd eine anständige Beerdigung bekommt.«

»Gerda. Aber wenn wir nicht fragen, holen wir uns auch keine Abfuhr, oder? Rohde ist nicht bei der Mordkommission, wie sollen sie es herausfinden? Er reist mit einem normalen Touristenvisum nach Krakau, verhört Lars Nielsen, und bringt eine eidesstattliche Erklärung mit. Wenn wir erst einmal eine Zeugenaussage haben, mit einem oder mehreren Namen des Kreises, dann haben wir einen neuen Fall. Unterdessen finde ich Niels Nielsen und buchte ihn ein.«

Høigaard ließ den Arm sinken.

»Du bist ein Arschloch, Ole«, sagte er. »Aber all right. Das Ziel ist Niels, ausschließlich Niels, du lässt die Finger von Wolff. Im Gegenzug erzählen wir ihm nicht, dass Rohde in Polen ist. Damit kann ich leben. Aber wenn etwas schiefläuft, ist Rohde am Ende. Was dann mit dir geschieht, muss Eefsen entscheiden. Ja, so ist das. Und jetzt hau ab.«

Vor Anita lag ein Foto von Niels W. Nielsen. Das Foto auf ihrem Schreibtisch war alt, er war ungefähr dreizehn oder vierzehn Jahre, aber es war das einzige Foto, das sie hatten. Ein großer verwirrter Bursche, der nicht wusste, wohin mit den Händen, und verlegen lächelte, als fühlte er sich zu groß in seiner Haut. Er stand vor einer kleinen gelben Villa, das Bild war daheim in Korsør gemacht worden.

Niels Nielsen machte einen verängstigten Eindruck.

Anita war im Präsidium geblieben, um die Fahndung nach ihm zu koordinieren. Bisher wurde lediglich eine Hippiekommune bei Padborg festgehalten, als sie in einem weißen VW-Bully die Grenze überqueren wollte. Im Kofferraum hatte ein großer Mann gekauert. Nur trug er einen Vollbart, außerdem fehlte ihm eine Hand und er hieß Keld Lippert.

Wie konnte ein Riese mit einer Hasenscharte und einem Auto, dessen Nummernschild laut schrie, einfach so verschwinden wie ein Furz im Gewitter? Dänen hatten nicht viele Gemeinsamkeiten, aber eins war sicher, egal ob es sich um einen wortkargen Westjütländer oder eine Rentnerin mit blau gefärbten Haaren aus Hellerup handelte: Sie zeigten sich gerne gegenseitig an.

Niels Nielsen sah auf dem Foto scheu aus. Sie kannte diese Augen.

Deswegen war sie Polizistin geworden.

Panisch und todmüde.

Anita hatte diese Augen gesehen, als sie bei der Sitte arbeitete. Sie hatte sie bei den Nutten gesehen, wenn man sie mit einem Messer verletzt oder beinahe erwürgt hatte und sie nur durch einen Zufall mit dem Leben davongekommen waren; bei verprügelten Kindern und bei den gelb und blau geschlagenen Frauen, die mit aufgeplatzten Lippen und einem Arm in der Schlinge ihre versoffenen Ehemänner verteidigten. Immer auf den Fotos vergewaltigter Kinder. Wieder und wieder hatte sie diese Augen gesehen, auf diesen schmuddligen, fettigen Papierabzügen, die sie bei Pädophilen beschlagnahmten, bei den Produzenten der Magazine, bei Fotografen. Allein die Vorstellung, zu diesen Augen zu onanieren.

Die Vorstellung, sich diesen Blick zu erbumsen.

Man musste nur hineinsehen.

Auch ihre Mutter hatte diesen Blick gehabt, an jenem

Nachmittag, eine Woche bevor man sie in der Badewanne fand. Eigentlich war ihre Mutter von Tage, ihrem Vater, geschieden, sie lebte in ihrer eigenen Wohnung. Alle waren der Meinung, Tage würde sie in Ruhe lassen. Allein die Vorstellung, dass ein Zahnarzt seine Frau verprügelt. Niemand hatte es verstanden. Die Polizei unternahm nichts. Das Jugendamt entzog ihr die Kinder, schließlich war sie ja hysterisch, *sie trank ja, die dumme kleine Birgitte*. Anita und ihre kleine Schwester Tina sollten bei ihm wohnen, bei Tage mit dem ordentlichen Gebiss. Tatsächlich waren die Zähne die einzige Stelle an Mutters Körper, die er verschont hatte. Bis ins kleinste Detail hatte er ihre Zähne gerichtet und die hübsch geschwungene Brücke mit Goldhäkchen fixiert, der Stiftzahn im Oberkiefer leuchtete wie eine Diskokugel.

Kronen und gebrochene Knochen.

Der letzte Nachmittag. Birgitte auf dem Sofa, mit gespreizten Beinen und entblößtem Hintern, dahinter Tage, erregt, verbissen, wie eine Faust, während er seine Exfrau vergewaltigte. Sie blickte auf und Anita, die mit ihren Zöpfen und der Schultasche in der Tür stand, sah ihre Augen. Müde. Ausweglos. Panisch.

*Anywhere out of this world.*

Man fand sie eine Woche später.

Ihre Mutter Birgitte hatte das über dreißig Grad heiße Wasser aufgedreht und die Wanne volllaufen lassen. Es hieß, sie habe mindesten fünf Tage darin gelegen, das ließ sich an ihrem Zustand ablesen; sie hatte eine Rasierklinge genommen, sie in ihr Handgelenk gestoßen und bis zum Ellenbogen hochgezogen.

Sie wollte nicht nur sterben, sie wollte fort, verschwinden, sich auflösen.

Anita hatte ihre Mutter noch einmal in der Kapelle gesehen, das Gesicht war geschminkt, aber ihr Mundwinkel und ein Stück der Oberlippe waren wie weggefressen. Ihr perfektes Gebiss grinste sie an.

Das war der Moment, an dem Anita wusste, dass sie Polizistin werden wollte.

Deshalb schrieb sie Sitte auf die Wunschliste, als sie 1973 als heimliches Versuchskaninchen an der Polizeischule aufgenommen wurde – vier Jahre bevor man Frauen offiziell zuließ.

Aber die Sitte war erst der halbe Weg. Über die Sitte führte der Weg unweigerlich an die Spitze der Hierarchie, in die Mordkommission.

Jetzt war sie mit jedem Muskel, jeder Faser beim Mord.

Und nun sollte sie ein neues Paar Augen finden. Niels Werner Nielsens. Ein Verrückter, der das einzig Richtige tat. Der seine Peiniger zur Rechenschaft zog. Wenn sie ihm die Handschellen angelegt hatte, würde sie ihm über den Kopf streichen.

Sanft wie bei einem Kind.

Wie bei Jacob.

Er saß an Werchmeisters Schreibtisch, schoss mit Papierkügelchen auf eine Zimmerpflanze und schaukelte mit den Beinen. Inger Albinus hatte ihm ein Glas Maibowle eingeschenkt.

Es gab keine andere Möglichkeit. Anita musste sich bei Birgit, Bente oder wie immer sie auch hieß, entschuldigen, sie musste katzbuckeln. Und dann musste sie, wie hieß das noch, einen festen Rahmen für den Jungen schaffen, jeden Tag um sechs für eine gesunde Mahlzeit sorgen, ihm bei den Hausaufgaben helfen und so weiter.

Gab es in der Vorschule überhaupt schon Hausaufgaben?

Es würde sich alles finden.

Nach dem morgigen Tag und der Gerichtsverhandlung.

Und sie musste sich einen Mann suchen. Einen ordentlichen Mann. Sie lächelte. Ja, wieso nicht? Sie zündete sich eine Prince an und starrte aus dem Fenster.

Jens Nielsen. Wieso dachte sie jetzt an ihn? So wie er da neben Jacob in der Redaktion gestanden hatte, mit der Hand auf seiner Schulter, bei den Lithografen. Und Jacob, der die Hand nicht wegschlug.

Anita ging hinaus zu Inger Albinus, aber Inger telefonierte. Sie kam zurück und legte Jacob eine Hand auf den Kopf. Er wollte sie loswerden, aber sie schüttelte seinen süßen, dummen Kopf, bis er es sich gefallen ließ.

»Lars Nielsen ist in Berlin.«

Inger Albinus stand mit einer Hand am Türrahmen in Anitas Büro.

»Er wohnt im Hotel Stadt Berlin. Dort findet irgendein sozialistisches Friedensfilmfestival statt. Honecker hat gestern Abend den Ball eröffnet, Lars Nielsen bleibt bis morgen.«

»Mit wem hast du gesprochen?«

»Mit seiner Frau.«

Sie sah auf den Zettel in ihrer Hand.

»Ewa Nurowska. Sie gab mir die Nummer des Hotels, aber ich dachte, es ist besser, wenn ich keine Nachricht an der Rezeption hinterlasse. Wir könnten in Westberlin ein Eintagesvisum bekommen, niemand braucht davon zu erfahren, bis wir zurück sind. Sag mal, wer von euch fährt runter?«

»Wir fahren nicht dorthin.«

»Wer dann?«

»Ein Freund.«

Albinus nickte und sah sie erwartungsvoll an.

»Es ist besser, wenn du es nicht weißt, Inger. Ist das okay?«

*»Hallo, bist du es, Vater?«*

*»Ja.«*

*»Wo bist du gewesen? Ich habe es ständig probiert.«*

*»Ich habe gearbeitet, Schatz.«*

*»Wieso nimmst du dir nicht frei? Du solltest herkommen, dann könnte ich dir etwas zu essen machen.«*

*»Das geht nicht, Gitte, ich bin mitten ...«*

*»Mitten in was! Mutter ist gerade gestorben, und wir haben uns überhaupt noch nicht gesehen.«*

*»Ja.«*

*»Ich habe gerade mit Alice gesprochen. Sie ist in Philadelphia, aber sie kann Freitagabend hier sein.«*

*»Gut.«*

*»Wie geht es dir, Vater?«*

*»Nicht besonders.«*

*»Bist du sicher, dass du es schaffst? Soll ich dir nicht ein bisschen Suppe vorbeibringen?«*

*»Nein, ich komm schon zurecht. Danke, es ist lieb von dir, dass du an mich denkst, Gitte, aber ich komme klar.«*

*»Bestimmt?«*

*»Ja.«*

*»Ganz bestimmt?«*

*»Ja.«*

Larsen ging auf die Toilette und stellte sich ans Waschbecken, er beugte sich zum Spiegel und sperrte den Mund auf. Irgendetwas saß zwischen den Zähnen, er zog die Oberlippe hoch und pulte mit dem Nagel seines Zeigefingers. Danach betrachtete er sich genauer. Er zog den Bauch ein, posierte ein bisschen und hatte plötzlich den Eindruck, er sähe ziemlich gut aus. Tatsächlich hatte er das letzte halbe Jahr, seit Gerda krank geworden war, abgenommen. Doch dann änderte sich seine Stimmung. Trauer und Scham überkamen ihn, er musste sich am Waschbecken festhalten, um nicht zu stürzen. Er spürte, wie ihm die Tränen in die Augen stiegen. Aber weinen konnte er immer noch nicht. Anita tauchte hinter ihm im Spiegel auf.

»Ach, hier bist du. Sie haben das Auto gefunden.«

»Das Auto?«

»Ja, Niels Nielsens Wagen, den VW-Bully. Eine Streifenwagen-Besatzung hat ihn in Vejle gesehen. Ich habe sie noch einmal dorthin geschickt.«

»Wie heißt die Straße?«

»Tirsbæk Strandvej. Offenbar eine exklusive Adresse. Unten am Fjord.«

»Kennen wir jemanden, der dort wohnt?«

»Nee.«

Sie gingen zurück ins Büro und Larsen suchte nach einem Telefonbuch von Jütland. Er schlug es auf, Anita stand direkt hinter ihm und schaute ebenfalls hinein.

»Na so was!«, stieß er aus.

»Poul Strand, Tirsbæk Strandvej 102«, las sie. »Von ihm lag doch ein Buch bei Niels, oder?«

»Ja, *Der Hüter meines Bruders*. Mein Lieblingsbuch, als ich jung war. Er war jedenfalls kein Nazi!«

## 21

Larsen stand mit seinem Tablett am Heck der Fähre ›Arveprins Knud‹ vor einem Fenstertisch der Cafeteria. Er hatte sich allein auf den Weg gemacht, er brauchte Zeit für sich, musste seine Gedanken sortieren. Auf der anderen Seite der Scheibe hing eine Möwe in der Luft; Larsen hatte den Eindruck, als schaue sie gierig auf seine Frokostplatte. Der Teller sah allerdings auch gut aus: marinierter Hering, Presswurst mit Jus, Zwiebeln und Kresse, Kümmelbrot mit Käse und frischem Paprika. Außerdem hatte er sich ein Bier gekauft und sogar an die Quittung gedacht.

Larsen hatte Hunger. Wie jedes Mal, wenn er sich in die Schlange zur Fähre stellte. Irgendwie löste das bei ihm einen Druck auf den Magen aus. Man hatte auf der Fähre über den Großen Belt hungrig zu sein, aber eigentlich sollte man nichts kaufen, sondern etwas auspacken. Es war wie ein Autobahnrastplatz auf einem Schiff, ein Fest der kleinen Sparer und Malocher. Gerda hatte immer eine Thermoskanne und ein Fresspaket mitgenommen, und auf der Fähre wurde dann aufgetischt, mit Silberpapier geknistert, ein Plastikdeckel abgeschraubt.

Wenn es auf dem Sonnendeck nicht so windig gewesen wäre, hätte sie bestimmt ihren Campingtisch aus dem Kofferraum mitgenommen und aufgestellt.

Gerda.

Er hatte sie geliebt, natürlich. Er hatte sie geliebt und sie gemocht, ihr Lächeln und ihren molligen Körper, ihre Gespräche am Sonntag, wenn er im Garten Gras mähte, während sie sich um die Beete kümmerte. Sie hatten mit ihren beiden Kindern, Alice und Gitte, eine gute Zeit am Emdrup Engvej, mit verlängerten Wochenenden und Campingferien, mit Geburtstagen und Familienfesten.

Sie hatten ein gutes Leben gehabt, das konnte er nicht bestreiten. Aber dann war Bodil aufgetaucht und hatte ihm Flausen in den Kopf gesetzt, und alles hatte sich geändert. Sie hatte ein Loch in seine Fassade geschlagen und ihm Schönheit, Grausamkeit und Gnade gezeigt.

Er schnitt den marinierten Hering in kleine Stücke. Die Portionen wurden ständig kleiner; im Grunde war die dänische Staatsbahn ein teurer, überflüssiger Luxus.

Sollte er sich nicht auch mal ein paar größere Stücke vom Leben abschneiden?

Aber zuerst musste er sich ein Buch ansehen.

In seiner Tasche lag die Taschenbuchausgabe von Poul Strands *Der Hüter meines Bruders*, die er in Niels Nielsens Karton gefunden hatte. Larsen holte auch das maschinengeschriebene Manuskript heraus: *Die Feuerprobe. Berichte aus dem Großen Krieg. Von Werner Nielsen 1941-46*. Ganz unten auf der ersten Seite stand ein Motto:

*»Ahnst du, was vorgeht in jenem Raum, den wir vielleicht eines Tages durchstürzen werden und der sich zwischen der Erkenntnis des Untergangs und dem Untergang erstreckt?« E. J.*

Es klang nach einer schwierigen Lektüre.

Wer war E. J.?

*Der Hüter meines Bruders* war vom Wasser aufgequollen und gewellt. Er nahm es in die Hand, setzte den Daumen an und ließ die Seiten durchlaufen bis zum Impressum *Copyright © Poul Strand und Strand Verlag 1948, 6. Taschenbuchauflage 1974. 53. Tausend.* Er drehte das Buch um und las den Text auf der Rückseite: *Poul Strands Durchbruch. Ein Roman über zwei Freunde, die während der großen Kämpfe des Krieges als*

*Feinde enden. Ein packender Roman über Freundschaft, Verrat und die große Leidenschaft.* »Ein großes und ernstes Buch, ein im wahren Sinne des Wortes moralisches Buch«, wurde Tom Kristensens Rezension in der *Politiken* zitiert.

Als Fünfzehnjähriger hatte Larsen *Der Hüter meines Bruders* wieder und wieder gelesen, bis es auseinanderfiel, unter der Bettdecke, auf dem Klo und im Birnbaum; er liebte dieses Buch, denn es handelte von seinem Vater, dem Widerstandskämpfer. Ihm schien, als könnte er durch die Seiten mit ihm reden. Jedes Wort darin wendete sich gegen seinen Stiefvater Karl Flensted-Jensen, ausdrucksloses Gesicht und dessen Schläge – er und der Roman gegen Flensted-Jensen.

Larsen blätterte ein wenig in dem Buch, die Seiten waren voller Unterstreichungen und Ausrufezeichen. Neben jeder Unterstreichung stand eine kleine an den Rand gekritzelte Seitenzahl. Er konnte die Zahlen wegen des Wasserschadens nicht entziffern, aber Niels hatte offenbar intensiv mit dem Roman gearbeitet. Vielleicht hatte Niels dasselbe gedacht wie er: Dass es auch von seinem Vater handelte. Vielleicht hatten Niels Nielsen und Ole Larsen unter ihren Bettdecken gelegen, ihr Leben gehasst und mit ihren toten Vätern gesprochen, *die während der großen Kämpfe des Krieges als Feinde endeten.*

*Der Hüter meines Bruders* war in der Sprache der Vierziger Jahre geschrieben, er erinnerte sich, dass er Ausdrücke wie *wahrer Freund, reelle Absichten, fabelhaft* und *ein richtiger Pfadfinder* damals selbst benutzte. Und es war voller Sätze, die er damals nicht verstanden und mit denen er auch heute noch Probleme hatte: *Die Gefühle finden ihre Begründung post festum, es gibt keine Wahrheit, nur das Parallelogramm der Kräfte. Achte auf den Gedanken, er ist die gefährlichste Waffe*. Bereits auf Seite 17 wird das Dilemma beschrieben: Empfindet der Saboteur Kristoffer Lund noch die gleichen Gefühle für Erik Ravn, den Freund aus Kindertagen, mit dem er alles geteilt hat – Bücher, Geheimnisse und Freundinnen –, als Ravn sich freiwillig an die Ostfront meldet? Und was geschieht mit Lise, ihrer gemeinsamen Liebe?

Larsen bohrte in der Nase, steckte sich dann eine Prince an, schlug Seite 252 auf, die letzte Seite:

*Kristoffer wandte sich zu Erik. Er hatte die Hand unter dem langen hellen Mantel und umklammerte den Pistolenschaft. Etwas ließ ihn zögern. Er sah keinen Feind vor sich, er sah Erik, das klare Blau seiner Augen.*

*»Töte mich doch«, sagte Erik. Es klang, als käme es von weit her. »Töte mich, wenn du musst.«*

*»Ich …«*

*Erik griff ihn an, schlug ihm aufs Handgelenk und entwand ihm die Pistole. Erik wog sie in der Hand und lächelte.*

*»Kristoffer, du hast sie ja nicht einmal entsichert.«*

*Mit einer geübten Bewegung schlug Erik das Magazin heraus und stellte fest, dass sich Patronen darin befanden, er ließ das Magazin zurückschnappen, lud die Pistole durch und gab sie Kristoffer zurück.*

*»So, mein Freund.«*

*Kristoffer nahm die Pistole, hob den Arm und zielte auf Erik.*

*»Du weißt ebenso gut wie ich, dass ich niemanden verraten habe«, sagte Erik. »Wie sollte ich dich verraten und Lise zur Witwe machen können? Die Frau, die ich wie meine eigene Schwester liebe? Und wir beide, Kristoffer – wir sind aus demselben Holz …«*

*»Halts Maul! Gib zu, dass du uns verraten hast!«*

*Erik trat einen Schritt vor, packte den Pistolenlauf und drückte ihn an seine Brust.*

*»Du bist ein Verräter! An unserem Bund, Kristoffer. Dass du glauben konntest, ich würde ... wir wollten einen tanzenden Stern zur Welt bringen!«*

*Der Schuss ertönte und ließ die dunklen Wolken rot aufflammen.*

*Kristoffer blieb mit der Pistole in der Hand stehen. Erik lag am Boden.*

*Es war still.*

*Die Wolken flogen durch den leeren Himmel über ihm.*

*Ihm war, als hätte er sich eine Kugel durch das eigene Herz geschossen.*

*– ENDE –*

Larsen hatte die Prince zu Ende geraucht. Er drückte sie im Aschenbecher aus und legte das Buch auf den Tisch. Auf seinem Teller lag noch ein kleiner Rest Aufschnitt. Er spießte ihn mit der Gabel auf und steckte ihn in den Mund. Jetzt gab es nur noch ein Kümmelkorn aus dem Kümmelbrot, das er mit dem Zeigefinger aufpickte. Er zündete sich eine neue Zigarette an, lehnte sich zurück und blickte über die Cafeteria.

Ein älterer Herr mit einer stahlgrauen Frisur starrte ihn an. Larsen wandte den Blick nicht ab, der andere auch nicht. Sie fochten einen kleinen Strauß der Blicke aus.

Larsen stieß einen Rauchring aus, beugte sich vor und griff zu dem Stapel mit Werner Nielsens *Feuerprobe*. Er schlug *Der Hüter meines Bruders* auf und betrachtete die Unterstreichungen von Niels genauer. Die markierten Passagen handelten alle von Erik Ravn, dem Freiwilligen, vor allem von seinen Erlebnissen an der Ostfront.

Markiert waren auch Dialogfetzen zwischen Erik Ravn und Kristoffer Lund aus der Zeit direkt nach dem deutschen Einmarsch am 9. April 1940 und während Eriks erstem Urlaub vom Freikorps im September 1942, die Niels Nielsen mit fetten Kugelschreiberunterstreichungen versehen hatte.

*»Wir stehen vor einer ungeheuren Umwälzung der Moralbegriffe und der geistigen Orientierung des Menschen«, sagte Erik und schenkte noch einen Schnaps ein. Kristoffer spürte, dass er bereits zu viel getrunken hatte. Ihm war schwindlig.*

*»Mit unserer Bewegung ist erst das mittlere Zeitalter, das Mittelalter, abgeschlossen«, fuhr Erik fort. »Wir beenden einen Irrweg der Menschheit. Die Tafeln vom Berge Sinai haben ihre Gültigkeit verloren. Das Gewissen ist eine jüdische Erfindung.«*

*»Die Juden?«, entfuhr es Kristoffer. »Meinst du, dass der Verfall des Westens Schuld der Juden ist?«*

*»Zum Teufel, die Juden als Idee! Doch nicht als Personen! Begreifst du denn nicht: Wir wollen das Sklavengesetz zerstören, wir heben das fünfte Gebot auf und befreien die Menschen wieder.«*

*»Wollt ihr das Recht zu töten?«*

*»Ja!«*

*Seite 141, Zeile 3-14!!!* Hatte Niels Nielsen mit einem klecksenden Kugelschreiber daneben geschrieben. Larsen fuhr sich mit der Hand über den Mund, knetete seine Wangen, die Bartstoppeln kratzten. Dann nahm er *Die Feuerprobe*, blätterte bis zur Seite 141 und las ab der dritten Zeile.

Hier stand wörtlich dasselbe wie in Poul Strands Roman, abgesehen davon, dass Kristoffer Lund Poul hieß und Erik Ravn *ich*. Hatte Poul Strand aus dem Buch eines toten Mannes abgeschrieben?

Hatte er Werner Nielsen gekannt? Waren sie möglicherweise Freunde gewesen, so wie Erik Ravn und Kristoffer Lund? War Poul in Werner Nielsens Buch Poul Strand, hatte er über das Recht zu töten mit Nielsen diskutiert? Hatte Poul Strand vielleicht sogar Werner Nielsen ermordet? War *Der Hüter meines Bruders* ein Schlüsselroman, der wirkliche Ereignisse wiedergab?

Larsen musste rauchen. Die Hände zitterten, als er eine neue Prince aus der Packung fischte. Das Nikotin beruhigte seinen Körper, er brachte einen großen Rauchring auf den Weg.

Der ältere Mann mit der stahlgrauen Frisur war von seinem Tisch verschwunden. Larsen sah sich um und entdeckte ihn. Er stand bei den Telefonzellen am Niedergang zum Autodeck und schielte aus den Augenwinkeln zu Larsens Tisch, während er sprach. Wo zum Teufel hatte er ihn schon einmal gesehen?

Wenn Poul Strand und Werner Nielsen sich gekannt hatten, wenn sie Freunde gewesen waren, hätten sie diese Diskussion haben können, und vielleicht hatte jeder der beiden sie aufgeschrieben. Das war eine Möglichkeit, um den identischen Wortlaut zu erklären.

Oder etwa nicht?

*Seite 189-191* stand neben einer weiteren Unterstreichung in *Der Hüter meines Bruders*. Larsen blätterte in der *Feuerprobe* und fand die Stelle.

Kam mit einem Panjewagen am Hauptverbandsplatz III anderthalb Kilometer hinter der Hauptkampflinie an. Er war der Waffen-SS vorbehalten.

Heinz war noch bei Bewusstsein, hatte aber

viel Blut verloren, er wirkte benommen und apathisch. Ich fuhr den Panjewagen ins Lazarett, wurde aber von einem Sanitäter angehalten, der mich bat zu warten.

Ich hörte etwas anderes. Die HKL klang wie ein ferner Sturm, wie eine große schraubende, sich drehende Maschinennatur, die jedoch keinen unmittelbaren Einfluss mehr auf mich hatte. Das laute Heulen vor den Granateinschlägen, das die Nerven blank legt, und die Erschütterungen, die den Gleichgewichtssinn durcheinanderbringen, wurden abgelöst von orkanartigem Grollen und dem Summen der Bienen in diesem Sonnenschein. Es war ein neuer Raum, ein Niemandsland zwischen zwei konkurrierenden Naturen, wie eine kleine feine Hand in einer großen Stahlfaust, die sie jeden Moment zerquetschen wird, aber gerade jetzt, in diesem zögernden Händedruck gab es mich ...

Larsen legte den Finger auf die Seite und unterbrach seine Lektüre. Der ältere Herr hatte sich nicht wieder an seinen Tisch gesetzt, er konnte ihn nirgendwo entdecken. Möglicherweise war er an Deck gegangen, um frische Luft zu schnappen. Auch Larsen spürte eine gewisse Müdigkeit infolge der konzentrierten Lektüre, er überlegte, ob er hinauszugehen und sich vor der langen Autofahrt noch ein wenig durchpusten lassen sollte. Er wandte sich wieder der *Feuerprobe* zu.

Der Sanitäter kam mit einer Bahre zurück und überprüfte als Erstes die Blutgruppentätowierung unter Heinz' Achselhöhle, notierte die Blutgruppe und gab den Trägern ein Zeichen, Heinz ins Lazarett zu tragen. Er verschwand hinter ihnen. Unwillkürlich folgte ich ihm und nicht der Bahre. Wir gelangten an ein primitives Viehgatter mit mehreren Pferchen. Man hatte Wachen postiert. Hinter dem Stacheldraht saßen halb nackte Kinder und junge Menschen, nur mit Unterwäsche bekleidet. Der Sanitäter schaute wieder auf seinen Zettel und deutete auf einen Jungen in einem der Pferche hinter der Wache. Als dem Jungen klar wurde, dass auf ihn gezeigt wurde, kam er sofort angelaufen. Er bekam ein paar Stücke Schokolade, die der Sanitäter dabeihatte.

Der Sanitäter nickte mir verhalten zu und ging mit dem Jungen davon. Ich betrat ein kleines Gehölz hinter dem Lazarett. Es war schön, alles hellgrün und mit summenden Sommerinsekten. Am Ende des Kiesweges lag ein kleiner Weiher. Ich hockte mich hin und beobachtete durch die Wasseroberfläche die Bewegungen eines Karpfens, die weiße Zeichnung auf den schwarzen Rückenschuppen, die Transparenz der Schwanzflosse. Sein cremeartiger Körper schien so durchaus weich, so durchaus Farbe, dass man das Gefühl hatte, mit einem ganz leichten Fingerdruck durch ihn hindurchstoßen zu können, dann würde er sich auflösen. Nun stieß sein Kopf gegen irgendetwas, er zog daran, schob den Hinterkörper zurück, schleppte es mit sich. Und dann sah ich, was da durch das grüne, träge Wasser schaukelte: Eine weiße Kinderhand.

Mir schien, als gerate der Schlamm des Weihers in Bewegung und stülpte sich um, als schwämmen überall Leichen und bleiche Kindergesichter, und nun, als der Arm sichtbar wurde, sah ich die Wunde am Ellenbogengelenk.

Ich lief zurück zum Lazarett, und genau in diesem Moment trugen sie den Jungen von vorhin heraus. Auch er hatte eine Wunde am Ellenbogengelenk.

Sie gingen mit der Leiche zum Weiher.

„Ihr Freund wird überleben", sagte der Sanitäter, als ich ihm wieder begegnete, aber ich antwortete nicht.

Ich würde nie mehr antworten.

Poul Strand hatte *ich* in *er* geändert, und der verwundete Heinz hieß Franz, aber im Übrigen war die gesamte Passage identisch. Könnte es sich um Heinz Richter handeln, den 1946 gestorbenen deutschen Offizier, in den sich Wolff verliebt hatte? Strand hatte die Passage Wort für Wort abgeschrieben. Er hatte Bruchstücke aus den Erinnerungen eines toten Mannes gestohlen. Aber woher kannte er Werner Nielsens unpubliziertes Manuskript? Strand hatte auch als Verleger gearbeitet, vermutlich hatte er das Manuskript lesen dürfen, aber anstatt es zu veröffentlichen, hatte er sich entschieden, es abzuschreiben.

Wieso?

*In wenigen Minuten wird die Fähre den Hafen erreichen*, tönte es aus den Lautsprechern. Larsen packte seine Sachen zusammen, drückte die Zigarette aus und ging hinunter zum Autodeck.

Er fand seinen Wagen und stieg ein. Während er darauf wartete, dass die Ampel umschaltete, sah er den älteren Herrn in einen Volvo steigen, in der Reihe neben ihm, zwei Wagen vor ihm. Die andere Spur erhielt zuerst grünes Licht und Larsen musste noch einige Minuten warten, bis seine Reihe langsam das Autodeck verlassen durfte.

Er fuhr etwas schneller als erlaubt und hatte den Volvo nach fünf Kilometern eingeholt. Er blieb hinter ihm, prägte sich das Nummernschild ein und nahm das Funkgerät aus der Halterung.

»Hallo, Anita, gibt's was Neues von Poul Strand?«

»Ja. Sie sind reingegangen, aber er war nicht da. Im Haus ist niemand.«

»Und es gibt niemanden, der etwas gesehen hat?«

»Nein.«

»Aber sie bleiben doch da, oder?«

»Selbstverständlich.«

Sie schwiegen einen Moment. Im Funkgerät knisterte es. Er war wütend und wusste nicht, weshalb.

»Anita, kannst du mir bei einer anderen Sache behilflich sein? Ich habe hier das Nummernschild eines Wagens und ich brauche den Namen des Halters.«

»Sag schon. Wo bist du eigentlich?«

»Ich bin gerade aus Knudshoved heraus und verfolge ein Auto. Ich weiß nicht, ob was dran ist, aber auf der Fähre hat mich dauernd ein älterer Herr angestarrt. Ich meine, ich hätte ihn schon mal gesehen.«

Larsen beugte sich vor, er fuhr direkt hinter dem anderen Wagen.

»FB-54 768, hast du das?«

»Ja«, bestätigte Anita und beendete das Gespräch.

Der Alte fuhr vorschriftsmäßig und hielt sich auf der rechten Spur. Er saß über das Lenkrad gebeugt etwas zu weit vorn auf dem Sitz und schien von seiner Umgebung nichts mitzubekommen. Jedenfalls bemerkte er nicht, dass er beschattet wurde – oder er ließ es sich nicht anmerken. Larsen schaltete das Radio ein, es kam irgendetwas Rockartiges, er schob stattdessen eine Kassette in den Rekorder und drehte lauter.

»Hallo, bist du es, Ole? Sag mal, was hörst du denn da?«

»Grethe Ingemann.«

»Deine Liebe zu sentimentalen Schlagern lässt aber auch nicht nach, was?«

»Nein.«

»Der Mann, dem das Auto gehört, heißt Paul Bergström und wohnt in Christiansfeld.«

»Haben wir etwas über ihn?«

»Nein. Er wohnt seit vierunddreißig Jahren in Christiansfeld.«

Larsen zählte es an den Fingern ab.

»Also seit 45.«

»Ja, so sieht es aus. Er hat sein Haus im September 1945 gekauft. Hat das was zu bedeuten?«

»Ich glaube nicht. Dank dir, Anita.«

Larsen blinkte und gab Gas, wechselte auf die Überholspur und ließ Paul Bergström hinter sich.

## 22

Fünf Zigaretten auf dem Schreibtisch. Auf diese Weise musste Anita nicht an der Packung fummeln, wenn sie gleich in der Schule am Gasværksvej anrufen und sich entschuldigen würde. Hieß diese Klassenlehrerin nun Bente oder Birgit? Sie legte das Feuerzeug erst neben die Zigaretten, dann stellte sie es senkrecht. Oder Jytte? Nein, es war irgendetwas mit B. Sie hatte Jacob nach ihrem Namen gefragt, aber er war der Ansicht, Mädchen seien grundsätzlich ekelig. Er saß jetzt oben in der Funkabteilung, drückte auf Knöpfe und steuerte die Kontrollpaneele. Jacob hatte große Augen gemacht, als der erste Anruf über Funk einging. Als sie vor einer Viertelstunde nachgesehen hatte, behauptete der Wachhabende: *Wir können nicht mehr auf ihn verzichten, er ist ein verdammt guter Funker.* Dabei hatte er Jacob auf den Rücken geklopft und ihm eine Schirmmütze auf den Kopf gesetzt. Jacob hatte sie ignoriert und auf einen emsig blinkenden roten Knopf gedrückt. Ewig konnte das so nicht weitergehen. Bente? Birthe? Birgit? Berit?

»Gasværksvejens Skole, Grethe am Apparat.«

»Guten Tag, mein Name ist Anita Jensen, ich bin die Mutter von Jacob aus der Vorschulklasse ...

»A, B oder C?«

»Äh ...«

»Wie heißt denn die Klassenlehrerin? Wir haben fünf Jacobs in den Klassen.«

»Bente, glaube ich.«

»Bente?«

»Nein, ich habe vergessen, wie sie heißt. Ich hatte gestern einen Termin bei ihr. Es gab Probleme mit Jacob und ...«

»Ah ja, dann weiß ich Bescheid, es ist die A-Klasse, in der Birgit Petersen Klassenlehrerin ist.«

Sie hörte, wie Grethe in irgendwelchen Papieren auf ihrem Schreibtisch blätterte.

»Ich sehe gerade, dass Sie mit einem Ejnar Johansen sprechen müssen, einem Schulpsychologen.«

»Gestern war auch ein Psychologe dabei, aber das war eine Frau.«

»Bente, ja, sie ist hier von der Schule. Ejnar Johansen ist von der Gemeindeverwaltung. Die Angelegenheit ist ihm übertragen worden. *Sonderschulüberprüfung* steht hier.«

»Sonderschule?«

»Ja, wir sind der Ansicht, dass wir Jacob nicht länger hier behalten können, es sei denn, er ändert sein Verhalten.«

»Wovon reden Sie? Er hatte einen kleinen Streit mit einem Klassenkameraden, das ist alles.«

»Davon weiß ich nichts, aber hier steht, dass er so lange kommen kann, bis die Angelegenheit abgeschlossen ist. Er darf aber unter keinen Umständen in den Hort. Sie müssen ihn nach der Schule abholen, das heißt um 13.00 Uhr.«

»Das kann ich nicht.«

»Das geht mich nichts an. Darüber müssen Sie mit der Gemeindeverwaltung sprechen, bedauere. Wollen Sie Johansens Nummer?«

»Ja, bitte. Und würden Sie bitte zu ... Würden Sie Birgit bitte sagen, dass es mir wegen gestern leidtut.«

Einen kurzen Moment herrschte Schweigen an Grethes Ende der Leitung, dann bekam Anita die Nummer und legte auf. Sie konnte Jacob auf keinen Fall jeden Tag um 13.00 Uhr abholen. Was hatte Jacob bloß angestellt? Dem Jungen die Haut abgezogen, ihm die Augen ausgestochen oder die Beine abgesäbelt? Bisher hatte Anita kein Wort aus ihm herausgebracht.

Ejnar Johansen brauchte ungewöhnlich viel Zeit, um Jacobs Akte zu finden. Überhaupt schien er ein wenig schwer von Begriff zu sein, denn er antwortete langsam und zögernd und stellte ganz offen merkwürdig zweideutige und spöttische Fragen, auf die es keine eindeutigen Antworten gab. Es irritierte sie, und es irritierte sie, dass es sie irritierte. Seine Pausen und der fragende Tonfall demotivierten Anita.

»Muss ich wirklich wiederholen, was ich gerade gesagt habe?«

»Ja, bitte.«

»Gut, also, mein Sohn, Jacob Jensen, hatte gestern eine kleinere Auseinandersetzung mit einem seiner Klassenkameraden, und nun hat sich das Ganze aufgeschaukelt und ich erfahre, dass ich mit Ihnen reden muss. Ehrlich gesagt, habe ich dazu nicht sonderlich viel Lust. Ich verstehe das Problem nicht. Jacob ist ein lieber Junge.«

»Sie meinen, es gibt zu Hause keine Probleme?«

»Nein, verdammt.«

»Jacob wurde an mich verwiesen, weil, soweit ich informiert bin, instabile Familienverhältnisse vorliegen.«

»Ich arbeite bis spätabends, ich bin Polizistin, fange richtige Verbrecher und löse reale Probleme.«

»Finden Sie, dass das Benehmen Ihres Sohnes und seine psychischen Probleme kein reales Problem sind?«

»Nun ist es aber genug!«

»Ist Ihnen dieses Gespräch unangenehm?«

»Nein, aber ...«

»Meiner Ansicht nach nehmen Sie es nicht ernst genug. Sie haben mir zum Beispiel nicht erzählt, dass beim Amtsgericht eine Sorgerechtsklage anhängig ist und dass übermorgen die Verhandlung stattfindet.«

»Ja, und?«

»Wir sind der Ansicht, dass es wesentlich ist, dies in Betracht zu ziehen.«

»Wieso?«

Wieder eine lange Pause am anderen Ende der Leitung, Rascheln und Knistern von Papier.

»Sie sollten wissen, dass ich von dem Beklagten Preben Jensen als Zeuge geladen bin.«

Anita hatte ihre Zigarette in der Mitte durchgebrochen. Wie hatte Preben von der Sache Wind bekommen? Hatte er seine Freunde von der Bereitschaftspolizei die Schule überwachen lassen?

»Es ist eindeutig, dass das Sozialverhalten Ihres Sohnes gestört ist, und das kann für die Entscheidung, wem das Sorgerecht zugesprochen wird, durchaus von Belang sein.«

»Okay. Entschuldigung. Ich bin eben etwas zu weit gegangen. Gibt es denn keine Möglichkeit, das zu verhindern? Verdammt, es ist doch Preben ... von ihm wird er doch geschlagen, er ist das Problem.«

»Gewalt also.«

»Ja, und ich habe Beweise dafür, ich habe Fotos und ...«

»Anzeigen?«

»Nein, er ist bei der Bereitschaftspolizei.«

»Und Beamte zeigen sich untereinander nicht an?«

»Ja, so ungefähr.«

»Sind Sie auch geschlagen worden?«

»Ja.«

Wieder eine lange Pause. Plötzlich wurde Ejnar Johansens Stimme lebhafter. »Wir könnten uns treffen ... ich habe gerade eine Lücke in meinem Kalender.«

»Fantastisch, wann?«

Albinus wedelte mit einem Zettel, deutete mit dem Zeigefinger darauf.

»Entschuldigen Sie, aber ich bekomme gerade eine Nachricht.«

»Ja, tut mir leid, aber ich dachte, das ist wichtig«, sagte Albinus.

»Was ist das?«

»Ich habe einen Anruf von Niels Nielsens Bruder, Jens, erhalten. Er wollte nur mit dir reden. Er sagte, man hätte ihn überfallen. Er klang ziemlich mitgenommen.«

»Hat er einen Krankenwagen gerufen?«

»Wie gesagt, er wollte nur mit dir reden. Er sagte nur ein Wort. Richter. Ich sollte ausrichten: Richter.«

»Aber der ist doch tot.«

»Davon hat er nichts gesagt.«

»Okay, ich fahre raus. Inger?«

»Ja?«

»Bin ich eine schlechte Mutter?«

Inger Albinus lächelte, legte ihr eine Hand auf die Schulter und drückte sie.

»Ich kümmere mich um ihn, Anita, aber ich gehe heute Abend ins Theater, das heißt, ich muss spätestens um 18.00 Uhr los. Die Vorstellung will ich auf keinen Fall verpassen. Ole Ernst spielt mit!«

Anita ging über einen kleinen gepflasterten Hof und stieg eine wacklige, schiefe Treppe hinauf. Strandgade 5, Hinterhaus. Die Uhr zeigte kurz nach eins. Sie hatte mit Ejnar Johansen ein Treffen für Viertel nach drei verabredet. Sie musste zwischendurch nur von zu Hause die Fotos und Kassetten holen, die bewiesen, dass Preben Jacob geschlagen hatte. Preben würde einen verdienten Schock bekommen, wenn sein Zeuge ihm am Freitag vor Gericht in den Rücken fiel.

Jetzt herrschte Krieg!

Jens Nielsen wohnte im obersten Stock. Die Wohnungstür war aus den Angeln gehoben und stand an der Flurwand. Anita registrierte die Spuren einer Brechstange am Türrahmen.

Es handelte sich um eine helle, schmale Wohnung mit abgeschliffenen Dielen, es gab so gut wie keine Möbel. Sie hatte nichts von dem leicht unordentlichen Eindruck, den Jens Nielsen in der Redaktion der *Information* vermittelt hatte. Die Wohnung sah geradezu spartanisch ordentlich aus, abgesehen vom Schreibtisch. Die Schubladen hatte man ausgekippt, auf dem Boden lagen alle möglichen Papiere, Fotos, Zeitungsausschnitte, Heftklammern und eine Schere, daneben eine Kaffeetasse. Kaffee war auch über einen der Papierstapel gelaufen, der jetzt braun und wellig war.

Jens Nielsen konnte sie nirgends sehen.

Anita ging in das zweite Zimmer. Sonnendurchflutet wie das erste. Sie knöpfte ihr Pistolenhalfter auf. Mitten im Raum stand ein ausgedienter Herd, auf den Dielen davor bemerkte sie ein paar dunkle Flecken.

Blut.

Sie fand ihn in der angrenzenden Küche. Jens Nielsen lehnte an der Spüle, er hatte sich den Hemdsärmel aufgekrempelt, über seinen Oberarm zog sich eine lange bläuliche Fleischwunde. Das Hemd war voller Blut. Er band sich gerade etwas Gaze um den Arm und zog es mit der freien Hand stramm, wobei er unsicher schwankte. Auf seinem Kopf zeigte sich eine Beule, ein Auge war geschwollen. Er versuchte zu lächeln, aber mit diesem Mund schien es unmöglich.

»Hej, Anita«, sagte er. »Gibst du mir bitte mal die Schere da drüben?«

»Ich rufe einen Krankenwagen.«

»Nein, es ist nichts ... ich bin nur ein bisschen groggy.«

»Wer war das?«

Er konnte sich nicht mehr auf den Beinen halten, der große Körper kippte nach vorn und glitt wie in Zeitlupe auf sie zu. Sie wollte ihn stützen, wurde aber von seinem Gewicht mitgerissen und schlug mit der Schulter auf den Boden. Er prallte mit der Stirn auf die Dielen, der Kopf federte zurück. Sie brachte ihn mit einer Hand hinter dem Nacken in eine stabile Seitenlage und legte den Kopf zurecht, wie sie es schon so oft getan hatte, wenn große Männer sie unter sich begruben. *So wie Preben.* Sie hätte ihn liegen und am eigenen Erbrochenen ersticken lassen sollen, aber sie hatte ihn immer in die Seitenlage gebracht, sodass er sich auf dem Bettlaken auskotzen konnte. Sie hatte dann jedes Mal im Wohnzimmer geschlafen. Jens Nielsen lag mit offenem Mund vor ihr und atmete stoßweise und mühsam.

Anita hatte Blut an den Händen. Frisches Blut. Sie ging in die Hocke und untersuchte seinen Kopf, das rechte Ohr war halb abgerissen. Sie führte den Finger die Nase entlang, tastete den Hals ab. Die Nase war gebrochen, das Blut musste nur so herausgeschossen sein, aber die Blutung hatte er gestoppt. Man hatte brutal auf ihn eingeschlagen, das war klar, aber woher kam das Blut? Könnte eine gebrochene Rippe seine Lunge durchbohrt haben, röchelte er deshalb? Sie beugte sich über ihn und riss das Hemd auf. Die Rippen waren nicht gebrochen, aber über den Brustkasten zogen sich die Schlagspuren. Sie drehte ihn auf die Seite und untersuchte den Rücken, die untere Rückenpartie war blauschwarz.

Man hatte ihn mit einem Schläger oder einem Knüppel geschlagen.

*Leg dich über Papas Knie.* Sie hatte einen gewissen Verdacht, wer es getan haben könnte.

Sollte sie ihm die Hose ausziehen?

Sie wusste nicht, wieso sie sich umsah. Sie zog ihm die Hose herunter, dort fand sie die Ursache des vielen Bluts. Die Unterhose war blutgetränkt, ein Schwamm aus Blut.

Sie rannte ans Telefon und rief im Präsidium an.

»Hallo, hier ist Anita. Inger, schick sofort ...«

»Lass sein ...«

Jens Nielsen schaute müde zu ihr auf, in der Hand hielt er den Telefonstecker. Er war zu ihr gekrochen und hatte die Leitung aus der Wand gerissen.

Seine Stimme klang ganz weich und seltsam.

»Lässt du das bitte ... es sind *die.*«

»Die? Welche die? Du musst sofort ins Krankenhaus.«

»Anita, please ...«

»Von wem sprichst du? Beschreib sie.«

»Ein Großer mit Brille und einer Narbe über der rechten Schläfe.«

»Wurde seine Brille von einem Heftpflaster zusammengehalten?«

»Ja.«

Preben! Sie starrte benommen auf den Telefonhörer. Jens Nielsens Körper hatte etwas Geleeartiges, er zerfloss auf dem Boden. Sie beeilte sich, riss ihm die Unterhose herunter. Jemand hatte ihn verbunden, sie nahm den Verband ab, Blut floss über ihre Hände. Jemand hatte ihm ein Stück Gaze in die Unterhose gesteckt, damit er still und leise verbluten konnte. Selbst wenn er ins Krankenhaus gekommen wäre, hätte es einige Zeit gedauert, bis die Wunde entdeckt worden wäre – die eigentliche, tödliche Wunde, denn zunächst hätte man sich mit seinen Knochen und den übrigen Verletzungen befasst. Sie untersuchte ihn mit beiden Händen, fühlte vorsichtig, alles war noch vorhanden. Penis, Hodensack, beide Hoden. Bei der Wunde handelte es sich um einen langen Schnitt in die Leiste. *Du wirst laufen, als hätte dich ein Elefant in den Arsch gefickt.* Sie wischte mit dem Verband das Blut ab, musste ihm aber wehgetan haben, denn Jens stöhnte heftig auf und verkrampfte sich. Er traf sie mit dem Knie am Kopf, dann wachte er auf. Er setzte sich auf, das gesunde Auge weit aufgerissen, und starrte auf einen Punkt hinter ihr. Dann begann er den Mund zu öffnen und ein lauter, schriller Ton entfuhr ihm.

*Maikäfer flieg,*
*Dein Vater ist im Krieg.*

Er sang ein Lied, durchdringend und gellend, und wandte ihr sein rotes Auge zu.

*Die Mutter ist in Pommernland,*
*Pommernland ist abgebrannt.*
*Maikäfer flieg.*

Jens Nielsen hörte auf zu singen. Eine seltsame Kälte lag jetzt in seinem Blick. Seine Faust traf sie direkt auf die Stirn.

Sie starrte in ein breites unrasiertes Gesicht. Eine Stablampe blendete sie. *Ist er tot?*, fragte jemand im Hintergrund. *Nein, aber sein Puls ist schwach.* Der Mann beugte sich über sie und rieb sich in ihrem Gesichtsfeld den Bart. *Hat sie ihm den Schwanz abgebissen?*, wollte die Stimme wissen, jetzt weiter entfernt, doch dann versank der Mann in der Dunkelheit, und sie dämmerte wieder davon. Sie träumte, sie würde fliegen. Sie fühlte sich wie ein kleines Kind, das ins Bett gehoben wurde. Als sie die Augen aufschlug, schaute sie direkt auf Werchmeisters Wange. Sie hätte gern geweint. Er setzte sie vorsichtig aufs Sofa und kniete sich dabei auf das mittlere Polster, das Sofa stöhnte. Dann beugte er sich über sie und führte seinen fetten Zeigefinger an ihre Nasenspitze.

»Kannst du das sehen?«

»Ja.«

»Gut.«

Mit einer kleinen Maglite leuchtete er in ihre Pupillen.

»Weißt du, wer das getan hat?«

»Ja, Jens. Es war Jens Nielsen. Aber nicht mit Absicht, es ...«

Sie kam auf die Beine, noch immer benommen. Werchmeister stützte sie. Sie wollte ins Wohnzimmer, sie musste dort noch etwas überprüfen. Das unbehandelte Holz hatte das Blut aufgesaugt, dabei war eine trockene braune Färbung entstanden. Sie schaute sich um und versuchte den Punkt zu finden, auf den Jens gestarrt hatte, als er sang. Das Bücherregal. Sie nahm ein paar Bücher heraus und blätterte sie schnell durch.

»Wonach suchst du?«, wollte Werchmeister wissen.

»Keine Ahnung.«

Sie schaute an die Decke, auf eine mattierte Glaslampe. Noch immer hatte sie dieses Schwindelgefühl.

»Versuch mal, das Licht einzuschalten, Ove.«

Werchmeister fand den Schalter, schaltete ein, und jetzt sah sie es. Auf dem mattierten Glas lag ein dunkler Gegenstand.

Der Schreibtischstuhl knarrte, als Werchmeister sich darauf stellte und versuchte, die Glasellipse aus ihrer Fassung zu drehen; er verlor das Gleichgewicht, riss die gesamte Installation heraus und stürzte mit der Schulter auf den Boden. Das Glas explodierte vor Anita.

»Ove, verdammte Scheiße!«

Zwischen den Glasscherben lag eine kleine Schachtel. Darin ein alter Zeitungsausschnitt und ein Briefumschlag des deutschen Roten Kreuzes. Der Umschlag enthielt die Kopie eines offiziellen Schreibens aus dem Jahr 1947, adressiert an Joachim Frijs, sowie ein kurzes Anschreiben an den Journalisten Jens Nielsen. Dieses Dokument musste Jens Nielsen gemeint haben, als er zu Inger Albinus »Richter« gesagt hatte. Der Brief bestätigte, dass Heinz Richter im Winter 46/47 in russischer Kriegsgefangenschaft bei Stalino ums Leben gekommen war. Einer der beiden Zeugen des Todes war Jens Nielsens Vater, Werner Nielsen. Seinen Namen hatte jemand rot umkringelt und ein Ausrufezeichen daneben gesetzt. Vermutlich Jens Nielsen. Aber wieso? Sie faltete den vergilbten Zeitungsausschnitt auseinander. Unter der Überschrift *Debütant des Jahres gründet Verlag* wurde über den Herbstempfang des neuen Strand Verlags im Jahr 1948 berichtet, mit einem Foto ordentlich gekleideter Gäste. Im Vordergrund stand ein junger schlaksiger Mann mit einem enormen Seitenscheitel, der einer kleinen Dame die Hand gab. *Verlagsdirektorin Ingeborg Andersen, Gyldendal, gratuliert dem Debütanten Poul Strand zu seinem neuen Verlag und zu seinem mit Spannung erwarteten Debütroman »Der Hüter meines Bruders«*. Einige der Gesichter im Hintergrund waren eingekreist, im Text ein paar Stellen unterstrichen. Am Ende der jeweiligen Unterstreichungen waren mit einem roten Kugelschreiber Namen notiert: *Adam Wolff, Joachim Frijs, Keld Borch*. Ein längliches angespanntes Gesicht im Hintergrund war ebenfalls mit einem roten Kreis und einem Strich versehen. Am Ende dieses Striches stand: *Heinz Richter?!!*

»Hast du danach gesucht?«, erkundigte sich Werchmeister.

»Ja. Ich glaube schon.«

Anita massierte sich vor dem Spiegel der Damentoilette auf dem 1. Revier am Halmtorvet die Kopfhaut. Die Stirn zierte ein großer blauschwarz geschwollener Fleck. Sie hatte die Wohnung in der Strandgade überstürzt verlassen und war kurz nach vier bei der Schulverwaltung erschienen. Der Schulpsychologe Ejnar Johansen hatte natürlich bereits Feierabend, und Anita musste sich von einer angesäuerten Sekretärin belehren lassen, sie müsse schon pünktlich sein. Außerdem hatte die Sekretärin noch gemurmelt, es sei kein Wunder, wenn ihr Junge Probleme habe. Der Teufel sollte sie alle holen! Sie kritzelte eine Entschuldigung auf einen Zettel und bat um einen neuen Termin vor Freitag. Die Sekretärin konnte nicht versprechen, dass Ejnar Johansen in dieser Woche noch weitere Lücken in seinem Terminkalender hatte.

Anita nahm noch eine der Kopfschmerztabletten, die sie von Werchmeister bekommen hatte, krempelte den rechten Ärmel auf und zog den Falknerhandschuh über, den sie aus ihrer Wohnung geholt hatte. Der lange Stulpen aus dickem Büffelleder war am Handgelenk und an den Knöcheln mit einer zusätzlichen Lederschicht und schuppig angeordneten kleinen Kupferplatten verstärkt. Ursprünglich hatte der Handschuh Dragan Bulatovic gehört, einem jugoslawischen Geschäftsmann. Er hatte keine Verwendung mehr dafür, als sie ihn in einer Blutlache im Restaurant Orjol in der Stevnsgade 3 fanden. Sein rechter Fuß fehlte, und als sie danach suchten, hörten sie seltsam schreiende, klagende Laute aus der angrenzenden Bar.

In einer Ecke der Bar stand eine Voliere und darin saß ein Steinadler. Sie konnten ihm den Fuß nicht abjagen, er schlug mit den Flügeln, kratzte sie mit seinen großen Krallen und hackte mit dem Schnabel nach ihnen. Dann hatte Anita den Handschuh gefunden und angezogen, er passte exakt auf ihre Frauenhand. Als der Steinadler den Handschuh sah, verließ er sofort seinen Käfig und flog ihr auf die Hand, als handelte es sich um einen Badesteg.

Auf dem Weg zum Zoologischen Garten hatten Anita und der Adler die gesamte Rückbank ausgefüllt. Sie hatte den Handschuh mit nach Hause genommen, obwohl sie nicht wusste, was sie damit anstellen sollte.

Bis heute.

Sie zog den Handschuh ganz über den Arm, schob die Finger in das dicke Leder und ließ das Metallschloss am Ellenbogen zuschnappen. *Wie angegossen.* Dann krempelte sie das Hemd herunter und knöpfte den Ärmel zu. Sie kannte die Sekretärin des 1. Reviers und durfte sich den Wachplan ansehen. Sie hatten eine Prince zusammen geraucht. Monica, die Sekretärin, erzählte von ihren Gliederschmerzen, Anita redete übers Wetter.

René Torp, Prebens Kumpel, hatte gerade seine Streife beendet.

Anita trank einen Schluck Wasser aus dem Wasserhahn, stieß die Tür zum Duschraum auf und brüllte: »Frau im Raum!« Zwei Männer pfiffen, ein großer kräftiger Kerl mit Glatze und ein Blasser mit Stachelbeerbeinen. Sie starrte ihnen direkt zwischen die Beine und die beiden drehten sich um und verzogen sich in einen Nebenraum.

Sie schloss hinter ihnen ab.

René stand unter der Dusche. Er hob die Arme und wackelte mit der Hüfte.

»Na, du hältst es wohl nicht mehr länger ohne mich aus?«

Anita lächelte säuerlich. Sie drehte ihm den Rücken zu, legte ihre Jacke auf eine Bank bei den Schränken und zog den Handschuh zurecht. Dann spannte sie die Muskeln an und drehte sich unvermittelt um, sprang in den Wasserstrahl und schlug René die Faust direkt ins Gesicht. Die Nase explodierte mit einem roten Spritzer, er taumelte zurück, schlug mit dem Hinterkopf gegen die Fliesen und sank zu Boden. Sie stellte das Wasser ab, legte ihm Handschellen an und ließ ihn sitzen. Dann drehte sie den Hahn mit dem kalten Wasser auf.

René schüttelte den Kopf und zwinkerte mit den Augen.

»Was ist denn los?«

»Was los ist? René, du hast ein Problem und es ist an der Zeit, es zu lösen.«

»Wovon redest du?«

Das eiskalte Wasser traf seinen Körper. Er klapperte bereits mit den Zähnen.

»Man muss eine geübte Hand haben, um die Mischbatterie vom 1. Revier bedienen zu können, nicht wahr, René?«

Er schnaubte und versuchte, den Arm frei zu bekommen, rutschte aber nur ein wenig auf den Hinterbacken herum.

Anita hatte jetzt den anderen Hahn aufgedreht und kochender Dampf schoss auf René zu.

Er schrie, als ihn der Wasserstrahl traf.

»Du warst heute mit Preben auf Streife. So wie gestern und den ganzen letzten Monat.«

»Was?«

Er atmete keuchend, die Wörter kamen undeutlich aus seinem Mund.

»Seid ihr heute ein bisschen vom Wege abgewichen und habt einen kleinen Sprung in die Strandgade gemacht?«

»Was?«

Sie legte den Hebel um und kaltes Wasser traf ihn, sodass er mit den Beinen strampelte.

»René, du solltest jetzt nicht noch einmal ›was‹ sagen.«

»Was!«

»Ich weiß, dass ihr mir gefolgt seid, ich habe euch gesehen, wie ihr an der Schule am Gasværksvej gehalten habt, als ich Jacob abgeliefert habe. Und ihr habt mich mit Jens Nielsen bei der *Information* gesehen, aber ich wusste nicht, dass ihr wahnsinnig seid.«

»Anita ...«

»Wolltet ihr ihn kastrieren? Was zum Teufel glaubt ihr, wer ihr seid? Glaubt ihr, ich vögel mit ihm?«

»Anita, Scheiße ...«

»Was habt ihr heute um 12.00 Uhr in der Strandgade 5 gemacht?«

»Anita. Würdest. Du. Bitte. Das. Wasser. Abdrehen?«

Er fing an zu flennen. Er hatte die Knie angezogen und lag auf der Seite.

»Okay«, sagte er. »Wir haben Jacob und diesen Jungen gesehen.«

Sie trat ihm an den Kopf.

»Red jetzt keinen Scheiß! Jacob würde niemals einen seiner Klassenkameraden verprügeln. Das wart ihr.«

»Nein, es war Preben, Preben ...«

Sie drehte das heiße Wasser wieder auf.

»Und Jens?«

»Ja, ja, ja. Wir haben euch im Auge behalten, aber ich war heute nicht in der Strandgade. Preben sagte, ich sollte ihn in den Wachbericht schreiben.«

»Und dann ist er einfach losgezogen?«

»Ja.«

Sie drehte das Wasser ab, hockte sich vor René und drückte seine Wangen mit der linken Hand zusammen, dann schlug sie ihm den Falknerhandschuh auf den Kopf. Als würde sie ein Licht auspusten. Sie schloss die

Handschellen auf und steckte sie in die Tasche. Wieder stabile Seitenlage, es wurde allmählich zur Routine. Renés Kopf lag im Nassen, der Mund blies kleine Wellen in eine Pfütze auf dem Fliesenboden.

Vor dem Duschraum stand ein Beamter mit einem Handtuch über dem Arm und Badelatschen in der Hand, er schaute sie verwundert an, als sie sich an ihm vorbeidrückte.

»Seht zu, dass ihr einen Arzt besorgt. René Torp ist unter der Dusche ausgerutscht.«

*»Erik, kannst du nicht aufhören, ständig hier anzurufen? Ich habe keine Lust, mit dir zu reden.«*

*»Ich will ja auch nicht mit dir reden, Finn.«*

*»Erik, ihr seid geschieden. Ann Charlotte ist jetzt woanders. Das ist pathologisch, was du da machst.«*

*»Kannst du sie mir nicht einfach geben?«*

*»Nein. Und sei froh, dass ich dich wegen letzten Sonntag nicht angezeigt habe.«*

*»Hattest du Schiss, Finn?«*

*»Das kannst du dir in den Arsch schieben. Und wenn du es wissen willst, sie ist nicht zu Hause.«*

*»Wo ist sie?«*

*»In Stockholm, mit Gunilla. Oh nein, die Nummer des Hotels gebe ich dir nicht.«*

*»Was ist mit Marie Louise?«*

*»Sie hat sie mitgenommen.«*

*»Und du? Wieso bist du nicht mitgefahren? Hat sie dich über?«*

*»Unsere Beziehung geht dich überhaupt nichts an.«*

*»Ich an ihrer Stelle hätte auch genug von dir.«*

# 23

Berlin-Tegel. Der Flug hatte eine halbe Stunde Verspätung und Rohde hastete durch die Ankunftshalle. Er hatte nichts mitgenommen, nicht einmal eine Zahnbürste oder eine saubere Unterhose, und der westdeutsche Grenzbeamte wollte wissen, wieso er ohne Gepäck reiste. Erst als Rohde ihm seine dänische Polizeimarke zeigte, hatte der Grenzer genickt, ihn durchgelassen und *Gute Reise!* gewünscht.

Berlin.

Vor drei Monaten war er zuletzt hier gewesen, zusammen mit Søren. Sie hatten dem kalten dänischen Sommer entfliehen wollen. Erst hatte der Winter Kälterekorde gebrochen, dann tat es der Sommer. Sie lebten in kalten Zeiten, aber Berlin war heißer als Kopenhagen. Sie waren von Bar zu Bar und von Klub zu Klub gezogen. Ein grotesker Pornoschmalfilm in einem ausgebombten Keller in Kreuzberg, eine große Schwulenwohngemeinschaft in Wilmersdorf, ein Konzert mit der schweißtreibenden »Deutsch-Amerikanische Freundschaft« in einer Fabrikhalle an der Spree. Am nächsten Tag hatten sie Poppers probiert. Den ganzen Nachmittag über liebten sie sich in ihrem Hotelzimmer und am Abend kam es zu einem Dreier mit einem jungen Burschen aus München, der Reinhard hieß und behauptete, blaues Blut in den Adern zu haben. Er hatte hinterher vom Balkon gebrüllt, er wäre noch immer *fickgeil.* Sie hatten versucht, es ihm gleichzeitig zu besorgen, aber das funktionierte nicht, also nahmen sie ihn nacheinander. Aber er war noch immer *fickgeil*, brüllte auf dem Balkon und verschwand dann allein in die Nacht.

Es nieselte. Rohde nahm den Flughafenbus zum Bahnhof Zoo, und vom Zoo die S-Bahn zur Friedrichstraße, wo er ein Eintagesvisum für Ostberlin beantragen wollte. Die Bahn fuhr direkt über die Grenze in den Ostteil. Er hatte Ostberlin mit Søren besucht, aber nur für ein paar Stunden, sie waren mit der Straßenbahn herumgefahren. An diesem Tag hatten sie das Poppers genommen, sie alberten herum und wollten eigentlich nur zurück ins Hotel, zurück zu den Nachtklubs und Bars im Westen.

Er saß in der Bahn und blickte auf die geteilte Stadt, auf die enormen Brachflächen zwischen Ost und West. Man kam fast zu leicht in den Osten. Bahnhof Friedrichstraße. Die Abreisehalle für diejenigen, die herauskamen, wurde im Volksmund Tränenpalast genannt. Rohde musste den entgegengesetzten Weg gehen, hinunter zu den Glaskäfigen. Eine lange Schlange. Eigentlich hatte er den Eindruck, dass der Zug eher leer gewesen war, allerdings war auch nur ein Glaskäfig geöffnet und er stand ganz am Ende der Schlange.

Eine blasse Frau mit Schirmmütze ließ sich Zeit. Rohde rauchte Kette, die Reihe schob sich langsam vor. Es war nach halb sieben. Wenn er Lars Nielsen finden, mit ihm reden und Ostberlin vor Mitternacht wieder verlassen wollte, musste er sich beeilen. Lars Nielsen wohnte bis morgen im Hotel Stadt Berlin am Alexanderplatz, wo das Internationale sozialistische Filmfestival der Stadt Berlin endete. Larsen hatte gestern angerufen und Rohde zu der Reise überredet. Zuerst hatte er ablehnen wollen, aber dann dachte er daran, dass seine Exfrau Ann Charlotte in Stockholm war und sein Exfreund Søren noch Zeit bis Sonnabend hatte, um zu verschwinden. Er konnte ebenso gut verreisen und etwas Vernünftiges unternehmen.

Endlich kam Rohde an die Reihe, er zog den Pass heraus und reichte ihn über die Schranke. Aber es war nicht sein Pass, sondern ein kleines schwarzes Buch mit einem Hakenkreuz darauf. Er hatte der Grenzbeamtin das Codebuch der Enigma gegeben! Er musste es auf dem Großen Belt versehentlich eingesteckt haben. Claussen würde toben. Mit der Dame im Käfig war auch nicht zu spaßen. Hastig fingerte Rohde nach seinem Pass in der Jackentasche und bekam das Codebuch zurück. Nun ging alles besonders langsam. Sie blickte lange in seinen Pass, dann erhielt er die Formulare, die er auszufüllen hatte – ›Antrag auf Einreise in die DDR‹ und eine ›Zählkarte‹, die vermutlich ausschließlich statistischen Zwecken diente. Er füllte den Antrag schnell aus. Die Frau ließ sich erneut viel Zeit, um die Papiere durchzusehen, noch einmal starrte sie besonders lang in seinen Pass, schaute sich jede Seite genau an und überprüfte, ob er die Passnummer korrekt abgeschrieben hatte. Dann schob sie alles zusammen und gab ihm die Dokumente zurück. Sie starrte ausdruckslos vor sich hin, bis er die D-Mark aus der Tasche gekramt hatte, die er zum Zwangsumtausch benötigte. Schließlich bekam er ein paar zerknitterte braune Scheine sowie eine ›Mitnahmebescheinigung‹ der Staatsbank der Deutschen Demokratischen Republik. Das war's. Die Frau hinter der Scheibe blieb stumm wie eine Kröte.

Die Uhr zeigte 19.15. Er nahm die S-Bahn zum Alexanderplatz. Es goss, als er auf den Platz trat, schwarze Regenschirme schossen wie Pilze aus dem Boden. Rohde hastete zwischen den Leuten am Fernsehturm vorbei. Das Interhotel Stadt Berlin war in einem Wolkenkratzer untergebracht. Neununddreißig Etagen, Ostberlins größtes Hotel.

An der Rezeption in der Lobby stand ein blasser dünner Mann in einem weinroten Anzug, der ihm zu klein war. Er hatte hellblondes, kurz geschnittenes Haar und dünne Augenbrauen.

»Ich suche Lars Nielsen. Ist er im Haus?«, erkundigte sich Rohde auf Deutsch.

»Zimmernummer?«

»Weiß ich nicht.«

»Haben Sie eine Verabredung?«

»Nein.«

»Tut mir leid, aber dann ist es nicht möglich«, sagte der Mann hinter der Rezeption leise und fing an, in irgendwelchen Papieren zu blättern.

»Hej!«, rief Rohde und gab seinen Versuch auf, Deutsch zu sprechen. »I have to talk to him. His brother is ... dead.«

»Tot?«

»Tot.«

Der Portier nickte, trat nach rechts und nahm den Hörer eines schneeweißen Telefons ab. Er tippte eine Nummer ein und redete mit irgendjemandem. Rohde strengte sich an, um etwas von dem Gespräch mitzubekommen, doch der Mann redete unglaublich leise. Die Zeit verging. Sollte er sich einfach das Gästebuch schnappen? Es lag direkt vor ihm auf dem Tresen. Es war verlockend, aber auch riskant. Nein, er musste darauf vertrauen, dass Lars Nielsen mit ihm reden wollte.

»Und Ihr Name?«, fragte der Portier mit dem Hörer an der Schulter.

»Erik Rohde.«

»Darf ich Ihren Pass sehen?«

Rohde reichte ihm seinen Pass. Der Mann hinter der Rezeption schaute lange hinein, blätterte ein wenig darin, blickte Rohde erst prüfend an, dann wieder in den Pass. Er hob noch einmal den Blick, murmelte irgendetwas ins Telefon, nickte, murmelte noch etwas und legte endlich auf.

»Herr Rohde, kommen Sie bitte mit.«

Sie gingen zu den Aufzügen und der Mann drückte auf den Knopf. Wollte er mitfahren? Als der Aufzug kam, betrat Rohde die Kabine. Der weinrote Anzug blieb vor der Fahrstuhltür stehen und sagte zwei Zahlen. 27. Stock, Zimmer 2752. Dann schlossen sich die Türen mit einem mechanischen Seufzen, Rohde drückte auf den richtigen Knopf und fuhr in die siebenundzwanzigste Etage. Er fand das Zimmer am Ende eines sehr langen Ganges und klopfte. Kurz darauf wurde die Tür von einem unrasierten Mann mit wirren dunklen Haaren geöffnet.

»Ich heiße Erik Rohde. Ihr Bruder wurde ... verhaftet«, korrigierte er sich. Er zog seine Polizeimarke heraus und hielt sie hoch.

»Welcher von beiden?«, fragte der Mann, gab die Tür frei und ließ Rohde herein.

Lars Niesen trug eine Anzugjacke über einem weißen T-Shirt. Er stank nach Schweiß und Schnaps und hatte rotunterlaufene Augen. Das Zimmer war mit einem Einzelbett, einem mit hellbrauner Kunststofffolie überzogenen Tisch und ein paar unbequemen Stühlen möbliert. Auf dem Tisch standen ein Reiseplattenspieler und zwei Flaschen Stolichnaya. Sie setzten sich an den kleinen Tisch.

»Ich habe zwei Brüder, Jens und Niels.«

»Es geht um Niels«, sagte Rohde. »Und er ist weder verhaftet noch tot.«

»Was dann?«

»Er wird gesucht, wegen Mordes an Direktor Keld Borch in Kopenhagen. Wir glauben, dass es sich um Rache für einen anderen Mord vor vielen Jahren handeln könnte. Vielleicht überrascht es Sie, aber wir sind der Ansicht, dass die Sache etwas mit dem Tod Ihres Vaters zu tun hat, und wir glauben, dass Sie damals etwas gesehen oder gehört haben, was nicht in die Akten kam.«

»Ah ja.«

»Hat Keld Borch Ihren Vater erschossen?«

Lars Nielsen nahm eine LP vom Tisch, legte sie auf den Plattenteller, setzt den Tonarm auf und drehte den Ton auf. Pompöse sozialistische Marschmusik. Dann zog er ein zerknülltes Zigarettenpäckchen aus der Brusttasche seiner Jacke, holte eine verbogene Zigarette heraus und beugte sich über den Tisch.

»Hör mal. Ich kenne dich nicht. Ich habe keine Ahnung, wer du bist. Du sagst, du kommst von der Polizei und ermittelst in einem Mordfall. Aber deine Marke ist von der Passpolizei. Nicht vom Morddezernat. Wie erklärst du mir das? Wer zum Teufel bist du?«

»Das liegt daran ...«

»Ich bin diesen Scheiß hier allmählich leid. Es ist jedes Mal dasselbe, wenn ich in die DDR komme. Ich habe meine Geschichte der Staatssicherheit schon drei Mal erzählt. Ich bin Mitglied der DKP, Danmarks Kommunistiske Parti. Könnt ihr euch nicht mal miteinander unterhalten?«

Lars Nielsen setzte die Flasche an den Mund und trank einen ordentlichen Schluck Wodka. Er schien wütend zu sein. Dann ritt ihn offenbar der Teufel, Nielsen begann, im Zimmer umherzugehen und mit den Einrichtungsgegenständen zu sprechen: der Vase am Bett, dem Bild vom Fernsehturm hinter Glas, dem Lichtschalter der Toilette. Schließlich stellte er sich aufs Bett, legte den Kopf in den Nacken und sprach mit der Deckenlampe. Er wirkte vollkommen betrunken und schwankte im Takt der Marschmusik.

»K-a-z-i-m-i-e-r-z M-e-i-n-e-r, Hauptmann der 3. Abteilung der Staatssicherheit in Krakau. Und hier auf Deutsch: Ich habe schon drei Mal Hauptmann Kazimierz Meiner von der dritten Abteilung der Staatssicherheit über meine Vergangenheit und meine Familiengeschichte Bericht erstattet. Ich wiederhole: K-a-z-i-m-i-e-r-z M-e-i-n-e-r ... Mein Vater war ein faschistischer Kriegsfreiwilliger in Russland ... aber ...«

Er sprang vom Bett, nahm einen weiteren gehörigen Schluck Wodka und wandte sich an Rohde.

»Ich habe mein ganzes Leben gebraucht, um meinen Vater zu vergessen. Verflucht, darf man nicht mal mehr zu einem neuen Menschen werden?«

»Glaubst du, ich bin von der Stasi?«

»Ja, und ich finde, du solltest verschwinden.«

Weiter kamen sie nicht. Plötzlich klopfte es an der Tür, dann drehte jemand einen Schlüssel herum und vier Männer drangen ein, in braunen zugeknöpften langen Mänteln. Der Erste trug eine Kurzhaarfrisur von unbestimmbarer Farbe und eine getönte Brille. Er schob Lars Nielsen eine Pistole in die Achselhöhle. Der Zweite war kleiner, er hatte glattes schwarzes Haar. Er trat auf Nielsen zu, griff ihm in die Haare und schlug seinen Kopf auf den Tisch. Der Tonarm hüpfte über die Platte. Der Dritte war groß und blond. Er hob den Tonarm und schaltete den Plattenspieler aus. Dann schlug er Lars Nielsen in die Magengrube. Der Vierte trug Kassenbrille und Schnauzer.

»Guten Tag«, sagte er auf Dänisch, gab Rohde die Hand und setzte sich ihm gegenüber.

Er warf ein Päckchen Cabinet auf den kleinen Tisch und steckte sich eine Zigarette in den Mund.

Rohde geschah nichts. Er saß wie versteinert und umklammerte die Armlehne, während sich vor ihm eine stumme und perverse Pantomime abspielte. Die drei Männer arbeiteten konzentriert und koordiniert. Man hörte lediglich das Klatschen der Schläge und Tritte, die Schuhe auf dem Boden und einen Stuhl, der umfiel, als

Lars Nielsen sich verkrampfte und nach ihnen trat. Er lag auf dem Boden, die Arme über dem Kopf und die Knie am Brustkasten, um sich gegen die Tritte des Dunkelhaarigen zu schützen. Der große Blonde riss ihm die Arme auseinander und setzte ein Knie auf Nielsens Ellenbogen. Der Kerl mit der unbestimmbaren Haarfarbe wischte sich den Schweiß von der Oberlippe, dann beugte er sich über Lars Nielsen und schlug ihm mit der Faust in den Bauch. Lars Nielsen stöhnte, als die Luft entwich.

»Århus ist die Stadt des Lächelns …«

Der Mann, der Rohde gegenübersaß, hatte die Beine übereinandergeschlagen und lächelte.

»Ich war als Austauschstudent aus Greifswald dort.«

Rohde suchte nach seinen Zigaretten, sie waren nicht in der Brusttasche. Er fand sie in der Hosentasche, aber seine Hände zitterten dermaßen, dass er nicht eine Zigarette herausziehen konnte.

»Sie haben doch nichts dagegen, dass ich Dänisch spreche, oder?«

»Was? Nein, sprechen Sie nur.«

»Es ist wichtig, dass man in Übung bleibt. Was führt Sie nach Berlin?«

»Nun ja, ich wollte mit Lars Nielsen sprechen.«

»Worüber wollten Sie mit dem Verhafteten sprechen?«

»Dem Verhafteten? Das ist privat …«

»Das ist sicher nicht die ganze Wahrheit, Herr Rohde. Sie sind doch genau wie ich von der Polizei. Rolf Detering, Ministerium für Staatssicherheit.«

Rohde wandte ihm den Kopf zu und sah sich den Stasi-Mann genau an. Er hatte ein freundliches Gesicht, zarte Haut und einen dünnen blonden Oberlippenbart. Er sah aus wie ein Austauschstudent aus Deutschland.

Rolf Detering. Woher zum Teufel wusste dieser Detering, wer er war?

Detering lächelte noch immer.

Die Frisur des Dunkelhaarigen hatte gelitten, sein Hemd war ihm aus der Hose gerutscht. Die beiden anderen hatten Lars Nielsen auf die Beine gestellt und ihm die Arme auf den Rücken gebogen. Der Dunkelhaarige fuhr sich mit der Hand durchs Haar, zog sich den Mantel zurecht und strich ihn glatt, dann deutete er mit dem Kopf auf die Tür.

»Wären Sie so freundlich, uns zu folgen?«, forderte Rolf Detering Rohde auf.

## 24

Larsen warf einen Blick über Poul Strands großen Garten, der wie ein langer Trichter mit hohen Hecken und Obstbäumen am Fuß des Hügels an einem Waldrand endete. Es wimmelte im Halbdunklen von Männern, Männern mit Stablampen und Reflektoren auf Rücken und Brust. In der Dunkelheit schossen die Lichtkegel durcheinander, Schatten taumelten umher, und noch immer gab es keine ordentlichen Absperrungen, obwohl Larsen erklärt hatte, dass das Gebiet wie ein Tatort zu behandeln sei.

Strand war tot, davon war Larsen überzeugt. Niels Nielsen war ihm zuvorgekommen. Wen hatten sie jetzt wieder in den Garten gelassen? Einen weiteren Nachbarn, Bekannten oder Freund? Larsens Puls raste seit den vergangenen drei Stunden, die er hier verbracht hatte; es kribbelte ihm in den Fingern, er hatte den Dorfpolizisten herumkommandiert und angebrüllt, er hatte die Mannschaft angehalten, jede Staude im Garten umzudrehen und den Keller, die Garage und den Schuppen zu durchsuchen, Larsen war wütend. Wütend auf Strand, wütend auf sich, weil er zu spät kam, und wütend auf die örtliche Polizei, die seiner Ansicht nach zu nichts zu gebrauchen war. Sie hatten Hunde im Haus eingesetzt – und nun war alles voller Hundehaare und es roch nach den Kötern. Larsen musste einen Beamten zusammenstauchen, der in Strands Arbeitszimmer ein Fenster geöffnet hatte, sodass sämtliche Papiere durcheinanderflogen. Fünfzig Beamte, die Hundestaffeln dreier Polizeibezirke und eine Abteilung des Heimatschutzes hatte er angefordert, um eine Kette zu bilden. Zumindest hatten sie in der Dunkelheit mit ihrer Treibjagd und den Rufen für Aufmerksamkeit gesorgt. Das ganze Gebiet wurde durchkämmt, vom Fjord bis zum Villenviertel hier oben auf dem Hügel, ein Areal von gut zweieinhalb mal drei Kilometern – und bei dem einzigen Verdächtigen, auf den sie am Feuerlöschteich gestoßen waren, handelte es sich um einen Greis in Pantoffeln und Bademantel, den sie zurück ins Pflegeheim bringen konnten. Zumindest das Personal hatte sich gefreut.

Sie standen mit leeren Händen da. Was hatten sie? Ein Streifenwagen hatte einen weißen VW-Transporter mit einem Nummernschild, das mit LR 54 begann, gestern um 22.30 Uhr am Straßenrand des Tirsbæk Strandvej stehen sehen. Der Volkswagen war verschwunden, als der Streifenwagen um 23.30 Uhr zurückkehrte. Zwischen 22.45 und 23.10 Uhr hatte Strand eine Dreiviertelstunde mit seiner Exfrau Elisabeth telefoniert, danach hatte niemand etwas von ihm gehört. Und niemand hatte einen weißen VW-Bully mit dem Nummernschild LR 54 154 gesehen.

Poul Strand war tot und Niels Nielsen hatte ihn ermordet.

Noch immer befand sich der Mann im Garten, mit Gummistiefeln und Krücke. Er sprach mit einem Polizisten, der den Kopf schüttelte. Wieso schickte der Beamte den Kerl nicht einfach weg?

Bauernarsch!

Anita hatte angerufen und berichtet, dass sie bei Jens Nielsen einen Zeitungsausschnitt gefunden hatte, der darauf hindeutete, dass Heinz Richter im Winter 1946/47 nicht in russischer Kriegsgefangenschaft gestorben war. Aber wann war er dann gestorben? Spielte dieser Richter überhaupt eine Rolle bei Werner Nielsens Tod? Nielsen hatte bezeugt, dass Richter in Russland gestorben war. Wenn Richter damals also wirklich nicht tot war, hatte Werner Nielsen außerdem eine falsche

Aussage auf dem Gewissen. Anita und Larsen besprachen die neuen Informationen und fassten den Ermittlungsstand zusammen.

Sie wussten, dass Niels Nielsen sich an den alten Freunden seines Vater rächen wollte, die ihn nach dem Krieg im Stich gelassen und möglicherweise umgebracht hatten. Als Werner Nielsen 1947 überraschend aus sowjetischer Kriegsgefangenschaft zurückkehrte, tötete man ihn und ließ es wie einen Selbstmord aussehen. Werner Nielsen war zwei Tage tot, als der Kollaborationsprozess gegen Keld Borch begann, und das war Borch sicher sehr gelegen gekommen, denn Nielsen verfügte über Beweise, dass Borch während des Krieges eine Fabrik in Litauen betrieben und von der SS Sklavenarbeiter gekauft hatte. Keld Borch und Adam Wolff waren während des Krieges Nazis gewesen, behaupteten aber, sie hätten den Kontakt zu Werner Nielsen bereits 1941 aufgegeben. Ihre Alibis waren sauber und wasserdicht – bis Werner Nielsen mit seinen Beweisen, seinen Kriegsberichten und seinem autobiografischen Roman über den Krieg und ihren Freundeskreis auftauchte. Borch und Wolff waren entsetzt über Nielsens moralischen Anspruch, außerdem hatte er sie während des Prozesses gegen ihn in arge Verlegenheit gebracht, als er sich mit allem Nachdruck selbst verteidigte und die beiden als Zeugen vorlud. Aller Wahrscheinlichkeit nach hatten Wolff und Borch versucht, sein Schweigen zu erkaufen, und ihn bedroht – und schließlich setzten sie die Drohung in die Tat um.

Sie wussten außerdem, dass Werner Nielsens Sohn Lars an dem Tag, an dem sein Vater starb, irgendetwas gesehen haben musste. Ein paar Männer waren zu Besuch gekommen und hatten sich mit Werner Nielsen gestritten. Doch als Henry Claussen seinen Bericht schreiben wollte, musste er auf Intervention des Staatsanwalts die Aussage des Jungen auf sich beruhen lassen. Und der Staatsanwalt von Korsør hieß 1947 zufällig und ganz nebenbei Adam Wolff.

Das alles war logisch, es passte zusammen. Was Larsen allerdings nicht verstand – und was sich auch nicht in dieses ganze seltsame Puzzle einfügen lassen wollte –, war das letzte krumme Teilchen, das er am Vormittag gefunden hatte. Soweit Larsen es beurteilen konnte, hatte der Widerstandskämpfer Poul Strand offensichtlich Passagen aus dem Tagebuchroman seines Freundes gestohlen und in seinem eigenen Debüt verwandt. Und Strand hatte sogar einen Verlag mit zwei ehemaligen Nazis gegründet, mit Borch und Wolff.

Larsen fehlte der Zusammenhang, ihm schwirrte der Kopf, er ließ sich auf Strands Sofagruppe fallen. Auf dem Tisch lag ein Prospekt der Dansk Fryse Økonomi, der Tiefkühlgerichte anpries. Er verlor sich in den schreiend roten Fleischabbildungen und kleinen bunten Angeboten: *Riesen-Rinderhüfte, T-Bone-Steaks, Rinderhack, Coloradobeef, Roastbeef, Hacksteak. Osso Buco mit wenig Knochen + Sehnen, mit Schildchen direkt für die Tiefkühltruhe! Gratislieferung! (Lieferzuschlag bei Lief. in Seeland 25,– ) pr. KG. NUR KR. 8,–.*

Larsen klopfte eine Prince aus der Packung.

*Riesen-Rinderhüfte*. Er legte die Beine auf den niedrigen Tisch. *Kaum Knochen + Sehnen*. Dann stand er auf, ging mit dem Prospekt in die Waschküche und öffnete die Gefriertruhe. Hatten sie dort nachgesehen?

Strand lag nicht als *Osso Buco* oder *Coloradobeef* aufgeschnitten in Gefrierbeuteln.

Dafür fand Larsen auf dem Tisch der Waschküche einen frankierten Rückumschlag der Tiefkühlfirma. Strand hatte ihn nicht mehr abschicken können.

Eine rasche Rekonstruktion: Ungefähr zwischen 22.15 und 22.30 Uhr, Strands drittletzte Handlung: die Bestellung von 4x Wienertopf, 6x Spaghetti mit Hackfleisch, 2x Ochsenschwanzsuppe, 1x Frikadellenmix, 1x Luxusbratwurst ohne Knochenanteil. Ungefähr 22.45 bis 23.10 Uhr, seine vorletzte Handlung: Anruf bei seiner Exfrau, um sich darüber auszuheulen, dass er allein leben und sich selbst das Essen zubereiten musste. 23:15 bis ? Uhr, seine letzte Handlung: Strand öffnet Niels Nielsen die Tür und wird ermordet. Oder Nielsen fesselt, knebelt und entführt Strand, um ihn irgendwo anders in den Tod zu befördern.

Larsen wusste nicht, wieso er ein Stück von Grethe Ingmann pfiff. Poptragödin hatte Rohde sie mal genannt, *so jagst du durch das Leben, so träumst du deine Träume, doch nichts gelingt dir wirklich*.

Strands Arbeitszimmer. Am Fenster zum Garten stand ein großer Schreibtisch, voller Papiere, Bücher und Pfeifen. Strand hatte wirklich viele Pfeifen. Und Capstan-Dosen mit gelben Deckeln. Rechts in der Ecke stand eine rote IBM. Larsen warf einen Blick durch das Panoramafenster, über dem Fjord zog Regen auf.

»Entschuldigung ...«

»Habe ich nicht gesagt, dass ich allein sein will? Ich dachte, ich hätte mich klar und deutlich ausgedrückt.«

»Vielleicht könnten Sie mir ja sagen, was Sie hier eigentlich suchen?«

Der Mann in der Tür war durchnässt. Ein untersetzter kleiner Herr. Er musste einmal stark gewesen sein, bei diesen großen Pranken und diesem wettergegerbten Kopf. Nun stützte er sich auf eine Krücke, der Mantel stand offen und sein bordeauxfarbener Pullover mit V-Ausschnitt hatte sich vollgesogen. Seine graue Cordhose war an den Knien grün. Er hatte im Gras gelegen. Poul Strand sah unendlich müde aus.

»Ehrlich gesagt könnte ich mir gut vorstellen, jetzt ins Bett zu gehen«, sagte er. »Ich bin vollkommen erschöpft.«

Strand setzte sich, zog eine Schublade des Schlafsofas auf und holte das Bettzeug heraus.

»Wie bitte?«

»Wenn das in Ordnung geht. Ich habe mit Ihren Kollegen gesprochen.«

Strand deutete über Larsens Kopf hinweg in den Garten und richtete sein Bett her, er schlief offenbar im Arbeitszimmer. Er breitete das Laken aus, stopfte es in die Ritzen und glättete es mit der flachen Hand. Larsen starrte auf sein großes graues Cordhinterteil.

»Sagen Sie mal ... Offenbar sind Sie der Letzte in Vejle, der nicht weiß, dass wir nach Ihnen suchen! Ein paar hundert Leute sind seit Stunden damit beschäftigt.«

Strand stellte den Bettenbau ein und drehte sich um. Aber er schien nicht weiter interessiert, irgendetwas juckte an seiner Wange, der Muskel zitterte, er kratzte sich.

»Poul Strand«, fuhr Larsen fort, »wir haben allen Grund zu der Annahme, dass Werner Nielsens Sohn Niels Nielsen, der wegen Mordes an Direktor Keld Borch gesucht wird, Sie aufgesucht hat. Ist das so? Ist Niels Nielsen hier gewesen?«

Keine Reaktion. Strand humpelte zu einem niedrigen runden Tisch neben dem Schlafsofa, auf dem ein Stapel Bücher lag. Er hob den Stapel hoch und zog ein Buch heraus. Larsen versuchte, den Titel von der Seite zu lesen, aber die Prägung auf dem Ledereinband war undeutlich und verschlungen. Strand hing die Zungenspitze aus dem Mund, es sah eigenartig aus – der untersetzte Körper zusammen mit dieser kleinen roten Zunge. Er befeuchtete einen Finger und schob ihn kurz hinter der

Mitte in die Seiten, fischte ein Lesebändchen heraus und schlug das Buch auf. Zwischen den Seiten lag ein zusammengefaltetes Stück Papier.

»Ich dachte mir«, sagte Strand, »dass Sie mich nach Werner fragen würden.«

»Ich habe nicht nach Werner gefragt. Ich habe nach seinem Sohn gefragt, Niels Nielsen.«

Larsen kochte. Innerlich tobte er. Gleichzeitig war er verlegen und nervös, dem großen Poul Strand gegenüberzustehen, den er bewundert und geliebt hatte.

»Ich bin vor ein paar Tagen auf die Stelle gestoßen«, erklärte Strand völlig ungerührt. »Stellen Sie sich vor, er hatte sie dabei. Oder konnte er sie einfach auswendig? Hören Sie: ›Ich war in einer zu heftigen konvulsivischen Bewegung, um zu zittern, zu sehr von Entsetzen erfüllt, um bange zu sein. Meine gesamte Seele war Eifer, mein Körper Krampf.‹ Es geht um das Straßburger Münster. Geschrieben kurz nach der Französischen Revolution. Werner hat es mir in einem Brief im Sommer 1942 geschrieben. Irgendwo von der Ostfront.«

»Und was wollen Sie mir damit sagen?«

»Werner war mein Freund. Wahrscheinlich mein engster Freund.«

»Und was ist mit Ihren anderen Freunden?« Larsen hatte seine Stimme kaum unter Kontrolle. »Keld Borch und Adam Wolff behaupteten 1947 vor Gericht, dass sie Werner Nielsen nicht mehr gesehen hätten, seit er sich 41 freiwillig meldete. Aber das war eine dreiste Lüge, oder?«

»Es mag vielleicht merkwürdig klingen«, erwiderte Strand, »aber ich weiß es tatsächlich nicht. Ich kannte die beiden während des Krieges noch nicht. Ich begegnete ihnen erst, als Adam und Keld die Idee hatten, einen Verlag zu gründen, den ich leiten sollte.«

»Aber, verflucht, Sie waren doch ein Mann des Widerstands. Wussten Sie nicht, dass es sich um Nazis handelt?«

»Als ich Adam Wolff nach dem Krieg traf, sprachen wir über gemeinsame Freunde in der Bewegung. Woher sollte ich wissen ...«

»Dass sie gelogen haben?«

»Dass sie nicht alles sagten.«

»Sie selbst waren ja mit einem Nazi befreundet.«

Strand nahm sich eine Pfeife, fand eine Schachtel Streichhölzer und strich eins an, aber die Pfeife brannte nicht, er sog lediglich Luft ein. Er legte die Pfeife auf einen Stapel Zeitungen zurück und klopfte sich auf die Taschen. Larsen beugte sich mit der Prince-Packung vor, eine Zigarette hatte er herausgezogen. Strand drehte sich um, ging zu seinem Schreibtisch und öffnete eine Schublade. Dort lag eine Schachtel Craven A. Er nahm sich eine Zigarette heraus und zündete sie an.

»Werner war kein Nazi. Er war Romantiker, und das war ich auch. Unsere Körper sollten in ›konvulsivischer Bewegung zittern, zu schreckerfüllt, um bange zu sein‹. Als Jens Baggesen ganz oben auf dem Straßburger Münster steht, auf der Spitze des höchsten Gebäudes der Erde, da ist er in tödlicher Gefahr, doch gerade dort lebt er wirklich. Verstehen Sie diesen Drang, diese Lebenslust *aus Trotz*?«

»Nein.«

»Das kann ein Band zwischen Menschen sein, über Ideologien und zufällige Grenzen hinweg. Die Zeit ist ein Strom, den wir uns einfach greifen können. ›Erkenne, welcher Rhythmus den Menschen in seinen Banden hält.‹«

»Ist das auch ein Zitat?«

»Ja, Archilochos, griechischer Philosoph, 7. Jahrhundert vor Christus. Werner liebte die hellenistische Vereinigung mit dem Universum, ihren Fatalismus, den Antiindividualismus, ihren Heroismus. Nein, wir liebten es.«

Larsen bebte vor Zorn, vor zurückgehaltener Wut. Er hatte nicht die Askov Højskole besucht, um sich dieses Geseier über Lebensphilosophie und antike Greise anhören zu müssen, er war gekommen, um Niels Nielsen zu finden. Strand schnitt eine Grimasse und unterbrach sich. Er zog den Kopf ein, als er Larsens Minen bemerkte. Endlich wurde ihm die Situation bewusst. Er blickte ganz scheu und ließ sich mit einem Seufzen aufs Sofa fallen.

»Ich weiß nicht, was ich Ihnen sagen soll.«

Sein Gesicht verwandelte sich in eine Maske, und nachdem er es sich eine Weile angesehen hatte, erwiderte Larsen: »Ich kenne nicht so viele Zitate, tatsächlich kenne ich überhaupt keine. Ich bin kein Leser. Aber ich habe ein Buch gelesen, und das gründlich. Wissen Sie, welches?«

»Nein.«

»*Der Hüter meines Bruders.*«

»Ah ja, danke. Es hatte ein großes Publikum.«

»Es ist mein Lieblingsbuch gewesen, als ich jung war.«

Larsens Stimme zitterte, Tränen stiegen ihm in die Augen. Er hatte sich auf ein gefährliches Terrain begeben und überhaupt keine Lust, persönlich zu werden. Doch es war zu spät, seine Stimme war ihm egal, sie überschlug sich und klang wie eine Bandsäge an einer Metallplatte. Es gelang ihm, sie in eine tiefere Tonlage zu drücken.

»Ich glaube, ich habe es an die fünfzig Mal gelesen. Ich habe mir vorgestellt, Kristoffer, der Widerstandsmann, wäre mein eigener Vater, man war ja naiv. Mein Vater wurde am 17. April 1945 in Ryvangen hingerichtet, ich war damals zwölf Jahre alt. Aber ich glaube, dieses Buch hat mein Leben gerettet. Ich erkannte, dass mein Vater Träume hatte. Ich verstand, warum er seine Frau, seine Familie, seinen kleinen Sohn für eine Idee im Stich gelassen hat, für eine richtige Idee ...«

Er räusperte sich.

»Aber wissen Sie was?«

Strand machte den Eindruck, er sei vor allem mit Atemholen beschäftigt. Tatsächlich atmete er unregelmäßig, und zwischendrin zuckte immer wieder die Wange, aber er schien nicht nervös zu sein. Der Rauch der Zigarette stieg in trägen Wolken vor seinem Gesicht auf.

»Als ich heute das Buch auf der Fähre über den Großen Belt noch einmal las, erkannte ich dieses Vorbild, als das mir Kristoffer erschienen war, nicht mehr wieder. Plötzlich hatte ich den Eindruck, dass *Der Hüter meines Bruders* von Verrat handelt. Ist das nicht eigenartig?«

»Tja, man liest Bücher im Laufe eines Lebens durchaus unterschiedlich.«

»Ist das alles, was Sie dazu zu sagen haben?«

»Was soll ich denn Ihrer Meinung nach sagen? Ich erzähle doch nur meine Geschichten. Die Leute können doch hineinlegen, was sie wollen. Das ist nicht meine Sache. Ich verlor einen Jugendfreund. *Der Hüter meines Bruders* ist meine Huldigung an ihn. Erik Ravn ist Werner, Kristoffer bin ich selbst. Und ich trage meinen Teil der Schuld. Dass ich ihm nicht half, als es für ihn ausweglos wurde. Man sagt ja, dass Unterlassungssünden die schlimmsten sind. Ich weiß es nicht. Ich weiß gar nichts. Wie hilft man einem anderen Menschen aus der Grube, die er sich selbst gegraben hat?«

Larsen ließ die rhetorische Frage im Raum stehen und zog eine Prince aus der Packung. Strand irritierte ihn mit seinen formvollendeten Bekenntnissen und wohlgesetzten Worten. Er sagte Sprüche auf, als würde ihn das Ganze überhaupt nichts angehen. War der Mann naiv? Oder lediglich ausgekocht? Larsen bedauerte, dass er sich eine Blöße gegeben hatte, denn er war dadurch nur noch wütender geworden. Er setzte sich auf Strands Schreibtischstuhl, drehte ihn herum, ließ das Feuerzeug zwischen seinen Fingern kreisen.

»Was hat Niels gesagt, als er Sie gestern besuchte.«

»Von wem sprechen Sie?«

»Von Werners Sohn, Niels. Sie sollten mir jetzt die Wahrheit sagen, Strand.«

Strand erwiderte nichts. Er sah verwirrt und in die Enge getrieben aus, aber das war Larsen egal. Sie blickten sich eine Weile an. Larsen hatte plötzlich ein geradezu heiteres Gefühl, er genoss es, sein Gegenüber schwitzen zu sehen. Er sollte sein ganzes verlogenes Leben ausschwitzen. Es würde hässlich sein, aber auf eine bösartige Art und Weise auch wieder gut. Larsen zündete sich die Zigarette an, sie steckte zwischen Zeige- und Mittelfinger und qualmte. Unvermittelt überkam ihn eine unendliche Melancholie. Er inhalierte.

»Ich arbeite seit sechsundzwanzig Jahren bei der Polizei«, sagte er schließlich, »davon sechzehn in der Mordkommission. Das heißt mein gesamtes Leben als Erwachsener. Sechsundzwanzig Jahre arbeite ich mit der Lüge. Man könnte sagen, sie ist mein Metier. Es gibt Leute, die glauben, dass sie Elektroden anlegen müssten und die Nadel schlüge aus, wenn Menschen lügen. Angeblich sammelt sich mehr Elektrizität im Gehirn, wenn jemand lügt. Es heißt, die Wahrheit sei einfach, aber über die Lüge müsse nachgedacht werden. Ich glaube das nicht. Ich glaube, jeder einzelne Mensch lässt seine Lügen wachsen wie Nägel oder Haare. Ich glaube, man wird eins mit seiner Lüge. Es gibt Menschen, die sind dermaßen in ihre Lügen verstrickt, dass sie beinahe glauben, sie seien die Wahrheit. Aber eben auch nur beinahe. Denn irgendwas passiert ja mit der Lüge, oder? Eine Zeit lang sieht alles gut aus, man kann sie mit ausgestrecktem Arm auf Distanz halten, denn innerlich ist man ja noch derselbe. Aber dann frisst die Lüge sich in einen, setzt sich im Fleisch fest, und schließlich ist man feist und schlapp. Und wenn man sich im Spiegel sieht, sieht man nur sie. Poul Strand, ich glaube, auch Sie sehen nur noch die Lüge.«

Poul Strands Lächeln sollte sicher ironisch sein, aber es wirkte einfältig. Eine müde Grimasse.

»Ich glaube, Sie haben sich gestern und in den ganzen letzten Jahren eine Frage gestellt: War es das wert? Ihr Leben, das hübsche Haus hier, die feinen literarischen Freunde, Ihr Verlag, die Mitgliedschaft in der Akademie, all das. Der Widerstandskämpfer, der Verleger und Autor wurde, und was für ein Autor ... reicht das für all die einsamen Nächte? Grund genug, um Ihren Freund zu verraten, Ihren einzigen Freund?«

Strand antwortete nicht. Sein Gesicht wurde wieder zu der toten und leeren Grimasse von vorhin. Spielte er Komödie? Oder war er tatsächlich so müde?

»Reichte es, um auf sein Grab zu pissen und sein Buch zu stehlen? Reichte es?«

»Was?«

»Hat Ihnen der Ruhm gereicht? Haben Sie es denn noch immer nicht verstanden? Ihre sogenannten Freunde haben Werner Nielsen in eine Falle gelockt. Sie hielten ihn mit Geld hin und versprachen ihm, sein Manuskript zu veröffentlichen. Sie sollten es nur lesen. Aber dann habt ihr es hinausgezögert, und als sie Werner nicht mehr länger hinhalten konnten, haben sie ihn ermordet. Und Sie konnten mit dem Talent Ihres Freundes eine Karriere als Schriftsteller beginnen. Die einzige Bedingung war, dass Sie die Schnauze hielten und ihnen ein Alibi gaben. Ihre Freunde konnten sich mit einem Widerstandskämpfer schmücken und für Sie fiel ein großes Debüt dabei ab.«

»Sie meinen, ich wusste davon?«

»Ja!«

Strand griff nach seiner Schachtel mit den Craven A, aber es fiel ihm schwer, eine Zigarette herauszunehmen. Jetzt zitterten seine Hände. Er saß da und fummelte, dann drehte er die Schachtel um und schüttelte eine Zigarette heraus.

»Sie haben recht«, sagte Strand und hob langsam den Kopf, zum ersten Mal blickte er Larsen direkt an. »Aber Sie machen auch einen grausamen Fehler.«

»Ah ja?«

»Sie haben recht, dass ich mich am Verrat an Werner beteiligt habe. Aber damals wusste ich es nicht. Ich sah nicht, was ich tat. Ich war ein nützlicher Idiot, könnte man sagen. Aber ich ahnte nicht, dass es so widerwärtig war.«

»Aber heute wissen Sie es?«

»Niels ist hier gewesen.«

Die Andeutung eines Lächelns tauchte auf seinen Lippen auf, ein merkwürdiges Lächeln. Plötzlich pfiff es in Larsens Ohr, ein gellend lauter, durchdringender Ton.

»Verflucht, wieso haben Sie das nicht früher gesagt? Wir hätten längst etwas tun können!«

»Richter lebt.«

»Wie bitte?«

»Ich dachte auch, er sei tot. Aber dann zeigte mir

Niels einige Fotos, die meisten von der Ostfront, ich erkannte ihn trotzdem sofort wieder.«

»Wiedererkennen, wieso?«

»Er nennt sich Paul Bergström und wohnt in Südjütland. Ich kenne ihn seit 1948. Wolff hat uns bekannt gemacht, wir haben uns hin und wieder getroffen. Ich hatte keine Ahnung, dass er in der SS war und ein Kriegsverbrecher ist.«

»Wann war Niels hier?«

»Wir haben den größten Teil der Nacht miteinander geredet. Er brach heute Morgen auf.«

»Und Sie hielten es nicht für nötig, uns das zu erzählen?«

Strand war todmüde, aber er lächelte erneut, und diesmal war sein Lächeln echt.

»Nein, aber bestimmt war das *auch* falsch von mir.«

## 25

Hotel Stadt Berlin. Rohde und Lars Nielsen wurden aus dem Hotelzimmer zu einer Tür am Ende des Korridors geführt, auf der ›Reinigungsartikel‹ stand. Der Blonde schloss auf und sie traten in einen Gang mit einer Reihe von Türen und einem Lastenaufzug. Aus einer der Türen kam ein Mann. Er trug ein kurzärmliges Hemd, um den Nacken hing ein Kopfhörer. Er leckte an einem orangefarbenen Wassereis und nickte dem lächelnden MfS-Mann zu, der sich Rolf Detering nannte. Sie wurden in den Aufzug geschoben. *Eine komplette Parallelwelt*, dachte Rohde, *irre, das alles überwachen zu müssen.*

Auf dem Vorplatz, ungefähr fünfzig Meter vom Hoteleingang entfernt, parkte ein kleiner grauer Lieferwagen. ›Konsumbrot‹ stand in gelben Buchstaben auf der Seite, eine der Schiebetüren war offen. Rolf Detering ging einen halben Schritt hinter Rohde. Der Blonde lief mit Lars Nielsen ein Stück vor ihnen.

Es begann dunkel zu werden. Die hohen Straßenlaternen warfen ein grellgelbes Licht auf die Gruppe. Ein Pärchen kam ihnen entgegen. Eine junge blonde Frau mit sandfarbenem Mantel und rotem Schal hatte die Hand unter den Arm eines dunkelhaarigen jungen Mannes gesteckt, der eine graue Windjacke mit gelben Dreiecken auf Brust und Armen trug. Ihre Augen strahlten, als sie an Rohde vorbeiging. Ein gewöhnlicher verregneter Mittwochabend. Die verstörende Szene im Hotelzimmer wirkte mit einem Mal unwirklich. Seltsamerweise hatte Rohde keine Angst. Auch Lars Nielsen schien nicht eingeschüchtert zu sein. Er drehte sich um und schaute Rohde an. Hass stand ihm in den Augen. Rohde schüttelte den Kopf, um ihm klarzumachen, dass nicht er diese Festnahme zu verantworten hatte. Sie hatten einige Sekunden Augenkontakt, dann griff der Blonde Lars Nielsen fest ins Genick und zwang ihn in den Lieferwagen.

»Einsteigen«, befahl er. Rohde sah sich um. Rolf Detering nickte in Richtung Tür, ohne zu lächeln. Rohde stieg ein.

Zwei der Agenten des MfS kletterten hinein und klappten die Sitze herunter. Die beiden anderen setzten sich ins Fahrerhaus. Der Motor wurde angelassen, der Wagen setzte sich in Bewegung. Die Federung war miserabel, aber es war so gut wie unmöglich, sich an den glatten Plastiksitzen festzuhalten. Der Wagen beschrieb einen gewaltigen Bogen und reihte sich dann in den Verkehr ein. Die gesamte Karosserie bebte, wenn geschaltet wurde. Die Beamten hatten ihre Pistolen gezückt, Rolf Detering zog sein Päckchen Cabinet aus der Brusttasche. Der Blonde griff nach einem Paar Handschellen, überlegte es sich dann aber anders und zog ebenfalls eine Schachtel Zigaretten aus der Tasche. Er bot sie Detering an, auf dem Päckchen stand Real. Lars Nielsen saß mit geschlossenen Augen neben Rohde und ließ den Kopf zur Seite sinken, als wäre er eingenickt.

»Die sind besser«, sagte der Blonde. Detering lächelte, steckte seine Cabinet wieder ein und griff nach dem Päckchen. Durch die Erschütterungen des Wagens war es kein leichtes Vorhaben. Der Blonde beugte sich ihm entgegen, sodass Detering schließlich eine Zigarette aus der Packung ziehen konnte. »Cabinet sind für Schwule und Staatsfeinde«, fügte er hinzu und wieder lächelte Detering.

»Nein, Gerhard, Staatsfeinde rauchen Casino, Schwule Real.«

*Verdammt, worüber redeten die eigentlich?* Plötzlich

schoss Rohde Adrenalin und Panik ins Blut, er bekam keine Luft mehr. Er hatte das Gefühl, bei einer Aufführung von *Stasi in Wonderland* zu verschwinden: Seltsame Türen, grüne Minnas mit Bäckereiaufschrift, kleine Männer mit Kopfhörern und Fahrstühle, die dem MfS vorbehalten waren. Niemand würde ihn finden. Und was geschah mit Lars Nielsen, der behauptet hatte, Kommunist zu sein?

Rohde wusste nicht mehr weiter.

Lars Nielsen hielt die Augen geschlossen. Der Blonde, der Gerhard genannt wurde, riss ein Streichholz an, der andere beugte sich vor. Rohde stützte sein Gesicht in beide Hände. Er blickte durch die Finger und sah in Lars Nielsens feuerrote Augen und das zerschlagene Gesicht. *Er macht es wirklich*, dachte Rohde gerade noch, als Nielsen von seinem Klappsitz aufsprang und Detering die Schulter ans Kinn rammte. Rohde hörte den Nackenwirbel brechen, der Hinterkopf wurde gegen die Wand geschleudert. Der Blonde zuckte mit dem Kopf zurück und rutschte auf seinen Sitz, während er die Waffe entsicherte. Lars Nielsen lag auf ihm, versetzte ihm einen Kopfstoß und schlug seine Hand gegen die Seitenwand des Lieferwagens, viermal, bis der Blonde die Waffe losließ. Sie fiel auf den Boden des Wagens. Das Ganze hatte sich in maximal drei Sekunden abgespielt, der Lieferwagen war nicht langsamer geworden. Die Pistole lag direkt vor den Füßen von Rohde. Er hob sie auf und hielt sie am Lauf fest, als wollte er sie seinem Besitzer zurückgeben. Er blickte auf Lars Nielsen, der mit Deterings Waffe in der Hand an ihm vorbeikroch. Nielsen riss die Seitentür auf, dann richtete er die Pistole auf Rohde.

»Du bleibst hier«, sagte er kalt. Rohde drehte seine Waffe um und zielte damit auf Lars Nielsen.

»Nein, ich komme mit«, erwiderte er. Er war ebenfalls eiskalt. Innerlich.

Es vergingen lange Sekunden. Endlich senkte Lars Nielsen den Arm und sie ließen sich aus dem Auto fallen, erst Rohde, dann Nielsen. Rohde landete auf Schulter und Knien, es tat entsetzlich weh, aber er kam auf die Beine. Der Lieferwagen bremste ungefähr fünfundzwanzig Meter vor ihnen, setzte zurück, schlingerte.

Sie befanden sich auf einem Platz, der von weißen Gebäuden im Zuckerbäckerstil umgeben war. Vor ihnen lag die Karl-Marx-Allee, und die U-Bahn-Station, Strausberger Platz. Einige Trabbis tuckerten vorbei, sie liefen zwischen ihnen hindurch, bis sie die Treppe erreichten. Rohde sah drei Stasi-Männer über die Fahrbahn hetzten, als er die Treppe hinunterlief – sie hatten einen Vorsprung von gut einhundert Metern. Lars Nielsen rannte voraus, Rohde hastete humpelnd hinterher; sie mussten eine weitere lange Treppe hinunter, dann hatten sie den Bahnsteig erreicht, an dem gerade ein Zug eingefahren war.

Sie stiegen ein, rangen nach Luft. Ein älterer Herr las das *Neue Deutschland* und eine dicke Frau hielt ihren Sohn an der Hand, in der anderen hatte sie ein Einkaufsnetz mit einer Dose ›Soljanka mit Fleischwurst‹. Die Sekunden vergingen, der Zug stand still. Rohde und Nielsen hörten die Stasi-Leute, sie konnten sie bereits sehen, sie stürzten die Treppe herunter und liefen auf den Zug zu, sie schrien etwas, aber es war zu spät, der Signalton erklang, die Türen schlossen sich, der Zug setzte sich in Bewegung.

An der nächsten Station stiegen sie aus, Schillingstraße. Sie rannten nicht, beeilten sich aber, aus der Station zu kommen. Rohde wusste nicht, wo sie waren, doch weit vom Alexanderplatz konnte es nicht sein. Er hatte die Orientierung verloren. Sie nahmen eine kleine Gasse, überquerten eine größere Straße und gingen hinunter zur Spree. Sie nahmen den Weg am Fluss entlang. Es war inzwischen dunkel, Straßenbeleuchtungen gab es nicht. Noch hatten sie kein Wort miteinander gewechselt.

»Ich habe mit der Verhaftung nichts zu tun. Man hat mich erst heute mit dieser Berlinreise beauftragt.«

»Wer?

»Kriminalinspektor Kai Høigaard und Vizekriminalkommissar Ole Larsen von der Kopenhagener Mordkommission. Es gibt niemanden, der weiß, dass ich hier bin, abgesehen von den beiden. Hör mal. Es muss sich um ein Missverständnis handeln. Ich könnte in Kopenhagen anrufen und ein paar Fäden ziehen ...«

Lars Nielsen blieb stehen und packte Rohde an den Schultern. Er hatte eine breite, leicht vorstehende Stirn, eine seiner Augenbrauen war aufgeplatzt. Die blutunterlaufenen Augen wirkten trübe, aber gleichzeitig hart und entschlossen.

»Du hast hier überhaupt keine Fäden zu ziehen. Du hältst dich an mich, und wenn nicht, musst du selbst klarkommen. Wir haben eine ... na ja, winzige Chance, das Land zu verlassen. Wenn du wüsstest, wie klein diese Chance tatsächlich ist, würdest du dir in die Hose scheißen.«

Rohde nickte, zog seine Zigaretten heraus und bot sie ihm an. Lars Nielsen griff zu. Rohde fand sein Feuerzeug und gab ihm Feuer, einen Moment blieben sie stehen und rauchten.

In der Ferne sahen sie das Lichtermeer von Westberlin.

»Okay«, sagte Rohde, »einverstanden. Aber du musst mir verraten, wie es abgehen soll.«

»Wir schauen jetzt, ob wir in die Botschaft kommen, aber das wird vermutlich nicht klappen ...«

»Und was dann?«

»Dann muss ich telefonieren.«

»Okay«, sagte Rohde und streckte seine Hand aus. Lars Nielsen starrte sie verständnislos an.

»Du traust mir doch noch immer keine Handbreit. Also darf ich mich vorstellen: Erik Rohde, ehemaliger Kriminalassistent der Abteilung A der Kopenhagener Polizei, jetzt Polizeiassistent der Kopenhagener Passpolizei. Degradiert wegen homosexuellen Verhaltens.«

Lars Nielsen zögerte einen Moment, dann drückte er Rohde die Hand.

»Lars Nielsen, ehemaliger Kommunist und Mitglied des Zentralkomittees der DKP. Straight!«

Die Situation war eindeutig. Es wimmelte von Polizisten und Stasi-Leuten vor der Königlich Dänischen Botschaft, einem großen Gebäude Unter den Linden, über dessen Eingang ein schlaffer Dannebrog an einer Fahnenstange hing. Sogar eine Straßensperre hatte die Ostberliner Polizei errichtet, an der die Autos und Fußgänger kontrolliert wurden. Lars Nielsen zog Rohde in die Glinkastraße, in einer Seitenstraße fanden sie eine Telefonzelle. Nielsen rief irgendjemanden an, Rohde sah, wie er in der Zelle sprach. Das Gespräch war kurz. Als er aus der Zelle kam, machte er einen mürrischen Eindruck. Er kratzte sich am Bart.

»Komm!«

»Wohin?«

»Zum Prenzlauer Berg, dort treffen wir jemanden in einer halben Stunde.«

Es hatte wieder angefangen zu regnen. Sie nahmen die U-Bahn vom Hausvogteiplatz. Rohde sah sich nach

Polizisten oder Männern in braunen Mänteln um. Ihre Personenbeschreibung musste jetzt in der gesamten Stadt verbreitet sein. Er hatte den Eindruck, als würde jeder sie anstarren. Der Zug war viel voller als die Bahn zur Schillingstraße. Rohde und Nielsen standen in ihren feuchten Mänteln eng nebeneinander. Am Senefelder Platz stiegen sie aus. Das Viertel bestand aus heruntergekommenen alten Mietskasernen, großen baufälligen Gebäuden, die Rohde an Teile von Nørrebro in Kopenhagen erinnerten. Der Regen hatte jetzt aufgehört, nun senkte sich eine Nebelwolke über die Dächer und Häuser. Rohde wurde nervös, weil so wenige Menschen unterwegs waren. Er spürte, dass sie überwacht wurden, dass ihnen aus den verdunkelten Häusern verborgene Augen folgten. Er versuchte, irgendetwas zu hören. Jemand kam auf sie zu, spitze Absätze klickten auf dem Pflaster, gleich musste die Frau auftauchen, doch das Klicken erstarb. Er hörte andere Geräusche, das Echo weiterer Schritte.

In einem Torweg stand ein alter Mann und pinkelte. Er drehte sich zu ihnen um und zog mit seinem zahnlosen Gaumen eine Grimasse. Ein Mädchen mit schwarz umrandeten Augen und schwarzen Klamotten schlurfte über die Straße, sie trug eine Lederjacke mit rotem Futter und Nieten an den Ärmeln und war offensichtlich hier zu Hause.

In der Nähe beschleunigte ein Auto.

Sie stießen auf eine breitere Straße, die Kastanienallee. Auch hier nur wenige Menschen und Fahrzeuge. Nielsen und Rohde liefen an einer Kirche vorbei und gelangtem zu einem Areal, dem Arkonaplatz. Auf der Straße war niemand zu sehen. Es war kurz vor zehn. Sie überquerten den Platz und liefen in einer kleinen Straße bis zu einer Einfahrt. Sie waren jetzt nahe der Grenze, eine Straße weiter konnten sie die Mauer sehen. Rohde vermutete, dass sie irgendwie über die Mauer wollten, doch sie blieben in der Einfahrt stehen und warteten. Nichts außer einem alten rostigen Damenfahrrad und ein paar verbeulten Mülleimern, es stank nach Kohl und Katzenpisse. Lars Nielsen drückte sich an die Mauer. Rohde hielt sich hinter ihm. Wieder hörten sie die klickenden Absätze wie ein weit entferntes Echo. Es war nicht eindeutig auszumachen, ob die Schritte näher kamen oder sich entfernten.

»Worauf warten wir?«

»Auf Britta Hammerlund.«

»Wer ist das?«

»Mein Führungsoffizier. Sie müsste in ...«, er sah auf die Uhr, »vier Minuten hier sein.«

»Und dann?«

»Dann hauen wir ab.«

»Wieso treffen wir uns hier?«

»Du stellst zu viele Fragen.«

»Ja.«

Lars Nielsen seufzte, zog seine Schnürsenkel auf und band einen neuen, festeren Knoten, dann richtete er sich auf und flüsterte Rohde ins Ohr: »Wir müssen uns hier treffen, weil sie mindestens zwei Mann auf sie angesetzt haben. Einer geht hinter ihr, der Zweite auf der anderen Straßenseite. Es gibt nur eine Möglichkeit, sie loszuwerden. Sie muss schnell um zwei Ecken gehen, das verschafft uns sechs, sieben Sekunden. Der Bursche, der auf der anderen Straßenseite geht, kann die erste Ecke noch übersehen, aber er erreicht sie nicht schnell genug, um die zweite Ecke zu überblicken, wenn die Straßen so eng beieinanderliegen wie hier. Das ist die Lücke, die uns bleibt. Sie ist in ...«, wieder blickte er auf die Uhr, »drei Minuten und zehn Sekunden hier, dann ziehen wir den

Bauch ein und machen uns unsichtbar, bis ihre Verfolger vorbei sind.«

»Und was dann?«

»Du wirst sehen.«

Sie hielten den Atem an, Rohde sah nun auch auf die Uhr, konnte aber in der Dunkelheit die Zeiger nicht erkennen. Dann kamen die Schritte näher, die spitzen Absätze auf dem Asphalt. Sie verlangsamte ihr Tempo, als sie sich näherte, als würde sie zögern, dann ging sie an ihnen vorbei – eine schlanke junge Frau in einem beigefarbenen Baumwollmantel, einer blauen Baskenmütze und einem Hauch von Parfüm.

»Keine Passage heute Nacht. Plan Dieter. Pass gut auf dich auf, Schatz!«

Die Frau war verschwunden, die Absätze klickten eine Ecke weiter. Lars Nielsen trat ein paar Schritte zur Seite, Rohde folgte ihm. Sie hörten jetzt andere Schritte, Gummisohlen. Der Erste ging, in einer aschgrauen Windjacke, auf der anderen Straßenseite. Er schaute in die Einfahrt, kurz darauf glitt ein zweiter Schatten vorbei. Er trug einen kurzen Mantel, eine helle Hose, Schnurrbart und Brille. Er sah nicht in die Einfahrt, sondern hastete einfach weiter. Sie warteten ungefähr anderthalb Minuten. Dann hämmerte Lars Nielsen seine Faust an die Mauer und murmelte irgendetwas Unverständliches. Er schien wie gelähmt. Rohde legte ihm eine Hand auf die Schulter und versuchte, ihn zu beruhigen.

»Was ist denn los?«

»Wir können nicht nach Westberlin. Ich weiß nicht, warum.«

»Ja, das habe ich auch verstanden, aber was bedeutet ›Plan Dieter‹?«

»Das Schlimmstmögliche. An der Bornholmer Straße oder am Checkpoint Charlie wird ein Ablenkungsmanöver veranstaltet. Derweil nehmen wir die Hintertür. Wir müssen über Polen raus.«

»Über Polen? Das meinst du nicht im Ernst? Das geht doch nicht!«

»Es bleibt uns nichts anderes übrig. Wir müssen uns ein Auto leihen.«

»Und was heißt ›Pass gut auf dich auf, Schatz‹? Hatte das was mit dem Auto zu tun?«

Zum ersten Mal hob Lars Nielsen die Mundwinkel, aber er antwortete nicht. Sie gingen über den Hinterhof vorbei an Fahrradständern und ein paar morschen Schuppen, kletterten über einen Zaun auf ein niedriges Dach und landeten auf einem kleinen, mit Gras bepflanzten Hinterhof mit Tischen und Bänken. Eine Katze erschreckte Rohde beinahe zu Tode. Über einen weiteren Hinterhof gelangten sie zur Schwedter Straße und gingen wieder die Kastanienallee entlang. Der Verkehr hatte zugenommen, Rohde sah Menschen und atmete erleichtert auf. Doch dann bog ein weißer Trabant um die Ecke und bremste ungefähr einhundert Meter von ihnen entfernt.

Man hatte sie entdeckt.

Zwei Männer stiegen aus. Ein kleiner in einer kurzen braunen Jacke und schwarzen Handschuhen, der andere war größer, hatte dünne Haare, ein längliches Gesicht und trug eine eng sitzende dunkle Windjacke. Lars Nielsen drehte sich um und ging zurück in Richtung Schwedter Straße. Rohde folgte ihm, nach zehn Metern fingen sie an zu laufen. Sie rannten über die Kastanienallee, eine Straßenbahn kam auf sie zu, es gelang ihnen, auf die andere Straßenseite zu kommen. Jetzt hatten sie einen Vorsprung. Lars Nielsen hastete die Schwedter Straße entlang, sie liefen mitten auf der Straße. Rohde sah sich um. Der Mann in der dunklen Windjacke war ihnen dicht auf den Fersen, der Kurze konnte nicht mithalten. Sie rannten weiter und versuchten Britta Hammerlunds Trick. Sie liefen rasch um zwei Ecken, dann um einen Block und kamen schließlich auf einen Fußweg zwischen zwei Wohnblocks. Durch ein Tor ging es zurück auf die Schwedter Straße – auf Dauer würden sie die Verfolger nicht abschütteln können.

Lars Nielsen huschte in ein Treppenhaus. Sie rangen nach Atem, dann stiegen sie die Treppe hinauf. Im dritten Stock klingelte Nielsen. *Martin Kock & Irene Schalburg* stand auf dem Messingschild an der Tür.

Ein Mann mittleren Alters, die dunklen Haare zurückgekämmt, öffnete. Er war eher leger gekleidet, ein grüner Pullover mit V-Ausschnitt über einem weißen Hemd, dazu eine flaschengrüne, breitgestreifte Cordhose. Er nickte freundlich und trat einen Schritt zur Seite.

Der Mann führte sie in ein Arbeitszimmer voller Bücherregale und Papierstapel. Auf dem Schreibtisch eine alte Schreibmaschine, an der Wand abstrakte Kunst: Ein rotes Gemälde mit irgendwelchem Krimskrams und ein paar Streichhölzchenmännchen und ein weiteres Bild mit einer Menge schwarzer Striche, die sich kreuz und quer über die Leinwand zogen.

In dem großen Wohnzimmer hintern den Flügeltüren saß eine dunkelhaarige Frau auf dem Sofa und las ein Buch. Hans Magnus Enzensbergers *Der Untergang der Titanic*. Sie trug ein helles Unterhemd oder eine Art Nachthemd, darüber einen rosa Cardigan. Die Art, wie sie dasaß und las, erinnerte Rohde an Ann Charlotte. Ein Bild der Kontemplation: eine lesende Frau. Rohde hatte manchmal so etwas wie Eifersucht gespürt, wenn Ann Charlotte sich so in ihre Bücher vertiefte; und auch jetzt war er ein bisschen eifersüchtig auf diesen Mann, der in dieser hübschen Wohnung mit dieser schönen lesenden Frau lebte. Wieso war er damals bloß nicht mit ihr zusammengeblieben? Die Frau auf dem Sofa schaute auf und sah ihn neugierig an. Er wandte den Blick ab und wurde verlegen, weil er sie in ihrer Wohnung so anstarrte. Sie lächelte, legte das Buch weg und streckte die Beine aus. Rohde wäre gern zu ihr gegangen, als hätte sich die ganze Situation plötzlich völlig verändert. Es schien ihm auf einmal unbegreiflich, dass sie sich auf der Flucht befanden.

Lars Nielsen und Martin Kock sprachen am Fenster gedämpft miteinander. Es sah so aus, als würden sie sich gut kennen. Kock hatte eine Hand auf Nielsens Schulter gelegt, das freundliche Gesicht von vorhin hatte nun einen ernsten Ausdruck. Lars Nielsen zog seinen Mantel aus. Er zog auch Jacke, Schuhe und Hose aus. Auch Martin Kock entkleidete sich. Er zog Lars Nielsens Sachen an. Sie waren ungefähr gleich groß und hatten dieselbe Statur. Kock führte sie in ein Zimmer und öffnete ein Schubfach am Boden eines großen braunen Schranks. Es gab Kleider, Hosen, Pullover und Hemden. Kock kam mit ein paar Mänteln zurück. Rohde erhielt einen Baumwollmantel, Nielsen einen dunklen Wollmantel. Kock brachte auch eine Sportmütze, die Rohde aufsetzte. Sie trugen die Sachen ins Arbeitszimmer und zogen sich um. Martin Kock sprach im Wohnzimmer mit seiner Frau. Er hatte eine Flasche dabei, als er zurückkam, irgendetwas Einheimisches. Er schenkte drei kleine Gläser ein; lächelnd prosteten sie sich zu und tranken aus. Dann drückten sie Kock die Hand, der die Wohnung verließ. Lars Nielsen stellte sich ans Fenster und zog die Gardine ein wenig zur Seite. Rohde schaute ebenfalls hinaus. Sie sahen, wie Martin Kock aus der Haustür kam und zu rennen begann; er lief die Straße hinunter. Einen Moment später waren zwei Stasi-Leute hinter ihm her. Es waren nicht die beiden von vorhin. Am anderen Ende der Straße heulte ein Wagen auf und jemand rief *Halt!*. Kock rannte auf die Kastanienallee zu.

»Das kostet ihn einen Monat Pankow«, sagte Lars Nielsen und zog sich vom Fenster zurück.

»Pankow?«

»Das Untersuchungsgefängnis des Staatssicherheitsdienstes. Liegt außerhalb des Zentrums. Komm, wir müssen los.«

Sie betraten den langen Wohnungsflur. Lars Nielsen nickte der Frau im Wohnzimmer zu, Rohde lächelte. Die Frau lächelte nicht. Sie nahmen die Hintertreppe, kamen in einen Hinterhof und gingen eine Kellertreppe hinunter. Lars Nielsen schaltete Licht ein und öffnete die Tür zu einem großen Raum, einer Autowerkstatt. Auf dem Boden Motorteile, Ölkanister und ein Wagenheber, an den Wänden Werkzeug. Daneben ein alter türkisfarbener Trabant. Lars Nielsen klopfte auf die Motorhaube, setzte sich hinein und versuchte, den Wagen anzulassen. Er versuchte es mehrere Male, der Motor war kurz davor anzuspringen, soff aber jedes Mal wieder ab. Nielsen stieg aus, öffnete die Motorhaube und fummelte an irgendetwas herum. Dann holte er sich einen Schraubenzieher und arbeitete weiter. Rohde nahm die Zigaretten heraus und zog eine aus dem Päckchen. Seine Hände zitterten so stark, dass er die Zigarette nur mit Mühe anstecken konnte. Kurz darauf legte Nielsen das Werkzeug an seinen Platz und wischte sich die Hände an einem ausgefransten schwarzen Lappen ab. Er setzte sich ins Auto und versuchte erneut, den Wagen anzulassen. Beim zweiten Versuch sprang der Motor an. Er ließ ihn laufen, stieg wieder aus und zog an einem Seil an der gegenüberliegenden Wand. Ein vollkommen verdrecktes, blaues Garagentor, das Rohde vorher nicht bemerkt hatte, klappte auf.

## 26

»Das ist Virginia«, sagte Poul Strand. »Schmeckt ein bisschen nach Nüssen, finden Sie nicht?«

Larsen und Strand rauchten die beiden letzten Zigaretten aus Strands Craven-A-Schachtel. Strand hatte Kaffee gekocht, sie saßen in den Wohnzimmersesseln und schauten aus dem großen Panoramafenster. Die Wolkendecke war noch immer dicht und grau, der Fjord hatte die gleiche Farbe, alles war von Nässe und Melancholie durchtränkt. In der Ferne schlich ein kleines rotes Auto über die Brücke. Strands Kreislauf hatte sich stabilisiert, sein Gesicht hatte wieder Farbe bekommen. Larsen hielt die Zigarette in der Hand und schaute sie an.

»Na ja, sie schmeckt etwas süßlich.«

Eigentlich hätte er aus dem Haus stürzen und Himmel und Hölle in Bewegung setzen müssen, eigentlich hätte er sofort nach Christiansfeld fahren müssen, vielleicht konnte er Richter ja noch retten, bevor Niels Nielsen ihn aufspürte. Larsen hatte das Revier in Christiansfeld angerufen, als Strand in der Küche war, aber er konnte sich nicht aufraffen. Er wusste nicht, woran es lag, er gab sich noch fünf Minuten. In fünf Minuten musste er aufbrechen.

»Eigenartig«, sagte Strand und schaute auf seine Zigarette, »wie die Dinge ihre Bedeutung verändern. Als wir sie rauchten, waren sie modern. Wir spürten unser Blut in den Adern, eine Craven A und eine Sten Gun. Wir fühlten uns unverwundbar, als wir am 5. Mai mit den englischen Spezialeinheiten zurückkamen. Und heute? Wirkt eine Craven A doch leicht affig und intellektuell, oder?«

»Da bin ich nicht sicher.«

»Man glaubt, man ist noch immer derselbe. Aber

plötzlich ist man ein Idiot und Verbrecher«, fuhr Strand fort. »Und sein eigener Narr. Ich habe vier Menschen direkt vor mir umgebracht. Man sagt, es wird leichter nach dem Ersten, aber das ist falsch. Es passiert etwas in dir. Eine innere moralische Blutung. Du kannst mit dem Blut schreiben, aber irgendwann bist du verblutet, irgendwann bist du vollkommen vertrocknet, wenn du diese Blutung nicht stoppst. Und ich habe sie nicht gestoppt.«

Strand hatte in die Luft gesprochen, als würde er Selbstgespräche führen oder ein Tonbandgerät besprechen, jetzt wandte er seinen Blick Larsen zu und musterte dessen Gesicht. Wollte er Larsens Absolution? Wollte Larsen seine? Blieb er deshalb sitzen? Strand senkte die Augen.

»Ich dachte ja, ich könnte Werner in *Der Hüter meines Bruders* weiterleben lassen. Ich war der festen Überzeugung. Nein, das ist auch falsch. Irgendwo wusste ich ja genau ... dass ich ihn darin begraben hatte.«

Larsen sah auf die Uhr. Die fünf Minuten waren vergangen. Er erhob sich und streckte eine Hand zum Abschied aus.

»Leben Sie wohl, Poul Strand.«

Strand hatte sich ebenfalls erhoben.

»Ich weiß nicht einmal, wie Sie heißen.«

»Larsen. Ole Larsen.«

Sie gaben sich die Hand.

»Leben Sie wohl, Ole Larsen.«

Rohde und Lars Nielsen fuhren auf die E 30 in Richtung Frankfurt an der Oder und Warschau. Auf dem Weg aus der Stadt wurden im Radio keine Straßensperren oder Fahndungen gemeldet, nichts. Das Ablenkungsmanöver, von dem Lars Nielsen gesprochen hatte, war offensichtlich erfolgreich gewesen.

Nach ein paar Kilometern auf Hitlers alter Betonautobahn nach Polen begann es zu hageln, der Wagen fuhr jetzt über neunzig. Der Keilriemen kreischte, der Auspuff schepperte, das Licht auf dem Armaturenbrett fiel aus, die Bremsen quietschten, die Heizung funktionierte nicht und die winzigen Scheibenwischer hobelten mit lautem Klappern über die Scheibe.

Rohde schlug die Arme um sich, damit es ihm warm wurde, es zog gewaltig. Er hatte versucht, Lars Nielsen ein paar Fragen zu stellen, aber Nielsen hatte ihm nur einsilbig geantwortet. Hin und wieder trank Lars Nielsen ein paar Schlücke aus einem Lederfutteral mit einem Flachmann, ohne Rohde davon anzubieten.

Es würde eine lange und kalte Nacht werden.

Hinter der Abzweigung nach Fürstenwalde blinkte Nielsen und fuhr auf einen Rastplatz. Er ließ den Motor im Leerlauf laufen und griff nach einer Plastiktüte mit Werkzeug auf dem Rücksitz. Nielsen stieg aus, öffnete die Motorhaube und beschäftigte sich wieder mit dem Motor. Rohde verließ den Wagen ebenfalls, um hinter ein paar Mülleimern zu pinkeln. Es war feuchtkalt, Schneeregen fiel, sein Körper war steif vom Sitzen in dem kalten Auto. Er spürte seine Schulter, und nach dem Sprung auf die Karl-Marx-Allee schmerzte sein Knie. Sie wollten nach Polen, aber er hatte keine Ahnung, wie es dann weitergehen sollte. Über Danzig vielleicht. Wenn es eine Möglichkeit über Svinemünde gäbe, wäre Nielsen nach Norden gefahren. Als er zurückkam, saß Lars Nielsen abfahrbereit im Wagen. Er hatte das Gebläse aufgedreht, warme Luft drang jetzt in den Innenraum und vermischte sich mit dem Gestank des Zweitaktergemischs.

»Wieso stinkt das denn so?«

Lars Nielsen antwortete nicht. Er saß stocksteif im Auto, den Kopf um fünfundvierzig Grad gedreht. Am Ende des Rastplatzes stand ein dunkler Wagen im Schatten einiger Büsche.

»Du machst jetzt das Handschuhfach auf«, flüsterte er. »Nimm die Pistole heraus ... leise, verdammt noch mal!«

Nielsen hielt auf den Wagen zu. Sie mussten an ihm vorbei, um auf die Autobahn zu kommen.

»Der Beifahrer spricht ins Funkgerät. Ziel zuerst auf ihn, dann auf den Fahrer.«

Rohde zögerte, dann beugte er sich vor und nahm die Makarov aus dem Handschuhfach. Er hielt die Pistole in beiden Händen, legte vorsichtig den Sicherungshebel um und entsicherte die Waffe. Er konnte sich kaum bewegen, daher kurbelte er mit der linken Hand das Seitenfenster herunter. Lars Nielsen blickte ihn wütend an. Sie waren jetzt fünf, sechs Meter von dem anderen Fahrzeug entfernt. Das Fenster stand offen, der Wind pfiff hinein. Zwei Menschen saßen in dem Auto. Ein Mann und eine Frau. Sie bewegte ihre Hand.

»Jetzt!«

Rohde war wie gelähmt. Er konnte sich nicht rühren, sie waren zwei Meter von ihnen entfernt. Die Frau hob die rechte Hand. Ein orangefarbener Schimmer. Der Mann am Steuer reckte den Kopf und sah ihnen nach.

Dann waren sie an ihnen vorbei.

Lars Nielsen gab Gas und bog links ab, er blinkte, fuhr auf die Autobahn und trat das Gaspedal durch. Im Wagen herrschte eine unerträgliche Spannung.

»Verdammte Scheiße!«, brüllte Rohde schließlich. »Die haben nur dagesessen und geraucht, Mann!«

»Du musst locker werden«, erwiderte Lars Nielsen,

während er in den Seitenspiegel schaute. »Als du das Fenster runtergekurbelt hast, hast du uns verraten. Hoffen wir, dass die beiden nicht vom MfS waren, denn sonst sind wir am Ende. Begreifst du das?«

Rohde bemerkte, dass er die Pistole noch immer in der Hand hielt. Er sicherte sie und warf sie zurück ins Handschuhfach. Er hatte das Gefühl, als breite sich sein Herz im ganzen Körper aus und klopfte in den Armen, in den Beinen und im Bauch. Er starrte in die dunkle Nacht.

»Ja«, sagte er. »Ich hab schon kapiert.«

»Das liegt daran, dass das Benzin nicht ordentlich verbrennt.«

»Was?«

»Du hast vorhin gefragt, wieso der Wagen so stinkt. Das liegt daran, dass er einen kleinen luftgekühlten, zweizylindrigen Zweitaktmotor hat. Es gibt nur einen Ausstoßtakt und einen Ansaugtakt, und er verbrennt, wenn der Kolben den oberen Totpunkt erreicht hat.«

Sie überholten drei Trabbis, einen weißen, einen sandfarbenen und einen braunen. Lars Nielsen nahm einen hastigen Schluck aus dem Flachmann, wischte sich die Lippen mit der Rückseite der Hand ab, setzte die Flasche noch einmal an und fuhr sich wieder mit der Hand über den Mund. Rohde fror nicht mehr, aber mit der Wärme kamen die Schmerzen. Er hätte sich das Knie und die Schulter ansehen müssen, aber dazu war er nicht in der Lage. Lars Nielsen hatte das Radio angeschaltet, er stellte einen Musiksender ein, der Popmusik spielte. *Sterne verspäten sich nie* hieß der Refrain, und hinterher erklärte eine nichtssagende Stimme, dass sie gerade ein Livekonzert der Puhdys aus dem Friedrichstadtpalast gehört hätten. Danach ging es in dem knisternden Radio mit ähnlich süßlichen Songs weiter.

Nach einer Stunde ostdeutscher Popmusik bog Nielsen wieder auf einen Rastplatz.

»Was jetzt?«

»Du musst hinten rein.«

»Wieso muss ich in den Kofferraum?«

»Was glaubt du wohl? Wir zwei sind die beiden meistgesuchten Personen in der DDR. Aber ich habe einen falschen Pass und du nicht, und gleich fahren wir über die Oder nach Polen.«

»Aber mir ist gerade warm geworden.«

»Tja.«

Lars Nielsen stieg aus und öffnete die Kofferraumklappe. Rohde blieb noch einen Moment sitzen, bevor er ausstieg. Er zog den Mantel fest um sich. Ein paar weiße Plastikkanister, eine Brechstange und einige leere Bierflaschen lagen im Kofferraum. Außerdem eine Pappkiste mit Dosen. Rohde zog eine Dose heraus, ›Soljanka mit Fleischwurst‹. Sollte er wirklich da rein?

Lars Nielsen räumte den Kofferraum aus, sammelte die leeren Flaschen und Kanister zusammen und warf sie in einen Mülleimer, die Kiste mit den Dosen stellte er auf den Rücksitz.

Noch bevor Nielsen die Kofferraumklappe zuwarf, klapperte Rohde schon mit den Zähnen. Er lag miserabel, die verletzte Schulter schmerzte, die Knie musste er unters Kinn ziehen.

Er versuchte, an etwas anderes zu denken.

Berlin hatte er auch einmal mit Ann Charlotte besucht. In dem Jahr vor ihrer Hochzeit, sie hatten die Berliner Philharmoniker unter Herbert von Karajan Berlioz und Hindemith spielen hören und waren in der Nationalgalerie gewesen, um sich Caspar David Friedrich, Klee und Grosz anzusehen. Es war eine etwas andere Tour als mit Søren gewesen. In Berlin hatte Ann

Charlotte um seine Hand angehalten. An dem Abend, als sie an einem Imbiss ihr Abendessen zu sich genommen hatten. Das war Ann Charlottes Vorschlag gewesen, weil sie die übrigen Abende so scheißvornehm gegessen hätten, wie sie es ausdrückte. Sie waren betrunken, er von trockenen Martinis, sie von Campari und Gin Tonic. Den ganzen Nachmittag über hatten sie in der Hotelbar verbracht, weil sie keine Lust mehr hatten, Museen zu besuchen. Plötzlich war sie auf den Kurfürstendamm gelaufen, kurz darauf mit einer Rose in der Hand zurückgekommen und hatte um seine Hand angehalten.

*Für dich, mein geliebter Chaot, weil ich dich liebe. Willst du mich heiraten? Ich frage dich nicht noch mal*, hatte sie gesagt und sich vor Lachen ausgeschüttet. Er hatte ernst und gerührt *ja* gesagt, und dann hatten sie sich geküsst, bis ihnen Tränen in den Augen standen.

Ann Charlotte und Marie Louise. Rohde schluchzte, als er an sie dachte. Schluchzte und zitterte vor Kälte und Ohnmacht. Verflucht, warum hatte er sie verlassen?

Die Geschwindigkeit verlangsamte sich. Der Wagen blieb stehen, aber der Motor lief weiter. Sie fuhren einige Meter weiter und hielten wieder, fuhren und stoppten. Wahrscheinlich standen sie in der Schlange an der Grenze. Rohde vernahm Stimmen. Lars Nielsen sprach Polnisch mit dem Grenzbeamten, sie diskutierten über irgendetwas, dann wurde es still. Der Wagen setzte sich noch immer nicht in Bewegung, dann hörte er wieder etwas Polnisches. Vermutlich hatte der Grenzbeamte den Pass überprüft und war jetzt zurückgekommen. Rohde hörte, wie sich Schritte näherten, sie mussten jetzt hinter dem Wagen stehen. Der Grenzbeamte sagte zwei Wörter, Lars Nielsen entgegnete kurz, der Kofferraum wurde nicht geöffnet. Rohde spürte, wie sich Nielsen schwer auf den Fahrersitz fallen ließ, dann fuhr er los.

Er wollte jetzt raus. Aber Lars Nielsen fuhr weiter, ohne anzuhalten. Was, zum Teufel, ging hier vor? Wurde das Auto beschattet, hatte Nielsen ihn vergessen? Oder wollte er ihm eine Lektion erteilen, eine kleine Lehre, wollte er ihm klarmachen, wer hier das Sagen hatte?

Nach einer Weile begann Rohde, so gut es ging, gegen die Innenwand des Kofferraums zu trampeln und zu schlagen. Er war wütend, er brüllte und schrie, aber seine Kräfte verließen ihn, und schließlich lag er nur noch da, klapperte mit den Zähnen und versuchte, sich wach zu halten.

Er dachte an Hiob. Ging es ihm wie Hiob? War er genauso *fucked up* und von Gott und der Welt verlassen, wurde er seinem Schicksal überlassen? Er wusste es nicht und fing an, hysterisch zu lachen, denn er hatte nie an Gott geglaubt und wollte das auch jetzt nicht ändern. Aber es war saukalt in Polen.

Bereits an der Einfahrt des weiß geklinkerten Reihenhauses am Villenweg außerhalb von Lunderskov erkannte Anita, dass es ein Fehler war, ihre kleine Schwester zu besuchen: sorgfältig geharkter Perlkies, Immergrün mit Fassonschnitt und ein Springbrunnen mit einer Plastikkopie des Manneken Pis. Tina war ›Papas Mädchen‹ gewesen, die liebe kleine Tinne mit den blonden Haaren. Sie liebte ihre Zöpfe und ihre Prinzessinnenkleidchen. Anita hasste Zöpfe und schnitt sich selbst die Haare, als ihre Mutter starb. Papa Tage kaufte ständig Nippes für Tina: kleine Hunde, Perlen, Nadelkissen und

Fingerhüte. Tina hatte ihre kleine rosa Welt mit Puppen und sie hasste ihre große Schwester, denn ihrer Meinung nach hatte Anita ihr den Vater weggenommen. Anita hatte gehofft, es würde schon funktionieren, wenn sie mit Jacob auftauchte; Lunderskov lag schließlich auf dem Weg zwischen Esbjerg und Christiansfeld. Doch Tina und Erling, ihr Maurermann mit Halbglatze, der hinter ihr stand, eine Hand auf Tinas Schulter, irgendetwas brummte, hatten ihnen einfach die Tür vor der Nase zugeworfen. *Du glaubst wohl, du kannst hier einfach so auftauchen, was?* Und nun standen sie da und starrten auf die Tür mit dem mattierten Glas.

»Wer war die Frau?«, wollte Jacob wissen.

»Deine Tante. Mamas Schwester.«

»Wieso mag sie uns nicht?«

»Sie glaubt, es wäre meine Schuld, dass wir in Pflege kamen.«

»In Pflege, was ist das?«

»Na ja, wenn Eltern nicht mehr auf die Kinder aufpassen können. Oder wenn sie ... nicht mehr da sind. Oder krank.«

»Waren sie das?«

»Das weißt du doch. Großmutter starb, als Mama zwölf war. Und Großvater, er ...«

»Ja?«

»Na ja, er ... Es ging ihm nicht so gut.«

Anita zog Jacob zurück zum Streifenwagen. Sie hatte Connie, eine Beamtin aus Esbjerg, gebeten, sie vom Flughafen hinauszufahren, Connie wartete im Wagen. Jacob setzte sich auf den Rücksitz. Er fummelte an seinem Rucksack, in dem sein Schlafanzug und die Zahnbürste steckte.

»Mama, war es deine Schuld?«

»Was?«

»Dass ihr ins Kinderheim gekommen seid?«

»Na hör mal, von wegen Kinderheim. Wir sind nicht ins Kinderheim gekommen.«

»Na ja, also dies andere, wie heißt das noch?«

»In Pflege. Zu einer Familie. Denk nicht mehr daran. Wir verschwinden jetzt einfach aus dieser Scheißstadt.«

Connie wandte ihr langsam den Kopf zu, aber an ihrem unbewegten Gesichtsausdruck ließ sich nichts ablesen. Vielleicht hatte Anita auch nur keine Lust dazu.

»War es denn so?«, insistierte Jacob.

»Was denn?«

»Deine Schuld?«

»Ja, das war's wohl.«

»Was hast du gemacht?«

Sie betrachtete ihn im Spiegel. Die kleinen Finger umklammerten den Teddy. Jacob kniff die Augen zusammen und sah aus dem Fenster. Sie hätte in diesem Moment am liebsten losgeheult. Auf keinen Fall konnte sie ihm erzählen, was sie mit Tage gemacht hatte. Vielleicht, wenn er älter war. Nein, auch dann nicht. Sie würde es niemals erzählen können. Dass Tage begann, sie zu schlagen, nachdem ihre Mutter Birgitte gestorben war, dass er sagte, sie würde stehlen – ein Schlag –, wenn er seine Brille nicht finden konnte, und ein weiterer Schlag, wenn er sie fand. Tina behandelte er wie eine Prinzessin, sie hielt er wie seine Sklavin. Papas Mädchen, Mutters Hure, denn Anita schlug nach ihrer Mutter. Und als ihre Brüste zu wachsen begannen, kam er jeden Abend zu ihr, wenn er seine Arbeit in der Klinik beendet hatte; nach Alkohol und Zahnkitt stinkend, und mit diesen Händen, die vom vielen Händewaschen so trocken waren. Und eines Tages hatte er recht. Es fehlte tatsächlich etwas. Eine Packung Gillette und ein Klumpen Zahntechnikergips. Anita hatte in der Kellerwerkstatt mit einem Hammer kleine Splitter von den Rasierklingen geschlagen, einen Trichter modelliert und die Splitter hineingeklebt.

Es sah aus wie das Maul eines Haies.

Wie ihr Maul eines Haies.

Beim Einkleben der Rasierklingen schnitt sie sich in den Zeigefinger, aber das Blut schmeckte gut, als sie es ableckte.

»Jacob.«

»Ja.«

»Manchmal tut man etwas, das man nicht darf, aber man muss es einfach machen.«

»Wie mit Papa?«

»Was meinst du?«

»Du hast was Schlimmes mit Papa gemacht, aber das war notwendig, oder?«

»Hm, ja.«

Anita sah Connie an. Connie starrte stur geradeaus. Sie hielt das Lenkrad ziemlich fest.

»Mama, komme ich auch ins Kinderheim?«

»Jacob, du kommst nicht ins Kinderheim. Dafür wird Mama sorgen.«

Vor Poul Strands Villa setzte Larsen das Blaulicht aufs Dach seines Wagens und drückte auf der E 45 das Gaspedal durch. Er verpasste die Ausfahrt nach Christiansfeld, blickte in den Rückspiegel, *niemand auf dem Seitenstreifen*, und schaltete in den Rückwärtsgang. Die Reifen quietschten, als er zurücksetzte und an der Ausfahrt wieder Gas gab. Ein Lastwagen hielt die Hupe gedrückt, und der Fahrer, ein Bursche mit Sonnenbrille und einem kurzärmligen Hemd, schlingerte an ihm vorbei und zeigte ihm den Stinkefinger.

Auf der Landstraße fuhr Larsen konstant einhundertzehn. An einem Kreisel außerhalb des Ortes fuhr er fast einen Holzbrunnen um und konnte gerade noch ausweichen, der Wagen schwankte bedenklich. Mit neunzig bog er in den Tværvej und hätte beinahe die Herrschaft über sein Fahrzeug verloren, als er auf dem Schotter des Seitenstreifens ins Schleudern kam. Es gelang ihm, in die richtige Spur zu kommen, dann bog er rechts ab auf eine schnurgerade Allee.

Er fuhr an der Kirche vorbei und musste noch einmal zurücksetzen. Larsen parkte auf dem Platz vor der Kirche, stieg aus und blieb einen Moment stehen, um seinen Puls unter Kontrolle zu bringen.

Hier sollte er sich mit einem der hiesigen Polizisten treffen, Bent irgendwie. Allerdings war niemand zu sehen. Nur Stille, Dunkelheit und kleine, verschwommene Lichter von ein paar antiquierten Straßenlaternen. Er stand auf dem rechteckigen Platz und sah sich um. Zuschanden geschnittene Bäume. Noch ein Brunnen. Er hörte seine eigenen Schritte. Am Kirchturm eine Uhr, darunter die Jahreszahl ›1778‹. Klassizistische Häuser aus gelbem Backstein mit hohen Dächern und nackten Giebeln. Alles wirkte geometrisch und starr, der Weg, den er entlangging, traf auf einen anderen, zusammen ergab sich ein Kreuz. Larsen setzte sich auf den Rand des Brunnens und wartete. Er zündete sich eine Zigarette an.

Als wäre er auf einer Zeitreise in einer Theaterkulisse aus dem 17. Jahrhundert gelandet. Bestimmt trat gleich ein Mann mit Kniehose, Taschenuhr und dreieckigem Hut aus einem der Häuser und sagte *Willkommen in unserer Stadt, Herr Assessor*.

Dann nahm er es wahr. Wie den Ton einer anderen Welt, den Klang von etwas Jenseitigem.

Von Engeln?

Ein Gesang aus der Kirche. Larsen ging auf die Kirche zu und öffnete eine weiße Holztür.

Das Kirchenschiff, ein weißer, erleuchteter Raum, war voller Menschen. Die Männer trugen schwarze Jacken und weiße Handschuhe, die Frauen Hauben, Spitzen und blaue Bänder ums Kinn. Sie trugen Kannen und große Schüsseln mit Brot umher. War er in eine Filmaufnahme geraten? Sie sangen einen Psalm, den sie nun unterbrachen. Einige hundert Menschen sahen ihn an. Alle lächelten und hörten auch nicht auf zu lächeln, dann wandten sie die Köpfe ab und eine Frau mit Haube und Schnüren stimmte den Gesang wieder an.

Es war schön.

Und eigenartig.

Larsen schlich aus der Kirche und nun stand ein Mann mit einer Mütze, der aussah wie ein Pedell, auf dem Platz. Larsen fragte nach Paul Bergströms Haus und wurde von dem Mann auf die andere Seite des Platzes geführt. Sie gingen durch eine Gasse, kamen an einem kleinen Garten vorbei und gerieten zwischen hohe Häuser aus gelben Klinkern.

Hier kehrte er in die Gegenwart zurück. An einem der Häuser wimmelte es von Polizisten.

»Ist Kriminalassistentin Anita Jensen schon da?«, fragte er einen Beamten, der auf dem Gartenweg stand.

»Anita Jensen?«, wiederholte der Polizist mit leerem Gesichtsausdruck. Larsen sah an ihm vorbei auf die offene Tür zu Richters Haus. Dort fiel ihm ein Mann auf, der Befehle zu geben schien. Mit einem Satz war Larsen auf der Treppe und trat in einen großen Raum mit hohen Decken und weißen Sprossenfenstern. Es gab so gut wie keine Möbel, aber auch Anita konnte er nirgends entdecken. Er stellte sich vor.

»Bent Christensen, ich bin der Einsatzleiter hier«, sagte der Mann und gab Larsen die Hand. »Du musst der Kollege aus Kopenhagen sein.« Er deutete mit einer Handbewegung auf vier Beamte, die sich im Zimmer aufhielten. »Das sind René, Kurt, Erling und Bent. Eigentlich nennen wir ihn ja den lütten Bent.«

Larsen nickte in die Runde, gab aber keinem von ihnen die Hand.

»Tag alle zusammen. Was wissen wir?«

»Wir wissen, dass hier eingebrochen wurde«, antwortete der Einsatzleiter. »Ein Kellerfenster zum Garten wurde eingeschlagen, aber hier drinnen gibt es keinerlei Hinweise auf einen Kampf. Bei dem Wagen des gesuchten Niels Nielsen handelt es sich um einen weißen VW-Bully mit dem Kennzeichen LR 54 154, nicht wahr?«

»Ja.«

»Ein Auto mit dieser Beschreibung wurde heute Vormittag von einer Zeugin gesehen. Sie hat sich das Nummernschild nicht gemerkt, erklärte aber, dass der Wagen mindestens eine Stunde vor dem Haus gestanden habe, dann aber verschwunden sei.«

»Hat die Zeugin Bergström gesehen?«, fragte Larsen.

»Nein.«

Bent Christensen ging zu einem der Fenster zur Straße und wies auf das Haus gegenüber. Ebenfalls ein typisches Haus aus gelben Flensburger Backsteinen, einer Außentreppe aus Stein und einem Geländer. Vor den Fenstern hingen Straßenspione.

»Die Zeugin heißt Grethe Reinholdt und wohnt direkt gegenüber. Sie hat Paul Bergström seit Sonnabend nicht mehr gesehen. Vier unserer Wagen sind unterwegs, haben aber bisher nichts von einem Volkswagen berichtet. Und nun frage ich dich: Können wir sicher sein, dass Niels Nielsen noch in der Stadt ist?«

»Nein.«

»Wir haben sogar die Hunde eingesetzt. Nichts. Vielleicht hat Niels Nielsen Bergström ja aufgesucht, dann aber aufgegeben und ist wieder gefahren.«

»Ich habe Bergström heute Nachmittag auf der Fähre über den Großen Belt gesehen«, erwiderte Larsen. Und plötzlich wusste er, wo er Bergström schon einmal gesehen hatte. Bei Adam Wolff zu Hause! Bergström war der Mann mit der grünen Schürze, der seine Jacke hereingebracht hatte.

»Auf der Fähre über den Großen Belt? Was hat er denn da gemacht?«

»Er war wohl auf dem Weg nach Hause, vermute ich. Er müsste gegen sechzehn Uhr zurückgekommen sein. War Frau Reinholdt um diese Zeit zu Hause?«

»Nein, sie ist seit vierzehn Uhr bei den Vorbereitungen im Saalhaus.«

»Im Saalhaus?«

»Ja, das ist ihre Kirche. Sie haben heute irgendein Fest.«

»Aber sie hat gesehen, wie der Wagen davonfuhr?«

»Ja.«

Es musste sich um das Fest handeln, das Larsen gesehen hatte. Möglicherweise war die ganze Stadt seit zwei Uhr dort und niemand hatte etwas gesehen. Aber das Auto war verschwunden, bevor die Nachbarin wegging, und Bergström konnte frühestens um sechzehn Uhr angekommen sein. Niels Nielsen war eingebrochen, hatte eine Weile gewartet und dann? Hatte der Einsatzleiter recht, war er ungeduldig geworden und wieder abgefahren? Nein, Niels hatte zwanzig Jahre gewartet. Er würde diesen Ort nicht unverrichteter Dinge verlassen.

Als er entdeckte, dass Bergström nicht zu Hause war, musste er den Wagen versteckt haben und später zurückgekommen sein. Bergström war verschwunden. Hatte Nielsen ihn gekidnappt? Wo konnten sie sein? Sie hatten sich ja wohl kaum in Luft aufgelöst.

»Sie sind hier«, erklärte Larsen. »Sie sind in der Stadt, da bin ich sicher. Wir müssen sie nur finden. Ich bleibe hier und warte auf meine Kollegin.«

Als die fünf Beamten hinausgingen, trat Anita in die Tür. Sie lächelte, sah aber nicht sonderlich glücklich aus.

»Hej. Ich parke an der Ecke der Kongensgade. Jacob schläft im Wagen. Ja, Entschuldigung. Habt ihr ihn gefunden?«

»Nein.«

Eine Weile sagte niemand ein Wort. Der Raum war hell, hohe Decken, blankgescheuert. Kein Stuck, keinerlei Verzierungen. Wie auf einem Gemälde von Vilhelm Hammershøj oder wie in einem Museum, in dem niemand wohnt. Lediglich ein Tisch mit vier Stühlen stand im Zimmer, es sah tatsächlich so aus wie: *Tisch in bäuerlichem Stil* oder *Vier einzelne Stühle im klassizistischen Stil, um 1790.*

»Was ist das hier?«, fragte Anita. »Ein bisschen komisch, oder?«

»Ja, man kann es fast hören, nicht wahr?«

»Was hören?«

»Die Stille. Es ist vollkommen still hier. Anita, verdammt, wo sind sie hin?«

## 27

Larsen und Anita durchsuchten Richters Haus. Sie sahen sich die zerschlagene Scheibe im Keller an, von der Einsatzleiter Bent Christensen gesprochen hatte. Im Übrigen schien alles aufgeräumt und sauber. Das Bett im Schlafzimmer war faltenlos, in den Schränken herrschte peinliche Ordnung; Jacketts, Pullover, Hemden und Socken hingen an Bügeln oder lagen sorgfältig gestapelt auf den Ablagen. In den Schreibtischschubladen im Arbeitszimmer fanden sie Umschläge, Briefpapier, Rechnungen, ein Papiermesser, einen Locher, eine Schachtel Klammern und einen Stempel: *Cand. mag. Paul Bergström, Lindegade 32, 6070 Christiansfeld.* Keine Briefe, Tagebücher oder persönlichen Papiere. Keine Spur von Heinz Richter. Paul Bergström passte perfekt in diese merkwürdige, wie mit dem Lineal gezogene Stadt der unpersönlichen Askese und des Engelsgesangs, in der die Lebenden nur auf Durchreise zu sein schienen und keinerlei Spuren hinterließen.

Sie beendeten ihre Arbeit im Obergeschoss, gingen eine knarrende, abgelaugte Treppe hinunter und traten auf die Straße. Vor Bergströms Haus stand ein lächelnder Mann, der eine Stabtaschenlampe in der Hand hielt. Er trug eine Kassenbrille und schien weitsichtig zu sein, seine wasserblauen Augen zerflossen hinter den Gläsern. Eine Hand hielt er zum Gruß ausgestreckt.

»Anton Feuerbach von der Brüdergemeinde. Ich bin hier der Pastor.«

»Von der Brüdergemeinde?«, fragte Larsen nach.

»Ja. Wie Sie gesehen haben, hatten wir heute Abend eine kleine Zusammenkunft im Saalhaus. Eigentlich haben wir auch Paul erwartet. Er hatte versprochen zu kommen.«

Der Mann hielt seine Hand noch immer ausgestreckt. Larsen ergriff und drückte sie. Eine warme, trockene Hand.

»Ole Larsen, Mordkommission der Kopenhagener Polizei. Das ist Kriminalassistentin Anita Jensen. Wir glauben, dass Paul Bergström in Gefahr ist. Ist er in Ihrer ... Brüdergemeinde?«

»Ja, ein geschätztes Mitglied.«

»Wie viele sind Sie denn?«, erkundigte sich Larsen.

»Ungefähr zweihundertfünfzig.«

Der kleine Pastor lächelte. Larsen starrte auf die Straße. Die Häuser sahen alle gleich aus, jedes Haus hatte vor der Tür eine Steintreppe und eine kleine schmiedeeiserne Lampe, die ein schwaches Licht lieferte. In Fensterhöhe gab es zu beiden Seiten der Straße einen Wald aus Straßenspionen. Hier konnte man keinen Furz lassen, ohne dass es bemerkt würde. Niels Nielsen musste in dem Zeitloch aufgetaucht und wieder verschwunden sein, als sich alle im Saalhaus befanden.

»Gehören alle Häuser hier der Gemeinde?«

»Ja, die meisten entlang der Hauptstraße und dann der Gottesacker, natürlich.«

»Der Gottesacker?«

»Ja, das ist unser schöner alter Friedhof. Er liegt ein Stück außerhalb.«

»Ein guter Platz, um ein Auto zu verstecken?«

»Wie bitte?«

»Würden Sie uns bitte hinführen?«

Die Miene des Pastors hellte sich auf, er ging mit ihnen los, die schnurgerade Lindegade entlang bis zu einer Kreuzung, an der ein Hotel und eine Bäckerei standen: *Die alte Honigkuchen-Bäckerei*. Sämtliche Häuser waren im gleichen Stil gebaut: gelber Backsteinklinker, hohe Dächer und weiße Sprossenfenster. Einige Giebel waren mit Holz verkleidet. Feuerbach erzählte über die Stadt, aber Larsen hörte nicht zu. Anita sah ebenfalls nicht so aus, als interessiere sie sich für sein Geplauder. Sie suchte den weißen VW-Bully. An einer langen Allee mit Lindenbäumen kamen sie an ein weiß lackiertes Holztor mit einer Gitterpforte. Feuerbach schaltete seine Stablampe an und leuchtete auf das Tor. Auf blauem Hintergrund stand dort mit Goldbuchstaben: *ES wird geseet verweslich / Vnd wird aufferstehen vnuerweslich.*

Sie betraten das dunkle Gelände, das von Lindenbäumen umschlossen wurde. Feuerbachs Lampe schoss Lichtstrahlen in sämtliche Richtungen. Larsen bemerkte, dass kein Grabstein senkrecht stand oder irgendwelche Verzierungen aufwies – weder Blumen noch Engel, abgebrochene Säulen oder steinerne Buchsbaumhecken. Wieder diese geometrische Strenge, schwarze Erde und grau gesprenkelte Steine. Ein Auto stand hier offensichtlich nicht. Feuerbach leuchtete sämtliche Ecken aus. Anita hatte das Ende des Weges zwischen den Grabfeldern erreicht, sie stand vor einem Gebäude, das aussah wie ein Pavillon mit weißen dorischen Säulen. Larsen lief auf sie zu, auch Feuerbach folgte. Dort stand er, mit der Vorderfront im Pavillon, der weiße VW-Bully mit dem Kennzeichen LR 54 154.

Nachdem sie die deutsch-polnische Grenze bereits eine geraume Zeit hinter sich gelassen hatten, fuhr Lars Nielsen endlich an die Seite und öffnete den Kofferraumdeckel. Rohde fühlte sich wie ein steifgefrorenes Brett. Auf den Feldern lag eine dünne Schneeschicht, sie hatten die polnische Provinz erreicht – eine friedliche Landschaft mit Bäumen und Himmel. Eigentlich hatte Rohde Lars Nielsen anraunzen wollen, aber er war dazu nicht in der

Lage. Sie stiegen in den Wagen und Nielsen überließ ihm Martin Kocks Wollmantel. Rohde legte ihn um, aber der Mantel wärmte nicht. Noch immer klapperte er mit den Zähnen. Sie fuhren weiter durch die polnische Nacht, durch eine schneeweiße Landschaft mit Feldern und Bauernhöfen. Nielsen reichte ihm sogar den Flachmann und Rohde trank ein paar Schluck. Der Schnaps brannte in der Kehle, er setzte die Flasche noch einmal an, langsam ging es ihm besser.

»Fahren wir über Danzig?«

»Ja, aber ich muss vorher noch etwas erledigen.«

»Wo?«

»Das kann ich nicht sagen.«

»Wer hat deinen Vater ermordet?«

Lars Nielsen antwortete nicht, sondern fing an, am Gebläse zu fummeln. Es heulte hysterisch auf und er drehte es in die Ausgangsposition zurück.

»Wieso willst du nicht darüber reden?«, fuhr Rohde fort. »Du bist doch damals Zeuge von irgendetwas gewesen, oder? Du hast gesehen, wie dein Vater erschossen wurde, und du hast es der Polizei erzählt. Aber der Bericht wurde nie geschrieben und der Fall niedergeschlagen. Wer hat es getan?«

»Ist doch vollkommen egal.«

»Ich bin gestern in Korsør gewesen«, setzte Rohde nach, »und habe mit dem Polizisten gesprochen, der dich damals verhört hat. Henry Claussen. Er sagte, er würde es heute bereuen, dass er die Sache auf sich beruhen ließ. Er sagte auch, dass dein Vater ein sehr talentierter Schriftsteller gewesen ist und mit Poul Strand befreundet war.«

»Ich scheiß auf Strand!«

»Wieso denn?«

»Einfach so.«

»Strand war im Widerstand, trotzdem hielt er Kontakt zu deinem Vater.«

Lars Nielsen griff nach dem Flachmann, leerte ihn und warf die Flasche auf den Boden. Dann schaltete er runter und schob sich an einem großen dreckigen Lastwagen vorbei. ›Soljanka‹ stand mit geschwungenen Buchstaben auf der Seitenplane. Ein Lastwagen voller Dosenfutter!

»Strand war ein Mitläufer und Feigling.«

»Und dein Vater?«

»Tja, zumindest stand er zu seiner Haltung und zog die Konsequenzen.«

»Und verlor sein Leben. Wer hat ihn umgebracht?«

»…«

»Warum bist du so gleichgültig? Dein Bruder Niels ist mit einem Grönländer herumgezogen und hat Leute ermordet; und dein Bruder Jens ist aufgrund eines Artikels bedroht worden. Wenn du etwas weißt, musst du es mir erzählen.«

»Es gibt nichts zu erzählen, und es gibt auch nichts, was ich tun kann. Ich habe keinen Kontakt mehr zu meinen Brüdern. Meine Familie ist hier, hier habe ich Frau und Kinder.«

»Redest du überhaupt nicht mehr mit ihnen?«

»Früher hatte ich noch Kontakt zu Jens, aber ich mische mich nicht mehr ein in sein Leben.«

»Ihr seid seinerzeit beide Kommunisten gewesen. Seid ihr zusammen in die DKP eingetreten?«

»Nein. Jens zuerst. Er saß damals im Exekutivausschuss des kommunistischen Jugendverbands und nahm mich mit zu ein paar Schulungsaufenthalten in der DDR. Aber wir waren viele Jahre in der Partei, wir stiegen beide bis in die Führungsebene auf. Jens hat sich dann allerdings mit dem Chefideologen Ib Nørlund überworfen, und eines Tages ist er einfach ausgetreten. Wir hatten ein paar ziemlich lange Diskussionen deshalb.«

»Und dabei hat er dich noch einmal überzeugt?«

»Nein. Ich konnte selbst denken. Ich war damals Internationaler Sekretär, ich arbeitete daran, dass die Partei eine moderate Kritik an der Sowjetunion formulierte, aber ich fand keinerlei Unterstützung. Dann sprach mich ein Mann vom militärischen Abschirmdienst, vom FE, an, der irgendwie Wind von meinem Standpunkt bekommen hatte.«

»Damals hast du angefangen, für den FE zu arbeiten?«

»Ja, nach erheblichen Bedenken. Ich hatte eine Freundin in Polen und studierte an der Filmhochschule in Krakau. Ich war in der Partei sehr aktiv und reiste auch ziemlich viel, na ja, so hab ich halt angefangen.«

»Für den FE?«

»Ja, und die CIA.«

»Hast du noch Zigaretten?«

»Nein.«

Rohde drehte sich nach einer Dose Soljanka um. Er hätte gern geraucht und er hatte Hunger, vor allem Hunger, aber er wusste nicht, wie er die Dose öffnen sollte. Er hielt sie in seinem Schoß. ›Wurst-Soljanka‹ stand auf der Dose, die oben blau war und das Bild eines Suppentellers mit einer Zitronenscheibe und einem Klacks Creme fraiche zeigte. Es sah lecker aus, aber er hatte keinen Dosenöffner. Es gab auch keinen Schraubenzieher und die Zange hatte keine Spitze.

*Dose, Dose, öffne dich.*

Die Straße schien sich endlos hinzuziehen, glitschig und diesig. Wie eine weiße Haut lag der Schnee auf den Feldern. Irgendwann sahen sie Licht am Horizont, aber es war noch zu früh für den Sonnenaufgang. Es war ein tief orangefarbener Schimmer, der von einem Treibhaus oder von einer Stadt stammen konnte, aber es gab hier keine Treibhäuser oder Städte. Das Licht blieb wie eine Fata Morgana. Rohde hatte das Gefühl zu verschwinden, von der Landschaft gefressen zu werden, zusammen mit einem sehr schweigsamen Mann auf dem Weg in eine andere Dimension zu sein. Die Stille wurde allmählich erdrückend, und er kurbelte das Fenster herunter, um etwas davon herauszulassen.

»Wieso bist du ausgerechnet nach Polen gegangen?«

In Rohdes Schoß lag noch immer die ungeöffnete Dose. Seit Berlin hatten sie weder gegessen noch getrunken. Aber Lars Nielsen schien das gleichgültig zu sein.

»Kennst du *König Ubu* von Alfred Jarry?«

»Nein.«

»Ich war verrückt nach dem Stück. Und ich war jung und wollte einfach nur weg – und wie hatte Jarry vor der Uraufführung erklärt: »Spielt nirgendwo, das heißt in Polen.«

Seit dem Fund des VW-Bullys waren anderthalb Stunden vergangen, seither hatten sie keinerlei Fortschritte gemacht. Alles lief hier in diesem trägen Provinztempo ab, als würden sich alle unter Wasser bewegen. Larsen hätte gern jemanden angebrüllt, er wollte diesen Fall mit seiner Wut vorantreiben, der so kurz vor der Aufklärung stand – aber im Augenblick gab es für ihn nichts zu tun. Mürrisch stand er an der Kreuzung des Kongevej, der Christiansfeld in Nord-Süd-Richtung durchschnitt, und der Lindegade, an der Bergström wohnte und wo die meisten Häuser der Brüdergemeinde standen.

Der Einsatzleiter hatte die Ecke mit dem einzigen Hotel der Stadt und der Honigkuchen-Bäckerei zur Kommandozentrale erklärt. Polizisten kamen und gingen, sechs Streifenwagen parkten an der Kreuzung. In einem von ihnen schlief Jacob. Anita sah nach ihm. Menschen standen auf den Treppenstufen oder bewegten sich wie dunkle Fische, Polizeihunde liefen umher. Die Beamten hatten den Befehl, leere Häuser, Keller, Garagen, Ställe und Schuppen zu durchsuchen, aber weder Bergström noch Niels Nielsen war bisher gefunden worden. Keine Blutspur, keine Kleidung, keine abgerissenen Gliedmaßen. Larsen wurden die Schlüssel zu den Häusern der Brüdergemeinde ausgehändigt – man hatte angefangen, die Häuser zu durchsuchen, bisher ebenfalls ohne Resultat. Mehrfach hatte er in Haderslev angerufen und um umgehende Verstärkung gebeten, ebenfalls ohne Resultat.

Feuerbach stand noch immer neben ihm und hatte ein leutseliges und freundliches Gesicht aufgesetzt. Larsen klopfte eine Zigarette aus der Packung. Ein kleiner Hund kam auf sie zu und schwänzelte um Larsens Beine.

»Ja, mein Gott, das ist ja Gertruds Hannibal«, rief Feuerbach.

Er nahm den kleinen Mops auf den Arm. Der Hund war aus einer Gasse hinter der Honigkuchen-Bäckerei gekommen und rieb nun wie eine verschmuste Katze seinen Kopf an Feuerbach – der typisch unzufriedene Gesichtsausdruck eines Mopses verlor sich dennoch nicht. Der Hund fing an, sich in Feuerbachs Händen zu winden und den Kopf hin- und herzuwerfen, der Kiefer bebte. Feuerbach hielt ihn jetzt am ausgestreckten Arm, mit der anderen Hand fasste er dem Hund unter die Schnauze. Dessen Bauch krampfte sich zusammen und zuckte wieder nach vorn, als wäre ein kleines Tier darin gefangen. Keuchend und hustend erbrach sich der Hund. Dann lag etwas mit Schleim Überzogenes in Feuerbachs offener Hand.

»Hast du wieder Honigkuchen gefressen, kleiner Hannus? Du weißt doch genau, dass du das nicht darfst.«

Anita, die gerade zurückkam, beugte sich vor und sah sich das Ding in Feuerbachs Hand genauer an. Auch Feuerbach schaute nun hin. Larsen wurde immer gereizter. Wieso standen sie da herum und starrten Hundekotze an, statt etwas Sinnvolles zu tun?

»Das ist kein Honigkuchen«, erklärte Anita, »das ist eine Zahnbrücke!«

»Mein Gott, das stimmt«, erwiderte Feuerbach.

Er setzte das Tier aufs Pflaster, zog ein weißes Taschentuch heraus und wischte dem Hund die Schnauze ab. Auch Larsen schaute sich jetzt die Brücke an. Der Anblick der verbogenen Brücke machte sie einen Moment ratlos. Anita betrachtete den Mops, der sich die Schnauze leckte, Schmatzgeräusche von sich gab und rülpste.

»Ich hab keine Lust mehr auf diesen Scheiß hier«, brüllte Larsen plötzlich, »verdammt noch mal, fangt jetzt endlich an zu arbeiten. Und verflucht, wir brauchen hier mehr Licht!«

Er riss die Tür des nächsten Streifenwagens auf, warf einen Blick auf den schlafenden Jacob, der mit zurückgelehntem Kopf und offenem Mund auf dem Rücksitz lag, und griff zum Funkgerät.

»Wann seid ihr endlich hier? Ja, ich weiß, dass ich mich vor zwei Minuten schon mal gemeldet habe!«

Die Scheinwerfer des Wagens warfen einen Lichtstrahl auf die lange weiße Fassade der Honigkuchen-Bäckerei. ›Die alte Honigkuchen-Bäckerei‹ stand mit geschwungenen Buchstaben auf einem Schild, darunter zwischen zwei roten Herzen ›ANNO 1783‹. Larsen trommelte aufs Wagendach und starrte wütend auf das Schild. Er fuhr sich mit den Fingern durch die Haare und berührte dabei die Wunde, die Aqqaluk Hansen ihm im Keller am Frederikssundsvej zugefügt hatte. Die Haut löste sich, ein stechender Schmerz durchzuckte ihn.

»Verdammte Scheiße!«, fluchte er. »Richters Wahl!«

»Richters was?«, fragte Feuerbach.

»Anita. Ich brauche zehn Mann.« Larsen deutete auf die Honigkuchen-Bäckerei. »Die Bäckerei. Da sind wir noch nicht gewesen, oder?«

»Nein.«

Aus irgendeinem Grund hatte Larsen plötzlich das Bedürfnis, Feuerbach alles erklären zu müssen. Er wusste nicht, warum, vielleicht, weil Feuerbach sich als so behilflich erwiesen hatte.

»Ihr Freund Paul Bergström heißt in Wahrheit Heinz Richter. Er war während des Krieges in der SS und war vier Jahre lang an der Ostfront an der Ermordung von Juden beteiligt. Was ich Ihnen jetzt erzähle, wird Sie vermutlich schockieren, aber er hatte seine eigene Methode. Richter ließ den Juden die Wahl, erschossen zu werden oder sich selbst ein Pfund Fleisch aus dem Körper zu schneiden. Und es gab einige, die sich für letztere Lösung entschieden.«

Feuerbach sah nicht so aus, als würde er wirklich verstehen, was Larsen ihm da erzählte, er sah erschrocken aus. Feuerbach wollte etwas sagen, aber Larsen hielt einen Finger vor den Mund.

»Und wo findet man mit Sicherheit eine Waage?«

Anita nickte Richtung Honigkuchen-Bäckerei.

»Genau. Feuerbach, ich brauche den Schlüssel zur Bäckerei. Sofort!«

Mit zitternden Fingern fand Feuerbach den richtigen Schlüssel und löste ihn aus dem Bund. Larsen tätschelte ihm beruhigend die Hand. Anita rannte zu einer Gruppe Beamter. Larsen sah, wie Anita gestikulierte, dann wurde in tragbare Funkgeräte gesprochen, die Beamten bezogen ihre Position. Er griff sich eine Stablampe und zog seine Waffe. Anita stand bereits auf dem Treppenabsatz des Gebäudes. Larsen ging vorsichtig die Treppe hinauf, schloss auf und leuchtete hinein. Anita und ein weiterer Beamter – ein breitschultriger Mann Mitte zwanzig – glitten mit erhobenen Waffen an ihm vorbei, die Finger am Sicherungshebel. Es war still in der Bäckerei.

In einem Schaukasten stand rechts ein sechsstöckiger Hochzeitskuchen mit einem kleinen Brautpaar auf der Spitze. In einer Glastheke lagen Honigkuchen in allen Größen, an den Wänden hingen Lebkuchenherzen an roten Bändern. Sie blieben stehen und horchten. Larsen nickte zu einer Tür am Ende des Raumes. Sie schlichen dorthin, er griff an die Klinke, die Tür war verschlossen. Larsen gab ihnen ein Zeichen. Anita stellte sich mit erhobener Pistole neben die Tür, der junge Beamte nahm Anlauf und donnerte mit der Schulter dagegen. Die Tür sprang mit einem Schlag auf. Der Beamte trat einen Schritt zurück, Larsen leuchtete in den Raum. Anita ging hinein, Larsen folgte. Es war dunkel und still. Der Lichtkegel der Lampe fegte über Öfen, Stahltische und Gestelle für Backbleche. Larsen ließ die Lampe von rechts nach links wandern, und dann, in einer Ecke, reflektierten zwei Paar Augen, die reglos schienen, das Licht. Ein älterer grauhaariger Mann auf Knien. Er war nackt und hatte einen blutigen Knebel im Mund, in der rechten Hand hielt er ein kleines Messer. Über den Bauch und die Schenkel zogen sich offene, blutende Wunden. Er blutete stark. Sein Gesicht sah übel zugerichtet aus, die Augen flackerten panisch. Auf dem Stahltisch neben ihm stand eine Stahlwaage mit Gewichten in der einen Waagschale. Die andere Schale war blutverschmiert und voller weißer Klumpen.

Richters Wahl!

Hinter Richter stand Niels Nielsen mit gespreizten Beinen. Er hielt einen Zimmermannshammer in der Hand und sah sehr gefasst aus. Seine linke Hand konnte Larsen nicht sehen.

»Niels Nielsen«, sagte Larsen so ruhig wie möglich. »Sie sind festgenommen. Legen Sie den Hammer weg und kommen Sie mit den Händen über dem Kopf hierher.«

Nichts geschah. Niels Nielsen rührte sich nicht. Larsen trat einen Schritt zurück, tastete an der Wand nach einem Lichtschalter und drehte ihn um, der Schalter funktionierte nicht. Er ging in die Knie und legte mit einem deutlichen Geräusch seine Pistole vor sich auf den Boden, dann erhob er sich und richtete die Lampe wieder auf Niels Nielsen.

»Niels, ich bin unbewaffnet«, sagte er. »Niemandem muss etwas ...«

Anita kniete hinter einem Metalltisch und hielt die Walther mit beiden Händen. Es waren wichtige Sekunden. *Keine hastigen Bewegungen*. Sie führte die Pistole langsam nach rechts. Sie hörte, dass Richter angespannt durch die Nase atmete. Er war schwer verletzt und sah aus, als stehe er unter Schock. Richters Oberkörper schirmte Niels Nielsen ab, aber sein Kopf lag in der Schusslinie. Irritierend war nur, dass sie seine andere Hand nicht sehen konnte. Hatte er eine Waffe? Sollte sie das Risiko eingehen?

»Aqqaluk Hansen hat Borch ermordet. Wir wissen, dass Sie es nicht waren, Niels«, fuhr Larsen fort. »Sie werden nicht wegen Mordes angeklagt, wenn Sie sich ergeben.«

Richter verlor allmählich das Bewusstsein, sein Kinn fiel ihm auf die Brust, aber dann wurde sein Kopf zurückgezogen. Dort also war Niels Nielsens linke Hand. Er hielt damit einen Stahldraht um Richters Hals. Nur ein rasches Nicken, ein kurzes Aufbegehren, und Richters Halsschlagader würde zerschnitten. Schneller als ein Projektil.

»Wir haben mit Ihrem Bruder gesprochen, mit Jens. Er sagt, dass Sie nur Gerechtigkeit wollen, genau wie er. Aber nicht auf diese Art. Es gibt eine andere Art, Niels. Er bat uns, Ihnen das zu sagen.«

Es lag eine kaum auszuhaltende Spannung über dem Raum. Larsen trat einen halben Schritt vor. Sofort zog Niels Nielsen sich zurück, Richter folgte ihm, auf Knien krabbelnd. Niels Nielsen wollte zu einer großen Fensterscheibe am Ende des Raumes. Der untere Teil bestand aus Mattglas, aber Anita konnte die Gasse hinter der Bäckerei erkennen. Von draußen könnten sie ihn jetzt erwischen.

»Du lügst«, entgegnete Niels Nielsen leise. »Das sind doch alles Lügen!«

»Nein. Richter und Wolff haben Ihren Vater verarscht und Sie und Ihre Geschwister im Stich gelassen. Sie haben allen Grund, sich zu rächen, aber es muss nicht auf diese Weise sein.«

Niels erwiderte nichts. Anita sah die Bewegungen am Fenster hinter ihm. Zwei Beamte, ein großer Mann, der einem kleineren mit einer Räuberleiter half, auf einen Ast zu klettern. Er bekam den Ast zu fassen, schwang ein Bein darüber und verschwand im Baum.

Niels Nielsen senkte die Hand mit dem Hammer. Der Beamte im Baum streckte eine Hand aus, der andere reichte ihm etwas hinauf. Ein Gewehr mit Zielfernrohr.

»Niemand muss heute sterben, Niels.«

Der Mann im Baum setzte sich in Position. Anita sah, wie er etwas aus der Jackentasche nahm, Patronen. Der Beamte schob sie in die Kammer und hob das Gewehr an die Schulter, den Kopf legte er vor der Zielvorrichtung schräg. *Die treffen doch uns!*

»Jens sagte, das Schwein müsse sterben!«, brüllte Niels Nielsen plötzlich.

Dann der Knall. Die Scheibe explodierte, das Glas stob wie ein Sturm über sie, große Glasscherben donnerten aus dem oberen Teil des Rahmens auf den Boden. Anita wandte instinktiv den Kopf ab, um den Splittern zu entgehen. Irgendjemand schrie. Richter lag auf dem Boden. Niels hatte den Stahldraht losgelassen, nun schlug er ihm mit dem spitzen Hammer auf den Kopf. Wieder wurde von draußen geschossen, die Projektile schlugen jaulend gegen eines der Eisengestelle und rissen Holz aus dem Fensterrahmen. Niels war hinter einem Ofen in Deckung gegangen. Anita trat vor, um ihn ins Visier zu bekommen. In diesem Moment stand er auf und schaute sie an, unendlich lange schien es ihr, obwohl es maximal eine Viertelsekunde dauerte. Sie zielte und schoss, es zuckte in seiner Schulter, dann verschwand er. Niels Nielsen war aus dem Fenster gesprungen.

Richter lag auf dem Rücken, seine Stirn war aufgeplatzt, Blut pumpte auf den Terrazzofußboden. Nun reagierte auch Larsen und hockte sich neben den Toten.

Anita lief zum Fenster und sah, wie Niels Nielsen um das Gebäude rannte. Sie feuerte noch einmal, auch aus dem Baum wurde geschossen. Niemand traf. *Wie kann er das überhaupt überleben?* Sie sprang hinaus, hatte die Höhe jedoch unterschätzt, knickte mit dem Fuß um und humpelte um das Gebäude bis zur Kongensgade.

Die Straße vor der Bäckerei war voller Menschen, von denen allerdings niemand eingriff. Niels Nielsen sprang in einen Streifenwagen und trat aufs Gas. Es war wie ein Traum, dem man nicht entrinnen konnte. Anita humpelte ein Stück weiter, zielte und drückte ab, aber das Magazin war leer. Dann wurde ihr klar, um welchen Streifenwagen es sich handelte.

»Er hat Jacob!«, schrie sie. »Verdammt noch mal, unternehmt doch endlich was!«

Larsen kam aus der Gasse gerannt. Zwei Beamte liefen zu ihren Streifenwagen und stellten sie quer auf die Kongensgade. Anita hatte noch immer ihre Waffe auf den Wagen gerichtet. Sie sah, wie Jacob an der Heckscheibe die Hände nach ihr ausstreckte. Sie sah, dass er schrie. Dann kam der Zusammenstoß mit den beiden Streifwagen. Jacob wurde ins Wageninnere zurückgerissen. Einer der Streifenwagen schleuderte an eine Straßenlaterne und hupte ununterbrochen, dem anderen wurde die Tür abgerissen.

Anita sah die roten Hecklichter verschwinden.

Sie hatte das Gefühl, als verabschiede sich der Ton und würde durch ein kreischendes Geräusch im Gehörgang ersetzt. Larsen bewegte den Mund und gestikulierte, einer der Beamten brüllte in ein Funkgerät, irgendjemand versuchte, einen der beiden Streifenwagen anzulassen, doch er hoppelte lediglich über den Kantstein und soff wieder ab. Anita wurde am Arm gepackt. Larsen entschied sich für den Streifenwagen ohne Tür, setzte sie auf den Beifahrersitz und legte ihr den Gurt an.

Dann stieg er ein, wendete und gab Vollgas. Sie schaute ihn an und konnte noch immer nicht hören, was er sagte.

»Ich sagte, wir finden ihn. Verstehst du, Anita?«

Sie hielt die Walther im Schoß und umklammerte den Schaft mit der rechten Hand, die Knöchel traten weiß hervor. Larsen griff nach der Pistole, sie hätte gern losgelassen, konnte es aber nicht. Als würde sie Jacob an der Hand halten.

»Anita!«

Er gab es auf und hielt nur ihre Hand, während er mit der anderen Hand hektisch lenkte. Doch dann musste er loslassen, um zu schalten.

»Gleich starten zwei Hubschrauber, die sind sofort hier; einer beobachtet die Autobahn, der andere die Landstraße. Er entkommt uns nicht.«

Das Funkgerät begann zu schnarren und Larsen redete so schnell wie ein Amok laufendes Tonbandgerät, *Skovbølling, Kokær, Rørkær, Seggelund.* Hatte Jacob bei dem Aufprall auf die Streifenwagen Verletzungen erlitten? Lag er mit gebrochenem Genick auf dem Wagenboden? Anita hatte Mitleid mit Niels Nielsen gehabt, fast hatte sie seine Gefühle nachempfunden, seine Furcht gespürt, den Zorn auf seine Peiniger – aber wenn er Jacob auch nur ein Haar krümmte, würde sie ihn bei lebendigem Leib zu Hackfleisch verarbeiten.

»Es gibt hier eine Menge kleiner Wege, aber in zehn Kilometern wird eine Straßensperre eingerichtet, bei Skovbølle oder wie immer das heißt. Drei Wagen kommen ihm von dort entgegen und der Hubschrauber ist unterwegs. Sie haben den Wagen vor einer Minute gesehen, mussten aber abbrechen. Auch an der Auffahrt zur E 45 steht ein Wagen von uns.«

Larsen quasselte einfach drauflos und sie begriff nur, dass sie dicht bei Jacob waren. Ihm fuhren Wagen entgegen, bald würden sie ihn haben. Aber was dann? Ja, was dann?

Sie fuhren auf eine Anhöhe. Vor ihnen lag ein großes

dunkles Plateau. Zwischen den Waldstücken und Höfen leuchteten die Straßen wie schmale weiße Streifen. Sie sah das Blaulicht der entgegenkommenden Einsatzfahrzeuge. Es kam von der Landstraße und den kleineren Wegen. Gleich würden sie aufeinandertreffen, gleich war es so weit. Und in der Mitte dieses immer kleiner werdenden Areals befand sich Jacob. Niels Nielsen musste die Scheinwerfer ausgeschaltet haben. Dann kam der Ton, die Sirenen schnitten mit ihrem Heulen Löcher in die Luft, Polizeibeamte in Streifenwagen jagten mit durchgedrücktem Gaspedal über den Hügel.

Sie hielten an.

Anita schaute auf die drei Streifenwagen, die vor ihnen standen. Die Sirenen schickten ihre blauen Strahlenkränze in die Nacht, die Frontscheinwerfer warfen weiße Lichtstrahlen in alle Richtungen. Der Wagen mit Niels Nielsen und Jacob war verschwunden. Eine Gruppe Beamter stand auf der Straße. Larsen war ausgestiegen, er schimpfte und fluchte. Anita hielt noch immer ihre Waffe im Schoß. Sie löste den Sicherheitsgurt und stieg ebenfalls aus. Anita trat an den Seitenstreifen und blickte über die Senke. Sie standen auf dem Kamm der Anhöhe, schwarz und orangefarben glomm die Landschaft zu ihr hinauf.

»Was liegt da drüben?«, fragte sie einen jungen Beamten.

Larsen war vollkommen außer sich. Es überraschte sie, dass sie selbst so ruhig war. Die Nachtluft war kühl und feucht, aber nicht unangenehm. Sie hatte losgelassen. Endlich. So lange hatte sie versucht festzuhalten, so lange hatte sie sämtliche Muskeln angespannt, um alles zusammenzuhalten, Jacob, sich selbst, die Wohnung, die Schule, den Job. Es hatte keinen Raum mehr gegeben, nur noch Anspannung und Anstrengungen. Nun war der Druck verschwunden.

Sie hatte verloren.

»Das ist Skovbølling«, antwortete der junge Beamte. »Er hat deinen Sohn, habe ich gehört?«

Anita wandte sich dem Beamten zu. Er war hübsch, fand sie, ein blasses Gesicht mit Sommersprossen und volle rote Lippen. Sie antwortete nicht auf seine Frage, sondern zeigte auf das große dunkle Gebiet links von ihr.

»Ich glaube, er ist in das Waldstück dort gefahren«, sagte sie. »Das ist sein einziger Fluchtweg. Wir können ja sämtliche Straßen überwachen, und der Helikopter ... Schaff ihn hierher, ich will mir das von oben ansehen!«

Der Beamte ging zu seinem Wagen. Anita hörte das *flap, flap, flap* der Hubschrauberrotoren. Und genau dort, mitten in dem dunklen Gebiet zwei, drei Kilometer entfernt, mitten im Wald bei Skovbølling, sah sie ein orangefarbenes Aufleuchten im Dunkeln. Als ob jemand ein Streichholz anriss. Der Hubschrauber jaulte. Ein heftiger Wirbel schlug ihr entgegen, als er zur Landung ansetzte und sich einen halben Meter über der Erde in der Schwebe hielt. Ein Mann saß darin und gab ihr mit dem Daumen ein Zeichen. Larsens Hose flatterte im Gegenwind, er drückte sich mit der Hand die Haare auf den Kopf, als er vornübergebeugt auf den Helikopter zulief. Drei Beamte stiegen ein, dann folgten Larsen und Anita. Einen Moment später waren sie in der Luft. Ein Scharfschütze mit einer großen schwarzen Waffe mit Zielfernrohr befand sich ebenfalls an Bord. Anita hatte ihn schon einmal gesehen.

»Bent«, stellte er sich vor, »Bent Iversen Dalgaard. Hallo.«

Dann wusste sie, um wen es sich handelte. Er war einer von Prebens Kollegen aus dem Personenschutzkommando des PET. Was zum Teufel hatte er hier verloren?

Sie schrie ihm eine Frage zu, die im Lärm der Maschine jedoch unterging. Die Nase des Hubschraubers war jetzt nach unten gerichtet, dann drehte er ab und flog auf die Unglücksstelle zu.

Sie kreisten über einem auf dem Waldweg stehenden Streifenwagen. Der hintere Teil des Wagens stand in Flammen. Er war frontal in einen Kiefernholzstapel gefahren. Keinerlei Anzeichen von Bewegung. Drei Mal umkreisten sie die Unfallstelle. *Alarmiert einen Krankenwagen!* Wieso konnte sie es nicht aussprechen? *Hat denn niemand einen Krankenwagen gerufen, er liegt doch da unten und verblutet. Er stirbt doch, verflucht!*

»Anita, wir gehen jetzt runter. Bist du bereit?«

»Augenblick«, sagte der Pilot, »ich komme wegen der Bäume nicht ganz runter. Ihr müsst die letzten beiden Meter springen.«

»Anita, gib mir deine Dienstwaffe.«

Larsen. Er hatte die Hand ausgestreckt. Sie gab sie ihm. *Natürlich kann er sie haben. Wieso will er sie haben?*

Anita sprang als Letzte. Ungefähr zehn Meter vom Autowrack entfernt kam sie auf. Einer der Beamten schrie irgendetwas und hielt sich den Knöchel. Der Hubschrauber stieg wieder einige Meter und befand sich nun auf der anderen Seite des Wagens. Der Lärm ließ nach. Larsen ging auf das brennende Auto zu, Anita folgte ihm und schaute noch einmal hoch zum Helikopter. Sie sah, wie der Scharfschütze die Beine aus der offenen Tür baumeln ließ.

»Etwas bewegt sich«, rief einer der beiden Beamten, er hatte seine Waffe gezogen.

Und wie ein großer schwarzer Käfer, der sich aufrichtet und sein Rückenschild spreizt, tauchte in dem Streifenwagen ein dunkler Schatten auf und regte sich. Niels Nielsen.

»Kommen Sie mit den Händen über dem Kopf heraus«, brüllte der Beamte.

»Er hat Jacob«, rief Larsen.

Niels Nielsen stieg aus. Sein Kopf war blut- und rußverschmiert, das rechte Ohr fehlte, ein Bein schien verletzt zu sein. In den Armen hielt er Jacob.

Er hing schlaff in Nielsens Armen, sein Kopf schaukelte hin und her.

»Legen Sie den Jungen auf den Boden!«, rief der Beamte.

Niels Nielsen trug den leblosen Jacob, er starrte vor sich hin. Anita fing an zu rennen, schrie: »NEIN!«

Der Schuss kam aus dem Hubschrauber und traf Niels in die linke Stirnseite. Der zweite Schuss ging in die Schulter. Niels Nielsen wurde zurückgeworfen, ging noch zwei Schritte vorwärts, dann verlor er das Gleichgewicht und stürzte auf den Rücken; noch immer hielt er Jacob im Arm.

Anita rannte zu ihnen und legte Jacob eine Hand in den Nacken. »Ole, er ist tot. Sieh doch, er ist tot!«, schrie sie.

Larsen nahm ihr Jacob ab und legte ihn auf die Erde. Er hielt zwei Finger an seinen Hals, fühlte. Er gab Jacob eine Ohrfeige, dann noch eine, er schlug auf ihn ein.

»Du darfst ihn nicht schlagen! Was machst du denn?«

»Er ist nicht tot, Anita. Er ist bewusstlos, aber er ist nicht tot. Hörst du?«

Donnerstag, 1. November 1979

## 28

In Thorn verreckte der Trabant. Sie hörten einen Knall, dann setzte der Motor aus. Es war früher Morgen, sie hielten in Kopernikus' Geburtsstadt an einer Straße, die Kopernika hieß, inmitten von Backsteingotik. Hier hatte die Erde begonnen, sich um die Sonne zu drehen, aber sie kamen nicht weiter, und die Stadt war in dichten weißen Nebel gehüllt. Lars Nielsen griff nach der Plastiktüte mit dem Werkzeug und schaute nach dem Motor. Er fingerte daran, klappte die Motorhaube zu und starrte einen Moment auf die Straße. Dann drehte er sich um und trat in einen der Scheinwerfer. Danach schlug er mit dem Schraubenschlüssel die Seitenspiegel ein. Er ging um den Wagen herum und tat dasselbe mit den Rücklichtern. Rohde stieg aus und trat etwas zurück. Ein buckliger Mann und eine Frau fegten die Straße mit Reisigbesen. Sie schienen sie nicht zu beachten. Rohde wollte Nielsen aufhalten, bevor die Polizei auftauchte, aber er kam nicht dazu. Lars Nielsen ging systematisch vor, zerschlug die Scheiben, riss die Türen heraus und warf sie auf den Rücksitz.

Die Straßenfegerin schaute zu ihnen, ohne größer Notiz zu nehmen. War das im Ostblock so üblich mit alten, defekten Autos? Schließlich griff sich Nielsen die Werkzeuge, sie bogen um die Ecke und fanden eine Bäckerei, die geöffnet hatte. Im Fenster lagen Honigkuchen. Sie kauften vier Honigkuchen und ein großes Weißbrot. Lars Nielsen brach das Brot in der Mitte durch und gab Rohde die Hälfte. Rohde verschlang es hastig.

»Und was jetzt?«, fragte er mit vollem Mund.

»Ich muss telefonieren und ein Fahrzeug beschaffen.«

»Wo wollen wir hin? Wenn wir nach Danzig wollen, hätten wir hinter Bromberg abbiegen müssen. Wir fahren im Moment aber ins Landesinnere. Ich glaube, es wird Zeit, dass du mir erzählst, wo wir eigentlich hinwollen.«

»Ah ja?«

»Wo wollen wir hin?«

Sie kamen zu einem großen Platz mit einem alten Rathaus, das von einem imponierenden Turm geschmückt wurde. Lars Nielsen verschwand in einer Telefonzelle. Rohde holte einen Honigkuchen aus der Tüte, einen Honigkuchenmann. Kopernikus stand darauf. Er biss hinein. Biss er etwa in Nikolaus Kopernikus? Rohde drehte sich um, schaute nach oben, dorthin, wo die Sonne sein müsste, und hoffte, dass sie die Kraft hatte, sich durch den Nebel zu brennen, damit sie aus diesem Loch verschwinden konnten.

Lars Nielsen kam zurück.

»Was haben sie gesagt?«

»Ich soll mich in einer Stunde mit jemandem an der Eisenbahnbrücke treffen. Sie haben ein Fahrzeug für uns. Ich kann dich in eineinviertel Stunden am Fluss, bei der Wisła, aufsammeln.«

Er zog eine Handvoll zerknüllter Złoty-Scheine aus der Tasche und gab sie Rohde.

»Kauf irgendetwas zu essen für uns. Und eine Flasche Wodka, einen Liter Zubrowka. Kauf auch Klamotten, einfach von allem ein bisschen, damit wir was zum Wechseln haben. Außerdem eine Taschenlampe und ein paar Gartengeräte, mit denen man graben kann, nicht zu groß; eine kleine Schippe oder eine Schaufel, die nicht so viel Platz wegnimmt.«

Sie trennten sich im Nebel und Rohde lief durch die kleinen Straßen. Es gab keine Bekleidungsgeschäfte, ohnehin hatten nur wenige Geschäfte geöffnet. Endlich fand er in einer kleinen Seitenstraße einen Laden, in dem es Äpfel, ein paar Brote, ein Glas Marmelade, Saft und eine Flasche Zubrowka zu kaufen gab. Er kam zu einer größeren Straße, der Wally Sikorskjego. Hier fand er ein Herrenbekleidungsgeschäft, das allerdings geschlossen war. Kurz darauf stand er wieder auf dem zentralen Platz mit dem Rathaus in Backsteingotik. Eine knappe Stunde war vergangen, allmählich tauchten Menschen auf, der Nebel lichtete sich. Vor dem Rathaus stand eine Bronzestatue von Kopernikus. Der Sockel trug eine Granitplatte mit der Inschrift: NICOLAUS COPERNICUS THORUNENSIS TERRAE MOTOR SOLIS CAEQUE STATOR. Rohde spürte plötzlich, wie die Kreidefinger seines Lateinlehrers Palle W. an seinen Nackenhaaren rissen. Eilig übersetzte er: *Nikolaus Kopernikus, Bürger von Thorn, setzte die Erde in Bewegung und hielt die Sonne an.* Kopernikus trug eine Toga und streckte die Arme aus, die Sonne kam hinter ihm aus dem Nebel, das Licht wurde von hohen Ulmen gefiltert, die ihre Blätter verloren hatten. In diesem Moment wurde es Rohde klar. Lars Nielsen hatte sich allein davongemacht, deshalb hatte er ihm eine Handvoll Złoty zugesteckt und ihn in eine Stadt mit geschlossenen Geschäften geschickt.

Die Sonne blendete ihn auf dem Weg über den Platz. Nach hundert Metern fing er an zu laufen. Er lief zum Fluss, der Wisła. Am Ufer entlang zog sich eine grüne Aue mit Wegen. Ein kleines Motorboot tuckerte vorbei, über dem Wasser lagen Nebelreste. Ein paar Kilometer entfernt sah er eine Autobrücke, in der anderen Richtung spannte sich eine Eisenbahnbrücke über den Fluss. Unter der Brücke hielt ein weißes Auto. Rohde atmete erleichtert auf. Es musste der Wagen sein, den Lars Nielsen beschaffen wollte. Einige Männer standen daneben, aber irgendetwas stimmte nicht, denn einer der Männer lag auf dem Kühler. Polizei, ein kleines weißes Auto mit grünen Streifen und einem Blaulicht auf dem Dach. Die Makarov lag schwer in Rohdes rechter Manteltasche, er legte die Hand um den Schaft.

Es handelte sich um drei Männer, die beiden, die standen, trugen Uniform. Der Dritte, auf der Kühlerhaube, musste Lars Nielsen sein. Einer der Beamten hielt ihn fest, der andere bemerkte jetzt Rohde. Der Polizist zog eine Pistole und feuerte einen Schuss ab. Rohde lief zum Ufer und suchte Schutz hinter einer Holzjolle, die kieloben am Wasser lag. Der Polizeibeamte kam auf ihn zu und rief irgendetwas auf Polnisch, dann schoss er erneut und traf die Jolle. Rohde umklammerte seine Pistole. Er zählte im Geist bis drei, dann stand er auf, zielte und schoss. Der Polizist war keine zehn Meter von ihm entfernt, der erste Schuss traf ihn in die Brust, der zweite in die Hüfte; er ging sofort in die Knie, verharrte einen Moment, als wollte er beten, dann fiel er vornüber.

Anita steckte den Schlüssel ins Schloss. Sie waren die Nacht über durchgefahren. Larsen am Steuer, sie mit ihrem schlafenden Sohn im Schoß auf dem Rücksitz. Sie war so glücklich, dass er lebte; ununterbrochen drückte sie ihn an sich und streichelte seine Wangen. Larsen hatte ihn auf der Fähre getragen, als sie in der Cafeteria eine Tasse Kaffee getrunken und eine Zigarette geraucht hatten. Eigentlich wollte sie ihn heute nicht in die Schule bringen. Doch als sie auf die Autobahn fuhren, hatte Jacob die Augen aufgeschlagen und schien ausgeruht und gesprächig. Anita entschied, ihn doch in die Schule gehen zu lassen. So konnte sie auch noch ein wenig schlafen und sich auf die Verhandlung vorbereiten. Larsen setzte sie, kurz bevor es zum Unterricht läutete, am Gasværksvej ab. Jacob hatte weder seine Schultasche noch ein Pausenbrot dabei, aber ausnahmsweise musste es mal so gehen.

Auf dem Heimweg kaufte Anita ein paar Brötchen, sie hatte das Gefühl, es verdient zu haben. Ihre Kräfte schwammen davon, als sie die Jacke in den Flur warf und ins Badezimmer ging – sie hatte ihre Tage bekommen. Sie griff sich eine Binde und ein sauberes Höschen und zog sich um. Dann putzte sie die Zähne und spritzte sich Wasser ins Gesicht. *Spieglein, Spieglein an der Wand.* Mit den dunklen Rändern unter den Augen und dem ungekämmten Haar sah sie beschissen aus, aber das war jetzt egal, es gab niemanden, der sie sah. Sie streckte sich die Zunge heraus und band das Haar mit einem Gummi zu einem lockeren Pferdeschwanz zusammen. Brötchen essen, ein Bad nehmen, ein paar Stunden schlafen, dann die Verhandlung vorbereiten, Jacob abholen. Ausruhen!

Im Wohnzimmer lag ein Mann auf dem Sofa. Er hatte die Schuhe nicht ausgezogen, das rotkarierte Holzfällerhemd war ihm aus der Hose gerutscht, er schnarchte. Ein Penner, der eingebrochen und eingeschlafen war? Anita rüttelte ihn wach. Jens Nielsen lag vollständig bekleidet auf ihrem Sofa.

»Wie sind Sie reingekommen?«

Jens Nielsen grunzte, drehte sich um und setzte sich auf. Ein Auge war schwarz geschwollen und blutunterlaufen, das rechte Ohr steckte noch immer unter Pflaster und Gaze. Er stützte den Kopf in die Hände und versuchte, wach zu werden.

»Entschuldigung!«

»Was machen Sie hier?«

Er sah sie an.

»Sie sind die Einzige, auf die ich mich im Augenblick verlassen kann. Wolff ist hinter mir her. Ich glaube, er will mich umbringen, und ich glaube, dass sich mein Bruder in Lebensgefahr befindet.«

Sie setzte sich neben ihn, plötzlich wurde ihr übel, sie bekam einen Schwindelanfall.

»Jens. Ihr Bruder ist tot.«

»Lars ist tot?«

»Nein, nein, Niels. Er ist nach Jütland gefahren ... eine lange Geschichte. Es hat sich herausgestellt, dass Richter nicht tot war. Ihr Vater hat erklärt, er wäre in Russland gestorben. Aber Richter hat die ganze Zeit hier in Dänemark gelebt. Seit 1945 nannte er sich Bergström und war Mitglied einer Brudergemeinschaft in Christiansfeld, die irgendwelchen Klamauk veranstalten und in alten Klamotten herumlaufen.«

»Herrnhuter?«

»Ja. Aber Ihrem Bruder ist es gelungen, ihn aufzuspüren. Und dort haben wir ihn gefunden. Wir haben ihn verfolgt, er beging einen Fahrfehler und ... Es tut mir leid.«

»Und was ist mit Richter?«

»Er ist ebenfalls tot. Wir kamen zu spät. Er wurde vor seine eigene Wahl gestellt.«

Jens Nielsen riss die Augen auf und rieb sich die Schläfen.

»Richters Wahl? Und was hat er gewählt?«

»Er wollte um seine Chance spielen. Aber Niels hat ihn trotzdem getötet. Wir haben mit Niels gesprochen. Er sagte, es wäre Ihre Idee gewesen, Richter sterben zu lassen. Ist das wahr?«

Jens Nielsen wandte ihr den Kopf zu und blickte sie an. Er schüttelte den Kopf.

»Nein, natürlich nicht. Ich habe gesagt, Richter sei ein Schwein, aber ich habe nie gesagt, dass er ihn umbringen soll! Scheiße, ich dachte doch auch, dass er tot ist. Anita, Sie müssen mir glauben.«

»Ich weiß nicht. Was wollten Sie über Ihren anderen Bruder sagen, über Lars?«

»Ich glaube, er ist in Gefahr. Ich denke, ihm könnte etwas zustoßen. Er lebt in Polen.«

»Nur ruhig. Ihm ist nichts geschehen. Wir haben gestern einen Mann runtergeschickt. Er sollte sich mit Lars in einem Hotel in Ostberlin treffen und versuchen, ihn zu einer Zeugenaussage im Fall Ihres Vater zu bewegen. Wir vermuten nämlich, dass Ihr Vater 1947 ermordet wurde.«

»Ihr habt jemanden nach Ostberlin geschickt, um Lars zu verhören?«

»Ja.«

»Das war nicht besonders intelligent.«

»Wieso nicht?«

»Weil er ein Agent ist. Er arbeitet für den Nachrichtendienst. Wir riskieren, dass er auffliegt.«

»Unser Mann hat niemanden auffliegen lassen. Wir sind sehr vorsichtig vorgegangen.«

»Ja, aber Wolff wird alles unternehmen, um uns zum Schweigen zu bringen. Irgendwie trägt er die Mitschuld am Tod meines Vaters. Aber so weit seid ihr auch schon, oder?« Seine Stimme wurde undeutlich, Tränen traten ihm in das gesunde Auge. »Ich habe gedacht, Niels würde Gespenster sehen! Niels, verdammt, dieser riesengroße Idiot!«

Jens Nielsen verbarg sein Gesicht in den Händen. Anita wusste nicht, wie sie die Sache mit Preben erklären sollte. Jens hatte dermaßen Prügel bezogen, dass er vollkommen durcheinander war. Sie holte die Zigaretten heraus, zündete sich eine an und nahm einen kräftigen Zug.

»Wolff hat nichts damit zu tun, dass Sie verprügelt wurden, Jens. Sie wurden von meinem Exmann zusammengeschlagen. Wir sind mitten in der Scheidung und er ist krankhaft eifersüchtig.«

Jens Nielsen nahm die Hände vom Gesicht und richtete sich auf, dann griff er mit der Hand nach ihrem Kinn und sah ihr in die Augen.

»Preben Jensen?«

»Ja«, erwiderte sie.

»Preben hat beim Personenschutz des PET gearbeitet, oder?«

Sie nickte.

»Er ist in Quantico in Virginia auf einem FBI-Kurs gewesen, nicht wahr?«

»Ja sicher, aber der PET hat ihn rausgeschmissen. Jens, hören Sie auf.«

»Ich habe das recherchiert, Anita. Preben hatte Kontakt zu Wolff, er ist bei mehreren Nato-Gipfeltreffen sein Leibwächter gewesen. Sie kennen sich.«

Anita erstarrte. Jens meinte es ernst. Und Preben hatte als Leibwächter gearbeitet, bis er sich nicht mehr unter Kontrolle hatte. Er war tatsächlich in Quantico gewesen und man hatte ihn bei Nato-Gipfeltreffen zum Personenschutz eingesetzt. Und sie hatte gedacht, er handele aus Eifersucht! Preben erwies sich als ein noch größeres Stück Scheiße, als sie gedacht hatte. Sie stand auf. Sie musste Larsen anrufen. Sie ging zum Telefonieren ins Schlafzimmer und berichtete, was Jens Nielsen ihr gerade erzählt hatte. Larsen war kurz angebunden. Er musste zu einem Gespräch mit Høigaard und Øhregaard vom PET.

Als Anita ins Wohnzimmer zurückkam, war Jens Nielsen verschwunden. Sie sah im Flur und im Bad nach. Wo, zum Teufel, steckte er? Sie wurde unruhig – und fand ihn in der Küche. Er stand neben der Kaffeemaschine und mahlte Kaffee. Anita holte Butter und Konfitüre aus dem Kühlschrank und riss die Brötchentüte auf. Sie starrte in die Luft, völlig fertig vor Müdigkeit. Aber dann schloss er seine große Faust um ihre Hand und schaute sie an, und das war zu viel. Sie begann zu weinen. Die Müdigkeit, der Druck, der ganze Ärger mit der Schule. Alles stieg plötzlich in ihr auf, sie konnte die Tränen nicht zurückhalten. »Komm«, sagte er und sie setzte sich auf seinen Schoß, legte die Arme um ihn und schluchzte, während er ihr den Rücken streichelte. Es war schön. Dann küsste sie ihn. Auch das war schön. Sie küsste ihn noch einmal. Sie wollte ihn, jetzt. Sie wollte in seinen langen Armen verschwinden. Er stand auf, ohne sie loszulassen, trug sie ins Schlafzimmer und legte sie aufs Bett. Er legte sich neben sie. Sie musste ihm sagen, dass sie ihre Tage hatte, aber er zog sie nur an sich und hielt sie fest. Sie lagen eng nebeneinander und er tat nichts. Sie lagen still auf dem Bett und entspannten sich, und es war mindestens hundert Jahre her, dass sie sich so geborgen gefühlt hatte.

Der tote polnische Polizeibeamte lag auf dem Bauch und blutete. Breitbeinig stand Rohde da und hielt die Makarov mit beiden Händen fest. Es machte Klick, als sich die nächste Patrone in die Kammer schob. Der andere Beamte stand in der Schusslinie, die Hände über dem Kopf. Er sah verängstigt aus. Die Uniform war viel zu groß und hing ihm unordentlich über den Schultern. Lars Nielsen, der noch immer in Handschellen auf dem Kühler lag, richtete sich auf, schnellte herum und versetzte dem Polizisten einen Kopfstoß, sodass er das Gleichgewicht verlor und hintenüber fiel. Dann traktierte Nielsen ihn mit den Füßen. Rohde steckte die Pistole in den Hosenbund, drehte sein Opfer um und legte ihm zwei Finger an die Halsschlagader.

Der Mann war ungefähr dreißig Jahre alt, hatte hohe Schläfen und schwarze Koteletten. Und er war tot. Um den Hals hing ein Goldkettchen. Rohde zog vorsichtig den Anhänger aus dem Hemd. Ein kleines, mit Ornamenten verziertes Kreuz aus Gold. Rohde schloss dem Toten die Augen, nahm dessen Schlüssel und Waffe und ging unter die Brücke. Er schloss Nielsens Handschellen auf. Lars Nielsen hörte einen Moment auf, den am Boden Liegenden zu traktieren, dann ging er wieder auf den Beamten los und zischte irgendetwas auf Polnisch. Er musste sich abreagieren. Rohde ging dazwischen und hockte sich neben den Polizisten, einen großen Jungen, schlaksig, blond und blass. Er rang nach Atem und hatte Todesangst. Rohde klopfte ihm auf die Schulter und half ihm auf.

Das Funkgerät schnarrte. Lars Nielsen packte den Jungen im Genick, zog ihn zum Auto und befahl ihm irgendetwas auf Polnisch. Die Zähne des Jungen klapperten, das Funkgerät jaulte. Lars Nielsen gab dem jungen Polizisten eine Ohrfeige und sagte etwas, das er stammelnd wiederholte. Nielsen lehnte sich in den Wagen, zog das Mikrophon heraus und nickte dem Jungen zu, der kurz etwas durchgab. Eine weibliche Stimme antwortete, der Junge sagte wieder etwas, dann war die Frau offenbar zufrieden.

»Nun dürften wir ein paar Stunden Ruhe haben«, erklärte Lars Nielsen. »Aber erst müssen wir uns umziehen.«

»Tut mir leid, aber ich konnte nichts einkaufen. Es war nirgendwo geöffnet.«

Lars Nielsen zündete sich eine Zigarette aus dem Päckchen an, das er aus der Brusttasche des jungen Beamten gezogen hatte, inhalierte und stieß den Rauch durch die Nase aus.

»Wir ziehen ihre Uniformen an.«

Er deutete mit dem Kopf auf den toten Beamten und den jungen Polizisten, der mit weit aufgerissenen Augen dastand und vor Angst zitterte.

»Kannst du ihm nicht klarmachen, dass wir ihn nicht umbringen werden, sondern nur seine Klamotten wollen«, sagte Rohde.

Lars Nielsen nickte und redete wieder Polnisch auf den Jungen ein. Der war kurz davor zu heulen, doch dann begann er, sich die graue Uniform auszuziehen. Hose, Jacke, Hemd, Schlips, er gab alles Rohde. In Unterwäsche wirkte er unscheinbar und schmächtig. Rohde zog seine eigenen Sachen aus und holte Portemonnaie und Schlüssel aus den Taschen. Plötzlich hielt er Claussens Codebuch in der Hand. Er überlegte, es in die Wisła zu werfen. Aber er hatte das Gefühl, Claussen würde es ihm nie verzeihen, wenn er es nicht zurückbekäme. Aber würde er überhaupt die Gelegenheit haben, es ihm zurückzugeben? Rohde zog die Uniform an. Die Jacke war an den Ärmeln zu kurz, sonst passte sie. Lars Nielsen legte dem jungen Polizisten Handschellen an, riss ein Stück von seinem Hemd ab und stopfte es ihm in den Mund. Mit einem Stück Schnur, das er auf dem Boden fand, knebelte er ihn. Er führte den Beamten hinter den Wagen und zwang ihn, in den Kofferraum zu steigen.

Zusammen entkleideten sie den Toten. Sie setzten ihn auf den Rücksitz und deckten ihn mit dem Wollmantel zu. Lars Nielsen hatte seine Uniform angezogen. Sie spannte etwas an den Schultern und hatte zu kurze Hosenbeine. Dann stiegen sie in den Wagen, einen Polski-

Fiat 125p, der in Warschau in Lizenz gebaut wurde. Sie fuhren den Fluss entlang, bis sie auf eine größere Straße stießen und überquerten die Brücke stadtauswärts.

Rohde ging es gut. Er hatte einen Menschen erschossen, doch es ging ihm ausgezeichnet. Er hatte über den Abgrund nachgedacht. Jetzt war er über den Rand hinausgegangen und hing in der Luft. Auf der Ablage lag eine Sonnenbrille, die er aufklappte und aufsetzte.

»Wie konnte das passieren?«, fragte er.

»Weiß nicht. Mein Anruf hätte eigentlich nicht verfolgt werden können, und ich kenne den, mit dem ich geredet habe. Wir haben einen sicheren Code benutzt, es hätte funktionieren müssen.«

»Aber es hat nicht funktioniert. Bist du sicher, dass dich niemand verpfiffen hat?«

»Wie kommst du darauf?«

»Gestern taucht in deinem Hotel die Stasi auf und schlägt dich zusammen, und heute rufst du einen sicheren Kontakt an und hörst, dass dir ein Fluchtwagen zur Verfügung gestellt wird, und dann ... Wem berichtest du?«

»Meinem Führungsoffizier, Britta, aber sie würde mich nie im Stich lassen.«

»Sicher?«

Lars Nielsen antwortete nicht, sondern hatte wieder dieses schiefe Lächeln auf den Lippen, das Rohde aus Berlin kannte. Dieses Britta-Hammerlund-Lächeln.

»Sie ist beim FE, dem militärischen Abschirmdienst, oder?«, fuhr Rohde fort. »Und der FE untersteht dem Verteidigungsministerium. Gibt es jemanden im Ministerium, der die Arbeit des FE regelmäßig kontrolliert?«

»Akteneinsicht haben der Minister und der Planungsstab.«

»Und was ist mit dem Staatssekretär des Verteidigungsministeriums?«

»Ja, der hat sicher einen Zugriff auf die Berichte. Wieso?«

»Adam Wolff! Adam Wolff ist Staatssekretär im Verteidigungsministerium!«

»Wirklich?«

»Ja, und Wolff war 1947 Staatsanwalt in Korsør. Er war es, der Henry Claussen veranlasst hat, deine Zeugenaussage in dem endgültigen Bericht zu streichen.«

Unvermittelt fuhr Lars Nielsen auf den Seitenstreifen. Der tote Beamte prallte gegen die Vordersitze, der lebende rollte durch den Kofferraum. Rohde musste die Arme nach vorne strecken.

Lars Nielsen stieg aus und blickte eine Weile über die Felder. Dann drehte er sich um und trat gegen die Wagentür. Er trat noch einmal zu, diesmal traf es den Reifen. Als er an den Kotflügel trampelte, dachte Rohde, jetzt zerlegt er noch ein Auto, doch Lars Nielsen stieg wieder ein und blinkte.

»Scheiße, wieso habe ich nicht daran gedacht? Wie dumm kann man eigentlich sein? Wie saudumm darf man sein?«

»Du konntest doch von Niels oder unseren Ermittlungen nichts wissen ...«

»Aber ich hätte dran denken können. Es ist zu blöd. Es ist unglaublich, dass man diesem alten Scheiß nicht entkommen kann. Wieso muss uns die Vergangenheit jedes Mal wieder einholen?«

»Ich weiß es nicht ...«

»Wenn Wolff mich an die Stasi oder den polnischen Geheimdienst verkauft hat, haben wir keine Rückendeckung mehr. Dann sind wir am Ende. Warschau ist jetzt ausgeschlossen und die amerikanische Botschaft können wir auch vergessen. Der Sicherheitsdienst hat sie garantiert längst im weiten Kreis mit Leuten umringt.«

»Und was machen wir jetzt?«

Lars Nielsen kratzte sich an der Kotelette direkt unter dem geschwollenen blauen Auge. Kratzte und nickte.

»Ich kenne jemanden in Danzig, der beim KOR, dem Komitee zur Verteidigung der Arbeiter, mitmacht. Er ist arbeitslos und wahrscheinlich der Einzige, auf den ich mich verlassen kann. Vielleicht können wir ein paar Tage untertauchen und dann mit einem Bornholmer Trawler oder einem Kümo verschwinden.«

Zumindest die Hälfte der Sonne zeigte sich jetzt am Himmel. Soweit Rohde es beurteilen konnte, fuhren sie in nordöstlicher Richtung. Es gab keinen Schnee mehr, nur eine öde, flache und nackte Herbstlandschaft mit Feldern und Bäumen. Rohde nahm die Sonnenbrille ab. Die Euphorie von vorhin war verschwunden. Sie konnten noch so lange fahren, sie wären einfach nur weiter weg. *Spielt nirgendwo, das heißt in Polen.* Er sah sich Lars Nielsen an, der über dem Lenkrad brütete und den Blick starr auf die Fahrbahn richtete. Er sah müde aus.

»Gut«, sagte Rohde schließlich, »sehen wir zu, dass wir nach Danzig kommen.«

Lars Nielsen griff nach dem Päckchen an der Frontscheibe und steckte sich eine Zigarette an.

»Wir kommen schon noch nach Danzig, aber ich muss erst noch etwas holen.«

»Und was ist das?«

»Wart's ab.«

*Wart's ab, wart's ab, wart's ab.* Rohde wurde plötzlich böse. Er nahm die Makarov aus der Seitentür, entsicherte sie und drückte sie Lars Nielsen an die Schläfe.

»Jetzt erzählst du mir, was wir vorhaben. Und du erzählst es mir sofort. Verstanden?«

Lars Nielsen tat, als ob ihn das alles nichts anginge, und fuhr einfach weiter, die Zigarette zwischen den Zähnen.

»Willst du mich erschießen, Rohde?«

»Ich habe gerade einen Polizisten erschossen, mich geht diese ganze Geschichte also genauso an, aber du sagst nicht, was eigenlich los ist ... erst wollen wir nach Danzig, dann sollen wir plötzlich irgendwas holen ...«

»Ich habe dich nicht gebeten mitzukommen, und es ist auch nicht irgendein Scheißurlaub, den du einfach abbrechen kannst.«

»So weit habe ich's begriffen.«

»Ich muss einen Mikrofilm holen.«

Rohde nahm die Waffe von Lars Nielsens Schläfe. Er zündete sich ebenfalls eine Zigarette an.

»Ja?«

»Willst du wirklich wissen, was drauf ist?«

»Klar.«

»Wenn irgendetwas schiefgeht, bin ich gezwungen, dich zu erschießen.«

»Ah ja.«

Eine Weile sagte keiner ein Wort. Lars Nielsen stellte den Rückspiegel ein und versicherte sich, dass sie nicht verfolgt wurden. Dann atmete er tief durch.

»Zweihundert abfotografierte Dokumente über die Angriffspläne der Sowjetunion nach der Stationierung der SS20-Mittelstreckenraketen in Osteuropa. Und die russische Reaktion, wenn der Nato-Doppelbeschluss angenommen wird«, sagte er laut und deutlich, als wäre es ein Kinderreim, den er auswendig gelernt hatte.

»Also wenn die Nato im Gegenzug Pershing-Raketen in Westeuropa stationiert?«

»Ja. Die Sowjetunion will die Länder des Warschauer Paktes zwingen, eine Vereinbarung zu ratifizieren, die darauf hinausläuft, dass im Falle eines Krieges die Kommandogewalt an den sowjetischen Generalstab übergeht. Viktor Kulikov, der oberste Chef und Marschall des Warschauer Paktes, reist in diesen Wochen in ganz Osteuropa herum und dreht Jaruzelski und den übrigen Verteidigungsministern den Arm auf den Rücken. Und das kann tatsächlich nur eines bedeuten.«

»Na?«

»Dass der kalte Krieg sehr bald verdammt heiß werden könnte.«

»Eine Invasion Westeuropas?«

»Ja, entweder das oder eine Invasion in ein andere-Gebiet ihres Einzugsbereichs, im Nahen Osten oder in Asien. Aber vielleicht ist das gar nicht der eigentliche Hintergrund der Vereinbarung.«

»Sondern?«

»Dass alles den Bach runtergeht! Du bist möglicherweise der Ansicht, dass in Dänemark derzeit eine Krise herrscht. Aber hier wird es zu Hungersnöten kommen, wenn die Situation sich nicht bald ändert. Nach dem Besuch des Papstes letzten Sommer sind die Leute mutig geworden. Hast du die Graffiti auf den Wänden in Thorn bemerkt. Ein P über einem W?«

»Ja. Wofür steht das?«

»*Polska Walczaca*, kämpf für Polen. Und diesmal sind nicht die Jugendlichen und Studenten die Anführer, sondern die Arbeiter aus Danzig, Gdingen und Swinemünde. Wenn die Arbeiterklasse, die die Partei so rühmt, zusammensteht und in der Lage ist, ihre Unzufriedenheit in Streiks zu kanalisieren, bricht das Kartenhaus zusammen.«

Rohde war groggy und zündete sich mit der brennenden Zigarette die nächste an. Bilder schossen ihm durch den Kopf, während Lars Nielsen erzählte: Filme des Heimatschutzes in seiner Kindheit, *Schalten Sie das Radio ein und setzen Sie sich unter den Tisch*, jeden Mittwoch Punkt zwölf die Sirenen, Männer des Zivilschutzes in Bleianzügen, Rauchpilze und Häuser, die vom Luftdruck zerrissen wurden, Bikini, die Kubakrise, alles flog auseinander. Die Landschaft war vollkommen flach und Rohde stellte sich vor, wie russische Panzerkolonnen durch die Windschutzhecken drangen und den gesamten Horizont ausfüllten.

»Wenn der Film so wichtig ist, was hast du dann in Berlin gemacht?«

»Es ist eine Sicherungskopie. Eigentlich hätte ich das Original einem CIA-Mann in Warschau geben sollen, aber an einem *dead drop* ging etwas schief, also muss ich sie jetzt holen.«

»Dead drop?«

»Ja, eine Art toter Briefkasten, den man vereinbart, zum Beispiel hinter einem Grabstein, in einem hohlen Baum oder einer Mauerritze. Es passierte letztes Wochenende. Ich wollte das Material übergeben und schnitt gerade meinen Film für das Festival in Berlin. Also klebte ich den Mikrofilm in die Filmrolle, die ich an einen westdeutschen Verleiher in Berlin weitergeben sollte.«

»Aber das hat nicht geklappt?«

»Nein.«

»Und wo ist die Kopie?«

»Oben bei Ketrzyn. Bei den Ruinen der Wolfsschanze, du weißt schon, Hitlers ostpreußischem Bunker. Ich war mal am Wochenende mit meinem Sohn dort oben angeln und habe bei der Gelegenheit das Material im Wald vergraben.«

»Könnte es sein, dass der Ort auch verraten wurde?«

»Ja und nein. Es gibt fünf mögliche Stellen zum Vergraben, die mein Führungsoffizier und ein paar andere vom Abschirmdienst kennen. Aber niemand weiß, wo sie genau sind.«

»Und wer ist die Quelle?«

»Ich weiß es nicht, aber er muss im polnischen Generalstab ganz oben sitzen. Der Geheimdienst hat das Leck offenbar festgestellt. Ich hätte das Material in der amerikanischen Botschaft übergeben sollen, aber dort wimmelte es vor Agenten, also beschloss ich, auf eigene Faust zu handeln. Normalerweise funktioniert das.«

Lars Nielsen schlug sich mit der Faust in die Hand.

»Und dann kommt dieser ... *satan* ... zu Wolff und macht alles kaputt ... *Miej serce i patrzaj w serce!*«

Larsen stand am Waschbecken der Toilette in der Abteilung A, spritzte sich Wasser über den Kopf und massierte sich das Gesicht. Er hatte fast zwei Tage nicht geschlafen. Seine Mandeln waren geschwollen. Nachdem er Anita abgesetzt hatte, war er direkt ins Präsidium gefahren.

Aus der Asche ins Feuer.

Høigaard drehte ihm den Rücken zu, als Larsen kurz darauf sein Büro betrat. Er stützte die Hände auf das Fensterbrett, zwischen Mittelfinger und Ringfinger steckte eine Gauloise. Larsen blickte zum Konferenztisch, dort saß Jens Peter Øhregaard, der Chef des PET, mit versteinertem Gesicht. Auf dem Tisch vor ihm lag ein Block, und eben schraubte er die Kappe seines dicken Montblanc-Füllfederhalters ab. Høigaard riss sich vom Fenster los und bewegte sich umständlich zum Konferenztisch.

»Jens Peter berichtet, dass Rohde gestern in Berlin verhaftet wurde, und er will wissen, was er dort gemacht hat.«

Larsen blickte zu Øhregaard, der auf seinen Block schaute. Noch hatte er nichts notiert, aber der Federhalter schwebte einsatzbereit über dem Papier.

»Antworte auf die Frage«, befahl Høigaard. »Denn das hat doch, verdammt noch mal, nichts mit dem Mord an Borch und dem Einsatz in Christiansfeld zu tun, oder?«

Was sollte er antworten? Rohde war inoffiziell im Einsatz, und Høigaard würde abstreiten, dass er davon wusste – so lange, bis ihm das letzte schüttere Haar ausfiel.

»Erik Rohde war für Sie in geheimer Mission unterwegs?«, sagte Øhregaard, ohne aufzublicken.

Er nahm die Kappe, schraubte sie auf den Füllfederhalter und legte ihn neben den Block. Er würde sich ohnehin keine Notizen machen. Wusste er bereits alles?

»Er sollte in Berlin eine Zeugenaussage von Lars Nielsen besorgen«, fuhr Øhregaard fort. »Weil Sie glauben, dass Borch, Frijs und Wolff 1947 seinen Vater umgebracht haben, nicht wahr?«

Larsen wollte etwas erwidern, kam aber nicht dazu.

»Aber was Sie bei Ihrer kleinen Schmierenkomödie nicht wissen konnten, ist, dass Lars Nielsen als Agent des FE arbeitet. Er sollte als Kurier im Hotel Stadt Berlin etwas abliefern, das, nebenbei bemerkt, vermutlich das am intensivsten abgehörte Gebäude dieses Planeten ist. Die oberste Etage ist eine einzige große Lauschzentrale.«

Jetzt schob Øhregaard seinen Stuhl zurück und erhob sich.

»Und was passiert? Statt eines diskreten Treffens mit dem Kurier taucht Rohde in Lars Nielsens Hotelzimmer auf, ein dänischer Polizist! Wenn das einen Agenten nicht kompromittiert, weiß ich nicht, was sonst!«

Larsen war plötzlich alles egal. Er hatte keine Lust, Komödie zu spielen. Sie wussten ja offenbar über alles Bescheid. Wieso hatte man Rohde in Ostberlin verhaftet? Das kam verdammt ungelegen, er hätte heulen können, sie waren so kurz vorm Ziel.

»Okay. Wir brauchten Lars Nielsens Zeugenaussage. Wir stehen mitten in einem Mordfall, und ja, wir glauben, dass sein Vater, Werner Nielsen, 1947 umgebracht wurde.«

Øhregaard zeigte keinerlei Regung, nur der Mund zuckte und seine Wangen röteten sich. Larsen sah Høigaard an. Er verzog noch immer keine Miene.

»Gestern Abend erhielt ich einen Anruf von Adam Wolff«, sagte Øhregaard mit eiskalter Stimme. »Und wenn ich schon wütend bin, dann tobt er. Und Sie hätten erst den Minister erleben sollen! Wissen Sie eigentlich, dass wir vor einer großen Krise zwischen Ost und West stehen. Die gesamte Allianz steht auf dem Spiel, Breschnew lässt die Muskeln spielen. Wir haben im Augenblick wahrlich keinen Bedarf an der Enttarnung eines unserer Agenten.«

»Und soweit ich das als Chef der Mordkommission beurteilen kann«, Høigaard ergriff jetzt das Wort und setzte seine Überlegenheitsmiene auf, »ist dein Fall abgeschlossen. Im Übrigen, herzlichen Glückwunsch. Die Täter sind tot. Aqqaluk Hansen, der letzten Sonntag den Mord an Keld Borch verübte, und Niels Nielsen, der gestern Paul Bergström ermordet hat.«

»So einfach ist das leider nicht«, erwiderte Larsen. »Paul Bergström hieß in Wahrheit Heinz Richter und war ein berüchtigter Kriegsverbrecher aus dem Zweiten Weltkrieg. Wir müssen davon ausgehen, dass Richter 1947 in den Mord an Werner Nielsen verwickelt war. Auf Veranlassung von Wolff, wie wir meinen.«

»Dafür haben Sie keinerlei Beweise, und das wissen Sie ganz genau«, sagte Øhregaard.

»Ich habe sie von Jens Nielsen, Werner Nielsens zweitältestem Sohn. Er übergab mir die Beweise.«

»Jens Nielsen ist ein Lügner. Er ist Kommunist.«

»Nein, ist er nicht. Und dieser Fall reicht zurück bis zu einem Bund, der während des Krieges geschlossen wurde. Und Wolff steht dahinter. Er zieht die Fäden, sehen Sie das denn nicht?«

»Was sollen wir sehen?«, fragte Øhregaard.

»Nach allem, was wir wissen, hat Wolff die Kontrolle verloren. Wir haben Indizien, dass Werner Nielsen 1947 von seinen eigenen Freunden verraten und getötet wurde. Und wir sind ziemlich sicher, dass Lars Nielsen ein Zeuge der Tat war. Es muss Wolff sein, der Lars Nielsen nun opfert, um zu verhindern, dass wir unsere Zeugenaussage bekommen.«

»Jetzt halten Sie aber den Mund, Larsen!«, brüllte Øhregaard. »Wenn Sie wirklich hören könnten, was Sie sagen«, fuhr er in gemäßigterem Tonfall fort. »Ich glaube, Sie haben sich nicht mehr unter Kontrolle. Sie haben bei diesem Fall ständig Fehler gemacht, angefangen mit dieser falsch verstandenen Loyalität, als Sie Rohde vom Tatort wegschickten.«

Øhregaard schaute Høigaard an, der den Blick abwandte und an seiner Gauloise zog.

»Ich bin ja der Ansicht, dass man Sie suspendieren sollte«, fügte Øhregaard hinzu, »aber Kai ist da anderer Meinung.«

»Geh nach Hause, begrab deine Frau und mach Urlaub«, sagte Høigaard. »Anita kann zusammen mit Overgaard und Werchmeister den abschließenden Bericht übernehmen.«

Larsen seufzte und sank auf einen Stuhl. Als würde er auf eine Bretterwand einschlagen. Er konnte machen, was er wollte, er riss sich doch nur Splitter in die Hand. Das alles war eine Nummer zu groß für ihn. Wolff hatte den gesamten Apparat angeworfen. *Verdammte Scheiße!*

»Könnt ihr mir zumindest sagen«, sagte er leise, »was mit Rohde geschehen wird? Er kommt doch zurück, oder?«

»Das wissen wir nicht«, erwiderte Øhregaard.

»Was meinen Sie damit?«

»Es gelang ihm, zusammen mit Lars Nielsen aus dem Hotel zu entkommen. Wir wissen nicht, wo sie sich aufhalten oder ob man sie gefasst hat. Aber gefasst werden sie. Ganz sicher.«

## 29

Ein paar Kilometer vor Bartoszyce fing das Funkgerät an zu schnarren und eine schrille Frauenstimme sagte sehr schnell und wütend irgendetwas auf Polnisch. Lars Nielsen antwortete. Er diskutierte mit der Frau am anderen Ende, dann schaltete er das Funkgerät abrupt ab und fuhr den Wagen auf einen Schotterweg, der an ein paar hohen schütteren Nadelbäumen vorbei in den Wald führte.

»Was jetzt, sind wir entdeckt?«

»Ja.«

»Und nun?«

»Wir lassen den Wagen hier stehen und ziehen uns wieder um. Es ist nicht weit bis zur nächsten Stadt.«

»Und was machen wir mit dem Polizisten?«

»Ich kümmere mich um ihn.«

»Willst du ihn ...?«

»Ja.«

»Da mach ich nicht mit!«

»Was hast du dir denn vorgestellt? Sollen wir ihn mitnehmen?«

»Er kann hierbleiben. Wir haben Handschellen und ein Seil.«

»Tja. Aber wir dürfen uns keine Fehler mehr erlauben.«

»Es könnte sich als Fehler herausstellen, ihn umzubringen.«

Lars Nielsen schwieg eine Weile, dann hämmerte er mit der Faust aufs Lenkrad, wandte Rohde den Kopf zu und betrachtete ihn eingehend. Nach den Schlägen in Berlin hatte Nielsen noch immer ein blaues Auge und gelbviolette Flecken an den Wangen und am Hals. Sie sagten nichts, stiegen aus und Rohde öffnete den Kofferraum. Der junge Mann lag auf der Seite und starrte ihn mit einem blutunterlaufenen Auge an. Rohde half ihm heraus. Der Junge zitterte vor Angst und Kälte. Rohde entfernte den Knebel und Lars Nielsen schloss die Handschellen auf, wobei er auf ihn einredete. Er sagte eine Unmenge auf Polnisch. Rohde zog die Uniform aus, gab sie dem jungen Mann zurück, zog wieder seine eigenen Sachen an. Lars Nielsen setzte den Beamten auf den Vordersitz und schloss sein Handgelenk mit den Handschellen ans Lenkrad. Er riss das Funkgerät heraus und gab es Rohde, dann öffnete er die Kühlerhaube und machte sich an irgendwelchen Schläuchen zu schaffen. Sie liefen zurück zur Hauptstraße. Es war kühl, trotz des blauen Himmels und des Sonnenscheins. Ein Eichelhäher flog aus seinem Versteck in der Hecke auf und landete im Gras.

»Was hast du zu ihm gesagt?«

»Dass er nicht versuchen sollte, Hilfe anzufordern. Wenn er es tun würde, würde ich zurückkommen, ihm den Schwanz abschneiden und ihn damit füttern.«

»Und wenn er die Hupe benutzt.«

»Das wird nicht gehen.«

Sie liefen über die Landstraße. Rohde trug das Funkgerät, ein schweres schwarzes Ungetüm mit einem Spiralkabel und einem viereckigen Mikrophon. Die Grenze zur russischen Enklave Kaliningrad zwischen Litauen und Polen war ungefähr zwanzig Kilometer entfernt, Danzig lag einhundertfünfzig Kilometer in der anderen Richtung.

Nach einer Dreiviertelstunde erreichten sie Bartoszyce. Das Zentrum der Stadt bildete ein länglicher Platz mit einer Grünanlage in der Mitte, eine Kirche an einer Seite, drum herum dreistöckige Wohnblöcke. Lars Nielsen suchte eine Telefonzelle, Rohde sollte einkaufen.

Er fand einen Metzgerladen. Die Bedienung, ein kräftiges junges Mädchen in weißem Kittel und blauer Plastikhaube, blätterte in einer Illustrierten. Der Kühltresen war praktisch leer, abgesehen von zwei getrockneten Würsten, die auf einer Erhebung aus Stanniol lagen. In einem Regal dahinter standen ein paar Dosen mit gelben Etiketten. Schinken in Dosen. An der Wand hingen zwei Porträts, Lenin und Marx. Rohde sprach die Bedienung auf Deutsch an. Er wollte die Würste kaufen. Sie blickte auf und schüttelte den Kopf. Ihm war nicht klar, ob sie ihn verstanden hatte. Er deutete auf die Würste und wiederholte seine Bitte. Sie war in ihre Zeitschrift vertieft, und erst, als er auf die Kühltheke schlug, sah sie ihn wieder an. Sie schüttelte den Kopf und sagte irgendetwas auf Polnisch. Dann zeigte er auf die Dosen hinter ihr und bat darum, ein paar Dosen kaufen zu dürfen. Nein, das sei nicht möglich. Gab es denn überhaupt etwas zu kaufen? Sie zuckte die Achseln, die Augen unverwandt auf die Illustrierte gerichtet.

Im nächsten Geschäft war das Angebot etwas größer, aber das einzig Essbare waren Schokoladenkekse. Rohde nahm fünf Packungen und wollte bezahlen. Der Händler, ein schmächtiger Mann mit glatten schwarzen Haaren, machte große Augen, als Rohde die Kekse auf den Tresen legte. Der Mann legte zwei Packungen zur Seite und deutete darauf. Die beiden durfte er kaufen, die anderen nicht. Rohde trat auf den Platz. Es regnete. Nach einer halben Stunde kam Lars Nielsen zurück.

»Hast du deinen Freund in Danzig erreicht?«

»Ja. Und er kennt hier einen Priester, den ich auch kenne, und der hat ein Auto. Mein Freund hat ihn angerufen, aber er macht irgendwo in der Pampa einen Krankenbesuch, darauf können wir nicht warten. Er wird uns später abholen. Wir können uns allerdings von jemand anderem etwas Fahrbares leihen.«

Sie gingen am Fluss über eine kleine Fußgängerbrücke, folgten dem Weg durch eine Aue und kamen zu einer Straße, die Gdanska hieß. Kurz darauf überquerten sie einen Bauplatz, auf dem sich eine Werkstatt mit einem blauen Tor befand. Einige Mopeds, zum Teil ohne Reifen, standen herum, Mopedmotoren und Reserveteile lagen auf dem Boden. Ein junger Bursche im Blaumann tauchte in der Werkstatt auf. Er trug einen dichten schwarzen Schnurrbart und hatte das Haar im Nacken lang stehen gelassen, sein Gesicht war schwarz von der Arbeit an den Motoren. Er lächelte über das ganze Gesicht, als Lars Nielsen sich vorstellte. Sie unterhielten sich eine Weile, dann verschwand er in der Garage und kam mit einer knallroten Kreidler zurück. Mit ihr wollten sie nach Ketrzyn.

Larsen war erledigt, als er in seinem kleinen Reihenhaus am Emdrup Engvej ankam. Er hatte Kopf- und Gliederschmerzen, er fürchtete, sich eine Grippe eingefangen zu haben. In den letzten Tagen hatte er vergessen, seine Herzmedizin zu nehmen, außerdem hatte er mehrere Tage nicht mehr geschlafen. Im ganzen Haus war es hundekalt.

Als Gerda ins Krankenhaus kam, hatte Larsen sich angewöhnt, die Heizkörper abzudrehen – abgesehen von der Küche, wo der Thermostat auf Stufe zwei stehen durfte, weil er sich überwiegend dort aufhielt. Irgendwann hatte er in einem verrückten Sparwahn aber auch die Heizung in der Küche abgedreht. Larsen behielt den Mantel an und fror trotzdem. Eigentlich war es lächerlich, dass man sich in seinem eigenen Haus zu Tode fror.

Er drehte sämtliche Heizkörper auf die höchste Stufe.

Er musste auch endlich einmal aufräumen, überall flog Kleidung herum und seit mehreren Wochen war nicht mehr geputzt worden. Beim letzten Mal hatte ihm Gitta an einem Samstag geholfen. Der Abwasch der letzten Wochen mit eingetrockneten Essensresten und nicht ausgespülten Buttermilchgläsern stand in der Spüle. Larsen sah das alles mit einer gewissen Melancholie. Würde er als präseniler alter Trottel mit fleckigem Pullover enden, wie jemand, der sein eigenes Zuhause nicht mehr ordentlich sauber halten konnte?

Verdammt noch mal, nein.

Er entschloss sich, den Abwasch in Angriff zu nehmen, und holte die Schüssel unter der Spüle heraus; er drehte den Wasserhahn auf und versenkte sämtliche Teller in der Schüssel.

Was war in Berlin passiert? Hatte Rohde tatsächlich eine Dummheit begangen, wie Øhregaard behauptete? Oder hatte Wolff wirklich einen Agenten geopfert? Und wo war Rohde überhaupt, hatten sie ihn bereits geschnappt? Tot?

Möglicherweise würden sie es nie erfahren. Wie ein glitschiger Aal würde Wolff sich aus der Angelegenheit winden. Jetzt war es eine Sache des Außenministeriums. Außerhalb von Larsens Reichweite.

Er hatte Urlaub!

Nur, was sollte er in seinem Urlaub unternehmen?

Die gespülten Teller dampften. Als er die Gläser einweichte, drehte sich plötzlich alles vor den Augen, fast wäre er gefallen; Larsen klammerte sich an die Spüle und gewann erst nach und nach das Gleichgewicht wieder.

*»Sie sprechen mit Bodil Jørgensens automatischem Anrufbeantworter. Ich bin im Augenblick nicht zu Hause,*

*aber nach dem Signalton können Sie eine Nachricht hinterlassen. Ich rufe dann zurück. Auf Wiederhören.«*

*» ... muss man jetzt sprechen ...? ... Ole hier ... Ole Larsen. Ich wollte nur ... Dass du einen Anrufbeantworter hast, meine Tochter Alice hat auch einen ... sie wohnt in Philadelphia. Na, ich wollte eigentlich nur sagen, dass ich ... dass ich mich richtig gefreut habe, dich letzten Dienstag zu sehen. Du kannst mich zurückrufen unter 633903 ... tschüs.«*

*»Sie sprechen mit Bodil Jørgensens automatischem Anrufbeantworter. Ich bin im Augenblick nicht zu Hause, aber nach dem Signalton können Sie eine Nachricht hinterlassen. Ich rufe dann zurück. Auf Wiederhören.«*

*»Hej, Ole noch mal. Ich weiß, dass du nicht zu Hause bist. Ich habe gerade angerufen, aber das weißt du natürlich auch ... na, ich habe vergessen, dass du vorweg die 01 wählen musst. Also 01 633903. Das war noch einmal Ole. Tschüs.«*

»Hallo, Ole Larsen!«

»Hallo Papa, hier ist Gitte. Du klingst, als wärst du außer Puste. Bist du gelaufen?«

»Nein, ich war nur in der Küche.«

»Wann bist du nach Hause gekommen? Ich habe wer weiß wie oft angerufen, und bei euch im Büro wusste auch niemand, wo du steckst. Irgendeine Frau hat gesagt, dass du wohl Urlaub genommen hättest. Die Beerdigung ist am Samstag und wir haben noch tausend Sachen zu erledigen.«

»Ja, ja, ich weiß, Schatz.«

»Ich habe gerade mit dem Leichenbestatter gesprochen, aber ich kann doch keine Entscheidungen auf eigene Faust treffen, außerdem will der Pastor sich mit dir treffen, am liebsten noch heute, du sollst ihn sofort anrufen. Ich habe die Nummer hier. Du musst auch den Leichenbestatter anrufen, bis Mittag, weil er am Nachmittag eine Beerdigung hat. Und dann die Todesanzeige, was meinst du, was soll drinstehen?«

»Ich weiß nicht.«

»Klaus und ich haben einen Entwurf verfasst, den Alice gut fand, hör mal: Meine liebe Ehefrau, unsere geliebte Mutter, Großmutter und Schwiegermutter Gerda Larsen, geboren 1.7.1935, gestorben 30.10.1979, ist still entschlafen. Die Trauerfeier findet in der Emdrup Kirke am Sonnabend, den 3. November, um 11 Uhr statt. Darunter Ole Larsen, Kinder, Enkel und Schwiegersöhne. Was sagst du dazu?«

»Klingt gut.«

»Findest du, dass da stehen sollte, dass die Leute statt Blumen für die Krebsbekämpfung spenden sollen?«

»Nein.«

»Wieso nicht? Es ist November und es ist blöd, dass all die teuren Blumen auf dem Friedhof vergammeln, wenn sie am Samstag sowieso nicht in die Erde kommt.«

»Aber wieso denn nicht? Da ist doch die Beerdigung.«

»Sie hat gesagt, dass sie am liebsten verbrannt werden möchte.«

»Davon hat sie mir nichts gesagt.«

»Aber mir.«

»Ich habe die ganze Zeit gedacht, dass sie begraben wird.«

»Wird sie ja auch, nur in einer Urne.«

»Ich meine, in einem Sarg.«

»Aber sie hat gesagt, dass sie verbrannt werden will. Es ist erst eine Woche her, seit wir das letzte Mal darüber geredet haben.«

»Tja, davon weiß ich nichts und ich halte das auch für keine gute Idee.«

»Vielleicht habt ihr deshalb nicht darüber geredet.«

»Was?«

»Weil sie wusste, dass du dagegen bist.«

»Glaub ich nicht. Bist du sicher, dass sie gesagt hat, am liebsten verbrannt werden zu wollen?«

»Ja, das habe ich auch dem Leichenbestatter erklärt, also ich weiß nicht, ob sich das noch ändern lässt. Außerdem finde ich, wenn es Mutters ausdrücklicher Wunsch war, können wir uns nicht erlauben …«

»Gitte.«

»Ja, Papa?«

»Können wir später darüber sprechen? Ich kann das jetzt einfach nicht entscheiden.«

»Klar, ich kann ja gleich noch mal anrufen.«

»Ich rufe an.«

»Okay, aber vorher rufst du den Leichenbestatter und den Pastor an. Du musst dir auch über die Lieder Gedanken machen. Klaus und ich würden vorschlagen ›Näher mein Gott zu dir‹, das mochte Mutter so gern.«

»Ja, ich denke drüber nach, Gitte.«

»Und spätestens bis morgen muss der Sargschmuck bestellt sein. Hast du dir überlegt, welche Blumen auf den Sarg sollen? Rosen? Sie mochte ja rosa Tulpen so gern, aber ich weiß nicht, ob die so passend für einen Sarg sind.«

»Es ist lieb von dir, Schatz, dass du an alles denkst, ich bin wirklich froh, dass du dich der ganzen Sache annimmst. Aber können wir nicht später darüber reden?«

»Ja, sicher, ist irgendetwas nicht in Ordnung?«

»Nein, ich habe nur mehrere Tage gearbeitet, ich muss mich erst einmal hinsetzen und erholen.«

»Arbeit, immer Arbeit. Es gibt noch so viel zu erledigen und du hast nicht mal die Zeit gefunden, richtig zu trauern, und ... und ...«

»Na, na, Gittelein ...«

»Aber bist du denn überhaupt nicht traurig, Papa?«

»Doch, du kannst mir glauben, das bin ich.«

»Und wieso weinst du dann nicht?«

»Ich weiß es nicht, ich mach's einfach nicht.«

»Aber vielleicht können wir ja jetzt zusammen weinen.«

»Ja, das können wir, das können wir.«

»Du hast ja keine Ruhe gehabt, du hast gearbeitet. Warum hast du dir nicht freigenommen?«

»Das ging nicht, ich habe mitten in einem Fall gesteckt.«

»Das ist doch immer so, Papa. Du musst auch mal an deine Gesundheit denken, du bist nicht mehr der Jüngste.«

»Ich weiß. Es wird schon. Ich muss nur gerade ...«

»Aber du rufst jetzt den Pastor an, ja?«

»Ja, sicher.«

*»Sie sprechen mit Bodil Jørgensens automatischem Anrufbeantworter. Ich bin im Augenblick nicht zu Hause, aber nach dem Signalton können Sie eine Nachricht hinterlassen. Ich rufe dann zurück. Auf Wiederhören.«*

*»Ich weiß, es ist erst eine Viertelstunde her, dass ich angerufen habe, aber ich wollte mich noch mal melden. Also, Ole. 01 633903. Tschüs.«*

*»Sie sprechen mit Bodil Jørgensens automatischem Anrufbeantworter. Ich bin im Augenblick nicht zu Hause, aber nach dem Signalton können Sie eine Nachricht hinterlassen. Ich rufe dann zurück. Auf Wiederhören.«*

*» ... «*

Ketrzyn, Rastenburg. Nach dreißig Kilometern setzte der Motor der Kreidler aus und sie mussten die letzten zwanzig Kilometer zu Fuß gehen. Rohde trug das Polizeifunkgerät, das immer schwerer wurde, und als sie die aufgelassenen Eisenbahngleise und die Bunkeranlage erreichten, nahm Lars Nielsen es ihm endlich ab. Rohde schaltete die Taschenlampe ein, die er aus dem Polizeiwagen mitgenommen hatte. Lars Nielsen bat ihn, sie auszuschalten.

Es rauschte in den Bäumen, von irgendwo war ein lang gezogenes Heulen zu hören, möglicherweise ein Windstoß in der Ferne oder eine Eule. Vielleicht gab es in dieser Gegend aber auch Wölfe?

Hitler hatte drei Kriegsjahre in der Wolfsschanze zugebracht. Er bezog den Bunker im Juni 1941, zwei Tage vor dem Feldzug gegen die Sowjetunion, und verließ ihn endgültig im November 1944, als die Rote Armee sich näherte. Die Anlage wurde gesprengt, aber noch immer gab es halbe oder ganze Bunker aus unvergänglichem deutschen Beton.

Wie schiefe Maya-Pyramiden standen die Bunker zwischen den Bäumen, ein düsteres Grabmal aus einer untergegangenen Zeit.

Plötzlich verließ Lars Nielsen den Schotterweg und lief durch die Bäume. In dem feuchtweichen Laub sanken sie bei jedem Schritt etwas ein. Nach ein paar hundert Metern blieb er stehen. Ein Stück weiter erhob sich ein freistehender, gemauerter Giebel mit drei Fensteröffnungen und einer Treppe, die auf die leere Ruine führte. Lars Nielsen ging einige Schritte in die Dunkelheit, hockte sich hin und begann, mit bloßen Händen in der Erde zu graben. Rohde half ihm. Der Boden war hart und roch nach welken Blättern. Sie gruben sich durch mehrere Schichten von vermodertem Laub, bis sie ein

Loch von gut einen Quadratmeter ausgehoben hatten. Dann kratzten Rohdes Fingernägel über etwas Metallisches. Er buddelte es aus. Es handelte sich um eine kleine Blechschachtel von der Größe einer Brotdose, in der irgendetwas rasselte. Rohde wollte die Schachtel öffnen, doch Lars Nielsen riss sie ihm aus den Händen.

Sie schauten sich an und Nielsen lächelte. Es war das erste Mal, dass Rohde ihn so breit lächeln sah. Das Lächeln öffnete sein von Bartstoppeln und Motoröl schwarzes Gesicht von einem Ohr zum anderen. Rohde erwiderte das Lächeln, sie standen gleichzeitig auf. Doch auf einmal erstarrte Lars Nielsen und bekam einen angespannten Gesichtsausdruck. Er hatte irgendetwas gehört. Jetzt hörte Rohde es auch, Schritte und Motorenlärm. Ein Scheinwerfer wurde angeschaltet, der Lichtstrahl fegte durch die Baumstämme, Befehle und Hundegebell ertönten, ein paar Fahrzeuge heulten auf.

Sie liefen in das Ruinengelände. Hinter sich hörten sie die Hunde bellen, einer der Köter hatte sie fast eingeholt. Er kam immer näher. Lars Nielsen drehte sich um und der Schäferhund setzte zum Sprung an – in diesem Moment schlug Nielsen ihm die Faust an den Schädel. Der Sprung wurde jäh unterbrochen, der Hund fiepte und krümmte sich, Nielsen ging in die Knie und brach ihm mit den bloßen Händen das Genick.

Der Wald war still. Dann hörten sie unten an der Straße vereinzelte Schüsse. Nebel war aufgezogen, sie konnten ihre Verfolger nicht sehen, aber die Lichtkegel schnitten weiter durch die Bäume.

Sie fingen wieder an zu laufen und kamen an einen großen, mit Moos bewachsenen Bunker, um den junge Buchen wuchsen. Auf der anderen Seite des Bunkers tauchte eine noch größere Ruine auf. Lars Nielsen rannte darauf zu, der Bunker hatte eine Öffnung, eine Art Viadukt.

Ein schlechtes Versteck, hier würde man sie bald finden. Dennoch verhielten sie sich ruhig und achteten auf die Polizeihunde. Hin und wieder fiel ein Schuss. Sie konnten nicht bleiben, Rohde wollte hinaus, aber Lars Nielsen packte ihn und hielt ihn fest. »Du bleibst jetzt verdammt noch mal hier«, zischte er zwischen den Zähnen. Er zog seinen Flachmann aus der Jackentasche und goss sich eine ordentliche Portion auf die Handfläche. Dann zog er mit der freien Hand eine Zigarettenkippe aus der Hosentasche und zerbröselte sie im Alkohol. Die Mischung schmierte er erst Rohde und dann sich ins Haar. »Gegen die Hunde«, sagte er. Dann hockte er sich hin, scharrte auf dem Boden die Erde weg und hatte etwas in der Hand. Nielsen schob einen Deckel zur Seite und stieg hinunter. Rohde folgte ihm, er fühlte Metallstufen unter seinen Füßen und zog den Deckel wieder an seinen Platz.

Sie krochen durch ein Betonrohr und landeten einige Meter unter der Erde in einem Gang. Über sich hörten sie die Hunde bellen, sie waren ihnen dicht auf den Fersen. Rohde schaltete die Taschenlampe ein. Ein enger Korridor mit einer Eisentür am Ende. Lars Nielsen zog sie auf und sie gelangten in einen kleinen, niedrigen Raum mit einem Schreibtisch, einem rostigen Archivschrank, einer Matratze und einem Haufen leerer Bier- und Schnapsflaschen. Eine bis auf einen Stummel runtergebrannte Kerze steckte im Hals einer Weinflasche, das Wachs war über die Flasche getropft. Auf der Matratze lag ein aufgeschlagenes Pornoheft. Die Wand dahinter verzierte die Zeichnung eines großen schiefen Schwanzes und ein rotes P über einem W. *Polska Walczaca*. Kämpf für Polen!

Lars Nielsen setzte sich an den Schreibtisch, stellte das Funkgerät auf den Boden und legte die Pistole vor sich auf die Platte. Dann nickte er Rohde zu. Der ließ den Lichtkegel umherwandern, trat an den Archivschrank und zog eine Schublade auf. Pornohefte. Unter den Heften eine alte Schreibmaschine, die Rohde auf den Schreibtisch stellte. Beide schauten sich das Gerät an. Rohde leuchtete mit seiner Stablampe.

»Das ist ja eine Enigma«, sagte Rohde. »Mit drei Walzen.«

Lars Nielsen wies ärgerlich mit dem Kopf auf einen Stuhl.

»Setz dich jetzt hin und halt die Schnauze«, fauchte er.

Rohde setzte sich. Er leuchtete durch den Raum. Sein Vater besaß einen Tresor, der so roch, wie es hier roch, einen großen grünen Tresor mit einer zwanzig Zentimeter dicken Stahltür: Muffig, metallisch und kalt. Rohde hörte seinen eigenen Puls, sein Herz raste, als sie gekommen waren, nun verlangsamten sich die Schläge, bekamen das Tempo des Raumes. Er konzentrierte sich, um irgendetwas außerhalb des Bunkers zu hören, aber die Geräusche verschwanden. Sie warteten lange. Niemand öffnete die schwere Metalltür, niemand stieg die Metallstufen herab oder rumpelte durch das Rohr. Lars Nielsen bewegte die Lippen, Rohde versuchte zu verstehen, was er flüsterte.

*Matko zwolena, Maryja,*
*Zyszczy nam, spusci nam.*
*Kyrie eleison.*

»Ist das ein Gebet?«, erkundigte er sich. »Ich habe gehört, dass du *Kyrie eleison* gesagt hast.«

Lars Nielsen antwortete nicht, er summte weiter, in sich gekehrt, als würde er meditieren. Er hielt die Augen geschlossen, Rohde sah, wie die Augäpfel unter den Lidern von einer Seite zur anderen wanderten. Ob er daran dachte, was am Morgen des 11. Oktober 1947 geschehen war, als zwei Männer seinen Vater besuchten? Oder dachte er an seine Frau und seine Kinder, die er niemals wiedersehen würde, egal, ob sie nun aus Polen rauskämen oder nicht? Oder daran, daß sie bis in alle Ewigkeit in diesem kalten, fahlen Grabmal würden sitzen bleiben müssen?

»Wir müssen aufbrechen«, sagte Lars Nielsen und schlug die Augen auf.

»Glaubst du nicht, dass der Pater abgehauen ist?«

»Zbiegniew? Nein, die ZOMO hat ihm 76 bei den ersten Streiks in Danzig die Arme gebrochen, sie schlugen ihm sein rechtes Auge aus, auf dem linken kann er auch kaum noch etwas sehen, aber er kroch nicht zu Kreuze. Nein, nein, er ist hier irgendwo.«

Sie bereiteten sich auf den Aufbruch vor. Lars Nielsen trat an die Tür. Rohde fasste in seine Innentasche und holte Claussens kleines schwarzes Codebuch heraus.

»Ich habe eine Idee. Der pensionierte Polizist, mit dem ich über deinen Vater gesprochen habe, Henry Claussen ...«

»Ja, was ist mit ihm?«

»Er ist Funkamateur und hat so eine deutsche Codiermaschine, eine Enigma. Er hat mir gezeigt, wie man sie bedient. Man muss dieses Codebuch hier haben, das die Ausgangspositionen der Maschine angibt, ich habe es versehentlich eingesteckt, als ich mit ihm gesegelt bin.«

»Hast du vor, Henry Claussen mit dem Ding eine Nachricht zu schicken?«

»Ja, wir haben doch das Funkgerät, wir könnten ihm

eine Nachricht in einem absolut sicheren Code senden. Er müsste meinen Kollegen Ole Larsen informieren, dass wir heute Nacht nach Danzig kommen, vielleicht können sie uns helfen.«

»Vertraust du Henry Claussen und Ole Larsen?«

»Ja.«

»Und man muss das Codebuch benutzen, wenn man Nachrichten senden oder empfangen will?«

»Ja.«

»Aber Henry Claussen hat doch kein Codebuch mehr, wenn du es mitgenommen hast.«

»Nein, aber ich bin sicher, dass er sich eine Kopie beschaffen kann.«

»Und er hat eine Segeljacht?«

»Ja. Und ist obendrein auf Bornholm. Er wollte das verlängerte Wochenende mit seiner Frau nach Rønne segeln. Das ist nicht so weit entfernt, oder?«

»Nein. Gut, dann musst du ihm mitteilen, dass er versuchen soll, um ...«, Nielsen sah auf die Uhr, » ... sechs Uhr am Kai 3 der Leninwerft in Danzig zu sein.«

»Ich kann es versuchen«, erwiderte Rohde. »Glaubst du, dass du die Batterie des Funkgeräts an die Enigma anschließen kannst? Sie braucht Strom, damit sie funktioniert.«

Lars untersuchte die Enigma, dann fand er in einer Schublade des Archivschranks ein Stück Kabel und fing an, an den beiden Apparaten herumzubasteln. Fünf Minuten später leuchtete das Lampenfeld auf. Rohde sah im Codebuch nach und schlug das korrekte Datum auf, den 1. November, dann vertauschte er die Buchstaben auf der Stecktafel, fand die richtige Reihenfolge der Walzen und die korrekte Walzeneinstellung: NJQ. Er entschied sich für PWD als Spruchschlüssel. Nun ließ sich die Nachricht eingeben. Lars Nielsen musste den Text in sein Notizbuch schreiben:

*vkk ole larsen kontakten und nur ihn wir müssen morgen früh sechs uhr in danzig auf der leninwerft kai drei abgeholt werden nationale sicherheit steht auf dem spiel*

Heraus kam:

EFXEF G ZIMGZ IMSJD RUAQC LMOJD HWXES SEQHI GREPJ XBFLH XQDIM RNZVC BLLDF TST-FO DXNUD OPMAX IIUTQ LWEDY MNMZA OQ-GOS QSEJO MMCRF BGSHB RPDDY FGSTN BJYD

Rohde stellte am Funkgerät die Frequenz ein, die er auf dem Großen Belt benutzt hatte. Dann teilte er mit, dass er eine Nachricht für Henry Claussen aus Korsør hätte. Um seinen Namen nicht zu verraten, bezeichnete sich Rohde als die Person, die sich Claussens Codebuch geliehen hätte. Er sagte die Buchstabenkette des Codes auf und wartete ungefähr zwei Minuten, dann gab er die Buchstaben noch einmal durch. Diese Prozedur wiederholte er fünf Mal.

Zehn Minuten später schnarrte das Funkgerät, er hörte Claussens raue Stimme:

FOBMR X DRAQP EHGHL UWQVP GHNYC ZXH-HT XQQLG LQFKW CDBTT UUHY

Rohde tastete die ersten sechs Buchstaben und erhielt NARNAR. Der Spruchschlüssel war NAR. Sollte er sich darüber Gedanken machen? Dann stellte er die Walzen ein und tastete den Rest des Codetextes ein. Lars notierte die dechiffrierte Mitteilung:

*nachricht erhalten wieso hast du mein codebuch geklaut*

Rohde wählte als Spruchschlüssel KOR, das zu BABBI X wurde, dann schrieb er *Force majeure* und schickte den Code BABBI X OLJAU QBCWN NT über den Äther.

Es vergingen weitere fünfzehn Minuten, bis die Antwort von Henry Claussen eintraf:

DBXAX G OMKFP LHXSZ PXIGE MJAFG OYPAM QJEPW KPUPS CJKN

Der Spruchschlüssel war OKD. Rohde änderte die Walzeneinstellung und gab den Code ein, Lars Nielsen notierte den Klartext und las ihn Rohde vor: »›Komme, will aber mein Codebuch zurück.‹ Glaubst du, wir können mit ihm rechnen?«

»Ganz sicher, aber was ist mit der Küstenwache? Wie entgeht er denen?«

»Mein Kontakt ist zwar nur ein arbeitsloser Elektriker, aber er hat die Werft vollkommen unter Kontrolle.«

»Gut.«

»Diesem Henry liegt offenbar viel an seinem kleinen schwarzen Buch?«

»Ja.«

Larsen erwachte schweißgebadet. Er war sicher, dass er Grippe hatte. Sein Herz führte sich auf wie eine Boxbirne, auf die eingeprügelt wird, er saß ganz still und keuchte, um Luft zu bekommen. Larsen war vollkommen fertig, eigentlich hätte er sich direkt einweisen lassen können. Die letzten drei Tage hatte er sein Apresolin und das Betanidin nicht mehr genommen. Davor hatte der Arzt ihn gewarnt, er hatte ihm sogar eine Standpauke gehalten. Dann bemerkte er, dass er noch immer seinen Mantel anhatte, obwohl sämtliche Heizkörper aufgedreht waren. Außerdem saß er mit dem Telefonhörer im Schoß da.

Er hatte weder den Leichenbestatter noch den Blumenhändler oder den Pastor angerufen. Zehn Nachrichten hatte er auf Bodil Jørgensens Anrufbeantworter gesprochen, bevor er eingeschlafen war. Wo war sie? War sie zu Hause und wollte einfach nicht mit ihm reden?

Larsen legte den Hörer auf und schaute auf das Wandthermometer. Achtundzwanzig Grad Celsius. Die nächste Heizölrechnung würde ihm die Tränen in die Augen treiben. Er drehte die Heizkörper herunter und legte Mantel, Pullover und Hemd ab. Das Unterhemd konnte man auswringen. Er zog es ebenfalls aus und legte es im Wohnzimmer über die Heizung. Er brauchte ein Bad, seit Tagen hatte er dieses Bedürfnis. In diesem Moment klingelte das Telefon.

»Hallo?«

»Spreche ich mit Vizekriminalkommissar Ole Larsen von der Abteilung A der Kopenhagener Polizei?«

»Ja, das bin ich.«

»Mein Name ist Henry Claussen, ehemaliger Vizekriminalkommissar der Mobilen Einheit.«

»Ich weiß, wer du bist, Claussen. Was kann ich für dich tun?«

»Ich habe eine Nachricht von Erik Rohde.«

»Von Rohde? Unmöglich!«

»Er hat sie mir über Funk geschickt. Weißt du, ich habe eine Enigma ...«

»Ich weiß.«

»Dann weißt du ja, worum es geht. Rohde hat offenbar in Polen eine Enigma in die Finger bekommen, ich weiß nicht, wie.«

»Er ist in Polen?«

»Ja, und er hat mein Codebuch gestohlen ...«

»Na, das ist doch gut.«

»Nein, das ist überhaupt nicht gut. Aber lassen wir das. Um es kurz zu machen, ich habe heute Abend eine codierte Nachricht von ihm empfangen, dass er morgen früh in Danzig abgeholt werden will und dass es um die nationale Sicherheit geht. Als ich das letzte Mal mit ihm geredet habe, ging es um einen alten Todesfall, und ich dachte, vielleicht kannst du mir ja erklären, was eigentlich los ist?«

Larsen räusperte sich, griff nach der Zigarettenschachtel und schüttelte eine Zigarette heraus.

»Tja, Claussen, das ist eine lange Geschichte. Aber er ist rübergefahren, um Lars Nielsen zu vernehmen, den du damals auch verhört hast …«

»Werner Nielsens Sohn?«

»Ja. Wir glauben, dass es eine Verbindung zwischen dem alten Fall und der Borch-Sache gibt.«

»Wirklich? Nachdem dein Kollege hier war, habe ich immer wieder über den Fall nachgedacht. Das war einfach schlechte Polizeiarbeit, wirklich. Ich wünschte, ich könnte es auf irgendeine Weise wiedergutmachen. Aber wieso ist die nationale Sicherheit davon betroffen, das versteh ich nicht?«

»Weil Lars Nielsen als Agent für den FE arbeitet und mit Rohde auf der Flucht ist.«

»Aber wir legen uns nicht mit den Militärs an, was?«

»Nein.«

Claussen zögerte einen Augenblick, dann sagte er: »Gut, dann hole ich sie aus Danzig.«

»Sie ihn aus Danzig holen? Wie denn?«

»Ich bin auf Bornholm. Von hier aus ist das ein Segeltörn von sechs, sieben Stunden, das mach ich gern.«

»Danke. Aber du wirst auf mich warten müssen. Ich nehme das nächste Flugzeug.«

Larsen dachte nach, legte eine Hand an die Stirn. Hatte er Fieber oder nicht? Es ging ihm miserabel, ihm war schwindlig und übel, außerdem hatte er Flugangst und wurde verdammt leicht seekrank. Von der Beerdigung gar nicht zu reden. Gitte würde ihm nie verzeihen, wenn er heute Nacht nach Danzig segelte.

»Nein, ich werde nicht kommen, ich schicke jemanden. Eine Kollegin. Sie nimmt den nächsten Flug nach Rønne.«

»Eine Frau?«

»Ja, eine Kriminalassistentin. Anita Jensen.«

»Tja, was es heutzutage alles gibt. Zu meiner Zeit hätte es das nicht gegeben.«

»Nur die Ruhe, sie ist ausgeschlafen.«

»Ich bin ganz ruhig. Aber sie soll sich beeilen. Ich muss morgen früh um sechs Uhr in Danzig sein, in zweieinhalb Stunden laufe ich aus.«

Freitag, 2. November 1979

# 30

Larsen hörte die Pumpe im Keller arbeiten. Er wusste, dass er demnächst die Dichtungen auswechseln musste. Das Haus am Emdrup Engvej war undicht, es würde mit fauligem Moorwasser volllaufen, wenn er nicht bald etwas unternahm. Er könnte jetzt liegen bleiben und bis in alle Ewigkeit Urlaub nehmen – bis das Moor ihn verschlang, dann würde er in seiner Wohnung liegen, schwarz und ledrig wie eine Moorleiche. *Alleinstehender Mann, ca. 50 Jahre, in einem Einzelgrab gefunden, Ende 20. Jahrhundert.* Larsen lag im Bett und starrte an die Decke. Er hatte zig Nachrichten auf Bodils Anrufbeantworter hinterlassen, aber sie hatte nicht zurückgerufen. Er sah auf die Uhr. 4.30. Jetzt konnte er nicht anrufen. Sollte er zu ihr fahren? Aber wenn sie nicht zu Hause war? Oder noch schlimmer: Wenn sie mit Absicht nicht zurückrief? Es gab genügend Gründe, sauer auf ihn zu sein. Er hatte sie heimlich im Gefängnis beobachtet und er hatte ihr seine Besuche bei ihrer Tochter Lykke verheimlicht. Außerdem hatte er ihr Gerdas Krankheit und Tod verschwiegen.

Larsen stand auf und zündete sich am Fenster eine Zigarette an. Gerda wollte nicht, dass er im Schlafzimmer rauchte, aber in den letzten Wochen hatte er immer im Bett geraucht. Er empfand es als kleines Trostpflaster, weil er allein in einem kalten, klammen Bett schlafen musste.

Er fror.

Der Gedanke war kaum auszuhalten, dass er seinen eigenen Fall vermasselt und Rohde in die Arme der Stasi geschickt hatte. Er hatte auch früher Fehler gemacht, aber selten in einem so späten Stadium der Ermittlungen und noch nie so verhängnisvolle. Aber er hatte sich sicher gefühlt. In gewisser Weise war er das noch immer, wo also lag der Fehler? Dass ein großes Spiel ein kleines annullieren konnte? Dass der Mord an einem kleinen Mann in den großen Zusammenhängen egal war? Aber es gab weder *Rücksicht*, noch gab es *Vorbehalte*. Doch es gab, verdammt noch mal, so etwas wie Gerechtigkeit. So musste es sein. In Wahrheit war es eigentlich doch verflucht simpel!

Er liebte Bodil. Und Wolff musste bestraft werden.

*»Sie sprechen mit Bodil Jørgensens automatischem Anrufbeantworter. Ich bin im Augenblick nicht zu Hause, aber nach dem Signalton können Sie eine Nachricht hinterlassen. Ich rufe dann zurück. Auf Wiederhören.«*

*»Ich bin's, Ole. Ich habe schon ein paar Mal angerufen. Du hast nicht zurückgerufen. Ich wollte dir nur sagen ... ich weiß nicht, was ich mir vorgestellt habe. Doch, eigentlich weiß ich das schon, Bodil. Ich habe dich angelogen ... und wenn ich dir sage, dass ich es getan habe, weil ich dich liebe, glaubst du mir dann? Ich habe mich nicht getraut, die Wahrheit zu sagen. Vielleicht hättest du mich nicht gewollt. Ich hätte es nicht ertragen. Darum wollte ich dich lieber aus der Entfernung bewundern. Und das, was am Dienstag passiert ist ... hat es alles zerstört oder ...? Ich weiß es nicht. Ich weiß nur eins: Ich liebe dich, und ich werde dich immer lieben.«*

Larsen stand vor Adam Wolffs gelber Villa am Poul Møllers Vej 5. Im Erdgeschoss brannte Licht. 5.30. Wolff war bereits aufgestanden, er erschien bestimmt früh im Ministerium. Es herrschte ja eine Krisensituation.

Larsen war auf dem Präsidium gewesen und hatte das Beweismaterial durchgesehen. Er hatte alles in einer

Mappe mitgenommen, sämtliche Dokumente und Fotos. Es musste anschaulich werden, eindeutig, ohne schwarze Löcher. Es sollte ihn lähmen.

»Was wollen Sie?«

Adam Wolff stand auf der Treppe, in seiner Arbeitskleidung: einem schwarzen Baumwollmantel über einem grauen Nadelstreifenanzug. Die Weste war zugeknöpft, die braunen Lederschuhe mit einem Doppelknoten verschnürt, am rechten Hosenbein steckte eine Fahrradklammer. Seine Aktentasche stand auf dem Treppenabsatz. Man musste zeitig aufstehen, um ihn mit heruntergelassenen Hosen zu erwischen.

»Ich habe etwas, das ich Ihnen gern zeigen möchte.«

»Ich habe keinerlei Interesse.«

»Ich denke schon.«

»Dann liegen Sie falsch. Ich bin nicht interessiert. Und Sie sind beurlaubt. Ich finde, Sie sollten nach Hause gehen.«

»Sind Sie sicher, dass Sie nicht wissen möchten, wie Ihr Liebhaber endete?«

Lars Nielsen saß auf dem Beifahrersitz von Pater Zbigniews kleinem gelben Polski-Fiat, Rohde auf der Rückbank. Der Wagen stand an einer Landstraße. Sie rauchten und schauten hinaus in die Dunkelheit, in der Zbigniew verschwunden war. Rohde hatte gesehen, wie er an einem Busch stehenblieb, die Soutane hob und sich mit gespreizten Beinen hinstellte. Er fasste es noch immer nicht, wie sie aus der Wolfsschanze entkommen konnten. Sie hatten lange in dem Bunker gesessen, Lars Nielsen hatte seine Gebete gesprochen, sie hatten Kontakt zu Henry Claussen bekommen. Dann war Lars Nielsen aufgestanden und hatte Rohde durch einen

Korridor zu einem Gang geführt, in den sie kriechen mussten. Im Dunklen waren sie um einige Ecken gekrabbelt, in dem Gang hatte es gestunken und Rohde hatte sich an irgendetwas geschnitten. Der Gang endete an einer Luftschleuse mit von Rost zerfressenen Ventilatorblättern. Lars Nielsen brach eins nach dem anderen ab. Als sie sich durchschlängelten, riss Rohde sich seinen Mantel auf, bekam Rostplacken ins Haar und schnitt sich noch einmal. Sie erreichten ein Rohr mit Eisentritten und gelangten einige hundert Meter vom Bunker entfernt ins Freie. Die Polizei schien abgezogen zu sein, vielleicht suchten sie woanders. Rohde und Nielsen liefen durch den Buchenwald bis zu einem Schotterweg, auf dem Pater Zbiegniews Polski-Fiat stand. Lars Nielsen drückte dem Pater mit beiden Händen die Hand und umarmte ihn, dann waren sie zwei Stunden gefahren, bis Zbiegniew hielt, um zu pinkeln.

»Ein Deutscher namens Paul Bergström hat meinen Vater erschossen«, sagte Lars Nielsen plötzlich, ohne sich umzudrehen.

»Wer ist das?«, fragte Rohde und beugte sich vor.

»Ich glaube, er kannte meinen Vater von der Ostfront, und nach dem Krieg war er Mitglied dieses Freundeskreises von Borch, Frijs und Wolff. Mein Vater redete nie über Bergström. Er tauchte an jenem Tag zusammen mit Borch auf. Sie erschienen in Borchs großem Straßenkreuzer, ich erinnere mich noch, dass Borch einen weißen Hut trug, er sah aus wie ein amerikanischer Multimillionär. Ich hörte, wie sie sich stritten. Ich stand in der Waschküche und guckte durchs Schlüsselloch.«

»Und da hast du gesehen, wie dein Vater erschossen wurde?«

»Ja. Bergström zielte mit Vaters Pistole auf ihn, ich hörte den Schuss und lief in den Garten. Ich kann mich gut an den Polizisten erinnern, der mich verhört hat, Henry Claussen. Ich habe ihm erzählt, was ich gesehen habe, aber ...«

»Ja?«

»Ich dachte, Borch und Bergström kämen ins Gefängnis. Aber bei der Beerdigung stand Borch plötzlich am Grab und wollte mir sogar den Kopf tätscheln. Ich habe mich geduckt und nach seiner Hand geschlagen. Ich bin dann zum Hafen gelaufen und habe mich versteckt, bis es überstanden war.«

Anita saß in der Bodega Café Solskin in Rønne an einem Ecktisch mit weiß-rot karierter Decke und streifte ihre Zigarettenasche in einem Martini-Aschenbecher ab. Zwei halb ausgetrunkene Tassen Kaffee standen auf dem Tisch. Es war kurz nach Mitternacht. Nielsen telefonierte von einer Telefonzelle, es war das dritte Mal innerhalb der letzten Stunde. Sie warteten auf Henry Claussen.

Dieser Fall ließ sie nicht los, und jetzt saß sie hier, todmüde und wütend. Jens hätte überhaupt nicht mitkommen sollen.

Im Stillen hatte sie gehofft, im Bett bleiben zu können und die ganze Nacht mit ihm aneinandergekuschelt zu verbringen, aber dann hatte Larsen angerufen und dem Ganzen ein Ende bereitet.

Wie versprochen hatte sie Jacob am Spätnachmittag aus dem Schulkindergarten abgeholt, und sie hatte zum Abendessen eingekauft – alles lief gut. Jacob hatte mit einem Matchboxauto nach Jens geworfen, ihn Schwanzkopf genannt und ihm die Zunge herausgestreckt, danach waren sie Freunde. Jens bestand darauf, das Abendessen zuzubereiten, und überredete Jacob sogar, ihm beim Kartoffelschälen zu helfen.

Anita ging unter die Dusche, manikürte die Fingernägel und legte Make-up auf, um die dunklen Ränder zu kaschieren. Ihrer Ansicht nach sah sie gut aus. Dann hatten sie wie eine richtige Familie zusammen am Tisch gesessen und Frikadellen gegessen. Und hinterher hatte Jacob selber seinen Teller herausgebracht und in die Spüle gestellt. Anita war sprachlos. Eigentlich könnte das Leben beginnen. Wenn es nicht diese verdammte Verhandlung gäbe, wenn es nicht diesen Fall gäbe und wenn sie es nicht für Larsen täte, der erklärt hatte, dass sie sofort nach Bornholm fliegen und dann mit einem Segelboot weiter nach Polen müsse. Sie hatte es zunächst für einen Scherz gehalten. Doch Larsen machte keine Witze und sie wünschte ihn zur Hölle, während sie in den Schränken nach geeigneter Kleidung suchte.

Sie schlug Jens vor, auf Jacob aufzupassen, der Junge sollte nicht ständig irgendwo untergebracht werden. Aber als Jens hörte, worum es ging, bestand er darauf mitzukommen, um seinen Bruder abzuholen. Anita protestierte und erklärte, es handele sich um eine polizeiliche Maßnahme, von der sie ihm eigentlich überhaupt nichts hätte erzählen dürfen. Aber er insistierte. Seine ehemalige Wohngemeinschaft in Østerbro würde sich bestimmt um Jacob kümmern, sie könnten ihn getrost dort lassen.

Und nun saß sie hier.

Jens kam zurück. Er sah müde und angespannt aus, die Kopfwunden waren noch nicht ausgeheilt, und nach Prebens Überfall bewegte er sich ein wenig steif.

»Ständig bist du draußen, um zu telefonieren«, begann Anita und bereute sofort, dass sie es gesagt hatte.

Jens Nielsen setzte sich und trank einen Schluck Kaffee. Er schaute sie nicht an, sondern strich mit zwei Fingern die Tischdecke glatt und fummelte an der Kerze herum, die zwischen ihnen stand.

»Anita, findest du nicht, dass es ein bisschen schnell geht?«

»Mit uns?«

»Ja.«

»War es eine Frau?«

Jens sah sie an, er hatte aufgehört, am Wachs zu kratzen. Anita konnte seinen Gesichtsausdruck nicht deuten, seine Augen wurden schmal. Tat es ihm leid oder musterte er sie? Fand er, dass sie zu bereitwillig gewesen war? Hatte er Mitleid mit ihr? War sie zu gierig, zu ausgehungert? War es so deutlich?

»Es gibt immer eine andere Frau«, erwiderte er. »Wir sind ja nicht mehr vierzehn. Aber es ist nicht so, wie du denkst. Oder wie ich mir denke, dass du denkst.«

»Wie dann?«

Er seufzte, schob die Arme über den Tisch und schloss seine Hände fest um ihr Handgelenk, während er ihr in die Augen sah.

»Ich habe meine Exfreundin angerufen, Helle. Wir haben im Sommer Schluss gemacht, aber wir haben einen gemeinsamen Sohn, Anders, er ist neun und kommt mit der Trennung überhaupt nicht zurecht. Er ist völlig fertig, fing an, ins Bett zu pinkeln und die Schule zu schwänzen und ...«

»Und dann seid ihr wieder zusammengezogen?«

»Ja, und es funktionierte nicht. Aber wir haben einfach noch nicht alles geklärt.«

Larsen hatte seine Aktenmappe auf den ordentlich aufgeräumten Schreibtisch in Adam Wolffs Arbeitszimmer am Poul Møllers Vej gelegt. Wolff stand reserviert neben ihm, als Larsen eine Serie von Fotos auf der Schreibtischplatte ausbreitete: Heinz Richter mit nacktem

Oberkörper in Tibirke, in voller SS-Uniform, der Zeitungsausschnitt vom Empfang im Strand Verlag, ein neueres Passfoto, das sie bei der Leiche gefunden hatten, und schließlich – Larsen hatte es mit der Bildseite nach unten gelegt, wie eine Trumpfkarte – ein Polaroidfoto der Obduktion vom Vortag.

»Erkennen Sie den Mann auf den Fotos wieder?«, fragte Larsen und sah Wolff an.

Wolff trat ein paar Schritte vor und betrachtete die Fotografien, dann zog er sich auf seine Ausgangsposition an der Flügeltür zu seinem großen Wohnzimmer zurück.

»Heinz Richter und Paul Bergström. Haben Sie sich nicht allmählich genügend Fotos angesehen, Herr Larsen?«

»Heinz Richter *ist* Paul Bergström.«

»Ach ja?«

»Niels Nielsen hat es vor uns herausgefunden, aber Sie haben es die ganze Zeit über gewusst, nicht wahr?«

Larsen griff zu dem Obduktionsfoto, drehte es aber nicht um. Es kribbelte ihm in den Fingern und in einem Ohr meldete sich wieder dieser hohe Ton. Wolff behielt seine Hand im Auge.

»Glauben Sie, Sie können mich erschrecken, Herr Vizekriminalkommissar?«

»Nein, aber Sie wollen sicher gern wissen, was auf diesem Foto zu sehen ist, oder?«

»Ich weiß genau, was das ist. Vermutlich ein Polaroidfoto von Pauls Obduktion.«

Larsen nahm die Hand von dem Foto und suchte etwas in seiner Mappe. Er zog einen kleinen handgeschriebenen Zettel heraus und fing an, ihn vorzulesen, ohne Wolff dabei anzusehen: »›Es sind nicht immer die vorzüglichsten Menschen, weder an Geist noch an Talenten, selten durch Herzensgüte sich empfehlend; aber eine ungeheure Kraft geht von ihnen aus, und sie üben eine unglaubliche Gewalt über alle Geschöpfe, ja sogar über die Elemente, und wer kann sagen, wie weit sich eine solche Wirkung erstrecken wird?‹ Das schreiben Sie 1939 über Heinz Richter.«

»Das ist Goethe.«

»Wie bitte?«

»Das ist von Goethe und nicht von mir. Johann Wolfgang Goethe, *Dichtung und Wahrheit*, Sie wissen doch, der Meister der deutschen Klassik. Sie langweilen mich, Ole Larsen. Was wollen Sie mir eigentlich erzählen?«

»Dass Richter diese Macht über Sie hatte. Er brachte Sie dazu, Nazi zu werden.«

»Jetzt hören Sie aber auf.«

»Richter verführte Sie«, fuhr Larsen unbeirrt fort. »Und ihre Freunde Borch, Frijs und Werner Nielsen auch. Er war Ihr privater Führer. Er brachte Werner Nielsen dazu, sich zum Freikorps zu melden. Und Borch, die Borch & Nielsen Fabrik im litauischen Januspils zurückzuverlangen, die die Russen 1940 nationalisiert hatten. Es gelang und Borch gliederte ein kleines Arbeitslager mit Juden und Zigeunern an, die er von der Wirtschaftsabteilung der SS kaufte.«

»Wovon reden Sie überhaupt?«

»Das wissen Sie genau, Sie waren doch auch dort, Wolff. Sehen Sie, hier.«

Er zog noch ein Foto heraus und legte es auf den Schreibtisch. Die Tischplatte war inzwischen mit Bildern übersät. Dieses hatte man im Konzentrationslager von Januspils aufgenommen, ein junger Adam Wolff stand mit einem Maschinengewehr auf einem Wachtturm und lachte.

»Das könnte irgendein Jägerstand oder ein Aussichtsturm für Vogelliebhaber sein.«

»Sie wissen genau, dass es nicht so ist.«

»Das ist doch grotesk!«

»Ja. Wenn es nicht so verdammt tragisch wäre. Im Frühjahr 1945 taucht Heinz Richter auf. Er ist von der Waffen-SS desertiert. Die Deutschen und die Russen sind hinter ihm her. Aber ihr deckt ihn, ihr gebt ihm eine neue Identität.«

»Richter verschwand 1944. Er kam in ein russisches Kriegsgefangenenlager und starb dort 1946.«

Der Brief vom Roten Kreuz mit Werner Nielsens Unterschrift kam auf den Tisch, Larsen faltete ihn auseinander, strich ihn glatt und legte ihn so auf den Schreibtisch, dass man ihn lesen konnte.

»Nein, ihr habt ihn in Christiansfeld versteckt und dann habt ihr angefangen, hinter euch aufzuräumen. Es ging ausgezeichnet. Bis Werner Nielsen 1947 auftauchte. Er wusste alles. Und er konnte Sie zu Fall bringen, er konnte auch Borch zu Fall bringen, der gerade einer Strafe wegen Kollaboration entging. Aber Werner hatte eine Achillesferse, nicht wahr? *Die Feuerprobe*. Das Manuskript, das ihr herausgeben solltet. Ihr habt Poul Strand dazu gebracht, Werner Nielsen hinzuhalten, und dann habt ihr Werner gebeten, dem Roten Kreuz gegenüber eine falsche Zeugenerklärung über Heinz Richters Tod abzugeben. Er tut es, weil er glaubt, dass ihr sein Buch herausgeben werdet. Aber am 11. Oktober 1947 tauchen ein paar Männer bei Werner Nielsen auf und bringen ihn um.«

»Was für ein Blödsinn. Wer hätte das sein sollen?«

»Heinz Richter, würde ich sagen. Ich glaube, er hat Werner Nielsen erschossen. Borch war möglicherweise dabei. Und Sie, Wolff, haben als Staatsanwalt die Ermittlungen vereitelt und dafür gesorgt, dass die Sache als Selbstmord dargestellt wird.«

Adam Wolff hatte sich nicht von der Stelle gerührt, während Larsen sprach, nun kam Bewegung in ihn. Er ging zu einem kleinen Stabtischchen neben der Chaiselongue, nahm sich eine Zigarette aus einem Silberetui und zündete sie mit einem vergoldeten Feuerzeug an. Er wirkte nicht wie jemand, der gerade mit seiner Vergangenheit konfrontiert wurde, er schien vollkommen ruhig zu sein.

»Das ist ein wirklich hübsches Märchen aus dem Morgenland, mit dem Sie da kommen«, sagte Wolff. »Allerdings mit einigen sehr ernsten Anschuldigungen. Doch Sie haben keinerlei Beweise. Ein paar alte Fotos und Ammenmärchen, die tote Männer über tote Männer erzählen.«

»Nein, ich habe keine Beweise, ich habe nur Indizien. Beweise bekomme ich später.«

Larsen drehte das Foto des toten Paul Bergström um. Es erschütterte Wolff, aber er behielt die Fassung. Heinz Richters Mund stand offen, man sah, dass ihm beide Zahnbrücken fehlten. Der Schädel war direkt über der Schläfe eingeschlagen.

»Was meinen Sie?«

»Es gab 1947 einen Zeugen für den Mord an Werner Nielsen. Seinen eigenen Sohn, Lars Nielsen.«

»Aber Lars Nielsen wurde doch in Ostdeutschland verhaftet, dank Ihrer Unfähigkeit.«

»Nein. Lars Nielsen ist auf der Flucht in Polen. Dank Ihnen. Sie haben einen Agenten des militärischen Abschirmdienstes verraten, um Ihre eigene Haut zu retten.«

»Das ist ja unerhört!«

»In der Tat. Lars Nielsen hat es zusammen mit meinem Kollegen Erik Rohde auf eigene Faust geschafft. Er ist auf dem Weg, um gegen Sie auszusagen. Sie werden im Gefängnis landen, Wolff.«

Danzig, Nacht. Der flinke kleine Mann, mit dem Pater Zbiegniew sie zusammengebracht hatte, hieß Lech und war ein arbeitsloser Elektriker. Er hatte sie durch heruntergekommene Wohnquartiere geführt, nun standen sie an einer zugigen Ecke unter einer defekten Straßenlaterne, ungefähr hundert Meter vom Tor 3 der Leninwerft entfernt.

Sie warteten auf irgendjemanden oder irgendetwas. Lech rauchte und hielt seine Zigarette zwischen Daumen und Zeigefinger in der hohlen Hand verborgen. Ein junger Mann mit halblangem Haar tauchte am Tor auf, er trug einen Overall und hielt ebenfalls eine Zigarette in der Hand. Er machte Pause und fing an, sich mit dem Wachtposten zu unterhalten, der in einem Glaskäfig saß. Lech warf die Zigarette auf den Boden, drückte sie aus und gab ihnen ein Zeichen, dass sie weitermüssten. Bisher hatte er recht entspannt agiert, er wirkte beinahe munter, fast so, als hätte er getrunken. Doch als sie sich der Werft näherten, wurde er aufmerksam wie ein Tier und behielt das Tor genau im Auge. Er führte sie um das erleuchtete Areal zu einem niedrigen Gebäude zwischen den Toren. Auf dem offenen Stück drängte er sie zur Eile. Der Werftarbeiter plauderte noch immer mit dem Posten am Tor. Sie liefen um das Gebäude und zwängten sich durch ein Loch im Zaun, dann schloss Lech eine der Hallen auf. Sie betraten einen Umkleideraum, an den Wände standen Bänke, Overalls hingen an Kleiderhaken. Eine große Waschmaschine lief, voller Arbeitskleidung.

Von dort ging es in ein spartanisch eingerichtetes Büro mit einer Registratur aus braunem Laminat und einem großen Leninporträt an der Wand. Durch einen schmalen Flur gelangten sie wieder hinaus ins Freie. Jetzt befanden sie sich im Inneren der Werft. Aus der

Ferne klang das Echo von Metall auf Metall. Sonst war es absolut ruhig. Sie folgten Lech über ein Brachgelände und erreichten ein paar große Gebäude, die wie Hangars aussahen. Ein herber Geruch nach Rost und Öl schlug ihnen entgegen, aber Rohde konnte plötzlich auch das Meer riechen. Sein Pulsschlag beschleunigte sich, er hatte neue Hoffnung.

Kurz darauf sah er rechts von sich das schwarze Wasser des Hafens, am Himmel konnte er undeutlich die dunklen Umrisse großer Kräne erkennen. In einer braunen Windjacke, die ihm zu klein war, führte Lech sie einen Kai entlang. Lars Nielsen lief neben ihm und rauchte eine der Zigaretten, die ihm Pater Zbiegniew geschenkt hatte.

Plötzlich blieb Lech stehen. Ein Stück weiter sahen sie einen Mann im Overall auf dem Kai. Er stand unter einem großen grünen Kran und drehte ihnen den Rücken zu. Rohde wusste nicht, ob sie sich verstecken mussten oder ob der Mann helfen sollte.

Adam Wolff stand noch immer neben der Chaiselongue. Er hatte seine Zigarette noch nicht zu Ende geraucht. Larsen packte die Fotos ein. Er räumte den Schreibtisch mit einem merkwürdig leeren Gefühl auf. Er hätte Wolff nicht auf diese Art mit solchem Material konfrontieren dürfen. Er hätte still und leise die Beweise und Indizien zusammentragen und die Daumen drücken sollen, dass Rohde und Lars Nielsen aus Polen rauskamen. Aber dieser alte harte Mann forderte ihn heraus. Es reichte nicht, ihn in die Knie zu zwingen, er wollte auch seine Reaktion sehen. Larsen wollte sehen, wie die Fassade bröckelte, und das wäre ihm beinahe auch gelungen, als er Wolff das Foto des toten Heinz Richter zeigte. Es gab eine lange Pause, es raschelte und knisterte, als er die Bilder zusammenpackte. Er hatte wieder diesen gellenden Ton im Ohr.

»Soweit ich es übersehen kann, Larsen, haben Sie nichts. Es ist eine miserable Konspirationstheorie. Ein Todesfall aus dem Jahr 1947, der als Selbstmord abgelegt wurde. Ja, ich war der Staatsanwalt, na und? Es ist ganz einfach zu absurd. Und diese Lügen über Paul ... Ist es ein Verbrechen, wenn man jemanden gern hat? Ja, natürlich, ich habe zu Beginn des Krieges Fehler begangen. Ich war jung und idealistisch, waren Sie niemals jung?«

»Nein.«

Wolff lächelte über Larsens Antwort. War es Anerkennung? War es das, was er wollte? Wollte er die Anerkennung dieses alten Mannes? War es wirklich so banal?

»Sie haben einen Großteil der Geschichte von Jens Nielsen erfahren, nicht wahr? Was hat er Ihnen denn sonst noch erzählt?«

»Dass Heinz Richter ein Kriegsverbrecher war und dass Sie und Borch Werner Nielsen dazu gebracht haben, seinen Tod zu bezeugen.«

»Wissen Sie, wer Jens Nielsen in Wahrheit ist?«

»Ja, er ist Journalist.«

Etwas Neues zeigte sich nun in Wolffs Gesicht. Als würde der harte Zug um seinen Mund plötzlich verschwinden. Larsen sah ihn als jungen Mann, bevor alles versteinerte. Was brütete Wolff aus, was hatte er im Ärmel? Einen Trumpf?

»Das habe ich bis gestern auch gedacht. Ich war der Ansicht, bei Jens Nielsen handelt es sich um einen dieser jungen idealistischen Journalisten, bei denen man davon ausgeht, dass sie so sauber und unvoreingenommen sind, dass sie es sich ohne weiteres erlauben können, andere mit Dreck zu bewerfen.«

»Wovon reden Sie?«

»Jens Nielsen ist nicht der, für den er sich ausgibt. Er hat seinen Bruder dazu angestiftet, zusammen mit diesem Grönländer Keld Borch zu ermorden. Und danach gelang es ihm, euch an den Haken zu bekommen. Ihre junge Kriminalassistentin, Anita, ist ja ganz vernarrt in ihn. Er hat eine Geschichte zusammengebastelt, die ihr ihm abgekauft habt.«

»Ich habe keine Ahnung, wovon Sie sprechen.«

»Wir sind ein Teil des Nato-Bündnisses. Ich bin Staatssekretär im Verteidigungsministerium. Dänemark spielt in diesen Jahren eine entscheidende Rolle im Kalten Krieg.«

»Ja, ja, aber was hat das mit Jens Nielsen zu tun?«

»Jens Nielsen hat uns hinters Licht geführt. Er ist ein fanatischer Kommunist und ein Informant des KGB. Ich habe es auch erst gestern herausgefunden, als er versuchte, mich zu erpressen, um vertrauliche Informationen zu erhalten. Aber daraus wurde nichts.«

»Das stimmt nicht, Wolff. Sie versuchen doch nur, mich mit einer weiteren Lüge abzulenken.«

Wolff schüttelte den Kopf, ging zu einem Mahagonischrank am Fenster und nahm einen grünen Aktendeckel heraus. Er legte einige Fotos auf den leeren Schreibtisch. Sie waren in einer Bank aufgenommen und sahen aus wie die Standbilder einer Überwachungskamera. Im Vordergrund sah man drei Bankschalter mit Schlangen davor, die Kunden trugen Winterkleidung. Jens Nielsen stand im Hintergrund und füllte offensichtlich ein Ein- oder Auszahlungsformular aus. Er hatte eine Narbe an der Wange, ein Gazeverband verbarg das Ohr, die Schläfe war schwarz und geschwollen.

»Dieses Foto wurde gestern Nachmittag von einer Überwachungskamera in der Privatbank am Nytorv gemacht. Dieser Herr hier ...« Wolff deutete auf eine Person mit Vollbart, die an der mittleren Kasse bedient wurde, »heißt Jegor Ivanovitsch Galitsyn und gehört zur sowjetischen Botschaft. Er ist ein KGB-Agent, Larsen ... Und hier ...«, Wolff zeigte auf ein anderes Bild, auf dem der Mann beim Herausgehen einen braunen Umschlag auf das Pult neben Jens Nielsens legte, »übergibt Galitsyn Nielsen etwas. Ich würde meinen, es befinden sich Geld und falsche Reisepapiere in dem Umschlag!«

»Das sind doch lediglich Mutmaßungen«, erwiderte Larsen. »Wieso sieht Jens Nielsen so mitgenommen aus?«

»Ich habe keine Ahnung«, antwortete Wolff, »aber vor einer Stunde rief mich der militärische Abschirmdienst an und berichtete, dass Jens Nielsen von einer Telefonzelle in Rønne aus versucht hat, Galitsyn zu erreichen. Er rief bei einer Deckadresse an, die Galitsyn benutzt und die der FE enttarnt hat und überwacht. Wir glauben, dass Jens Nielsen versucht, außer Landes zu fliehen. Es wurde eine Fahndung herausgegeben.«

»Wolff!«, brüllte Larsen, der wütend und verwirrt war. Er hatte sich nicht mehr unter Kontrolle. »Das enthebt Sie nicht Ihrer Schuld. Sie haben einen FE-Agenten an die Stasi verkauft, Sie haben Lars Nielsen preisgegeben. Und nun behaupten Sie, dass sein Bruder Jens für die andere Seite spioniert? Das passt doch nicht zusammen. Das ist doch reiner Blödsinn ...«

»Nein, es ist so, wie es ist.«

»Nein, eben nicht. Wir werden Jens und Lars Nielsen fragen, wie die Dinge tatsächlich zusammenhängen, sobald sie aus Danzig zurückkommen.«

»Ich verstehe Sie nicht.«

»Sie müssten sich ungefähr jetzt im Hafen treffen. Ja, genau, kurz vor sechs.«

»Jens und Lars Nielsen treffen sich in Danzig?«

»Ja. Jens Nielsen ist zusammen mit meiner Kollegin Anita Jensen in einer Segeljacht in Rønne aufgebrochen.«

»Um Gottes willen! Sind Sie wahnsinnig, Larsen! Sie haben einen Dämon entfesselt!«

Nach vier Stunden auf See frischte es auf. Der Wind drehte auf Ost und die lange Dünung, die sie aus Rønne getragen hatte, verwandelte sich in Schaumkronen, quer laufende Wellen und aufgepeitschte Sturzseen, die über Deck spülten. Anita fror. Sie trug zwei dicke Pullover und eine Lederjacke mit rotem Futter aus ihrer Teenager-Zeit, die sie ganz hinten im Schrank gefunden hatte. Darüber hatte sie eine Steppjacke gezogen und sich einen Wollschal um den Hals gewickelt. Henry Claussen steuerte das Boot mit versteinerter Miene in seinem blauen, verwaschenen Anorak. Anita drückte sich eng an Jens, sie stand im Windschatten, aber ihr wurde trotzdem nicht warm.

Hatte sie sich verliebt? Sie hatte sich den Luxus gegönnt, ein wenig in den Tag zu träumen und mit dem Gedanken zu spielen, dass Jens der Mann war, auf den sie gewartet hatte. Aber nach dem Gespräch in Rønne war sie nicht mehr sicher. Sie hatte Jens nicht noch einmal darauf angesprochen, sie hatte den Eindruck, dass er ihr auswich, sie hinhielt und abweisend, ja sogar reserviert war. Dafür unterhielt er sich gut mit Henry Claussen, der sie kurz nach ihrem Gespräch abgeholt hatte. Zusammen waren sie von Rønne aus in die Dunkelheit gesegelt. Claussen warf mit seemännischen Begriffen um sich und erzählte von seiner Maschine, mit der er verschlüsselte Nachrichten übermitteln konnte.

Alles war so verdammt schnell gegangen, und nun saß sie bei heftigem Wind auf einem Folkeboot mitten auf der Ostsee – mit einem sehr schweigsamen Mann auf dem Weg in den Ostblock.

»Wir sind nah dran«, sagte Henry Claussen, »ich stelle jetzt das Funkgerät ab. Any last words?«

»Nein«, sagte Jens, griff sich Claussens Fernglas und suchte die See ab.

»Kannst du was sehen?«, fragte Claussen.

»Ja. Aber ich weiß nicht, ob es die Küstenwache ist.«

Claussen nahm das Fernglas und schaute in die Dunkelheit. Jens hatte die Hände an der Reling. Sie legte eine Hand auf seinen Handschuh. Ihre Hände waren rot vor Kälte.

»Das ist nur ein Kümo«, erklärte Claussen. »Wenn wir auf die Küstenwache stoßen sollten, senden wir SOS und stellen uns doof.«

»Kann ich mal deine Handschuhe anziehen?«, fragte Anita. Jens blickte sie an, als hätte er nicht richtig verstanden, dann begriff er.

»Ja, selbstverständlich ... hier.«

Anita zog sie an, aber die großen Handschuhe spendeten kaum Wärme. Wieso wollte er nicht mit ihr reden? Natürlich war er ebenso nervös und angespannt wie sie. Dagegen ließ sich kaum etwas sagen. Schließlich stand das Leben seines Bruders auf dem Spiel.

»Was machen wir jetzt?«, fragte Anita.

»Wir segeln in den Hafen und holen sie«, antwortete Jens. »Ich denke, wir schaffen's. Das Komitee zur Verteidigung der Arbeiter hat viele Unterstützer auf der Werft.«

»Ich meine uns.«

Sie hätte sich die Zunge abbeißen können, aber sie musste die Frage stellen. Als würde sich die ganze Welt nur um diese eine Frage drehen. Jens und sie. Alles andere schien gleichgültig zu sein, der Fall, die Verhandlung, die Vergangenheit, der Schmerz. Sollte diese Geschichte ebenso schmerzhaft enden wie alles andere, was sie anfasste? Sie musste es hier und jetzt wissen, mochte er noch so angespannt und innerlich ganz woanders sein. Egal, ob er sich in einem Selbstfindungsprozess befand, Zweifel oder Narben auf der Seele hatte. Die hatte sie auch. Wer hatte denn keine Narben auf der Seele? Aber auf diesem nasskalten und stummen Segeltörn wurde ihr klar, dass sie es wissen musste. Gehörten sie zusammen?

»Können wir nicht später darüber reden?«, erwiderte er und wandte sich von ihr ab.

Anita traten die Tränen in die Augen, vergeblich versuchte sie, sie zurückzuhalten.

»Nein, es tut mir leid, Jens, aber das können wir nicht. Ich will es jetzt wissen.«

»Könntet ihr mal ein bisschen leiser sein«, grantelte Claussen. »Wir sind da.«

»Gehören wir zusammen, Jens?«

»Jetzt haltet die Klappe!«, fauchte Claussen.

Sie kreuzten mit gerefften Segeln in die Hafeneinfahrt. Direkt unter der Küste hatte sich der Wind gelegt. Die Kräne ragten als enorme Silhouetten vor ihnen auf. Aus dem Inneren der Werft ertönte ein regelmäßiges Klopfen. Auf der rechten Seite flackerte ein Licht. Dort stand jemand und schwang eine Taschenlampe. Claussen nahm die Segel herunter, ließ den Motor an und steuerte das Boot in Richtung der Lichtquelle. Kurz darauf sahen sie orangefarbene Glut in der Dunkelheit, und nach und nach zeichneten sich drei Gestalten ab. Sie standen auf dem Kai und rauchten. Jens warf die Leine hinauf zu Rohde, der in der Hocke saß. Anita nahm die andere Leine und warf sie einem Mann mit Schnurrbart zu, der sich ebenfalls hingehockt hatte, um sie aufzufangen. Er blieb sitzen und half ihr hinauf. Er hatte ein freundliches Gesicht und eine knochige Hand, und er lächelte, als wollte er flirten.

Claussen blieb im Boot und ließ den Motor laufen. Sie mussten sofort wieder aufbrechen.

Eine eigenartige Situation. Der Mann, der Jens Nielsens Bruder Lars sein musste, hielt sich im Hintergrund. Anita hatte nicht den Eindruck, dass er Jens sonderlich ähnlich sah, abgesehen davon, dass sie beide übel zugerichtet waren. Lars Nielsen wirkte düsterer, hatte ein hartes Gesicht mit tiefen Furchen und eine breite, knochige Stirn. Jens ging ihm entgegen. Aber irgendetwas war nicht in Ordnung. Jens legte einen Arm um seinen Bruder, es sah aus, als würde er seinen Arm unter den Mantel von Lars Nielsen stecken, die andere Hand hatte er in seiner Manteltasche vergraben. Jetzt zog er etwas aus der Tasche. Anita rannte auf ihn zu und schrie *nein!*, doch es war bereits zu spät. Jens zog eine Pistole aus der Tasche, hob sie an die Schläfe seines Bruders und drückte ab. Mündungsfeuer flammte auf und Lars Nielsens Kopf flog durch den Druck zur Seite, dann brach er zusammen. Anita sah gerade noch die Metallschachtel, die Jens Nielsen in der anderen Hand hielt, dann begann er zu laufen. Er rannte auf das Werftgelände zu. In Richtung der Lagerhäuser, er lief, ohne sich umzusehen.

Anita war wie versteinert. Als wäre sie in einem Film. Als wäre sie nur eine Zuschauerin. Dann aber wachte sie auf, griff instinktiv nach ihrer Walther im Schulterhalfter, stellte sich breitbeinig auf und zielte. Der erste Schuss ging daneben. Der zweite traf Jens Nielsen in die Schulter; er strauchelte, behielt aber das Gleichgewicht, presste den Arm an sich und rannte weiter. Der dritte Schuss traf ihn in den Rücken. Er lief noch ein paar Meter, dann stürzte er vornüber.

Ihr schlug jemand auf die Hand.

»Verdammte Scheiße, hör auf zu schießen!«, schrie Rohde. »Wir müssen hier weg. Sofort!«

Lars Nielsen hatte eine tödliche Schusswunde an der Schläfe. Sein Bruder Jens lag hundert Meter weit von ihm entfernt. Keiner von beiden rührte sich. Anita blieb stehen, sie wollte Jens' totes Gesicht nicht sehen.

Sonnabend, 3. November 1979

*Der Antrag wird abgewiesen.* Anita hämmerte mit beiden Händen auf das Lenkrad. *Preben B. Jensen behält das elterliche Sorgerecht sowie das Recht auf den Umgang mit Jacob Jensen an jedem zweiten Wochenende und jedem zweiten Mittwochnachmittag.* Die Richterin am Amtsgericht, eine Frau Mitte fünfzig in einem grauen Kostüm, hatte über ihre Halbbrille geblickt, erst Preben und dann lange Anita angesehen ... *bis eine andere Regelung gefunden ist. Das Gericht fordert die Sozialbehörden auf, eine eventuelle Vernachlässigung von Jacob Jensen zu untersuchen, um über eine Entfernung aus dem Elternhaus entscheiden zu können.* Dann hatte sie noch hinzugefügt, *niemand von Ihnen sieht aus, als könne er geborgene, stabile Verhältnisse für den Jungen schaffen.*

Anita lehnte sich über den Beifahrersitz und holte ein neues Päckchen Prince aus dem Handschuhfach. Sie zündete sich eine Zigarette an und starrte in die Öde des Tomsgårdvejs.

Es nieselte und es war kalt.

*Bis eine andere Regelung gefunden ist.*

»Mama, komme ich jetzt ins Kinderheim?«, hatte Jacob gefragt.

Eben hatte sie Jacob bei Preben abgeliefert, der ihn an der Tür mit einer Tüte Süßigkeiten erwartete. Letzten Sonntag hatte sie Prebens Wochenende abrupt unterbrochen, daher war es heute sein Tag.

Prebens Augenbraue war noch immer nicht verheilt, und er hatte sich nicht entblödet, vor Gericht darauf hinzuweisen. Er hatte über die Schmerzen gejammert und eine dilettantische Komödie aufgeführt. Alles war schiefgegangen. Der Psychologe Ejnar Johansen von der

Gemeindeverwaltung hatte sich entschlossen, Preben zu unterstützen. Er war offensichtlich beleidigt, dass sie ihre Verabredung nicht eingehalten hatte. Er sprach von massivem Fürsorgeversagen und mangelndem Kontakt zur Schule. Ihre Dokumentation von Prebens Übergriffen wurde vom Tisch gefegt, und niemand hatte ihr geglaubt, als sie davon sprach, dass Preben Jacobs Klassenkameraden Hans verprügelt hatte. Man hatte ihn nicht einmal als Zeugen vorladen wollen.

Sie biss sich auf die Lippe.

Der ganze Samstag lag vor ihr, aber aus irgendeinem Grund brachte sie es nicht fertig loszufahren. Sie hoffte, dass Jacob auf sie zugelaufen käme und sich weinend ins Auto setzen würde. Aber natürlich kam er nicht. Eine Viertelstunde war verstrichen.

Dann meldete sich ihr Piepser.

Sie parkte einen Block weiter vor einer Telefonzelle und rief im Präsidium an. *Unidentifizierte Kinderleiche. Vermutlich ein Mädchen. Im Moment wird sie geborgen. Am Jachthafen Prøvestenen.*

Schon wieder.

Anita stieg ein, ließ den Motor an und schob eine Kassette in den Rekorder. *Hejira* von Joni Mitchell, sie sang in voller Lautstärke, während Anita nach Amager raste.

*No regrets coyote, we just come from such different sets of circumstances.*

*I'm up all night in the studios, and you are up early on your ranch.*

Die Blumen waren bereits aufs Grab gelegt worden, als Larsen kam. Große Blumensträuße, weiße Tulpen von ihm, rosafarbene von Klaus und Gitte und rote von

Alice. Es waren viele Sträuße, sie füllten die Grabstelle bis zu der kurz geschnittenen Buchsbaumhecke. Kränze von der Abteilung A und der Versicherungsgesellschaft Hafnia Haand in Haand – er hatte vollkommen vergessen, dass sie dort gearbeitet hatte – und eine Reihe kleinerer Gebinde, *kannte sie so viele Leute?*

Larsen war zurück zum Friedhof von Bispebjerg gefahren. Das Haus war voll, Gitte und Alice hatten alles geregelt, sie hatten gebacken, Brote geschmiert und alles vorbereitet. Er hatte sich bei ihrer praktischen Trauerarbeit überflüssig gefühlt und sich noch einmal zum Friedhof aufgemacht. Er hatte nachgegeben und der Einäscherung zugestimmt, nun stand er an einem leeren Grab. Die Luft war feuchtkalt. Larsen versuchte, irgendetwas zu empfinden, es ging nicht. Er hatte das Gefühl, sein Kopf sei vollkommen leer. Er zog den Rauch tief in die Lungen. Bodil hatte nicht zurückgerufen. Und Wolff hatte ihn letzten Endes übertrumpft. Er hatte keinen Fall mehr und stand da wie ein Idiot. Als er hörte, was sich in Danzig abgespielt hatte, hatte er mit der Faust auf seinen Archivschrank im Büro eingedroschen, dass er es bis in die Schulter spürte. Dann hatte er Henry Claussen angerufen und gefragt, ob er seinen guten Ruf aufs Spiel setzen wollte, um Wolff zu Fall zu bringen. Claussen hatte, ohne zu zögern, *ja* gesagt. Zwei Stunden später hatten sie sich in Kopenhagen bei einer Portion Labskaus getroffen. Larsen erzählte Claussen dasselbe wie Wolff und schob ihm einen Aktendeckel mit allen Unterlagen über die karierte Tischdecke. Sie trennten sich in der St.-Anna-Passage zwischen Bredgade und Store Kongensgade. Larsen ging erst weiter, als er sah, wie Claussen das Gebäude der *Information* betrat und sich an die Empfangsdame wandte.

»Du standst heute in der Zeitung. Ich vermute, du kennst die anonyme Quelle aus Korsør.«

Es war Bodil. Sie stand mitten auf dem Friedhofsweg. Larsen hatte sie nicht kommen hören. Sie trug einen langen beigefarbenen Baumwollmantel, ihr Haar hatte sie mit einer Silberspange hochgesteckt. Sie war blass, sah aber fantastisch aus. In der Hand hielt sie eine *Information*. Er wusste genau, was darin stand. Die Quelle aus Korsør hatte reichlich Stoff geliefert: ›Geheimnisvolles Verschwinden eines Agenten in Polen, Staatssekretär von KGB-Agent erpresst‹. Es gab noch mehr Überschriften.

»Ich habe mit deiner Tochter gesprochen. Gitte, nicht wahr? Sie sagte, ich würde dich wohl hier finden.«

»Ja.«

»Wir zwei scheinen immer zum falschen Zeitpunkt miteinander ins Bett zu gehen.«

»Findest du?«

»Ich komme, um mich zu verabschieden, Ole.«

»Verabschieden, was meinst du?«

»Ich fliege heute Abend nach New York. Ich habe dort eine Freundin.«

Sie lächelte.

»Bodil ...«

Sie kam auf ihn zu, stand ganz dicht bei ihm, beugte sich zu ihm und gab ihm einen Kuss auf die Wange. Sein Pieper schlug Alarm, sie nahm seine Hand, drückte sie.

»Geh schon ran«, sagte sie. »Auf Wiedersehen, Ole.«

Nach der Segeltour bei einer steifen Brise über die Ostsee schwankte die Erde noch immer. Rohde hatte Anita in Danzig zwingen müssen, zurück an Bord zu kommen, sie war vollkommen fertig. Sie waren von der polnischen Küstenwache aufgebracht worden, bevor sie internationales Fahrwasser erreichten. Das Boot wurde durchsucht, aber sie hatten nichts gefunden. Claussen hatte seine Rolle als dummer Däne perfekt gespielt. Als Rohde endlich wieder ins Hotel West kam, war er durchgefroren und nass. Er hatte sich aufs Bett geworfen und siebzehn Stunden geschlafen. Heute Morgen war er an der Nørre Voldgade vorbeigegangen. Søren und Pelle waren verschwunden, die Wohnung sah wieder so aus, wie er sie kannte. Einfach, nett und sparsam möbliert. Als wäre Søren niemals dort gewesen.

Anita stand am Ende des Hafens von Prøvestenen am Kai und rauchte, als Larsen kam. Es war später Nachmittag. Wolken zogen über die nahe gelegenen Raffinerien. Die Luft war grau und feucht. Früher hatte es hier eine Seebatterie gegeben, sie war Teil der Kopenhagener Befestigungsanlage gewesen. Jetzt war es Teil des Industriegebiets, ein Umschlagplatz für Öl und Benzin. Ein Öltanker ankerte an der Außenmole, die großen blauen Tankanlagen leuchteten in der letzten Sonne. Über dem Flakfort verschwand das Licht.

Kyeds Leute hatten sich bereits eingefunden, der Wagen der Kriminaltechniker parkte vor einem großen zylindrischen Tank, an dem sich außen eine Metalltreppe hinaufschlängelte. Vier Polizisten sperrten das Gebiet ab, Kyed sprach mit einem Mann, der einen Schutzhelm trug. Dann stieg er die Metalltreppe hinauf, die bis zum Dach des Tankes führte. Larsen wollte erst hinauf, wenn Kyed seine Arbeit beendet hatte.

Er zog den Reißverschluss seiner Windjacke auf, holte die Zigaretten heraus und schlenderte auf Anita zu. Sie blickte übers Wasser, Benzin glitzerte auf der Oberfläche.

»Ich muss dich was fragen, Ole. Ich komm schon damit klar, dass ich Jens Nielsen erschossen habe. Ich hatte gedacht, es würde mich völlig fertigmachen. Aber das ist nicht so. Bin ich krank oder zynisch, oder habe ich einfach nicht begriffen, was da abgelaufen ist?«

Larsen zündete sich eine Zigarette an und schenkte ihr ein schiefes Lächeln. Sie sah abgemagert und mitgenommen aus, sie brauchte Schlaf, genau wie er, aber trotzdem stand sie hier. Plötzlich empfand er eine gewisse Zärtlichkeit für sie. Sie war genau wie er, sie war seine Partnerin, denn sie konnte auch nicht aufhören, bevor die Arbeit beendet war. Aber die Arbeit endete nie. Es ging immer weiter, eine Rechnung voller Ungerader und Unbekannter. Wolff, der möglicherweise unbeschadet davonkam, die drei toten Brüder, die anderen Toten, eine verbogene, verbeulte Welt. Aber sie gab nicht auf, bevor sie diese Welt nicht gerettet hatte. Larsen hätte ihr gern übers Haar gestrichen, ließ seine Hände aber, wo sie waren.

»Wahrscheinlich hat niemand von uns wirklich begriffen, was eigentlich passiert ist. Ich habe ja auch gedacht, dass mit Jens alles in Ordnung ist. Wir alle haben es geglaubt. Sogar Wolff hat ihn unterschätzt.«

»Es ist jedenfalls eine unglaublich große Scheiße, dass alles so enden musste. He, da haben wir ja Rohde. Hast du ihn angerufen?«

Rohde stieg aus seinem Auto und stand nun dem Mann mit dem Helm gegenüber, direkt hinter der Absperrung. Sie wechselten ein paar Worte, und der Mann deutete hinüber zu ihnen. Rohde holte etwas vom Rücksitz seines Wagens und ging auf sie zu. Larsen hatte das Treffen ausgemacht, um den Fall gemeinsam zu beenden. Rohde hielt eine Thermoskanne in der einen Hand, in der anderen hatte er ein paar Plastikbecher, unter dem Arm steckte ein Exemplar der *Information*. Er gab jedem von ihnen einen Becher, schraubte den Deckel der Thermoskanne ab und goss ein. Sie nippten an der heißen Flüssigkeit.

»Ich gehe mal davon aus, dass du Claussen überredet hast, die anonyme Quelle zu sein?«

»Tja, das ist wohl so.«

»Wolff fliegt nach diesem Artikel hoffentlich raus«, fuhr Rohde fort. »Ich bin entsetzt, dass er einen Agenten des FE geopfert hat, um seinen eigenen Arsch zu retten.«

»Ich glaube nicht, dass er das getan hat«, erwiderte Larsen.

»Was meinst du?«

»Ich glaube, es war Jens.«

»Jens?«

»Ja«, sagte Larsen und zog an seiner Zigarette. »Montag oder Dienstag hat Wolff versucht, einen entscheidenden Trumpf auszuspielen. Er hat Jens aufgesucht und ihm damit gedroht, Lars in Polen auffliegen zu lassen. Zu diesem Zeitpunkt wusste Wolff noch nicht, wer Jens war. Wie wir glaubte er, Jens wäre ein blauäugiger Kommunist, der seinen Bruder liebt und lediglich Rache für seinen Vater nehmen wollte.«

»Du meinst also«, sagte Rohde, »dass Wolff Jens gedroht hat, Lars in Polen hochgehen zu lassen? Und dann hat er Preben geschickt, um zu zeigen, dass er es ernst meint? Und Jens hat seinen Führungsoffizier angerufen und seinen eigenen Bruder verraten?«

»Ja, so ungefähr.«

»Das glaube ich nicht«, widersprach Rohde. »Überall in Polen wimmelte es von Polizei, in Thorn und der Wolfsschanze, und sie tauchten jedes Mal auf, wenn Lars versucht hatte, mit dem FE in Kontakt zu treten. Es muss Wolff gewesen sein, der Lars verraten hat.«

»Schon, aber nicht von Anfang an«, sagte Larsen, »Wolff ist ein Zyniker und ein kalter Krieger. Ich bin sicher, dass er nicht bereit war, einen Agenten zu opfern.«

»Aber du meinst, dass er bereit war, Jens Nielsen damit zu drohen?«

»Ja, nur hat er sich dabei verrechnet. Und als der Schaden angerichtet war und ihr verhaftet wurdet, also, als er Jens' Doppelspiel durchschaute, setzte er alles daran, dass ihr nicht mehr aus Polen herauskommt. Es ist erstaunlich, dass ihr es bis Danzig geschafft habt.«

»Ja, gerade so und beinahe«, sagte Rohde.

Larsen trat an den Rand des Kais und warf die Zigarette ins schwarze Wasser.

»Und dann hat Jens versucht, von Wolff vertrauliche Informationen zu erpressen. Das war das eigentliche Ziel. Nur ließ sich Wolff nicht erpressen. Er dachte, er könne gegen Jens gewinnen. Aber er hatte bereits verloren. Denn zu diesem Zeitpunkt hatte Jens Nielsen seine Pläne geändert und war untergetaucht.«

»Tja, er lag auf meinem Sofa. Ich hab wirklich kein Glück mit Männern«, warf Anita ein, trank den letzten Schluck Kaffee und schleuderte den Plastikbecher ins Hafenbassin. Alle drei starrten auf den weißen Becher, der neben Larsens Kippe schwamm, langsam vollief und unterging.

»Und danach«, fuhr Anita fort, »schleimte sich Jens, dieses Arschloch, noch nach Danzig ein, weil ich blind, taub und verliebt war. Er erschießt seinen Bruder, schnappt sich den Mikrofilm und versucht, zu seinen Freunden hinter den Eisernen Vorhang zu fliehen. Verflucht, wieso kann eine beschissene Ideologie so viel Bedeutung für jemanden haben?«

»Ich weiß es nicht«, antwortete Larsen.

»Und Wolff versuchte inzwischen, sämtliche Löcher zu stopfen«, fasste Anita weiter zusammen. »Er lässt Jens zur Fahndung ausschreiben und versperrt Lars Nielsen in Polen die Fluchtmöglichkeiten – er verrät seinen eigenen Agenten. Und schließlich lässt er Niels Nielsen in Christiansfeld erschießen.«

»Was meinst du?«, fragte Larsen überrascht.

»Bent Iversen Dalgaard.«

»Der Einsatzleiter?«

»Nein. Der Scharfschütze im Hubschrauber. Er war einer von Prebens Kollegen beim Personenschutzkommando des PET. Sie haben bei den Nato-Gipfeltreffen für Wolff gearbeitet.«

»Mein Gott!«

Kyed war vom Dach gestiegen. Er sagte wieder etwas zu dem Mann mit dem Helm, dann verabschiedete er sich mit erhobenem Arm und fuhr davon. Sie gingen auf die Tankanlage zu. Rohde zögerte einen Moment, dann kam er mit. Larsen stieg als Erster die Außentreppe hinauf. Auf halber Höhe schlugen ihnen kalte Windstöße entgegen, ihre Mäntel flatterten. Larsen hielt sich am Geländer fest, als fürchtete er fortzufliegen.

Das Dach des Tanks lieferte eine großartige Aussicht. Über das Flakfort in der Fahrrinne Kongedybet konnte man bis zum Atomkraftwerk Barsebäck an der schwedischen Küste sehen, auf der anderen Seite zeichnete sich die Kopenhagener Skyline mit der goldenen Turmspitze der Frelserkirke im Vordergrund ab.

Die Leiche lag auf einem Stück Persenning auf dem Rücken, alles war schwarz und von Öl verschmiert. Langes rotes Haar klebte in Klumpen an Schulter und Rücken.

Es war reiner Zufall gewesen, dass ein Ingenieur die Anlage gewartet hatte. Sonst hätte der Tote ewig am Boden des Tanks liegen können.

Unentdeckt, unaufgeklärt, ungesühnt.

Anita ging neben der Leiche in die Hocke. Rohde blieb an der anderen Seite stehen. Sie drehte den Toten um. Alle drei erkannten, um wen es sich handelte, obwohl das Gesicht schwarz und übel zugerichtet war: Der türkische Junge, den sie am vergangenen Sonntag in der Sauna unter dem Men's Club gefunden hatten. Damals kannten sie nur seinen falschen Namen. Eigentlich hieß er Hasan Duglat. Und eigentlich hätte er zu Hause bei seinen Eltern sein sollen. Aber jemand hatte ihm das Genick gebrochen und ihn in diesen Öltank geworfen.

»Ich hatte schon so ein Gefühl, als du mich angerufen und gesagt hast, dass ihr hierher müsst«, sagte Rohde. »*Unidentifizierte Kinderleiche.*«

»Dann hast du die Botschaft schon überprüft?«, wollte Larsen von Rohde wissen.

»Ja. Und Orhan Dost ist nicht mehr Militärattaché, er wurde nach Ankara zurückberufen.«

»Den finden wir nie«, erwiderte Larsen.

»Nicht einmal sein Flugticket nach Hause wollten sie bezahlen.«

Eine Weile sagte niemand ein Wort. Jeder rauchte eine Zigarette, dann ließen sie die Kippen fallen und traten sie aus. Aus irgendeinem Grund standen sie dicht beieinander. Sie mussten aufbrechen. Als Rohde nach Anitas Hand griff, um sich zu verabschieden, legte Larsen seine Hand auf die Hände von Rohde und Anita und drückte fest zu.

# Anmerkungen

S. 11 *Manch einer stellt es so dar* ...: Fernsehinterview, in: Knud Heinesen, *Min krønike*, Kopenhagen 2006.

S. 11 *Wie die unbefleckte Empfängnis* ...: Luis Buñuel, »Irdische Vergnügen«, in: Luis Buñuel, *Mein letzter Seufzer*, Berlin 2004.

S. 13 *Ich habe Angst vor dem Krieg* ...: Bjarne Jes Hansen, »Vi voksne kan også være bange« von dem Kinderliederalbum *Dig og mig og alle os*, 1978.

S. 17 *Ich fliege in der Dunkelheit* ...: Suzanne Brøgger, *Creme fraiche*, Kopenhagen 1978.

S. 24 *Check it out my body* ...: Village People, »Macho Man« von dem Album *Macho Man,* 1978.

S. 25 *Hé, ik ben niet klaargekomen*: »He, ich bin noch nicht fertig (...) He, du musst es schon zu Ende bringen. Nimm ihn doch in den Mund, Mann. Komm schon.«

S. 81 *Imdat*: Hilfe; *hayier*: nein.

S. 95 *Mesto, rigido e ceremoniale*: melancholisch, streng und zeremoniell.

S. 111 *Procul o procul este, profani*: »Weicht, oh weicht, Uneingeweihte.«

S. 189 f. Die Geschichte von Isimardik ist zwei Büchern von Jens Rosing entnommen: *Îsimardik. Den store drabsmand*, Kopenhagen 1960, und *Hvis vi vågner ved havblik,* Kopenhagen 1993. Allerdings existiert kein Amulett mit Fingerknochen, ebenso sind Karale Petersen und Isimardiks Nachkommen frei erfunden.

S. 234 *Wenn ich dachte* ...: Das Buch Hiob, Kap.7, Vers 13, *Die Bibel*, Stuttgart 1985.

S. 260 *Ich habe Sehnsucht* ...: Tom Kristensen, *Roman einer Verwüstung*. Aus dem Dänischen von Gisela Perlet, Berlin 1992

S. 279 *Ahnst du, was vorgeht* ...: Ernst Jünger, »Das Entsetzen«, in: Ernst Jünger, *Das Abenteuerliche Herz*. Zweite Fassung, Berlin 1985.

S. 283 *Wir stehen vor einer ungeheuren Umwälzung ... Das Gewissen ist eine jüdische Erfindung*: die Sätze der wörtlichen Rede sind Originalzitate Adolf Hitlers, in: Hermann Rauschning, *Gespräche mit Hitler*, Zürich 2005.

S. 286 *Sein cremeartiger Körper ... auflösen.*: Ernst Jünger, »Der stereoskopische Genuß«, in: Ernst Jünger, *Das Abenteuerliche Herz.* Zweite Fassung, Berlin 1985.

S. 322 *Ich war in einer zu heftigen konvulsivischen Bewegung ...*: Jens Baggesen, *Das Labyrinth oder Reise durch Deutschland in die Schweiz 1789.* Aus dem Dänischen übertragen und herausgegeben von Gisela Perlet, Leipzig 1985.

S. 361 *ES wird geseet verweslich ...*: Luther-Bibel 1545, Der erste Brief des Paulus an die Korinther, Kap. 15, Vers 42. http://www.digitale-bibliothek.de/band29.htm

S. 398 *Miej serce i patrzaj w serce!*: »Habt ein Herz und seht hinein in die Herzen der Menschen«, aus Adam Mickiewicz' Gedicht »Romantyczność«.

S. 415 *Matko zwolena, Maryja ...*: »Heilige, gnädige Maria/ Lass unseren Willen geschehen, lass uns siegen/Kyrie eleison«, aus dem polnischen Mittelaltergedicht »Bogurodzica«.

S. 432 f. *Es sind nicht immer die vorzüglichsten Menschen*: Johann Wolfgang Goethe, *Aus meinem Leben. Dichtung und Wahrheit.* Vierter Teil. Zwanzigstes Buch, Frankfurt am Mai 1986.

S. 450 *No regrets coyote ...*: Joni Mitchells »Coyote« von dem Album *Hejira*, 1976.

Durch das ganze Buch ziehen sich Zitate aus Schlagern der dänischen Sängerin Grethe Ingmann.

Wir möchten uns bei all denen bedanken, die uns bei der Arbeit unterstützt haben:

Anne Bahnson, Niels Beider, Mette Bentholm, Isabella Brauns, Thomas Bredsdorff, Benni Bødker, Anders Dorph, Sven Dorph, Eske Rauer Frank, Helle Ann-Britt Grubert, Jakob Holm, Jørgen Jørgensen, Kasper Pasternak Jørgensen, Birgit Bendix Madsen, Anne Mæng, Gita Pasternak, Johannes Riis, Steffen Raastrup, Anna Sandberg, Marie Sandberg, Ditlev Tamm, Jens Jacob Toftegaard, Vivi Vestergaard, Cecilie Høgsbro Østergaard und all denen, die unsere Kapitel und Überlegungen auf www.dorphpasternak.dk/blog kommentiert haben.